Tod im Trödelladen

Anna Grue

Tod im Trödelladen

Aus dem Dänischen übersetzt
von Roland Hoffmann

SAGA Egmont

Die Originalausgabe erschien 2020
unter dem Titel „Mysteriet i Genbrugsen“
bei Lindhardt og Ringhof, Kopenhagen.

im Vertrieb bei steinbach sprechende bücher
Covergestaltung: Simon Lilholt
Coverabbildungen: Imperiet and Saga Egmont
Satz aus der Minion Pro: Magdalena Wurst, Warschau
Druck und Bindung Mazowieckie Centrum Poligrafii, Marki

ISBN 978-3-86974-951-8

SAGA Egmont www.saga-books.com

Dieser Titel erscheint auch als E-Book und Hörbuch.

Die Familie Mortensen:
Anne-Maj Mortensen, Arzthelferin im Vorruhestand
Iben Mortensen, Anne-Majs Tochter, Verkäuferin in einem Schuhgeschäft
Ditte-Marie (Didi) Mortensen, Anne-Majs Enkelin, Schülerin
Mortensen der Dritte, Anne-Majs Dackel

Das Personal des Trödelladens:
Else Simonsen, Witwe eines Landwirts
Stanley Hjort, Frührentner nach Gehirnverletzung
Valborg von Schilling, pensionierte Lehrerin, ehemalige Bürgermeisterin
Lis Klausen, verheiratet mit arbeitslosem Maschinenschlosser
Helmer Bergstrøm, toter Rechtsanwalt
Vips Bergstrøm, Witwe von Helmer
Ruth Møllegaard, pensionierte Gewerkschaftlerin
Kylle Poulsen, ehemalige Tagesmutter

Die Familie Bergstrøm:
Thomas Bergstrøm, Rechtsanwalt
Feline Bergstrøm, Inhaberin eines Geschäfts für Inneneinrichtung
Christian Bergstrøm, Koch

Die Polizei:
Jan Krause, Ermittlungsleiter
Signe Olsted, Ermittlerin
Anders Hall, Ermittler

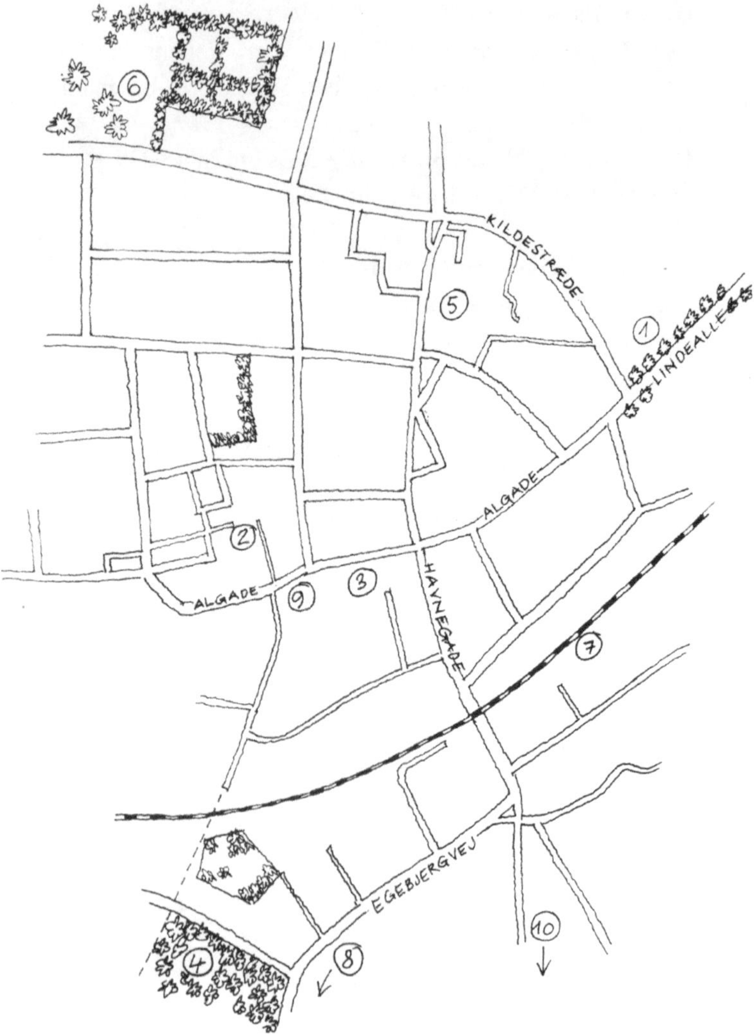

6
KILDESTRÆDE
5
1
LINDEALLE
ALGADE
2
HAVNEGADE
3
9
ALGADE
7
EGEBJERGVEJ
10
8
4

Die Stadt:
Nykøbing Sjælland (gut 5.000 Einwohner) in der Kommune Odsherred (circa 33.000 Einheimische – plus die Besitzer von 26.000 Ferienhäusern; in der Saison 100.000 Touristen).

Zentrum von Nykøbing Sjælland

1. Anne-Maj Mortensens Haus
2. Trödelladen
3. Iben und Didis Wohnung
4. Der Wald Grønnehave
5. Kirche von Nykøbing
6. Friedhof
7. Bahnhof
8. Richtung Kildehusene
9. Apotheke
10. Richtung Hafen

Nykøbing Sjælland existiert natürlich, doch ich habe mir in diesem Roman gewisse Freiheiten genommen. Es gibt mehrere hervorragende Trödelläden im Stadtkern, doch keinen direkt neben dem Supermarkt Irma – und Irma hat keine Warenanlieferung, die am Parkplatz liegt. Das Schuhgeschäft ist ein anderes als das, das es in Wirklichkeit gibt, und Anne-Majs hellblaues Stadthaus gibt es nicht, und auch die Villa in der Siedlung Kildehusene und Ibens Wohnung habe ich erfunden.

Und so weiter …

Anna Grue

1.
Sonntag, 17. März

Jede Mahlzeit beginnt mit einem Menschen, der Essen macht. Oder nein, das ist eigentlich nicht wahr: Sie beginnt mit einem Menschen, der Zutaten einkauft, sie zubereitet und das fertige Gericht serviert. Doch das ist ein Prozess, den immer weniger in Ehren halten. Immer mehr Menschen kaufen ihre Mahlzeiten stattdessen fertig zubereitet, um nur noch in die Mikrowelle gepfeffert und dann direkt aus der Verpackung verzehrt zu werden.

Das ist eine traurige Entwicklung, findet Anne-Maj Mortensen, die mindestens ebenso glücklich ist, wenn sie Essen macht, wie wenn sie es isst – was schon einiges sagt; die leidenschaftliche Freude am Essen lässt sich an ihrer umfangreichen Figur ablesen. Wenn Anne-Maj ihren schweren Körper mit den schaukelnden Brüsten, den massiven Schenkeln und dem weich schwellenden Bauch in der Küche bewegt, sieht es wie ein sorgfältig choreografierter Stammestanz aus, und jede Bewegung dient einem Zweck; wenn sie Paprika, Zwiebel und Sellerie in akkurate, kleine Würfel schneidet, wenn sie tief konzentriert steif geschlagenes Eiweiß unter die leicht abgekühlte Mehlschwitze für ein Gratin hebt oder wenn sie mit einem beinahe schon verliebten Ausdruck Bratensaft über einen Rehrücken gießt, der im Ofen vor sich hin schmort.

Man darf nicht versuchen, mit Anne-Maj zu kommunizieren, wenn sie am Kochen ist. Wenn man das tut, verliert sie den Faden und den Überblick und beißt um sich. Selbstverständlich weiß das ihre Familie, aber ab und zu passiert es, dass sich ein Gast versehentlich in die Küche begibt, um ein bisschen zu plaudern oder seine Hilfe anzubieten, sodass Anne-Maj gezwungen ist, ihr Terrain abzustecken: *Liebes, bitte nimm dir ein Glas Wein und setz dich ins Wohnzimmer. Ich komme mit dem Essen, wenn es fertig ist.*

Trotz der leicht kriegerischen Pose ist die Arbeit in der Küche jedoch vor allem mit warmen Gefühlen verbunden. Für Anne-Maj ist es nicht bloß ein liebes Hobby; es ist gleichzeitig ihre bevorzugte Art, Gefühle zu zeigen. In jedem einzelnen Gericht ist Liebe eine wichtige Zutat. Auf diese Weise zeigt sie ihrer Tochter, ihrer Enkelin und ihren Freunden, wie viel sie ihr bedeuten. Das weiß sie, und das wissen die anderen; und wenn auch nur in ihrem Unterbewusstsein. Hausgemachtes Essen, das mit Fürsorge und Sorgfalt abgeschmeckt ist, schmeckt per definitionem immer besser als das, was von einem Fabrikarbeiter hergestellt wurde, der nur ein paar Zutaten nach irgendeinem Standardrezept zusammenklatscht, um seinen Lohn zu erhalten.

Anne-Maj fragte einmal einen jungen Mann, einer der ersten festen Freunde ihrer Tochter, was sein Lieblingsessen wäre. Ohne zu zögern, antwortete er: „Etwas Hausgemachtes!“ Sie bat ihn um eine Präzisierung, und er erklärte, dass seine Eltern nie gern gekocht hätten und das Abendessen daher aus Tiefkühlpizzen, belegten Broten, Hafergrütze oder fertig gekauften Fleischbällchen in Curry bestanden habe. Für ihn war allein die Tatsache, dass eine Mahlzeit von Grund auf zu Hause in der Küche zubereitet wurde, der pure Luxus. Von diesem Tag an behandelte Anne-Maj ihn wie eine Foie-gras-Gans: Sie mästete ihn jedes Mal, wenn er sich bei ihr blicken ließ. Als der junge Mann und Iben sich nach einem Jahr trennten, war Anne-Majs größte Sorge, ob er zukünftig wohl etwas Ordentliches zu essen bekommen würde.

Nein, denkt sie und wäscht sich den Fleischsaft von den Händen: Erwachsenen Menschen, die ihr Essen nicht selbst machen wollen, sollte eigentlich das Recht entzogen werden, sich Erwachsene zu nennen. Oder zumindest, Kinder zu bekommen. Wenn man nicht dafür sorgen kann, dass die eigene Familie dreimal täglich gesundes, wohlschmeckendes Essen bekommt, ist man ganz einfach ... Sie sucht nach dem richtigen Wort, während sie sich die Hände mit einem sauberen Geschirrtuch abtrocknet ... Man ist ganz einfach *unreif*. Sie bestätigt sich mit einem Nicken, zufrieden mit ihrer Schlussfolgerung. Es kommt ihr nicht einmal in den Sinn, dass dieses Vorurteil auch für ihre eigene Tochter gilt, die in der Küche ein notorischer Tollpatsch ist.

Anne-Maj sieht liebevoll zu Mortensen hinunter, einem jungen Rauhaardackel, der das einzige männliche Wesen in Anne-Majs Leben ist und es sich damit verdient hat, ihren Nachnamen zu tragen. Wenn man ganz korrekt sein möchte, lautet sein vollständiger Name Mortensen der Dritte, da er zwei Vorgänger gehabt hat – dieselbe Rasse, derselbe Name. Im Augenblick sitzt er ganz still in seinem Körbchen an der Terrassentür und hat ein Auge darauf, wann Anne-Maj das Schneidbrett mit den Resten vom geputzten Schweinefilet nimmt und auf den Boden stellt, damit er seinen Teil zum Abwasch beitragen kann.

„Du musst noch ein bisschen warten, Dickerchen“, sagt Anne-Maj. „Du bekommst deinen Happen, wenn wir zu Tisch gehen.“

Mortensen sieht sie traurig an, doch in seinen braunen Augen ist immer noch Hoffnung. Der Hund ist der Einzige, der in Anne-Majs Küche willkommen ist. Er steht nie im Weg, stellt keine störenden Fragen, ob mit tiefen oder flachen Tellern gedeckt werden soll, und es fällt ihm nicht im Traum ein, den Koch mit Kommentaren zum Wetter oder Wahlkampf oder etwas auf Facebook abzulenken. Mortensen ist der perfekte Küchenpartner.

Anne-Maj bereitet die übrigen Zutaten zu: stellt geschabte Kartoffeln, in feine Scheiben geschnittene Pilze, Öl, Fleisch, Fond, Sahne, frisch geschnittene Kräuter und so weiter in einer Reihe auf die Arbeitsplatte, sodass alles chronologisch dasteht – in der Reihenfolge, wie es in die Pfanne oder den Topf soll. Auf diese Weise kann sie jederzeit beinahe blind nach der nächsten Zutat im Programm greifen und ihre Denktätigkeit auf Abschmecken, Temperaturen, Koch- und Bratzeiten verwenden. Das sind die Dinge, denkt sie selbstgefällig, bei denen die Leute Fehler beim Kochen machen und hinterher behaupten, dass es schwer ist. Es *ist* nicht schwer, Essen zu machen. Es ist nur eine Frage der Vorbereitung und der richtigen Reihenfolge der Arbeitsschritte, damit man nicht wie irgendein Amateur beim Kartoffelschälen in Stress gerät, weil gerade die Soße anbrennt. Einst deutete einer der Ärzte in ihrer Arbeit an, dass die offen gesagt rigiden Routinen in Anne-Majs Arbeitsprozessen ein Symptom für irgendeine Form von Zwangsneurose sein könnten, was natürlich vollkommen schwachsinnig war. Nur weil man gern etwas Ordnung und Logik in seinem Leben hatte. „Das ist doch vollkommen normal", hatte sie ihrem geschäftigen Chef geantwortet. Sie kann sich nicht erinnern, ob sie eine Antwort erhielt.

Als alles bereitsteht, setzt sie sich ins Wohnzimmer. Mortensen kommt mit einem enttäuschten Ausdruck hinterhergetrottet. Anne-Maj möchte Herd und Ofen erst einschalten, wenn die Gäste aufgetaucht und in der Sofaecke verstaut sind, mit einem Glas Wein für Iben und einer Cola für Didi, wie ihre Enkelin genannt werden will. *Didi.* Das klingt wie eine Nebenfigur in einer deutschen Fernsehserie oder eine dieser Schnepfen mit Arschgeweih aus Paradise Hotel. Doch das ist vielleicht auch der Sinn, muss Anne-Maj feststellen; zumindest in letzterem Fall. Sie persönlich findet ja, dass der Taufname der Zehnjährigen, Ditte-Marie, viel schöner ist. Doch Großmütter haben in dieser Art von Fragen ja kein Vetorecht, was ärgerlich ist.

Sie fischt sich den ersten Teil der Sonntagszeitung aus dem Stapel auf dem Sofatisch, blättert auf die Seite mit Kreuzworträtseln und geht direkt zu dem unten rechts: „Das kleine, aber schwere", wie die Zeitung es getauft hat. Erst wenn das gelöst ist, erlaubt Anne-Maj es sich, die beiden anderen anzusehen. So ist die Regel, Woche für Woche. Sie beißt in den Kugelschreiber und denkt über das erste Wort im Kreuzworträtsel nach. „Ungeborenes" mit zehn Buchstaben ... Ihr Gehirn beginnt zu surren, und sie vergisst das Kochen, die Gäste und den bettelnden Hund, während sie in Gedanken verschiedene Möglichkeiten für waagrechte Wörter durchgeht, die ihr bei der Suche nach einem Synonym für Fötus helfen können. Es würde ihr im Traum nicht einfallen, die weißen Felder auszufüllen, ehe sie sich ihrer Sache sicher ist.

Kurz darauf klingelt es an der Tür. Nur ein kurzes Klingeln, dann wird sie geöffnet. Mortensen bellt nicht, wie er es üblicherweise tut, wenn jemand kommt; ein sicheres Zeichen dafür, dass die Besucher zu den festen Gästen des Hauses gehören. Er stürzt so schnell zur Eingangstür, wie seine kurzen Beine ihn tragen. „Hallo", ruft Iben von draußen. „Hallo, Oma", ist Didis Stimme kurz danach zu hören. Anne-Maj wirft einen letzten Blick auf das Kreuzworträtsel, das immer noch ziemlich jungfräulich ist, und faltet die Zeitung zusammen, ehe sie sich erhebt und in den Flur geht.

„Genau rechtzeitig", sagt sie.

„Etwas anderes trauen wir uns auch nicht." Iben hält Mortensen im Arm wie ein schwanzwedelndes und ziemlich behaartes Baby und dreht ihm ihr Gesicht zu. „*Wer* ist ein braver Hund?", singt sie in hellem Tonfall, während sie ihn im Arm wiegt. „*Wer* ist ein guter Junge?" Iben darf in ihrer Wohnung keine Haustiere halten, kompensiert dies aber umso stärker im Zusammensein mit dem kleinen, kommodenbeinigen Begleiter ihrer Mutter.

Sie machen es sich im Wohnzimmer mit ihrem jeweiligen Glas bequem.

„Und, Frau Mortensen, bringst du die Zeit rum?", fragt Iben. Jedes Mal dieselbe Frage; als ob der Vorruhestand Anne-Majs Dasein mit einem Schlag allen Inhalts beraubt hätte.

„Na klar."

„Ich frage aus freundlichem Interesse. Du brauchst nicht zu keifen."

„Ich keife doch nicht."

„Wenn du es sagst."

„Aber ich hab' reichlich zu tun", sagt Anne-Maj und nippt am Weißwein. „Ich mache lange Spaziergänge mit Mortensen, lese stapelweise Bücher, kümmere mich um den Garten, habe meinen festen Tag im Trödelladen, fahre nach Holbæk zum Einkaufen ... Ich habe *jede Menge* zu tun", wiederholt sie. „Ich genieße es einfach, dass ich nicht jeden Tag in das arschlangweilige Ärztehaus muss."

„Mutter!" Iben wirft einen vielsagenden Blick zu Didi, die tief konzentriert mit ihrem Smartphone beschäftigt ist.

Ohne ihren Blick vom Bildschirm zu heben, sagt Didi trocken: „Du glaubst doch nicht *ernsthaft*, dass ich das Fluchen von Oma lerne, oder?"

„Ich finde bloß, dass wir alle miteinander anständig sprechen sollten", antwortet Iben ein bisschen spitz.

Didi blickt mit erhobenen Augenbrauen zu ihrer Großmutter, während sie übertrieben schielt. Dann fokussiert sie wieder auf den offensichtlich ziemlich aufmerksamkeitsbedürftigen Kontakt mit dem Teil des Universums, der sich nicht hier in Anne-Majs kleinem hellblauen Stadthaus befindet – auf der *Lindealle-Nykøbing-Odsherred-Seeland-Dänemark-Europa-Erde*, wie Didis Reim aus der Kindheit immer lautete. Wann hat sie eigentlich aufgehört, dies zu sagen?

„Du hast deinen Job doch gern gemacht", setzt Iben nach. „Ansonsten wärst du dort doch kein Menschenalter geblieben."

Anne-Maj zuckt mit den Schultern. Wenn sie ehrlich ist, vermisst sie ab und zu die Arbeit als Arzthelferin für drei Allgemeinärzte im Ärztehaus. Von ihrem kleinen, gut definierten Königreich hinter der Theke hatte sie sowohl Ärzte als auch Krankenschwestern und Patienten im Griff gehabt. Das war ihrem Drang, die Ordnungspolizei zu spielen, ganz ausgezeichnet zupassgekommen. Also natürlich vermisst sie es. Ein bisschen. Doch die meiste Zeit genießt sie es, frei zu sein, nicht zuletzt frei von den immer mehr oder komplizierter werdenden elektronischen Portalen und Systemen, mit denen man heute im Gesundheitswesen arbeiten muss, und genau diese Tatsache will sie der ganzen Welt einschließlich ihrer geschäftigen Tochter deutlich machen.

„Ich bin hungrig", meldet sich Didi.

Jetzt müssen Iben und Anne-Maj einen verblüfften Blick wechseln. Didi, die wie ein Vögelchen isst. Ein besonders verwöhntes Vögelchen, wohlgemerkt. Sie muss immer gezwungen werden, und wenn sie dem Druck endlich nachgibt, verzehrt sie ausschließlich Spiralnudeln – *nicht* die Vollkornversion, *nicht* Nudeln in anderen Formen, *nicht* die vegane Art ohne Ei – sowie Pommes frites und Gurkenstifte. Eine etwas einseitige Ernährung. Das ist eigenartig, findet Anne-Maj. Sie betrachtet die dünnen Arme ihrer Enkelin, die aus den Ärmeln des T-Shirts wie abgemagerte Flügel eines Vogels herausstehen. Abkömmling einer ganzen Reihe esslustiger Frauen. Iben ist zwar noch nicht ganz so füllig wie Anne-Maj, aber das kommt schon noch. Was ist nur passiert, dass das jüngste Familienmitglied so große Probleme mit dem Essen hat? Kann Ibens mangelndes Interesse für das Kochen schuld daran sein? Anne-Maj befürchtet, dass Didis Verwöhntheit sich zu einer richtigen Essstörung entwickelt. Dass das Kind jetzt spontan Lust auf Essen ausdrückt, ist ein glückliches Ereignis.

„Dann ist es ja gut, dass wir in Kürze essen können", antwortet Anne-Maj und erhebt sich. Mortensen der Dritte reißt sich von Iben los; er hat die Reste nicht vergessen, die draußen auf der Arbeitsplatte liegen und duften. „Wenn ihr hier sitzen bleibt und es euch gemütlich macht", fährt Anne-Maj fort, „dann gehe ich und mache das Essen fertig. Das dauert eine Viertelstunde."

„Was gibt es denn?", fragt Iben.

„Filetsteaks mit Kartoffeln, geschmorten Pilzen und Spargel. Und einen Salat", antwortet Anne-Maj und blickt zu Didi: „Ich habe die Fritteuse eingeschaltet, damit du eine ordentliche Portion Pommes frites bekommst."

„Danke, aber ... das ist nicht notwendig." Didi sieht von ihrem Mobiltelefon auf. „Ab heute esse ich *variiert*."

Das ist kein Wort, das das Kind selbst wählen würde, weiß Anne-Maj, also fragt sie: „Hat jemand dir gesagt, dass du variiert essen sollst? Etwas, das ihr in der Schule gelernt habt?"

„Nee ..." Sie windet sich ein wenig. „Es ist ... Niemand."

Anne-Maj und ihre Tochter sehen sich erneut an. Iben zuckt mit den Schultern.

„Du isst jetzt also gekochte Kartoffeln und Fleisch und Soße und Gemüse, Didi?", fragt Anne-Maj, um ganz sicher zu gehen. „Und die Fritteuse kann ich ausschalten?"

„Aaach ..." Didi sitzt immer noch unruhig da. „Du kannst schon ein paar Pommes machen, Oma, wenn du sie eh schon vorbereitet hast. Die schmecken doch gut zu ... all dem Variierten."

2.
Sonntag, 17. März

Iben ist seit ihrer Kindheit irgendwie ein Problemkind gewesen, findet Anne-Maj. Sie ist ungewöhnlich begabt, aber sie ist ... wenn auch nicht direkt *faul*, so doch zumindest schlecht darin, Prioritäten zu setzen, und sie ist nicht im Geringsten daran interessiert, sich geistig anzustrengen, auch wenn sie spielend leicht Mitglied von Mensa, dem Verein für hochbegabte Menschen, werden könnte. Iben schaffte damals mit Mühe und Not ihr Abitur, und seither hat sie eigentlich nur falsche Entscheidungen getroffen: Sie gibt sich mit den falschen Männern ab, hat die falsche Ausbildung, sucht sich die falschen Jobs.

Iben selbst beteuert, dass sie mit ihrer Stelle als Verkäuferin in einem Schuhgeschäft in der Algade recht zufrieden ist, und sie fühlt sich auch wohl dabei, Single zu sein, so wie ihre Mutter. Ehrlich gesagt wirkt sie direkt erleichtert darüber, dass ihr Exmann zu seiner neuen Geliebten nach Kopenhagen gezogen ist und vor kurzem einen kleinen Sohn bekommen hat, der ihn so sehr beschäftigt, dass er sich nur gelegentlich daran erinnert, dass er auch eine zehnjährige Tochter hat.

Die drei – Mutter, Tochter und Enkelkind – sehen sich dagegen häufig; mindestens jeden Sonntag. Sie wohnen nur wenige hundert Meter voneinander entfernt, und das kommt allen Beteiligten gelegen. Besonders jetzt, wo Anne-Maj in den Vorruhestand gegangen ist, sodass Ditte-Marie sie ab und zu nach der Schule besuchen kann ... *Didi!* korrigiert Anne-Maj sich selbst. Sie lässt ihren Blick über den Herd schweifen und stellt fest, dass es wieder einmal gelungen ist: Die Zubereitung ist so getimt, dass alles genau zur selben Zeit fertig ist. Ich sollte eigentlich eine Medaille bekommen, denkt Anne-Maj. Oder zumindest irgendeine Art von Diplom.

„Wir essen in fünf Minuten", ruft sie ins Wohnzimmer und erhält zur Bestätigung ein paar Grunzlaute. Dann richtet sie die Filetsteaks und den grünen Spargel auf der schönen, blaugeblümten Platte an, die sie vor vielen Jahren von *ihrer* Großmutter geerbt hat. Didis *Ururgroßmutter*. Daran zu denken ist völlig verrückt. Anne-Maj hat immer noch den Duft ihrer Großmutter in der Nase, das Gefühl ihrer weichen, faltigen Haut in ihren Händen. Für sie gehört die Erinnerung an die Großmutter zur realen Welt, auch wenn es fast vierzig Jahre her ist, dass sie starb, während Iben ... Für sie ist die Urgroßmutter nur ein Begriff; sie kann sich wohl kaum an sie erinnern. Und fragt man Didi, so gehört ihre Ururgroßmutter in eine so graue Vorzeit, dass sie ebenso gut ein Brontosaurier sein könnte. Sie kann sich wohl nicht einmal mehr an ihre Urgroßmutter erinnern, denkt Anne-Maj, *meine* Mutter – die immer tiefer in der Demenz verschwand und schließlich starb, als Didi noch ein Kindergartenkind war. Die Zeit vergeht so schnell, und die Frauen in unserer Familie sterben viel zu früh. Anne-Maj stellt die Platte auf den Esstisch und kehrt zurück, um Kartoffeln und Soße zu holen; jetzt bin ich die älteste Generation. Ich werde irgendwann Urgroßmutter und höchstens eine schwache Erinnerung für Didis Kinder sein und totale Vergangenheit für ihre Enkelkinder. Der Gedanke erfüllt sie mit einer Mischung aus Stolz und Schrecken. Das Geschlecht muss dem Lauf der Geschlechter folgen. Das weiß man ja, aber ... Es läuft ihr kalt über den Rücken.

„Ihr dürft gern zu Tisch gehen", sagt sie. Naiv, wie sie ist, geht Anne-Maj immer davon aus, dass die Gäste bei dieser Nachricht umgehend ihre Plätze einnehmen, auch wenn sie sehr wohl weiß, dass es niemals so läuft. Immer muss mindestens einer noch auf Toilette; einer, der sein Telefon ans Ladekabel stecken muss, zwei, die Hände waschen müssen. Wenn sie die Leute zu Tisch bittet, dauert es in der Regel mehrere Minuten, bis alle auf ihrem Platz sitzen – ganz egal, ob sie sie rechtzeitig vorgewarnt hat oder nicht – und in diesen Minuten explodiert Anne-Maj beinahe vor Ungeduld. Verstehen sie denn nicht, dass das Gemüse seine Knackigkeit verliert, dass die Soße abbindet, dass der feine rosa Ton vom Fleisch bleich und gräulich wird, während sie herumlatschen und nicht fertig werden?

So läuft es natürlich auch heute. Anne-Maj stellt die Schüssel mit heißen, gesalzenen Pommes frites an Didis Platz und geht zurück in die Küche, um einen Krug Eiswasser zu holen. Sie versucht an etwas anderes zu denken als das Essen, das dasteht und kalt wird.

„Hier, Mortensen", sagt sie und stellt das Schneidbrett mit den Resten vom geputzten Schweinefilet auf den Boden. „Warte!", kommandiert sie, und der kleine Dackel setzt sich gehorsam, wobei seine schönen dunkelbraunen Augen starr auf den Haufen von Sehnen und Häutchen gerichtet sind. „Bitte sehr", sagt Anne-Maj dann, und im selben Augenblick wirft sich Mortensen auf die Beute. Als die ganze Herrlichkeit wenige Sekunden später inhaliert ist, leckt der Hund das Schneidbrett sorgfältig ab, während er so stark mit dem Schwanz wedelt, dass er fast aus dem Gleichgewicht kommt. Anne-Maj lächelt.

Sie geht zurück ins Wohnzimmer, und – oh Wunder! – jetzt sitzen sowohl Iben als auch Didi auf ihren Plätzen. Didi hat sich bereits die Hälfte der Pommes frites auf den Teller geschaufelt.

„Vergiss nicht, Platz für Fleisch und Gemüse zu lassen", sagt Anne-Maj. „Das Variierte, du weißt schon."

Didi nimmt widerstrebend die Platte entgegen, bugsiert einen Spargel und das kleinste Filetsteak auf ihren Teller. Beim Anblick der geschmorten Pilze sieht sie so verzagt aus, dass Anne-Maj so tut, als würde sie völlig vergessen, sie ihr zu reichen. Wenn das Kind wirklich sowohl ein Stück Gemüse als auch einen Happen Fleisch schafft, wäre das schon fast ein Wunder.

„Wie läuft es im Trödelladen?", fragt Iben, eine Unterhaltung beginnend, als sie sich bedient haben. „Du warst letzten Freitag dort, oder?"

„Ich bin freitags immer da", sagt Anne-Maj. „Das weißt du doch."

Iben hat inzwischen den Mund voll und muss sich mit einem Nicken begnügen.

„Es läuft richtig gut", fährt Anne-Maj fort, die aus dem Augenwinkel sieht, wie Didi mit dem Filetsteak kämpft, das sie in mikroskopisch kleine Bissen schneidet. „Helmer Bergstrøm ist letzten Dienstag gestorben."

„Mutter!" Iben hat zu Ende gekaut. „Der nette alte Mann! Du kannst doch nicht in ein und demselben Atemzug sagen, dass es gut geht und dass einer der anderen Ehrenamtlichen gestorben ist."

„Stimmt, nein", gibt Anne-Maj zu, „so war es auch nicht gemeint. Aber ... Helmer war ja steinalt. Über neunzig."

„Deshalb kann es doch wohl traurig sein, dass man stirbt. Und besonders, wenn es ganz plötzlich geschieht. Ich habe nicht einmal geahnt, dass er krank war."

„Vielleicht wurde er ermordet!“ Didi ist zu neuem Leben erwacht.

„Didi!“ Das ist Iben. „So kann man doch nicht denken.“

„Kann man schon.“ Didi hat Messer und Gabel hingelegt, offensichtlich bereit für eine schnelle, kleine Diskussion über die Wahrscheinlichkeit eines rätselhaften Mordes unter Nykøbings Ältesten.

„Das ist nicht nett.“

„Ach, hör schon auf“, sagt Anne-Maj. „Didi ist bloß ein kleiner Detektiv. Es ist schon in Ordnung, mit dem Gedanken zu spielen, wenn man es nur in diesen vier Wänden tut.“

„Mama, also.“ Iben seufzt. „Du hättest der Kleinen nie ‚Der Hund von Baskerville‘ geben dürfen. Didi ist viel zu jung für Krimis.“

„Nein, bin ich nicht“, sagt Didi.

„Als ich in ihrem Alter war“, sagt Anne-Maj, „habe ich Agatha Christie mit großem Vergnügen gelesen.“

„Als ob dies in irgendeiner Weise beruhigend wäre.“ Iben schüttelt den Kopf. „Iss jetzt, Didi“, sagt sie.

„Du kannst das Fleisch gern liegen lassen“, sagt Anne-Maj, die sehen kann, dass das Filetsteak ein unüberschaubares Projekt darstellt. „Probier’ stattdessen den Spargel.“

„Was ich meinte, war bloß ...“ Iben ignoriert die Einmischung ihrer Mutter. „Wenn Helmers Todesfall plötzlich war, muss es schockierend für seine Angehörigen gewesen sein, egal, wie alt er war.“

„Man kann wohl nicht sagen, dass es plötzlich war ... Er lag zuerst ein paar Tage im Krankenhaus, und sie sagten, dass es das Herz wäre, also ...“ Anne-Maj schenkt ihnen beiden Wein nach. „Ich habe zwar nie zuvor gehört, dass Helmer Herzprobleme hätte, doch zumindest mental war es in den letzten Monaten mit ihm bergab gegangen. Es hat niemanden überrascht, dass seine Zeit abgelaufen war. In Wirklichkeit schaffte er die Arbeit im Laden nicht mehr. Einer der anderen übernahm vor einiger Zeit den Dienst als Verwalter, doch er bestand darauf, sich weiterhin um die Buchecke zu kümmern. In vielerlei Hinsicht war es wohl eigentlich das Beste, dass er ..." Sie sucht nach einem passenden Abschluss des Satzes. Als sich dies als unmöglich erweist, wechselt sie das Thema: „Ich glaube, dass ich jetzt die Verantwortung für die Bücher bekomme."

Seit Anne-Maj vor einem halben Jahr in den Vorruhestand gegangen ist, arbeitet sie als Ehrenamtliche im Trödelladen, der sich in einem ehemaligen Supermarkt hinter dem neuen Irma befindet. Nur einen einzigen Tag pro Woche, von zehn bis achtzehn Uhr. Bücher haben sie schon immer interessiert. Sie liebt es, sie zu lesen, sie zu spüren, und sie hat ein gutes Auge für schöne Titelseiten und raffinierte Details am Einband. Den Posten als Verantwortliche für die recht große Buchabteilung des Trödelladens hat sie daher schon lange im Blick, doch der alte Helmer hatte bis zuletzt Besitzansprüche geltend gemacht und jede Andeutung, die Aufgabe mit jemandem zu teilen, abgeschmettert. Wenn sie diese Position jetzt erben kann ...

Mit einem schuldbewussten Blick legt Iben schnell ihre rechte Hand auf den Tisch. Also hat sie wieder einen Happen Fleisch hinunter zu Mortensen befördert. „Es gibt also keinen Mann mehr bei euch, oder?"

„Stanley ist noch da. Stanley Hjort."

„Der Zurückgebliebene?"

„Ach, so darfst du es nicht sagen." Sie blickt verstohlen zu Didi, die jetzt dasitzt und die Spargelstange seziert. „Stanley hat eine Gehirnverletzung von einem Verkehrsunfall, und du hast Recht, er funktioniert nicht optimal. Er ist aber eine große Hilfe. Kommt jeden Tag und kümmert sich um alles, was wir anderen nicht schaffen. Steigt auf hohe Leitern, wenn die obersten Regale abgestaubt werden müssen, holt schwere Säcke mit Kleidung und Kisten von den Leuten ab, macht sauber und wartet unseren kleinen Lieferwagen."

„Der Blaue Blitz", sagt Didi, die offensichtlich mehr hört, als es den Anschein macht.

„Genau." Anne-Maj lächelt. „Ohne Stanley wäre es schwer, den Laden am Laufen zu halten."

„Ich wollte nicht schlecht über ihn reden."

„Ich mag nur das Wort ‚zurückgeblieben' nicht."

Sie sitzen eine Weile schweigend da und essen. Didi greift nach dem Wasserkrug. Sie tut nichts, um zu verhindern, dass alle Eiswürfel in ihr Glas plumpsen. Als sie den Krug zurückstellt, begegnet sie dem Blick ihrer Großmutter. Anne-Maj zwinkert ihr zu.

Iben nimmt das Gespräch von zuvor wieder auf: „Helmers Witwe arbeitet weiterhin im Laden, oder? Wie heißt sie noch gleich?"

„Vips. Vibeke."

„Sie muss völlig am Boden sein."

„Sie kommt verblüffend gut damit klar." Anne-Maj lässt ihre Gedanken flüchtig um Vips kreisen, die trotz ihrer vierundachtzig Jahre und ziemlich wackeligen Beine immer noch diejenige ist, die die Verantwortung für die Abteilung mit Silberbesteck, Bijouterie und Uhren hat, was alles in einer Glasvitrine neben der Registrierkasse aufbewahrt wird, an der sie jeden Nachmittag ein paar Stunden in einem gemütlichen Stuhl sitzt und das Geld von den Kunden kassiert. Sie erhebt sich nur, wenn jemand die schönen Dinge näher betrachten möchte. Dann steht sie da, den Stock fest im Griff, während sie mit der anderen Hand die Vitrine aufschließt und eine samtbezogene, flache Schublade nach der anderen herauszieht. Den Schlüssel zur Vitrine bewahrt sie trotz der Proteste der Kollegen irgendwo in ihrer Handtasche auf, sodass es praktisch unmöglich ist, Schmuck und Silberbesteck außerhalb ihrer Arbeitszeiten zu verkaufen. Vips liebt ihren Job, und wie die übrigen im Trödelladen ist es ihr egal, dass er unbezahlt ist. Anlässlich des Todes ihres Mannes hat sie sich einen einzigen Tag frei genommen, doch am Tag darauf hat sie schon wieder auf ihrem Platz gesessen. „Vielleicht trifft sie die Trauer erst nach der Beisetzung."

„Wann ist die?"

„Am Dienstag."

„Gehst du hin?"

„Ich glaube, dass wir alle hingehen. Der Laden kann mitten am Tag wohl ein paar Stunden geschlossen bleiben. Helmer hat über neun Jahre da gearbeitet. Selbstverständlich müssen wir ihn ordentlich auf die letzte Reise schicken."

„Natürlich."

„Nicht, dass ihn jemand vermissen wird. Er war ein Tyrann."

„Mama!"

Anne Maj zuckt mit den Schultern. „Das war er aber." Sie findet, dass sie lange genug über den Tod des kratzbürstigen alten Mannes gesprochen haben, und nach einer Pause ruft sie: „Oh, ich habe so viele Pläne für die Buchabteilung!"

Iben sieht sie an. „Ja?"

„Zuallererst werde ich all die veralteten Nachschlagewerke rauswerfen. Lademanns Lexikon, Atlanten ohne Datum und so weiter. Helmer war der Meinung, dass sie viel Geld wert seien, aber diese Art von Büchern will doch niemand mehr haben. Alles steht doch im Internet. Dann werde ich die Belletristik durchforsten und die abgegriffensten Buchklubausgaben rauswerfen. Vielleicht kann ich kleine Ausstellungen mit Kinderbüchern oder Krimis machen. Das zieht ein ganz neues Publikum an. Und dann werde ich ein System einführen, sodass jedes einzelne Buch mit dem Datum versehen wird, an dem wir es bekommen. Auf diese Weise lässt sich leicht feststellen, ob es viel zu lange im Regal gestanden und Staub gesammelt hat und ebenso gut rausgeworfen werden kann."

„Hmmm." Iben nickt abwesend. Ihre Aufmerksamkeit gilt ihrer Tochter, die dabei ist, mehr Pommes frites auf ihren Teller zu schaufeln. „Du musst auch den Rest vom Fleisch essen, Didi."

„Oma hat gesagt, dass ich das nicht muss."

„Aber du hast deinen Spargel gegessen, wie ich sehe." Iben spricht im künstlichsten pädagogischen Tonfall, den man sich vorstellen kann. „Das ist toll, Liebling. Möchtest du noch einen?"

„Nein, danke." Didi schiebt den Teller mit dem Haufen Pommes frites von sich. „Danke schön, Frau Mortensen."

Anne-Maj schneidet eine Grimasse. Dass ihre Tochter sie beim Nachnamen nennt, wenn sie sie aufziehen möchte, ist eine Sache, aber dass jetzt auch Didi damit begonnen hat ... Sie schafft es nicht, zu protestieren.

„Darf ich aufstehen?"

Anne-Maj sieht ihrer Enkelin hinterher, die mit ihrem Mobiltelefon auf dem Weg zum Sofa ist. „Möchtest du keine Nachspeise?", fragt sie. „Es gibt Eis."

„Welche Sorte?" Didi sitzt bereits, ihr Blick klebt am Telefon.

„Vanille."

Sie sieht auf. „Selbst gemacht?"

Ein beinahe unmerklicher Seufzer. „Nein, gekauft."

„Dann möchte ich gerne etwas." Sie begegnet Anne-Majs Blick. „Danke sehr." Didi weiß sehr wohl, wie es ihrer Kochfanatikerin von einer Großmutter gegen den Strich geht, ihren Gefrierschrank mit industriell hergestellten Lebensmitteln zu besudeln; dem Kind ist sehr wohl klar, dass der Kauf von einem Liter ökologischem Hansen-Eis ausschließlich ihr, Didi, zuliebe getätigt wurde, und sie ist wohlerzogen genug, ihre Anerkennung zu zeigen. „Danke sehr, Frau Mortensen."

3.
Dienstag, 19. März

Die Kirche von Nykøbing ist fast achthundert Jahre alt; ein klassisches rotes Backsteingebäude ohne Schnickschnack. Sie ist umgeben von einer kleinen Anlage mit uralten Grabsteinen und Monumenten, doch der eigentliche Friedhof befindet sich ein paar Hundert Meter von dort entfernt; es ist ganz einfach nicht genug Platz in der unmittelbaren Nähe der Kirche, und daher hörte man bereits 1920 damit auf, die Toten der Stadt auf dem Grund der Kirche zu begraben. Das Innere der Kirche ist ebenso einfach wie ihr Äußeres: schwere, weiß getünchte Gewölbe, getragen von nackten, rustikalen Backsteinsäulen. Ein einfaches Kreuz und ein sehr detailreiches Segelschiff sind die einzigen Dekorgegenstände in dem strengen weißen Kirchenraum, dessen Wandgemälde schon längst verblasst sind. Sehr protestantisch, denkt Anne-Maj jedes Mal, wenn sie hier ist. Ein Katholik würde sich beim Anblick dieses spartanischen Gotteshauses im wahrsten Sinne des Wortes bekreuzigen. Sie selbst mag den diskreten Stil, mag insgesamt gesehen ihre Kirche. Hier wurde sie getauft, hier wurde sie mit ihrem untreuen Ehemann getraut und hier wird sie eines Tages begraben.

So weit ist es zum Glück noch nicht gekommen, und sie hat hoffentlich auch noch viele Jahre. Zwanzig? Vielleicht fünfundzwanzig, jetzt wo sie mit dem Rauchen aufgehört hat ... Anne-Maj nickt einer der anderen Ehrenamtlichen aus dem Trödelladen zu, einer Landwirtswitwe aus der Gegend von Nørre Asmindrup namens Else Simonsen. Sie ist in Ordnung, denkt Anne-Maj, beherzt und geradeheraus, wenn auch vielleicht eine Spur naiv. Sie rutscht auf der Bank etwas zur Seite, um der anderen Platz zu machen.

„Wie schön es hier geschmückt ist", flüstert Else halblaut. „So viele Blumen."

„Der da ist vom Laden", sagt Anne-Maj und deutet auf einen Kranz mit weißen Blüten. „Wir müssen jeder hundertfünfzig Kronen bezahlen."

„So viel?" Else sieht ganz erschrocken aus.

Anne-Maj zuckt mit den Schultern. „Er hat über tausend Kronen gekostet."

„Ach du meine Güte", sagt Else. „Wer hat es ausgelegt?"

„Das war ich."

Else öffnet ihre Tasche, um ihren Geldbeutel herauszuholen und umgehend die Bezahlung zu regeln. Anne-Maj bremst sie, indem sie eine Hand auf ihre legt. „Warte", sagt sie. „Wir können hier in der Kirche doch nicht mit Geldscheinen herumwedeln."

„Stimmt, nein." Else richtet sich auf, die Tasche immer noch auf dem Schoß. „Sie sieht da vorn so klein aus."

Anne-Maj weiß sofort, wen sie meint. Vorne in der ersten Reihe sitzt Helmers Witwe, Vips, zwischen ihren beiden Söhnen mittleren Alters. Die etwas zu gleichfarbigen dunkelbraunen Locken ihrer Perücke sind leicht wiederzuerkennen, auch wenn sie gerade noch so über der hohen Rückenlehne der Kirchenbank auszumachen sind. Im selben Moment setzt die Orgel ein und ermahnt das Trauergefolge zum Schweigen.

Die eigentliche Feierlichkeit ist schön und würdig, die Rede des Pfarrers persönlicher, als man es häufig erlebt, auch wenn sie von einer gewissen professionellen Distanz geprägt ist. Das ist doch ein Argument dafür, ab und an in die Kirche zu gehen, denkt Anne-Maj: Man bekommt einen ordentlichen Abschied und keine gleichgültige Rede von einem, der den Verstorbenen ausschließlich aus der Beschreibung der Hinterbliebenen kennt. Dass der Pfarrer Helmers Tendenz, zänkisch und verdrießlich zu sein, nicht erwähnt, ist wohl ein Ausdruck von Höflichkeit gegenüber den Hinterbliebenen. Von ihrem Platz in der Kirche kann Anne-Maj sehen, dass die erwachsenen Söhne ein paar Mal die Taschentücher herausholen mussten. Er *kann* ja so gesehen sehr wohl ein liebender Vater gewesen sein, denkt Anne-Maj, auch wenn ihr diese Vorstellung schwerfällt. In Wirklichkeit kannte sie den Mann nicht besonders gut. Sie hatte nur ein wenig mit ihm und Vips zu tun, nachdem sie vor einem halben Jahr im Trödelladen begonnen hatte, und ihr stärkstes Gefühl gegenüber dem alternden Ehepaar ist Irritation.

Während der Rest des Trauergefolges den letzten Psalm singt – Anne-Maj ist vollkommen unmusikalisch und erspart es ihrer Umgebung immer, dies mit eigenen Ohren zu erleben –, geht sie in Gedanken die Einkäufe durch, die sie auf dem Nachhauseweg erledigen muss. Sie muss zu Irma wegen des guten Akazienhonigs und einem Päckchen frischer Hummerravioli, und dann muss sie auch noch schnell zu Netto wegen Toilettenpapier und anderen eher gängigen Bedarfsartikeln.

Else Simonsen hat ihre Hände immer noch auf der Tasche. Sie ist nicht ganz so rücksichtsvoll wie Anne-Maj und singt die Psalmen so laut und begeistert in einem unschönen Vibrato mit, das die Melodie nur sporadisch trifft – so viel kann selbst jemand Unmusikalisches feststellen; und wenn es nur dadurch geschieht, dass sie die Mimik der Umsitzenden betrachtet, wenn Else besonders laut aufdreht. Im selben Moment fallen Anne-Maj die Stubenküken ein, die sie kürzlich in Irmas Prospekt im Angebot gesehen hat. Vielleicht sollte sie ein paar mitnehmen und in den Gefrierschrank geben. Sie sollte das der Liste hinzufügen, um es nicht zu vergessen, aber man kann während einer Trauerfeier ja keine Einkaufszettel schreiben, muss sie mit einem gewissen Bedauern einsehen.

Endlich ist die Feierlichkeit überstanden; die Kirchenglocken schlagen ihren langsamen, monotonen Begräbnisschlag, während der Sarg hinausgetragen wird. Warten, warten, warten, während der Sarg in dem offenen Leichenwagen liegt und die Familie die langstieligen Rosen hinlegt, die heutzutage anscheinend dazugehören. Zumindest ist das Wetter gut, denkt Anne-Maj und gibt sich Mühe, bei dem Gedanken nicht allzu fröhlich auszusehen. Es ist einer der ersten richtigen Frühlingstage, warm und hell. Die Bäume haben noch nicht ausgeschlagen, aber am Rand des Vorplatzes stehen Haufen von Schneeglöckchen und Krokussen.

Dann schließt der Bestatter die Heckklappe und rollt vom Grund der Kirche. Während sich die Leute vor der Witwe und den Söhnen in einer Schlange anstellen, um zu kondolieren, halten sich Anne-Maj und ein paar andere Ehrenamtliche vom Trödelladen in einer kleinen Schar zurück, während sie darauf warten, dass sie an der Reihe sind: Else Simonsen, die jetzt ihren Beitrag zum Kranz geleistet hat und daher endlich an etwas anderes als ihre Handtasche denken kann, der Frührentner Stanley Hjort mit der gebückten Gestalt und einem ewig entschuldigenden Ausdruck im Gesicht – sowie natürlich Valborg von Schilling. Sie ist die Verwalterin des Ladens, kümmert sich um Dienstpläne und die Finanzen und nimmt etwaige Absagen entgegen. Sie ist es auch, die Betriebsversammlungen einberuft und den Kontakt zum Hauptbüro, zum lokalen Handelsverband und zur Gemeinde hält.

Valborg ist Mitte siebzig, groß und knochig mit einer gebogenen aristokratischen Nase. Immer in tadellosen und frisch gebügelten Kostümen. Ansonsten ist es unter den Ehrenamtlichen üblich, dass man in gebrauchten Klamotten aus dem Sortiment des Ladens geht, abgesehen von Unterwäsche und Strümpfen. Alle bezahlen natürlich für das, was man nimmt, aber die Preise sind niedrig, und die Kleidung ist immer sauber. Dass sie häufig etwas veraltet im Schnitt und an den Nähten etwas aufgegangen ist, stört keinen von ihnen – abgesehen von Valborg, die nicht sehr dafür zu haben ist, in anderer Leute abgelegter Kleidung zu gehen.

„Wo ist der Rest?", fragt Else jetzt.

„Kylle besucht ihre Schwester in Nakskov, und Lis konnte nicht kommen", antwortet Valborg. „Sie hat keinen Grund genannt." Ein ernster Blick in die Runde, bis sie überzeugt davon ist, dass alle verstanden haben, wie unpassend es ist, eine Abwesenheit nicht zu begründen. „Ruth musste sich auch für die Feierlichkeit selbst entschuldigen, versucht aber, den Leichenschmaus zu schaffen. Sie hatte heute Vormittag einen Arzttermin."

Niemand antwortet. Man nickt bloß. Im selben Moment kommt Ruth Møllegaard um die Ecke geschossen und schließt sich der kleinen Schar an. „Das habe ich ja gerade noch geschafft", sagt sie außer Atem.

„Wenn man von der Sonne spricht", sagt Anne-Maj.

„Ich bin tatsächlich früher drangekommen. Damit ist man beim Augenarzt ja nicht verwöhnt. Es sind dort immer so viele." Als niemand die Frage stellt, die sie offensichtlich erwartet, fährt Ruth unaufgefordert fort: „Zum Glück war nichts, sagte er, abgesehen von ein wenig grauem Star. Doch den haben wir ja alle miteinander in unserem Alter, nicht wahr?"

Die anderen wechseln unruhig die Stellung. Es ist nicht schön, an den eigenen physischen Verfall erinnert zu werden. Und schon gar nicht bei einer Beisetzung.

Else räuspert sich. „Wir müssen wohl auch über die Zukunft sprechen", sagt sie.

„Die Zukunft?", fragt Valborg.

„Ja, was machen wir mit der Buchabteilung, jetzt wo Helmer von uns gegangen ist?"

Anne-Maj erstarrt. „Was meinst du damit?", fragt sie. „Was wir *machen?*"

„Ja, jemand *muss* ja Helmers Verantwortungsbereich übernehmen", fährt Else fort. „Ich übernehme gerne die Arbeit mit den Büchern, wenn jemand anderes das Bügeln und Ausbessern organisiert. Ich bin natürlich behilflich, wenn viel zu tun ist, aber ..."

Ein Eingreifen ist zwingend erforderlich. Und zwar *jetzt*. Wenn sie es nicht tut, hat Else den Job, ehe man sich's versieht.

„Wird dir das nicht zu viel, Liebes?", sagt Anne-Maj mit ihrer freundlichsten Stimme. „Mit den Büchern ist ja so einiges zu schleppen, und du hast doch so einen kaputten Rücken."

„Das geht schon." Else blickt auf den einzigen Mann der Gesellschaft. „Stanley hat versprochen zu helfen. Nicht wahr, Stanley?"

Also haben sie, Stanley und Else, bereits darüber gesprochen. Ist Valborg auch eingeweiht? Anne-Maj blickt verstohlen zu ihr, aber das lange aristokratische Gesicht ist ganz neutral. Wenn Else auch *sie* schon für sich eingenommen hat, ist der Kampf schon im Voraus verloren.

„Das ist aber lieb von dir, Stanley." Anne-Maj lächelt dem hirngeschädigten Mann mütterlich zu, dessen flackernder Blick jetzt einen tief bekümmerten Ausdruck bekommen hat. Er ist offensichtlich nervös, weil er in einen Konflikt geraten ist, den er nicht versteht. Anne-Maj fährt fort: „Aber du hast doch schon so viele andere Verpflichtungen." Er antwortet immer noch nicht, also wendet sie sich an Valborg. „Es wäre doch dumm, Stanley damit zu belästigen, wenn andere die Arbeit mit Leichtigkeit ohne seine Hilfe bewältigen können. Hab' ich nicht Recht?"

„Und das wärst dann du?" Elses Stimme ist nach wie vor höflich, doch ihre Wangen werden gefährlich rot. „Du, die am kürzesten im Laden ist?"

„Warum sollte das eine Rolle spielen, wie lange ..."

„Schluss jetzt." Valborgs Stimme setzt der Diskussion ein Ende. „Dies hier ist weder der Zeitpunkt noch der Ort für diese Diskussion."

„Nein." Anne-Maj sieht weg.

Ihre Rivalin murmelt etwas, das niemand sonst hören kann. All das, was Anne-Maj ansonsten an Else mag – ihre Willensstärke, ihre Entschlossenheit, ihre Energie –, wirkt jetzt direkt alarmierend. Anne-Maj benötigt all ihre Gewitztheit, wenn sich ihr Wunsch erfüllen soll.

„Wir halten am Donnerstag eine Betriebsversammlung ab", fährt Valborg fort und lässt ihren gebieterischen Blick wieder über das kleine Grüppchen von Menschen gleiten. „Nach Ladenschluss. Ich hoffe, ihr könnt alle kommen."

„Ich mache eine Ankündigung in der Gruppe", sagt Ruth. Der wichtigste Teil der Kommunikation zwischen den Ehrenamtlichen im Trödelladen erfolgt über die Facebook-Gruppe, die Ruth mit gebieterischer Hand steuert. Wenn umfassendere Informationen veröffentlicht werden sollen, wie die Suche nach neuen Ehrenamtlichen oder Sonderangebote an die Stammkunden des Ladens, stellt sie diese in die Lokalgruppe der Stadt. „Und du, Else, kennst den Termin jetzt schon." Sie blickt auf die kleine rotwangige Frau, die wie auch Vips keinen Computer verwendet und daher immer telefonisch informiert werden muss.

Valborg marschiert hinüber zu Vips und ihren Söhnen, denen jetzt alle anderen schon ihr Beileid ausgedrückt haben. Der Rest von ihnen folgt schweigend. Anne-Maj kann Elses Blick spüren. Die arme Frau hat keine Ahnung, mit welch starken Kräften sie es zu tun hat. Anne-Maj fällt im selben Moment etwas ein. Sie holt ihren Einkaufszettel und einen Kugelschreiber aus der Tasche und fügt hinzu: „Stubenküken, Irma."

4.
Donnerstag, 21. März

Die glühend heiße Masse aus Kokos, Puderzucker, Butter und einem Schuss Milch gleitet aus dem Topf und legt sich als weiche, flüssige Schicht auf den fast fertig gebackenen Kuchenboden. Anne-Maj glättet mit dem Teigschaber nach, damit sich die braune Füllung gleichmäßig bis in die Ecken verteilt. Dann stellt sie die Backform wieder in den Ofen, der inzwischen eine höhere Temperatur erreicht hat. Danach stellt sie den Kurzzeitwecker und räumt die Küche auf; befüllt die Spülmaschine, spült den Topf sorgfältig mit der Hand, wischt alle Arbeitsplatten und den Herd mit einem sauberen, feuchten Lappen ab und ... „Nein, Mortensen", sagt sie, als der Hund versucht, ins lecker duftende Innere der Spülmaschine zu kriechen. Sie schiebt das Tier zur Seite und macht die Klappe zu ... Pling! Das war das Signal, dass die nötigen fünf Minuten um sind. Anne-Maj nimmt den fertigen Traumkuchen aus dem Ofen, stellt ihn zum Abkühlen hin und geht ins Wohnzimmer.

„Wie geht es?", fragt sie.

Didi sitzt am Esstisch und macht Hausaufgaben. Im Augenblick einen englischen Aufsatz über „*A pet I love*". Sie hat sich (natürlich) dafür entschieden, über Mortensen zu schreiben, und ganz oben auf die Seite hat sie ein recht gelungenes Porträt des Hundes ihrer Großmutter gezeichnet.

„Ich bin fertig." Sie richtet sich auf. „Willst du mal sehen?"

Anne-Maj greift nach dem Schulheft und setzt sich mit dem Aufsatz auf das Sofa. *I love a dog cald Mortensen,* so lautet die Überschrift. Der kurze Text ist inhaltlich richtig schön, aber voll von Rechtschreibfehlern. Dafür weiß Didi, dass ein Dackel *Dachshund* heißt, auch wenn sie es „dakeshund" schreibt, und ihr ist klar, dass die Hundeleine *leash* genannt wird – „lish", schreibt sie. Der englische Wortvorrat des Kindes ist beeindruckend, wenn man in Betracht zieht, dass sie erst zehn Jahre alt ist. Oder vielleicht ist es gerade aufgrund des Alters, denkt Anne-Maj. Kinder und Jugendliche sind heutzutage ja gemästet mit englischsprachigen Fernsehserien und YouTube-Videos, und sie haben Englisch ab der ersten Klasse. Da ist es nicht verwunderlich, dass sie die Sprache sehr früh beherrschen. Am meisten hapert es offensichtlich an der Rechtschreibung.

„Deine Geschichte ist richtig toll", sagt sie laut. „Es wäre wohl eine gute Idee, hier und da ein paar Punkte einzufügen, damit man sehen kann, wie die Sätze zusammenhängen – beziehungsweise es nicht tun."

Didi sieht sie verständnislos an. In ihrer Generation gelten Punkte und große Anfangsbuchstaben als überflüssig; Kommas und Fragezeichen werden als noch irrelevanter betrachtet, und alle anderen Zeichen sind in der Praxis nicht existent. Sie zuckt mit den Schultern.

Anne-Maj zeigt ihr, wie der Text mit bloß vier Punkten an den richtigen Stellen sofort verständlicher wird, doch die Rechtschreibfehler lässt sie unkorrigiert stehen. Darum muss sich die Englischlehrerin kümmern. Stattdessen lobt sie Didis

Wortschatz, und das Kind strahlt mit einem breiten Lächeln. Sie ist so hübsch, denkt Anne-Maj. Massenhaft dickes blondes Haar in einem langen Zopf am Rücken, haselnussbraune Augen, massenhaft klitzekleine dunkelbraune Sommersprossen, sogar zu dieser Jahreszeit. Natürlich ist sie zu dünn, aber das lässt sich ja wohl ändern.

„Möchtest du das restliche Eis vom Sonntag?", fragt sie. Es geschieht mit voller Absicht, dass Anne-Maj ihr kein Stück vom Traumkuchen anbietet, nach dem das ganze Haus so wunderbar duftet. Didi isst keine Form von kombinierten Lebensmitteln. Die zwei Schichten des Traumkuchens, eine braune und eine hellgelbe, machen ihn in Didis Augen inakzeptabel; vor allem, weil sie jeweils ihre eigene Konsistenz haben.

Didi ist dabei, ihre Schulsachen zusammenzupacken und in die Tasche zu stecken. Sie sieht hoch, denkt einen Moment nach. „Ja, danke", sagt sie dann.

Das ist doch nicht normal, dass eine Zehnjährige erst einmal nachdenken muss, ehe sie eine Portion Eis annimmt, denkt Anne-Maj und nimmt die Eisschachtel aus dem Gefrierschrank. So etwas lässt doch gleich den Verdacht einer Essstörung aufkommen, findet sie und dankt insgeheim den Göttern dafür, dass Iben so akribisch ist, ihre Tochter mit Vitaminen und Mineralien in Pillenform zu füttern.

*

Eine Stunde später gehen sie die Algade hoch. Didi muss nach Hause in die Wohnung ihrer Mutter in einem neu renovierten Hinterhof hinter der Buchhandlung und schleppt ihre Schultasche; Anne-Maj balanciert die Backform, die sie in einen großen Plastikbeutel gepackt hat, sowie einen Baumwollbeutel mit einer Flasche Cognac darin. Beide Teile sind wohldurchdachte Beiträge zur anberaumten Betriebsversammlung und sollen, in Kombination mit einer kleinen Rede, die sie sorgfältig vorbereitet hat, dazu beitragen, die Gruppe von Ehrenamtlichen davon zu überzeugen, dass Anne-Maj die einzig richtige Wahl für den freien Posten als Buchverantwortliche ist.

Als sie hinunter in das Gässchen bei Matas muss, trennen sich ihre Wege. Sie winkt mit zwei Fingern, die sie gerade so noch von ihrem unhandlichen Gepäck freimachen kann, und Didi ahmt die unbeholfene Bewegung ihrer Großmutter mit einem Grinsen nach.

„Bis Sonntag", ruft Anne-Maj ihrer Enkelin hinterher.

„Yes." Didis Zopf hüpft den Rucksack auf und ab. Sie blickt nicht zurück.

Als Anne-Maj wenige Augenblicke später die Tür des Ladens mit der Schulter aufschiebt, ist es genau halb sechs, und Stanley steht bereit, um etwaige Kunden abzuweisen, die nicht begriffen haben, dass die an der Glastür angegebene Ladenschlusszeit 17:30 Uhr bedeutet – dass sie ... ta-da! ... um halb sechs schließen. Sein Blick richtet sich flugs auf die in Plastik verpackte Backform.

„Traumkuchen", erklärt Anne-Maj, ohne gefragt worden zu sein.

„Ja." Stanley lächelt. Er spricht nur äußerst selten, und so betrachtet sie es als ein großes Kompliment, als er in einer monotonen Klangwurst fortfährt: „Traumkuchen-mag-ich-sehr."

„Hilfst du mir mal?", fragt sie. Ihre Arme, die das Gewicht von Cognac, Handtasche und Backform tragen, fühlen sich an, als würden sie gleich abfallen.

Stanley nimmt sofort den Kuchen und geht voran in den Teil des Ladens, zu dem nur das Personal Zugang hat. Toilette, Lager und dann dieser Raum, in dem die Ehrenamtlichen all ihre Treffen abhalten. Früher befand sich in den Räumen ein Supermarkt, der jetzt aus der Stadtmitte weggezogen ist, weshalb die eigentlichen Geschäftsräume und das Lager ungewöhnlich groß sind für einen Trödelladen. Im Pausenraum hingegen ist gerade genug Platz für eine winzige Teeküche, einen schmalen Tisch mit einem stationären Computer sowie einen langen Tisch mit unbequemen Stühlen darum.

Valborg sitzt bereits auf ihrem festen Platz am Tischende, wo der Buchhaltungsordner des Trödelladens immer bereitliegt – als wäre der Pausenraum ihr privates Büro. Auf dem Fenstersims neben ihr liegt ihr unverzichtbarer braun gestreifter Leinenbeutel. „Viel praktischer als eine Handtasche", wie sie immer betont. „Der hat Platz für meine A4-Ordner."

Sie begrüßt die Neuankömmlinge freundlich, macht jedoch keine Anstalten zu helfen. Das wäre wohl auch zu viel verlangt.

„Stell es einfach dort ab." Anne-Maj nickt mit dem Kopf hinüber zur Teeküche, Stanley gehorcht.

Sie schneidet den Kuchen in genau gleich große Quadrate, arrangiert sie symmetrisch auf einer Glasplatte – entliehen aus der Geschirrabteilung des Ladens – und stellt Kuchenplatte und Cognacflasche auf den Tisch. Valborg sieht von ihrer Buchhaltung auf, lässt ihren Blick kurz auf dem Mitgebrachten ruhen und nickt. „Das sieht köstlich aus", lautet ihr Urteil.

„Danke." Anne-Maj sieht zu Stanley, der dasteht und sehnsüchtig den Traumkuchen anblickt. „Stanley, kannst du draußen vielleicht ein paar Gläser für den Cognac suchen?"

Er deutet auf die Schnapsgläser, die im Regal über dem Spülbecken stehen und die die Ehrenamtlichen verwenden, wenn sie sich nach Feierabend ein Schnäpschen gönnen. Die beiden Damen wechseln einen Blick. Ein unterdrücktes Lachen tänzelt in Valborgs Blick. „Nein, die sind für unsere Feierabend-Bitter." Anne-Maj steht auf. „Komm, dann zeige ich dir, welche Art von Glas man für Cognac verwendet."

Alle Ehrenamtlichen des Trödelladens erscheinen, auch wenn das Treffen ungeheuer kurzfristig einberufen wurde. Lis Klausen und Ruth Møllegaard hatten beide Nachmittagsdienst und sind daher bereits da, Kylle Poulsen kommt pünktlich in einer Wolke schweren Parfüms hereingerauscht und Vips Bergstrøm überrascht nur zwei Tage nach der Beisetzung ihres Mannes durch ihre bloße Anwesenheit. Else Simonsen kommt zuallerletzt – auch sie mit einer abgedeckten Backform.

Mit einer hochgezogenen Augenbraue wirft sie einen Blick auf Anne-Majs Traumkuchen und sagt: „Oh, ich sehe, dass noch jemand dieselbe Idee hatte. Das sieht vielleicht lecker aus, Anne-Maj." Sie lächelt mit geschlossenem Mund. „Randvoll mit herrlichen Kalorien." Mit einer eleganten Handbewegung wie ein Zauberkünstler zieht sie das Geschirrtuch von ihrer Backform, wodurch sie ein Dutzend Rosinenbrötchen, ein Päckchen Kærgården sowie ein Glas selbstgemachte Schwarze Johannisbeermarmelade enthüllt.

Während alle ihre Ohhs und Ahhs hören lassen, kocht Anne-Maj innerlich. Rosinenbrötchen? Ha! Die kann doch jeder backen. Und wenn sie Else recht kennt, sind sie nicht einmal ökologisch. Und dann auch noch Kærgården! Anne-Maj will gerade ihre Haltung zu streichbaren Mischprodukten äußern, bremst sich dann aber im letzten Augenblick. Viele Menschen, garantiert auch ein paar der Anwesenden, verwenden dieses Zeug, ohne zu zögern, und nennen es auch noch Butter. Wenn sie sie auf ihre Seite ziehen will, darf sie jetzt nicht hochnäsig sein.

Als alle sich sowohl vom Kuchen als auch den Brötchen bedient haben – Anne-Maj achtet genau darauf, wer was nimmt und wie schnell die jeweiligen Platten leer werden –, räuspert Valborg sich und erklärt die Versammlung für eröffnet. Sie sagt ein paar Worte zum Gedenken an Helmer, spricht Vips noch einmal im Namen des Landesverbandes der Trödelläden ihr Beileid aus, erwähnt, welch große Lücke der alte Mann in der täglichen Arbeit des Ladens hinterlässt.

Alle murmeln irgendetwas. Vips führt rituell ein zusammengefaltetes Taschentuch an ihre Augen.

„Und deshalb haben wir uns hier ja auch versammelt", fährt Valborg fort. „Es sieht nicht so aus, als gäbe es neue Ehrenamtliche, die zu unserem Kreis dazustoßen möchten, also erhalten wir für Helmer keinen Nachfolger von außen. Wir müssen mit den Händen auskommen, die uns nun einmal zur Verfügung stehen, also müssen wir sehen, wie der Dienstplan zusammengeschraubt werden muss und wer zukünftig die Verantwortung für die Buchabteilung haben soll."

Um den Tisch wird es still. Alle – auch diejenigen, die dem Zusammenstoß der beiden Damen bei der Kirche nicht persönlich beigewohnt haben – kennen offensichtlich das Problem.

„Wenn ich es richtig verstanden habe", sagt Valborg, als die Stille lange genug angedauert hat, „gibt es sogar zwei Personen, die daran interessiert sind, die Buchabteilung zu übernehmen: Else, die seit ein paar Jahren die Verantwortung für das Herrichten und Reparieren diverser Bekleidungsstücke hat ..." Sie sieht einen Augenblick lang zu Else, ehe sie ihren Blick auf Anne-Maj richtet. „... und Anne-Maj, die erst seit sieben Monaten hier ist und daher noch keinen eigentlichen Verantwortungsbereich hat."

„Ist es dann nicht am logischsten, dass Anne-Maj den Dienst bekommt?", unterbricht Kylle mit einem ungeduldigen Ausdruck. „Auf diese Weise müssen wir nicht die Betreuung der anderen Bereiche ändern. Darüber brauchen wir doch wohl kein größeres Palaver abzuhalten."

„Also", sagt Else schnell. „Das Dienstalter hat doch wohl auch eine Bedeutung, würde ich meinen."

„Aber natürlich", sagt Anne-Maj und tätschelt Else die Hand. „Das hat es." Sie lächelt. „Wenn man ein Bücherwurm ist, dann ist dies natürlich eine schöne Aufgabe – auch wenn man einen so kaputten Rücken hat, dass man für die Erledigung der Arbeit Hilfe benötigt." Sie hofft nur, dass niemandem einfällt, wie sehr sie selbst jedes Mal hinkt, wenn ihr schlechtes Knie Schwierigkeiten macht.

„Ich *weiß*, dass mir die Buchabteilung liegen würde", sagt Else. „Und Stanley will gern helfen." Sie sieht ihn beschwörend an, doch der Mann konzentriert sich so sehr auf sein viertes Stück Kuchen, dass er überhaupt nichts bestätigen kann. „Ich brenne für Bücher", fügt sie etwas zahm hinzu.

„Also liest du viel, Else?", fragt Valborg.

„Aber ja." Die Landwirtswitwe hat rote Backen bekommen. „Seit ich in Rente bin, habe ich dafür ja auch Zeit."

„Und du hast umfangreiche Literaturkenntnisse? Du weißt, was sich verkauft?"

„Jaaa, ich ..." Else wird noch röter. „Ich weiß doch, was ich selbst mag, und das sind all die Bücher, die in der Bibliothek am gefragtesten sind." Sie zählt ein paar Titel von romantischen Romanen auf, nennt ein paar Biografien und ein sogenanntes Interviewbuch.

Valborgs Gesicht ist neutral zuhörend. Anne-Maj weiß, dass Valborg von Schilling vor ihrer Pensionierung Lehrerin war, und das kann man sehr wohl spüren. Sie weiß auf jeden Fall, wie man eine Versammlung leitet, und sie ist geschickt darin, ihr Gesicht ruhig zu halten, sodass niemand ihre Meinung ablesen kann, ehe sie selbst bereit ist. Vielleicht hat sie das auch von ihrem Politiker-Ehegatten gelernt, denkt Anne-Maj, die weiß, dass Valborgs jetzt verstorbener Mann viele

Jahre lang Bürgermeister in einer Kleinstadt auf Seeland gewesen ist. Diese Tatsache hat sie so häufig erwähnt, dass die Ehrenamtlichen sie hinter ihrem Rücken „die Bürgermeisterin“ nennen.

Will man eine Vermutung wagen, so ist Valborg im vorliegenden Konflikt gerade eher auf Anne-Majs Seite, aber das ist schwer abzuschätzen. „Und du, Anne-Maj“, sagt sie und wendet sich ihr zu. „Du bist wohl auch eine eifrige Leserin, nachdem du dich für die Abteilung interessierst?“

„Ja“, sagt Anne-Maj. Das ist jetzt der Zeitpunkt, auf den sie gewartet hat, also setzt sie sich aufrecht hin und beginnt ihre kleine Rede. Sie hält sie so knapp wie möglich, lässt aber dennoch alles einfließen: die kleine Ausstellung guter Kinderbücher, Belletristik von gewisser Qualität, eine separate Krimiabteilung, die Datierung neu eintreffender Bücher.

„Du hast dir schon Gedanken gemacht“, sagt Valborg. „Aber dir ist schon klar, dass die Buchabteilung nicht mehr Platz bekommt, als sie derzeit hat, oder? Was willst du machen, um genug Regalmeter zu schaffen?“

„Ich werde all die veralteten Nachschlagewerke und die verschlissensten Buchklubausgaben, die nur rumstehen, zum Wertstoffhof fahren“, sagt Anne-Maj sofort. „Außerdem kann man wohl ...“

Vips fährt dazwischen: „Das ist doch nicht dein *Ernst!* Helmer hat alles darangesetzt, den Kunden eine schöne Auswahl kompletter, gebundener Lexika anbieten zu können.“

„Aber es ist ja nicht ohne Grund, dass sie hier schon seit Jahren stehen, Vips: Niemand möchte heute mehr Lademanns Lexikon oder ein veraltetes Medizinlexikon in fünf Bänden haben“, antwortet Anne-Maj, vielleicht etwas zu sehr von oben herab, als eigentlich klug ist. Sie kann das Unbehagen von Kylle, Ruth und Lis spüren: So spricht man nicht mit einer frisch gebackenen Witwe. Sie fährt daher fort: „Ich bin mir sicher, dass Helmer sehr viel von den antiquarischen Büchern verstand, aber von irgendetwas müssen wir uns ja trennen, wenn wir uns erneuern wollen."

Jetzt hat Vips wieder das Taschentuch im Einsatz. Anne-Majs Selbstsicherheit schwindet. Die Sympathie, die sie mit ihrer durchdachten und engagierten Strategie vielleicht gewonnen hat, ist vollkommen dahin. Witwentränen übertrumpfen jeden gesunden Menschenverstand, und das hätte sie sich denken können. Sie blickt zu Valborg, von der sie hofft, dass sie in all dem Hin und Her ihren kühlen Überblick bewahrt hat. Sie *muss* doch erkennen können, dass Anne-Maj die einzig richtige Wahl ist. Alle wissen, dass Valborg von Schillings Worte Gesetz sind.

Die Bürgermeisterin sitzt eine Weile da, blickt in ihre Papiere, schenkt sich eine Tasse schwarzen, ungesüßten Kaffee sowie einen ganz kleinen Cognac ein und sagt dann: „Ich bin der Meinung, dass ihr euch den Job teilen solltet, Else und Anne-Maj." Sie hebt die Hand, als Else zu protestieren beginnt. „Wäre das hier ein normaler Arbeitsplatz, wären wir gezwungen gewesen, eine Person zu wählen und es der abgelehnten zu überlassen, ob sie auf ihrer alten Stelle weitermacht oder sich etwas Neues sucht. Aber so spielt die Musik hier nicht." Sie blickt in die Gesichter der Anwesenden, eines nach dem anderen. „Dies hier ist ein Wohltätigkeitsverein; alle sind auf ehrenamtlicher Basis hier, und wir können es uns nicht leisten, auch nur auf einen von euch zu verzichten."

„Ja, aber ..." Anne-Maj lehnt sich zurück. „Was dann?"

„Wir müssen an die Organisation und den Gewinn denken, nicht an Einzelpersonen."

„Wollen wir nicht abstimmen?", fragt Kylle, die gerade das streichbare Mischprodukt auf einem halben Rosinenbrötchen verteilt. Mit diesem hier hat sie drei gegessen – und nur ein Stück Kuchen, hat Anne-Maj bemerkt. Sie würde darauf wetten, dass Kylle jetzt Else ihre Sympathie schenken würde.

„Ob es Else oder Anne-Maj sein soll?", fragt Lis.

„Nein", bestimmt Valborg. „Zunächst einmal stimmen wir ab, ob es eine gemeinsame Aufgabe sein soll oder nicht."

Else und Anne-Maj sind die einzigen, die dagegen stimmen. Niemand kommentiert, dass Stanley bei beiden Vorschlägen die Hand hebt. Die Buchabteilung soll zwischen den beiden Kämpferinnen geteilt werden.

„Aber was machen wir dann mit der Strategie?", fragt Anne-Maj resigniert. „Wenn wir uns bei jedem winzigen Detail einigen müssen, wird es ja ..."

„Ich bin mir sicher, dass ihr das schafft", unterbricht Valborg und greift nach ihrem Leinenbeutel. „Ich habe ein paar überarbeitete Dienstpläne erstellt ..."

*

Nach der Versammlung geht Anne-Maj müde und kleinlaut hinaus in das Abenddunkel. Sie schleppt wieder die Backform und auch die immer noch halb volle Cognacflasche. Letztere ist nicht besonders gefragt gewesen; vielleicht hätten sie sich wie sonst auch an einen Bitter halten sollen.

„Soll ich dich mitnehmen?" Vips steht plötzlich neben ihr. Ihre Augen, die einst braun gewesen sein müssen, sind zu einer Farbe wie kalter Tee verblasst. Sie hat eine dürre Hand auf Anne-Majs Arm gelegt.

„Ich wohne gleich hier unten in der Lindealle." Anne-Maj zögert. „Es ist nicht sehr weit."

„Ach, komm schon", sagt Vips. „Du hast so viel zu schleppen, und ich muss sowieso in die Richtung."

Ihr Auto ist rot und ganz neu.

„Helmer mochte es auch sehr“, sagt sie, als Anne-Maj höflich das kleine Fahrzeug lobt. Vips wirkt beinahe fröhlich. Vergessen ist offensichtlich der kleine Zusammenstoß über die Art, wie ihr Mann die Buchabteilung führte. Vielleicht ist sie in Wirklichkeit ein bisschen erleichtert darüber, Witwe geworden zu sein? So etwas sagt man ja nicht laut, aber niemand kann es ihr wohl verdenken. Wenn sich ihr Mann zu Hause ebenso dominierend benommen hat wie im Laden, muss es eigentlich schön sein, ihn los zu sein.

„Ich hätte ja auch einfach selbst fahren können“, sagt Anne-Maj und schiebt den Beifahrersitz nach hinten, damit Bauch und Backform Platz haben. „Aber ich dachte ... das kurze Stück.“

Vips nickt. Ihr Fokus ist jetzt darauf gerichtet, rückwärts aus dem Parkplatz zu fahren, was im Schneckentempo geschieht. Als das umständliche Manöver endlich überstanden ist, bemerkt sie Anne-Majs Blick. „Ich bin das Fahren nicht mehr gewohnt“, sagt sie. „Immer ist Helmer gefahren, aber ich muss ja lernen, selbst ...“ Sie blinkt rechts in die Svanestræde. „Stimmt, nein. Wir dürfen die Fußgängerzone ja nicht kreuzen“, murmelt sie vor sich hin und blinkt in die entgegengesetzte Richtung, während sie das Lenkrad gegen den Uhrzeigersinn reißt.

„Das darf man schon“, sagt Anne-Maj. „Man fährt einfach um den Bahnhofsplatz herum ... Aber es ist gleich weit, ob du die eine oder die andere Strecke nimmst.“ Als sie Vips' Verwirrung sieht, fügt sie schnell hinzu: „Ich weise dir den Weg.“

Das Auto bleibt mit einem metallischen Schrei stehen, als es halb auf der Straße ist. „Ah, also! Was ist *das* denn?“ Vips' Stimme zittert. „Ach, ich bin es so gewohnt, dass *Helmer* ... normalerweise muss ich ja nicht *selbst* ...“

„Soll ich fahren?“, fragt Anne-Maj.

„Nein, nein, ich muss bloß ..." Vips lässt den Motor wieder an und quält sich in den ersten Gang. Er jammert nur ein bisschen, als sie in den zweiten wechselt.

„Du brauchst gewiss ein Schnäpschen", sagt Anne-Maj und tätschelt ihr die Hand, als sie die Straße hochkriechen. „Wenn du nach Hause kommst, meine ich. Füße hoch und dann eine kleine Stärkung."

„Nein", sagt Vips mit würdevoller Miene. „Allein trinke ich niemals Alkohol. Das ist ein Prinzip."

„Soll ich mit zu dir und dir etwas Gesellschaft leisten?", fragt Anne-Maj und schickt ein Gebet an die höheren Mächte, dass Vips ablehnt.

Das tut sie zum Glück: „Du brauchst dich nicht um mich zu kümmern", sagt sie, und Anne-Maj weiß, dass sie lügt. Genau darauf ist Vips nämlich aus: Dass sich jemand um sie kümmert.

„Ich könnte auch irgendwann kommen und dir all das mit dem Computer erklären. Es ist gar nicht so schwer, wenn man erst mal begonnen hat."

„Danke, aber ... es hat bereits jemand angeboten, mir zu helfen."

„Vielleicht hast du ja Lust, mal zum Essen zu kommen?", fragt Anne-Maj daher, ehe sie es bereuen kann.

Vips' Augen leuchten auf. „Das wäre sehr schön."

5.
Sonntag, 14. April

Ein paar Wochen später ist Anne-Maj bereit, ihr Versprechen gegenüber Vips einzulösen. Der Tisch ist mit dem blaugestreiften Leinentischtuch, weißem Porzellan und orangen Servietten als Kontrast gedeckt. In der Mitte ein Strauß oranger Tulpen. Das Menü ist im Vergleich zu den Tagen, an denen nur Iben und Didi zum Essen kommen, ein bisschen opulenter. Anne-Maj möchte Vips gern zeigen, dass sie ein willkommener Gast ist, und wie zeigt man dies besser als mit einem etwas konservativen Drei-Gänge-Menü? Ältere Menschen sind häufig zurückhaltend gegenüber fremdem Essen, weiß sie, also ist die Wahl auf einen klassischen Rinderbraten mit Salzkartoffeln, brauner Soße und einem grünen Salat mit Großmutterdressing gefallen. Die Vorspeise, Avocado mit Garnelen, muss im letzten Augenblick zubereitet werden, und die portionsweise angerichtete Zitronenspeise steht schon längst im Kühlschrank bereit, während der Braten im Ofen ist und die übrigen Zutaten für das Hauptgericht wie gewohnt in der richtigen Reihenfolge auf der Arbeitsplatte stehen.

Didi und Iben sitzen bereits im Wohnzimmer; letztere mit Mortensen auf dem Schoß. Er liegt auf dem Rücken wie ein

Baby, vollkommen geflasht vor Genuss, den Bauch nach oben und mit halb geschlossenen Augen.

Anne-Maj sinkt in ihren Lieblingssessel und legt das linke Bein auf einen Hocker. Ahhh. „So", sagt sie, „jetzt darf Vips dann auch gern auftauchen."

„Hast du keine Verspätung einkalkuliert, so wie sonst?"

„Doch, doch. Sie ist auf sechs Uhr eingeladen, und ich serviere das Essen um sieben. Das dürfte genug Spielraum sein. Außerdem rief sie heute Nachmittag an und fragte noch einmal nach der Uhrzeit, also wird sie schon kommen."

„Ganz sicher. So eine wie sie kommt immer pünktlich. Oder etwas früher."

„Ach, Iben." Anne-Maj schüttelt den Kopf. „Du kennst sie doch gar nicht, also woher willst du wissen, ‚was für eine' sie ist?"

„Sie ist über achtzig, oder?" Iben wiederholt mit Nachdruck: „So. Eine. Wie. Sie. Kommt. Immer. Pünktlich."

Anne-Maj kann ein schiefes Lächeln nicht unterdrücken. „Ihr müsst nett zu ihr sein", sagt sie dann. „Vips ist ein armes Ding."

„Warum ist sie ein armes Ding?" Die Frage kommt von Didi, ohne dass sie ihren Blick vom Mobiltelefon abwendet. Wie üblich sind die Erwachsenen ein wenig baff. Man vergisst leicht, dass das Mädchen alles hört, was so vor sich geht, auch wenn sie so versunken ist in ... was auch immer da draußen im Cyberspace so anziehend ist.

„Sie hat ihren Mann erst vor einem Monat verloren", erklärt Anne-Maj.

„Aber war das nicht der, der so widerborstig war?", fragt Didi. „Der, den du nicht mochtest?"

Iben und Anne-Maj blicken einander an. Die Kleine saugt alles in sich auf.

„Jaaa", antwortet Anne-Maj, „er war nicht ganz einfach."

„Dann muss sie doch froh sein, dass er tot ist." Didi sieht von ihrem Mobiltelefon auf. „Vielleicht war *sie* es ja, die ihn getötet hat."

„Also, Didi!", fährt Iben dazwischen. „Jetzt ist es aber genug."

„Deine Mutter hat recht", sagt Anne-Maj, als ihre Enkelin sie appellierend anblickt. Didi ist es gewohnt, dass Anne-Maj zu ihr hält – aber diesmal nicht. „Es kann schon sein, dass Helmer zu Hause auch ein rechter Tyrann war, aber er hat sich um ihre Finanzen und Versicherungen und das Auto und das Haus und solche Dinge gekümmert. Mit all dem muss Vips sich nun beschäftigen, und sie ist total durcheinander und ganz unglücklich. Sie weiß nicht einmal, wie man etwas online erledigt, oder wie man eine E-Mail liest und beantwortet. Ich glaube eigentlich, dass sie nicht einmal weiß, wie man den Computer einschaltet."

„Hat sie keine Kinder, die ihr helfen können?", fragt Didi.

„Sie wohnen weit weg, Liebes. Sie können ja nicht jedes Mal, wenn es irgendein kleines Problem gibt, angefahren kommen. Doch vielleicht nimmt sich doch eines von ihnen Zeit dafür. Sie hat zumindest so etwas erwähnt, dass jemand versprochen habe, ihr eine kleine Schulung zu geben."

„Entschuldige mal", ruft Iben aus, „aber daran *ist* die Frau doch selbst schuld. Man kann doch nicht durchs Leben gehen, ohne sich mit all den praktischen Dingen zu beschäftigen. Es ist doch unerhört dumm, sich so abhängig von einem Mann zu machen."

„Da stimme ich dir auf jeden Fall zu", sagt Anne-Maj. „Aber es ist nicht immer zu verstehen, wie andere gestrickt sind. Manche Menschen sind einfach nicht gemacht für Papierarbeit. Vips hat sich sicherlich um viele andere Dinge gekümmert. Kinder, Haushalt, Wäsche. Diese Dinge. Du musst etwas großzügiger sein, Iben."

„Aber, Oma, was ist mit dem Essen?", kommt es von Didi, deren Augen wieder am Mobiltelefon kleben.

„Dem Essen?"

„Ja, dem Essen. *Du* bist doch diejenige, die nicht großzügig ist."

„Ich habe keine Ahnung, wovon du sprichst."

„Du sagst doch immer, dass erwachsene Menschen, die kein Essen machen können, es nicht verdienen, etwas zu essen zu bekommen." Didi blickt auf. „Das ist doch nicht besonders tolerant, oder?"

„Das ist etwas ganz anderes", protestiert Anne-Maj. „Nicht alle haben ein Auge für Zahlen und Technik, aber alle können lernen, Essen zu machen."

„Nicht *alle*." Iben lacht. „Was ist zum Beispiel mit mir? Ich werde wohl nie gut darin, und es interessiert mich auch nicht die Bohne. Die Leute sind unterschiedlich, und einige von uns sind wahrhaftig auch anders als *du*, Frau Mortensen. Das zu begreifen, fällt dir manchmal nur schwer."

Sie grinst breit, und Didi kichert. Nach ein paar Sekunden kapituliert Anne-Maj und lacht mit.

„Na, na, na, jetzt habt ihr mich für heute aber genug veräppelt", sagt sie und erhebt sich. „Ich werde mal nach dem Braten sehen." Sie geht in die Küche, öffnet die Ofentür und stellt fest, dass alles so ist, wie es sein soll. Ein schneller Blick auf die Armbanduhr zeigt, dass Vips jetzt zehn Minuten verspätet ist. Das ist nicht katastrophal, aber doch ein wenig eigenartig.

Sie nimmt die Schale mit Erdnüssen mit ins Wohnzimmer und stellt sie auf den Couchtisch mit einem strengen Blick zu Mortensen, der jetzt zur Tat erwacht ist und neben Iben aufrecht auf dem Sofa sitzt, mit einem naschsüchtigen Blick auf die gesalzenen Nüsse. „Das kannst du gleich wieder vergessen, Kamerad", sagt Anne-Maj. „Die sind nicht für dich."

„Ich habe ganz zu fragen vergessen", sagt Iben. „Hast du denn die Verantwortung für die antiquarischen Bücher bekommen?"

„Ach, nein." Anne-Maj seufzt. „Nein, habe ich nicht. Zumindest nicht allein." Sie erklärt in groben Zügen, wie die Regelung jetzt aussieht, und fügt hinzu: „Aber ich war geschickt, das schon. Als der neue Dienstplan festgelegt werden sollte, habe ich freiwillig drei Nachmittage pro Woche übernommen. Else hat nur zwei."

„Und?" Iben sieht verwirrt aus.

„Verstehst du das nicht? Wenn ich diejenige bin, die am meisten da ist, bin ich es auch, die am meisten bestimmt. Außerdem war *ich* es auch, die sich eine richtige Strategie für die Abteilung überlegt hat. Das hat sie nicht. Sie hat mehr oder weniger nur das Verfügungsrecht über ihre sentimentalen Liebesromane und die Interviewbücher."

Iben schüttelt den Kopf. „Ich fasse es nicht. Es ist unbezahlte Arbeit, ihr seid erwachsene Menschen und im Vollbesitz eurer fünf Sinne – und dann schlagt ihr euch darum, Alleinherrscher über ein paar Regalmeter gebrauchte Bücher zu sein. Das ergibt doch keinen Sinn."

„Es gibt so vieles, was du nicht verstehst", sagt Anne-Maj.

„Dann erklär es mir."

„Das kann ich nicht. Wenn du es nicht selbst erkennen kannst, dann kann ich dir nicht helfen", sagt Anne-Maj schnippisch.

„Es ist jetzt Viertel vor", sagt Iben und schüttet sich eine Handvoll Erdnüsse in den Mund.

„Glaubt ihr, dass etwas passiert ist?" Didi sieht zu ihrer Großmutter.

„Was soll denn passiert sein?“

Didi klingt ausnahmsweise gut gelaunt: „Sie kann an einem Herzschlag gestorben sein ...“

„Jetzt hör schon auf mit diesem Unsinn.“

„Das kann sehr wohl passiert sein. Vips ist doch uralt, oder?“

„Wie man's nimmt“, murmelt Anne-Maj.

„Wenn sie ihren Mann umgebracht hat, ist sie vielleicht ins Ausland geflüchtet oder hat sich erhängt ...“ Die Erwachsenen schnappen entsetzt nach Luft, doch Didi fährt fort, ohne sich ablenken zu lassen: „ ... sie kann auch einen Unfall mit dem Auto gehabt haben, jemand kann sie überfallen haben ... oder vielleicht haben ihre Söhne es ihr verboten, mit anderen zu sprechen oder ...“

„Stopp, stopp, stopp.“ Anne-Maj hebt eine Hand in die Luft. „Das ist doch unglaublich, Didi! Woher hast du nur all den Quatsch?“

Didi grinst und nimmt sich ihr Telefon. Ehe sie mental wieder verschwindet, sagt sie: „Dann ruf sie doch an, Frau Mortensen.“

Das ist eigentlich eine glänzende Idee, denkt Anne-Maj. Sie hat zwar nicht ihre Nummer, doch ein schnelles Googeln löst *dieses* kleine Problem; sie sieht aus wie eine Festnetznummer. Das Rufsignal geht klar durch. Einmal, zweimal, dreimal, es hört nicht auf. Einen Anrufbeantworter verwendet Vips anscheinend nicht.

„Also“, sagt Anne-Maj irritiert. „Ich bin gezwungen, den Braten jetzt herauszunehmen, damit er noch etwas ruhen kann, aber ich kann den Rest des Essens nicht machen, ehe ich sicher bin, wann wir uns zu Tisch begeben können.“

„Also ich habe einen Bärenhunger“, sagt Iben.

„Was soll ich deiner Meinung nach tun?”

„Folge deinem ursprünglichen Plan, Mama. Mache das Essen, serviere es um sieben, und lass es uns in aller Ruhe genießen. Wenn Vips auftaucht, isst sie einfach mit, als ob nichts wäre."

„Und wenn sie nicht kommt?"

„Dann hat sie es vielleicht vergessen oder den Zeitpunkt missverstanden."

„Es *kann* aber auch wirklich sein, dass ihr etwas passiert ist."

„Dann haben wir eine ganz neue Situation, ja", sagt Iben. „Aber alles zu seiner Zeit. Einstweilen könnte ich mir sehr gut vorstellen, etwas zu essen zu bekommen."

„Also gut." Anne-Maj begibt sich wieder in die Küche und bereitet den Rest der Mahlzeit zu, während Didis Aufzählung, was alles passiert sein kann, in ihrem Hinterkopf herumschwirrt. Sie kennt Vips nicht so gut, doch Iben hat recht. Ältere Menschen kommen sehr oft vor der vereinbarten Zeit; vielleicht aus Angst, jemandem Mühe zu machen, oder aus Sorge, den Weg nicht finden zu können oder in einen Stau zu geraten. Nicht dass für Letzteres auf der wenig befahrenen und ziemlich kurzen Strecke zwischen der Lindealle und dem kleinen Häufchen Villen, die unter dem Namen Kildehusene laufen, ein großes Risiko bestünde – aber man kann ja nie wissen. Als Anne Majs eigene Mutter älter wurde, ehe sie richtig krank wurde, musste sie nach dem sonntäglichen Essen immer nach Hause gefahren werden. Jedes Mal zog die Mutter ihren Haustürschlüssel bereits heraus, noch ehe sie Anne-Majs Haus verlassen hatten. Während der gesamten Autofahrt hielt sie den Schlüssel zwischen Daumen und Zeigefinger fest gepackt, sodass sie ihn zu Hause bei sich sofort ins Schloss stecken konnte. Am besten ist es, vorbereitet zu sein, wie sie es ausdrückte.

Sie essen alle drei Gänge, nehmen sich Zeit dafür. Didi versucht sich weiterhin tapfer mit der „variierten" Kost: Sie knabbert an einer Scheibe Avocado und riecht an einer Garnele, verzehrt eine gekochte Kartoffel mit einem Tröpfchen Soße sowie eine Portion Pommes frites und ein paar Gurkenstifte, kostet einen Löffel Zitronenspeise. Weder ihre Mutter noch ihre Großmutter kommentieren dies, auch wenn Iben es nicht lassen kann, die ganze Zeit die Nahrungsaufnahme ihrer Tochter im Auge zu behalten. Anne-Maj hingegen hat ihre Antennen konstant auf die Haustür gerichtet und gegen ihre Gewohnheit das Mobiltelefon neben dem Teller liegen, sodass es ihr nicht entgehen kann, falls Vips anrufen sollte. Doch weder die Türklingel noch das Telefon geben einen Laut von sich. Als sie mit dem Dessert fertig sind, versucht Anne-Maj noch einmal mit Vips telefonisch Kontakt aufzunehmen – mit demselben niederschmetternden Ergebnis wie zuvor.

„Also", sagt Iben, „wir müssen jetzt sehen, dass wir heimkommen. Morgen ist ja ein ganz normaler Schultag."

„Ja, es ist spät geworden." Anne-Maj ist ein wenig geistesabwesend.

„Soll ich den Abwasch machen?" Iben stellt die Frage an jedem Sonntag, auch wenn sie die Antwort ganz genau kennt: Niemand anderes als Anne-Maj hat Zugang zu ihrer Küche. Sie erwartet keine Antwort, und es kommt auch keine.

„*Findest* du nicht, dass das mysteriös ist?", fragt Anne-Maj stattdessen. „Ich *kann* einfach nicht verstehen, dass Vips nicht aufgetaucht ist."

„Warum fährst du nicht raus zu ihr und siehst nach, wenn du so unruhig bist?"

„Jetzt?"

„Warum nicht? Du hast nur ein Glas Wein gehabt; du kannst schon noch mit dem Auto fahren." Iben hat sich erhoben und holt ihren Mantel und den ihrer Tochter, während Mortensen ihr um die Beine schwänzelt. „Wenn du es nicht tust, weißt du ebenso gut wie ich, dass du dich die ganze Nacht hin- und herwälzt, während du dir den Kopf zerbrichst, ob Vips mit einer gebrochenen Hüfte auf ihrem Küchenboden liegt und ihr Telefon nicht erreichen kann. Ich kenne dich."

Anne-Maj steht auf. Der Gedanke an die gebrochene Hüfte gibt zusammen mit Didis Schreckensszenarien den Ausschlag. „Nein, lass nur stehen!", ruft sie, als Iben, jetzt im Mantel, die Dessertteller einzusammeln beginnt. „Das mach ich später."

Iben schüttelt den Kopf, lächelt. Sie stellt das Geschirr wieder ab. „Gehen wir gemeinsam raus?"

„Ja. Ich nehme Mortensen mit. Er muss noch einmal raus, ehe wir fahren."

Gesagt, getan. Anne-Maj begleitet Iben und Didi die Algade hinauf, bis Mortensen getan hat, weshalb er nach draußen gebracht wurde. Dann fährt sie hinaus zu dem Haus, in dem die Bergstrøms seit vielen Jahren wohnen. Sie überprüft die Nummer ein zusätzliches Mal. Ja, hier ist es. Erste Reihe hinaus zum Fjord; ein ungewöhnlich wohlproportioniertes und ordentlich gehaltenes Haus von nicht unbedeutender Größe.

In der Einfahrt hält das rote Mikroauto, und das Gefühl, dass irgendetwas nicht stimmt, wird stärker. „Du musst hierbleiben", sagt sie zu Mortensen, der sich gut aufgelegt streckt und in Erwartung einer zusätzlichen Tour an diesem interessanten, neuen Ort mit dem Schwanz wedelt. „Bleib hier. Pass auf das Auto auf", sagt sie zu ihm.

Die Lampe über der Haustür brennt, und irgendwo im Inneren des Hauses kann man durch das runde Fenster in der Tür einen Lichtschein erahnen. Ansonsten ist es hier still und dunkel. Gut, dass man keine Angst vor der Dunkelheit hat, denkt Anne-Maj. Jedenfalls nicht sehr viel. Das wiederholte Drücken der Türklingel bringt kein Ergebnis. Ein andauerndes Klopfen an die Scheibe des Küchenfensters ebenfalls nicht.

Es ist bestimmt nicht Anne-Majs Art, im Garten anderer Menschen herumzuschleichen, aber sie reißt sich zusammen. Wer sollte es zu dieser späten Stunde schon bemerken? Die einzig vernünftige Sache ist es, die Quelle für den schwachen Lichtschein zu finden. Mit etwas Glück kann man zu den Fenstern auf der anderen Seite des Hauses hineinsehen. Anne-Maj aktiviert die Taschenlampe an ihrem Mobiltelefon und geht einen schmalen, gepflasterten Pfad entlang, bis sie auf eine Terrasse mit demselben Belag tritt. Ein schwacher Schein vom Vollmond und von den Sternen ermöglicht es, über den Isefjord zu blicken, wo ein paar Möwen auf den dunklen Wellen schaukeln.

Sie geht zum Fenster. Eine Stehlampe wirft ein warmes Licht auf ein rotes Sofa mit steifer Rückenlehne. Es ist ein Klassiker; ein FDB-Möbel aus den sechziger Jahren, vermutet Anne-Maj. Das Wohnzimmer sieht menschenleer aus. Sie will gerade umkehren und zurück zum Auto gehen, als sie bemerkt, dass noch ein Sofa im Raum steht, ähnlich wie das erste. Es steht an der Wand in der hintersten Ecke des Wohnzimmers. Als Anne-Maj zu einem anderen Fenster geht und den Lichtkegel der Taschenlampe hineinrichtet, kann sie die Umrisse eines Körpers erahnen. Sie klopft an die Scheibe. Fest. Die Gestalt bewegt sich nicht. Als sie noch ein paar Mal geklopft hat, weiß sie, dass sie sich einen Weg nach drinnen verschaffen muss, um zu sehen, ob erste Hilfe geleistet werden kann. Viele Jahre hinter dem Empfangstresen einer Arztpraxis haben zu einem Kurs nach dem anderen geführt, und falls Vips eine Herzmassage oder Mund-zu-Mund-Beatmung benötigt, ist Anne-Maj vollständig in der Lage, dies zu erbringen.

Sie versucht, die Terrassentür zu öffnen, und zu ihrer Überraschung geht sie ohne Widerstand auf. Gut. Sie hatte sich schon Sorgen gemacht, ob sie eine Scheibe einschlagen und damit riskieren müsse, sich zu schneiden. Im Raum hängt ein würziger Duft, etwas Bekanntes, aber im Moment fällt ihr nicht ein, was es ist. Mit ein paar langen Schritten ist sie bei Vips, doch es dauert nicht mehr als ein paar Sekunden, um festzustellen, dass keine Form von noch so professionell ausgeführter erster Hilfe die alte Dame wieder auf die Beine bringen kann.

6.
Sonntag, 14. April

Die Notrufzentrale gibt Anne-Maj ein paar ziemlich unnötige Verhaltensmaßregeln. Als ob jemand eine alte, gewiefte Krimileserin wie sie bitten muss, an Ort und Stelle zu bleiben und nichts anzurühren, bis der Rettungswagen kommt. Es kann sich als notwendig herausstellen, die Polizei zu rufen bei einem plötzlichen, unerwarteten Todesfall – und als solcher kann dieser ja vielleicht betrachtet werden, erklärt die Dame in der Notrufzentrale.

Die Polizei? Plötzlicher, unerwarteter Todesfall? Anne-Majs Gehirn surrt. Könnte man sich wirklich vorstellen, dass Vips ... Nee. Meine Vorstellungskraft geht mit mir durch; ich habe mich von Didi und ihren morbiden Fantasien anstecken lassen. Anne-Maj holt Mortensen und nimmt ihn an die Leine. Es gibt keinen Grund, dass er länger als höchstens notwendig draußen in dem dunklen Auto sitzen muss, und es gibt wohl Grenzen, wie sehr ein einzelner kleiner Hund einen etwaigen Tatort verunreinigen kann, oder? Zur Sicherheit setzt sie sich mit dem Hund aber nach draußen; auf die Terrasse, die zum Wasser zeigt. Sie sitzen Seite an Seite auf einer Gartenbank, die durch langjährigen Gebrauch glatt wie Seide geworden ist. Die Möwen liegen immer noch draußen auf der Förde. Ob sie so wohl nachts schlafen, schaukelnd auf den kalten Wellen? Die Luft ist ein wenig rau, aber nicht so eisig, wie man es sonst Mitte April erleben kann.

Anne-Maj hat normalerweise keine Angst vor der Dunkelheit, aber an diesem Abend, mit der Leiche der alten Dame im Haus, ist sie unruhig. Ihre Sinne sind allzu geschärft. Sie hat die ganze Zeit den Eindruck, im Haus ein Rascheln zu hören. Eine Tür, die geöffnet wird. Schritte auf der Treppe. Mehrere Male knurrt Mortensen hinaus in die Dunkelheit, einmal kläfft er wütend, und Anne-Maj zuckt zusammen. Das ist wohl nur ein Igel, versucht sie sich zu beruhigen, doch das kriechende, unheimliche Gefühl bleibt ihr in den Knochen stecken, und sie spürt keinen Drang, die Sache zu untersuchen. Anne-Maj krault Mortensen hinter dem Ohr, um ihn zu beruhigen. Die lassen sich ganz schön Zeit, die Rettungskräfte. Auf der anderen Seite ... Es gibt nur einen Rettungswagen in Nykøbing. Wenn der im Einsatz ist, müssen sie einen von Asnæs oder gar von Holbæk schicken, weiß sie von ihrer alten Arbeitsstelle. Es dauert so lange es eben dauert. Sie gähnt erneut.

Anne-Maj versucht, nicht allzu sehr an Vips' entseelten Körper auf dem roten Sofa zu denken. Sie liegt so nett da, die Hände auf dem Bauch gefaltet, die Augen beinahe geschlossen. Dennoch hatte Anne-Maj, in den kurzen Augenblicken, in denen sie schockiert dastand und den toten Körper der alten Dame betrachtete, das eigenartige Gefühl, dass etwas nicht stimmte. Nicht nur der Duft, den sie nicht einordnen konnte. Etwas, das mit der Leiche selbst zu tun hatte. Etwas ... Undefinierbares. Jetzt sitzt Anne-Maj hier draußen in der kühlen Nachtluft und versucht, sich darüber klar zu werden, was es ist, doch jedes Mal, wenn sie den Gedanken gerade zu fassen bekommt, entwischt er ihr wieder. Sie versucht, sich selbst zu überreden, hineinzugehen und noch einen Blick auf den entseelten Körper zu werfen, doch das Unbehagen ist zu groß.

Nach einer Dreiviertelstunde taucht der Rettungswagen auf. Keine Sirenen oder Blaulichter, nur der Klang eines Dieselfahrzeugs, das vor das Haus rollt. Anne-Maj geht um das Haus, um die Leute zu empfangen. Ihre Augen haben sich so sehr an die Dunkelheit gewöhnt, dass die Taschenlampe des Mobiltelefons überflüssig ist.

„Hallo", ruft sie, als sie an der Ecke steht.

„Bist du diejenige, die angerufen hat?", fragt der Einsatzleiter, ein jüngerer Mann in einer weißen und neongelben Jacke mit quer verlaufenden reflektierenden Streifen, wobei er sie wie in Dänemark üblich duzt. Er spricht sehr laut, um Mortensen zu übertönen, der in bester Dackelmanier wie ein Verrückter bellt, um den gefährlichen Mann zurück in die Dunkelheit zu verschrecken, aus der er gekommen ist.

Anne-Maj grüßt den zweiten Mann vom Rettungsdienst, der jetzt auch aus dem Auto ausgestiegen ist, führt sie ums Haus und stellt sich seitlich auf die Terrasse, damit sie nicht im Weg ist. Die beiden Männer öffnen die Tür – ohne Handschuhe –, machen mehr Licht und trampeln im Wohnzimmer herum. Hinterlassen Fingerabdrücke und Fasern und DNA-Spuren ... Haben die noch nie etwas davon gehört, den Fundort nicht zu verunreinigen, denkt Anne-Maj und hebt Mortensen hoch, um sein Bellen zu stoppen. Es gelingt teilweise. Zumindest knurrt er jetzt nur. Anne-Maj gähnt sofort wieder, so sehr, dass sie fast das Gleichgewicht verliert. Ach, wie gern würde sie nach Hause und die Küche aufräumen, damit sie ins Bett kann. Es war ein langer Tag.

Die Rettungssanitäter stehen über Vips gebeugt. Dann richten sie sich auf, blicken einander an, und der eine schüttelt den Kopf. Sie kommen beide hinaus zu Anne-Maj.

„Hat ihr etwas gefehlt?", fragt der Einsatzleiter.

Anne-Maj erforscht ihr Gehirn, das voll von diversen Symptomen von erst der einen, dann der anderen der Damen des Ladens ist. Es ist nicht leicht, den Überblick zu behalten, wer eine schlechte Durchblutung hat, wer erhöhten Blutdruck und wer auf der Warteliste für eine neue Hüfte steht. In ihrem Alter ist es eigentlich einfacher, eine Liste darüber anzulegen, was den Leuten *nicht* fehlt. „Vielleicht etwas mit dem Herzen", sagt sie schließlich.

„Wir müssen die Polizei rufen", sagt der zweite Rettungssanitäter, ein etwas älterer Mann. „Und wir müssen ihren Arzt erreichen. Dann wissen wir, ob es eine Erklärung gibt oder ob die Sache näher untersucht werden muss."

„Glauben Sie, dass ein Verbrechen geschehen ist?", fragt Anne-Maj.

„Darauf deutet nichts hin. Es ist nur die übliche Vorgehensweise." Er geht ein Stück weg und beginnt in sein Mobiltelefon zu sprechen.

Anne-Maj betrachtet den Einsatzleiter, den jüngeren der Männer. Er ist so groß, dass sie den Kopf in den Nacken legen muss. „Ist es erforderlich, dass ich bleibe?"

„Nein", sagt er etwas zögernd. „Das glaube ich nicht." Er fischt einen kleinen Block und einen Kugelschreiber aus einer der vielen Jackentaschen. „Wenn du mir deinen Namen und deine Telefonnummer gibst, kann dich die Polizei ja anrufen, wenn es nötig sein sollte."

7.

Montag, 15. April

Das Gefühl, dass mit Vips' totem Körper etwas nicht stimmte, steckt immer noch in Anne-Maj. Während sie den riesigen Abwasch erledigt, der auf sie wartet; als sie erschöpft, aber schlaflos im Bett liegt; als sie am nächsten Tag auf dem Weg zum Trödelladen ist. Es irritiert sie grenzenlos, dass sie nicht genau benennen kann, was sie so stört. Vips war alt, sagt sie zu sich selbst. Vielleicht hatte sie gesundheitliche Probleme, von denen ihre Umgebung nichts wusste. Aber ist es nicht ein komischer Zufall, dass Vips nur einen Monat nach ihrem Mann starb? Hat sie Selbstmord begangen? Oder litt sie an einer tödlichen Krankheit? Didis Gequatsche vom Tod des Ehepaars rumort in ihrem Hinterkopf.

Anne-Maj ist früh dran, also schaut sie kurz im Schuhgeschäft vorbei, um zu sehen, ob Iben beschäftigt ist. Das kann man nicht behaupten. Sie steht bei einer Kollegin und plaudert mit ihr. Im Geschäft ist nicht ein einziger Kunde, was eigenartig ist in Anbetracht der Tatsache, dass es der erste Montag in den Osterferien ist und sich so langsam die Ferienhausgäste in der Stadt zeigen. Iben wirkt ein wenig pikiert darüber, dass ihre Mutter einfach so hereinschneit und während der Arbeitszeit mit ihr sprechen möchte, taut aber auf, als Anne-Maj ihr Anliegen erklärt hat.

„Das muss ein schlimmer Schock gewesen sein, Mama", sagt sie. „Komm mit nach hinten."

Die andere Verkäuferin nickt verständnisvoll. Sie wird schon klarkommen mit den vielen Kunden, die nicht da sind.

Iben reicht ihrer Mutter eine Tasse Kaffee aus der Kaffeemaschine des Ladens. Er schmeckt säuerlich und metallisch, sodass Anne-Maj eine ansehnliche Menge Zucker hineinschütten muss, um ihn trinkbar zu machen. Sie zieht einen Stuhl heran und legt ihr Bein darauf.

„Also hatte Didi recht", sagt Iben. „Etwas *hat* nicht gestimmt."

„Ich konnte auch nicht verstehen, dass Vips nicht aufgetaucht ist. Das sah ihr gar nicht ähnlich."

„Warte nur, bis die Kleine das hört", fährt Iben fort.

„Du brauchst es ihr ja nicht zu erzählen", wendet Anne-Maj ein.

„Doch, das tue ich, Frau Mortensen. Sie hat heute Morgen immer noch davon gesprochen, all ihre Theorien, was passiert sein könnte." Iben lächelt. „Meine kleine, sensationshungrige Tochter."

„Ach, ich finde bloß nicht ..." Anne-Maj nimmt einen vorsichtigen Schluck von dem widerwärtigen Kaffee. Ein Keks hätte das Erlebnis auf jeden Fall verbessert, doch den muss sie sich denken. „Das ist doch nicht *lustig*, Iben. Keine Unterhaltung für Kinder."

Ibens Gesicht wird umgehend ernst. „Nein, natürlich nicht, Mama. Doch ich erzähle es trotzdem."

Anne-Maj zuckt mit den Schultern. „Ja, tu das nur."

Sie sitzen eine Weile da, ohne etwas zu sagen. Dann fragt Iben: „Was war dann? Hast du die Polizei angerufen?"

„Ein Rettungswagen kam. Sie haben natürlich meinen Namen und meine Telefonnummer bekommen, um sie der Polizei zu geben." Anne-Maj richtet sich ein wenig auf „Ich bin ja ein wichtiger Zeuge."

„Zeuge? Ist die Frau nicht einfach an Altersschwäche gestorben?"

„Ja, das kann man ja nie wissen", sagt Anne-Maj und fügt hinzu: „So alt war sie auch wieder nicht. Sowohl die Notrufzentrale als auch die Rettungssanitäter nannten es einen plötzlichen, unerwarteten Todesfall ... Es *kann* ja auch ein Verbrechen sein, oder?"

„Jetzt lass mal nicht die Fantasie mit dir durchgehen", sagt Iben. „Du bist bald schlimmer als Didi."

Ding-ding. Die Türklingel des Ladens. Iben erhebt sich sofort. „Ich muss wieder raus und mich um meine Arbeit kümmern", sagt sie.

„Aber deine Kollegin ist doch draußen."

„Vielleicht kommt ein anderer Kunde, während sie gerade den ersten bedient ..."

Wunschdenken, denkt Anne-Maj, als sie ein paar Minuten später hinaus in die Fußgängerzone tritt. Das Schuhgeschäft läuft offensichtlich schlecht. Und wenn es dann, wie es in der Arbeitgebersprache so schön heißt, zu „Konsolidierungen" kommt, dann gilt es, nicht diejenige zu sein, die mit einem Familienmitglied im Hinterzimmer ein Pläuschchen hält, während Kunden im Laden sind.

Es ist immer noch etwas Zeit, bis Anne-Maj erscheinen muss. Sie setzt sich auf eine Bank und nimmt ihr Mobiltelefon heraus. Googelt die Nummer der örtlichen Polizei, was sich als vollkommen idiotisch erweist, da die örtliche Polizeiwache nur donnerstags von fünfzehn bis siebzehn Uhr besetzt ist. Sie ruft stattdessen bei einem sogenannten Servicecenter an. Das klingt nicht besonders polizeimäßig, und sie hat keine Ahnung, wo es sich physisch befindet.

Sie bekommt eine ruhige Frauenstimme mit jütländischer Färbung an den Apparat. Die Dame bestätigt gelassen, dass sie sich an die richtige Stelle gewandt hat, hört sich ihr Anliegen an und stellt dann um zum Diensthabenden, der nach einiger Zeit zu einem Ermittler umstellt. Der hier klingt jünger, mehr beschäftigt, und stellt sich als Anders Hall, Polizei von Mittel- und Westseeland vor. Sie erklärt zum dritten Mal, dass sie bezüglich der tot aufgefundenen Vibeke Bergstrøm in Kildehusene anruft. „Ja?“, sagt er.

„Also weißt du, wovon ich spreche?“, fragt sie. Man kann ja nicht wissen, wie viele verdächtige Leichen pro Tag durchschnittlich im Polizeibezirk aufgefunden werden.

„Ansonsten kann ich es herausfinden“, antwortet Anders.

„Ich wollte nur mal hören“, sagt Anne-Maj, „ob du meine Telefonnummer von den Rettungssanitätern bekommen hast. Gegeben habe ich sie ihnen, und meinen Namen und meine Adresse und ...“

„Ja, dann ist ja alles in Ordnung“, unterbricht er.

„Kannst du das nicht eben mal überprüfen“, macht Anne-Maj weiter. „Es wäre doch dumm, wenn ihr mich vernehmen wollt und ihr dann meine Nummer nicht findet ...“

„Vernehmen? Warum sollten wir dich vernehmen?“

„Ja, aber ich habe sie doch gefunden, und ... ich bin doch eine wichtige Zeugin, oder etwa nicht?“

Einen Augenblick wird es still am anderen Ende der Leitung. „Doch“, sagt Anders Hall dann. Er klingt so, als würde er breit grinsen. „Doch, das kann man sagen. Aber ich bin mir sicher, dass wir deine Kontaktdaten haben.“

„Ansonsten gebe ich sie dir gleich noch einmal.“ Anne-Maj wird störrisch. So ein herablassender Flegel wird sie nicht einfach so auslachen. Streng genommen will sie ja nur helfen, nicht wahr? Sie zählt Name, Telefonnummer und so weiter in ihrem geduldigsten Tonfall auf, verlangt, dass er ihr alles noch einmal vorliest, damit sie sicher ist, dass er es verstanden hat, und verabschiedet sich dann mit etwas spitzer Stimme.

*

Im Trödelladen sind mehr zum Dienst erschienen als normalerweise. Valborg von Schilling und Stanley Hjort natürlich sowie Ruth Møllegaard – und dann noch Lis Klausen, die sehr häufig einen Zusatzdienst übernimmt. Anne-Maj vermutet, dass sie das tut, um ihrem arbeitslosen Mann, Åge, zu entgehen, der nicht gerade eine Stimmungskanone ist. Und dann ist doch tatsächlich auch Else Simonsen da, obwohl es überhaupt nicht ihr Tag ist. Sie ist dabei, die Bücher in der einen Sektion des Regals zu sortieren, sieht Anne-Maj, die sich jedoch nicht der großen Wut hingeben kann. Heute ist sie Bote, ein wichtiger Gesandter aus der großen, weiten Welt außerhalb des Ladens, und das überschattet den kleinen Machtkampf mit Else.

Zuerst erzählt sie Valborg die Neuigkeit, die sie mit stoischer Ruhe aufnimmt, auch wenn sie natürlich findet, dass es traurig ist. Die anderen Ehrenamtlichen merken schnell, dass da etwas über das Übliche hinaus vor sich geht, und versammeln sich um Anne-Maj, die nichts dagegen hat, ihre Geschichte ein paar Mal zu wiederholen. Stanley bricht umgehend in Tränen aus und stürzt zur Hintertür hinaus.

„Woran ist sie gestorben?“, fragt Else.

„Woher in aller Welt sollte Anne-Maj das wissen?“ Das ist Valborg. „Sie werden heute doch eine Leichenschau durchführen, oder? Ich glaube zumindest, dass man das üblicherweise bei plötzlichen, unerklärlichen Todesfällen tut. Dann entscheiden sie, ob ein Fall mit Obduktion und allem daraus werden soll.“

„Das war sicher ein gebrochenes Herz." Else legt den Kopf mit einem sentimentalen Blick auf die Seite. „Das ist so süß: Ein altes Ehepaar, und Mann und Frau sterben kurz hintereinander."

„Das möchte man auf jeden Fall denken", sagt Ruth, die auf einen Stuhl gesunken ist. „Mein Arzt hat gesagt, dass ich auf mein Herz achten soll. Es hat so einen kleinen Missklang, einen sehr seltenen. Ich muss zu einem Facharzt für Kardiologie, jetzt am siebzehnten, damit es ordentlich untersucht wird, aber ..."

Anne-Maj hört schon längst nicht mehr zu. Sie kennt Ruths selbstbezogene Klagelieder und verspürt überhaupt keine Lust, sich ein weiteres anzuhören. Alle Menschen sind in irgendetwas gut, und Ruths Spitzenkompetenz liegt ganz klar in der Disziplin „Symptome". In diesem Punkt ist sie unschlagbar. Erwähnt jemand ein Gebrechen, ein Zeichen einer ernsten Erkrankung, einen unerklärlichen Schmerz, so zieht Ruth sofort eine Geschichte aus dem Ärmel, die noch schlimmer ist. Schmerzen im Rücken? Ruth hatte bereits einen fünffachen Bandscheibenvorfall und hat nur mit Mühe und Not überlebt. Migräne? Ruth bekommt ab und zu Schmerzen, die sie und ihr Arzt auf alle Fälle als Cluster-Kopfschmerz ansehen und der zehnmal schlimmer ist. Ein Zahngeschwür? Ruth kann in grausamen Details beschreiben, wie damals die ganze rechte Seite ihres Unterkiefers wegen einer Entzündung, die die schlimmste war, die ihr Zahnarzt *jemals* gesehen hatte, kurz vor der Amputation stand.

Valborg und Anne-Maj wechseln ein spöttisches Lächeln hinter Ruths Rücken. Vielleicht ist die Bürgermeisterin gar nicht so schlimm, wie Anne-Maj geglaubt hat. Sie ist offensichtlich intelligent und zeigt ab und zu Zeichen eines trockenen Humors. Dass ihr aristokratisches Äußeres und die etwas zu selbstsichere Art hier unter den eher einfachen Menschen in die Augen sticht, kann ja eigentlich nicht ihr angekreidet werden, denkt Anne-Maj.

„Wann ist die Beerdigung?" Lis ist es, die Ruths Redeschwall ein Ende bereitet. „Oder vielleicht weiß man das noch gar nicht?"

„Keine Ahnung", antwortet Anne-Maj. „Die Söhne werden schon dafür sorgen, dass wir Bescheid bekommen."

Die kleine Gruppe löst sich auf, da im selben Moment zwei junge Frauen zur Tür hereinkommen und zielsicher auf das Gestell mit Vintage-Kleidung zusteuern. Stanley kommt wieder herein, stinkend nach Zigarettenrauch. Seine Augen sind geschwollen. Er antwortet nicht, als Anne-Maj fragt, ob alles in Ordnung ist, nickt bloß und geht zu Else, die sich wieder auf die Bücherstapel gestürzt hat.

Anne-Maj steht eine Weile da und betrachtet ihre Rivalin, die so tut, als würde sie es nicht bemerken. Else lässt Stanley den einen Stapel nach dem anderen auf einen Tisch stellen, worauf Else die Bände nach Genre und Zustand sortiert. Das sieht eigentlich ganz vernünftig aus, denkt Anne-Maj, aber musste sich Else wirklich in einen Montagsdienst drängeln?

8.
Dienstag, 23. April

Noch eine Beerdigung. Dieselbe Kirche, derselbe Pfarrer und mehr oder weniger dasselbe Trauergefolge. Die beiden Bergstrøm-Söhne sitzen nebeneinander in der ersten Reihe zum Mittelgang, während eine elegante Dame, die – da ist sich Anne-Maj sicher – mit einem der Männer verheiratet sein muss, weiter innen neben zwei jungen Mädchen sitzt, die auch an Helmers Beerdigung teilgenommen haben. Einer der Psalmen ist auch eine Wiederholung vom letzten Mal, und Elses schrillendes Vibrato ist deutlich zu hören, auch wenn sie dieses Mal ein paar Reihen entfernt sitzt. Die Ansprache des Pfarrers ist natürlich eine andere, und Anne-Maj hat den Eindruck, einen aufrichtigeren Ton beim Aufzählen der Vortrefflichkeiten der Verstorbenen wahrnehmen zu können.

Ihr Blick wendet sich wieder den Nacken der beiden Söhne mittleren Alters zu. Von hinten betrachtet sehen sie einander – und ihrem seligen Vater – zur Verwechslung ähnlich. Gut geschnittenes, kurzes Haar, ergrauend, aber ohne das geringste Anzeichen einer Auslichtung der dichten Locken. Sie sind gleich groß, gleich schlank, und selbst die Schultern der Anzugjacken sind auffällig gleich. Von hier aus betrachtet könnten die Männer Zwillinge sein, aber Anne-Maj weiß, dass ihre Gesichter sehr unterschiedlich sind. Während die Kinnpartie des einen sehr markant ist, die Augenbrauen dick und schwarz wie Wegschnecken, die Nase hervortretend, hat der andere wie seine Mutter eher weiche, verwischte Züge. Anne-Maj kann sich an ihre Namen nicht erinnern – bezweifelt eigentlich, dass sie sie jemals erfahren hat.

Etwas geistesabwesend betrachtet sie die Silhouetten der Söhne, während der Rest des Trauergefolges den letzten Psalm singt. Beim letzten Mal, als sie hier saß und die beiden betrachtete, hatten sie Vips zwischen sich. Die kleine, etwas gekrümmte Vips. Man hatte ihre Perücke über der Rückenlehne der Kirchenbank hervorspitzen sehen. Die etwas zu dunkle, etwas zu jugendliche Perücke.

Mit einem Mal durchzuckt es Anne-Maj: Sie weiß genau, was ihr an Vips Bergstrøms Leiche so eigenartig vorgekommen war. Das kann nur eines bedeuten, denkt sie, während Else und die anderen weitersingen. Sie sitzt eine Weile still da, gerade aufgerichtet, überdenkt ihre Beobachtung, versucht zu entscheiden, was sie tun soll, wem sie sich anvertrauen kann. Sie hat wirklich, wirklich keine Lust auf ein weiteres Gespräch mit dem nachsichtigen jungen Polizisten, doch es gibt wohl keinen anderen Weg, gesteht sie sich ein. Sie muss ihn anrufen, sobald sie nach Hause kommt.

Im selben Moment wird ihr klar, dass das nicht ausreicht. Ganz und gar nicht. Ehe sie von der Beerdigung zu Hause ist, wäre der Bestatter schon längst mit Vips' Sarg auf dem Weg zum Krematorium, und wer weiß, wann der dann im Ofen landet? Vielleicht sofort? Das geht wirklich nicht. Sie muss die Behörden informieren, ehe das passiert.

Sie platzt fast vor Ungeduld, während der Sarg von denselben sechs Menschen, die Helmer hinausgetragen haben, den

Kirchengang hinuntergetragen wird und das übrige Trauergefolge in Zeitlupe hinterhergeht. Anne-Maj hat noch ein paar Minuten, denkt sie, während die anderen noch mit den Rosen zu tun haben, und der Leichenwagen wird auf dem Weg zum Krematorium wohl auch nicht gerade davonrasen. Zum Glück liegt letzteres ja in der Kreisstadt Ringsted, und da es für alle Kirchen und Kapellen im Bistum Roskilde zuständig ist, kann es mit etwas Glück zu Wartezeiten kommen, versucht Anne-Maj sich selbst zu beruhigen. Nichtsdestotrotz ist keine Zeit zu verlieren – sie hat etwa anderthalb Stunden, schätzt sie. Ein normaler Polizist kann nicht auf eigene Faust und in so kurzer Zeit die Entscheidung treffen, eine Einäscherung zu stoppen. *Falls* er sich überhaupt überreden lässt, Anne-Majs Information ernst zu nehmen – und das ist ein großes *Falls* –, so muss er hinterher einen oder mehrere Vorgesetzte überzeugen, und vielleicht muss sogar noch ein Gerichtsbeschluss beigebracht werden, auch wenn sie sich in diesem Punkt recht unsicher ist. Wenn sie ehrlich sein soll, weiß sie mehr über die Verfahren im englischen Rechtssystem als im dänischen; ein Ergebnis fleißiger Lektüre von britischen Krimis.

Sobald Anne-Maj ihren umfangreichen Körper am Rest des Trauergefolges vorbeidrücken kann, ohne allzu unhöflich zu wirken, tut sie es. Sie eilt um die Ecke und findet eine Steinbank, auf die sie sich setzen kann, während sie das sogenannte Servicecenter anruft. Sie bittet darum, mit Anders Hall verbunden zu werden, und bekommt ihn noch einmal an den Apparat.

„Guten Tag“, sagt er, als sie ihm verständlich gemacht hat, wer sie ist. „Und was kann ich heute für dich tun?“

„Du kannst eine Einäscherung stoppen“, sagt Anne-Maj.

„Eine Einäscherung?“

„Die Dame, die ich letztes Wochenende tot aufgefunden habe, Vibeke Bergstrøm ... Die Trauerfeier findet gerade statt. In Nykøbing."

„Ja?"

Anne-Maj holt tief Luft. „Ich glaube, dass sie ermordet wurde."

„Aha." Wenn er überrascht ist, dann verbirgt er es gut.

„Und wenn sie obduziert werden soll, dann müsst ihr euch ja die Leiche holen, ehe es zu spät ist."

Eine kurze Pause. Dann fragt er: „Warum glaubst du, dass es sich um einen Mord handelt?"

„Weil ... Also, ich habe sie gefunden, nicht wahr?" Da der Polizist nicht antwortet, fährt sie fort: „Ich habe sie also deutlich gesehen, wie sie da auf dem Sofa lag. Es sah ganz natürlich aus. Sie war in Socken; die Hausschuhe standen ordentlich am Boden vor dem Sofa. Auf dem Sofatisch lag ein Kreuzworträtsel. Dasselbe, das ich am Sonntag gemacht habe ..."

„Jaaa?" Er klingt ein wenig ungeduldig. „Und?"

„Ja, und dann war da ja noch das mit der Perücke. Ich hatte das Gefühl, dass etwas nicht stimmte, grübelte und grübelte, konnte aber nicht genau sagen, was es war. Aber es war die Perücke."

„Die Perücke?"

„Ja." Anne-Maj räuspert sich. „Sie saß verkehrt."

„Verkehrt?"

Möchte wissen, denkt sie, ob Anders Hall einen Kurs besucht hat, bei dem man lernt, die letzten Worte in der Aussage eines Vernehmungsopfers zu wiederholen. „Ihre Perücke saß verkehrt herum. Die Rückseite saß auf der Stirn und umgekehrt, wenn du verstehst."

„Ich verstehe ausgezeichnet."

„Vielleicht kann man das auf euren Fotos vom Tatort sehen?“

„Ich glaube nicht, dass Fotos gemacht wurden, Anne-Maj.“ Ein paar Sekunden lang schweigt er. „Erkläre mir doch bitte, warum dich das mit der Perücke glauben lässt, dass Vibeke Bergstrøm ermordet wurde.“

„Weil ...“ Anne-Maj sucht nach dem Argument. Es ist nicht so einfach, einem jungen Mann zu erklären, wie eitel auch eine ältere Dame noch sein kann, auch wenn sie Falten und einen krummen Rücken hat und aussieht, als wäre sie keinen Tag unter zweihundert. Sie versucht es dennoch: „Vips ... also Vibeke ... hätte sich nie ihre Perücke verkehrt aufgesetzt. Sie war sehr sorgfältig darin, sie ordentlich zu halten, und sie bildete sich ganz klar ein, dass der Rest der Welt glaubte, dass es ihr eigenes Haar war. Nicht dass es so aussah: Alle konnten sehen, dass es eine Perücke war, weil sie einen Ton gewählt hatte, der dem entsprach, den sie in jüngeren Jahren hatte, statt einen grauen Ton zu wählen, der zu einer Dame in ihrem Alter besser gepasst hätte.“

„Ja?“ Er klang verwirrt.

„Ja, aber verstehst du nicht? Dass die Perücke verkehrt herum saß, kann nur bedeuten, dass jemand anderes sie ihr aufgesetzt hat, nachdem sie ...“

„Aha.“ Recht zögerlich.

„Außerdem hatte ich draußen am Haus ein so eigenartiges Gefühl. Als ob jemand anderes im Haus wäre, jemand, der auf der Treppe herumschlich. Vielleicht hat sich jemand zur Vordertür rausgeschlichen, während ich hinter dem Haus stand ...“

„Und das ist dir erst jetzt eingefallen, mehrere Tage später?“

„Ich war etwas verwirrt, als wir das erste Mal miteinander gesprochen haben. Man kann sich sehr wohl vorstellen, dass irgendjemand ...“

„Weißt du was, Anne-Maj?", unterbricht Anders Hall sie. „Ich werde sehen, was ich tun kann. Aber wenn mein Chef keinen Grund dafür erkennen kann, die Einäscherung zu stoppen, dann wird das nicht passieren."

„Aber wenn jetzt ..."

„Ich habe mir gerade den Fall von unserem Server heruntergeladen, und überhaupt nichts deutet auf irgendetwas anderes hin, als dass Vibeke Bergstrøm eines natürlichen Todes gestorben ist. Und nein, es gibt keine Fotos vom Fundort."

„Wurde sie obduziert?"

„Äh ..." Einen Augenblick Stille. „Nein, sieht nicht so aus."

„Ich dachte, dass man das bei plötzlichen Todesfällen immer tut."

„Ja, aber so plötzlich war das nicht." Der Polizist spricht jetzt langsam und pädagogisch, als ob Anne-Maj etwas schwer von Begriff sei. „Bei der Leichenschau erzählte ihr Hausarzt, dass Frau Bergstrøm schon seit Jahren Probleme mit dem Herzen gehabt habe und daher Medikamente nahm. Niemand in der Familie war verblüfft über ihren Tod."

„Sollte man aber nicht zur Sicherheit ..."

„Hierfür haben wir ganz einfach nicht die Ressourcen. Wenn es bei einem Leichenfund nichts Verdächtiges gibt und man weiß, dass der Verstorbene ohnehin schon krank war ... Die in der Rechtsmedizin haben viel zu tun. Es muss gute Gründe für eine Obduktion geben, und die Polizei ist nicht der Ansicht, dass welche vorlagen."

Anne-Maj atmet tief ein, versucht ihren Zorn zu zügeln. „Niemand kümmert sich darum, wenn alte Menschen sterben."

„Das ist wirklich nicht wahr, Anne-Maj", sagt Anders Hall in seinem neuen, geronto-pädagogischen Tonfall. „Aber ich werde jetzt zu meinem Chef gehen. Vielleicht gibt er dir recht."

Der Anruf wird beendet. Anne-Maj kocht vor Wut. Sie stellt ihr Telefon auf lautlos und steckt es in die Tasche. Dann geht sie zurück zum Platz vor der Kirche. Der Leichenwagen ist weggefahren, die Schlange der Kondolierenden ist geschrumpft, zwei Frauen mittleren Alters stehen im Schutz der Kirchenvorhalle und rauchen mit einem schuldbeladenen Ausdruck. Die heutigen Parias, denkt Anne-Maj und klopft sich im Stillen selbst dafür auf die Schulter, dass es ihr gelungen ist, vor bald drei Jahren mit dem Rauchen aufzuhören.

Sie nickt den anderen Ehrenamtlichen aus dem Laden zu, die wie beim letzten Mal in einem kleinen Häuflein zusammenstehen. Valborg, Stanley, Kylle, Else und Lis – letztere ebenfalls mit einer Zigarette. Ruth ist anscheinend wieder verhindert; einer der schwer geprüften Ärzte des Bezirks ist vermutlich dabei, ihr auf Kosten des Steuerzahlers ein MRT oder eine Endoskopie oder eine Biopsie zu verehren. Anne-Maj bleibt nicht stehen, um mit ihren Kollegen zu sprechen, sondern eilt direkt zu den beiden Bergstrøm-Söhnen. Sie sprechen mit einem älteren Mann in einem dunkelblauen, schmuddeligen Anzug mit abgewetzten Ellbogen. Er hat sicherlich nur den einen; dem Schnitt nach zu urteilen irgendwann in den siebziger Jahren angeschafft und seither für sämtliche Beerdigungen, Hochzeiten und runde Geburtstage im Bekanntenkreis verwendet. Und das offensichtlich, ohne jemals gereinigt worden zu sein, denkt Anne-Maj, als sie nahe genug herangekommen ist, um einen muffigen Geruch wahrnehmen zu können.

Sobald der eine Sohn, der mit den markanten Zügen, sie erblickt, macht er sich von dem Mann mit dem Anzug los. „Du bist Annemarie Mortensen, nicht wahr?“ Er streckt seine Hand aus. „Thomas Bergstrøm.“

„Guten Tag“, sagt Anne-Maj. „Ich heiße Anne-Maj. Herzliches Beileid.“

„Anne-Maj, natürlich. Entschuldige bitte." Thomas Bergstrøm nickt ernst. „Soweit ich weiß, warst du es, die meine Mutter gefunden hat?"

„Sie war an jenem Abend zum Essen bei mir eingeladen. Und als sie nicht auftauchte ..." Anne-Maj zuckt mit den Schultern. „Ich dachte, dass ich nachsehen müsste, ob sie gestürzt oder krank geworden war."

„Dafür sind wir sehr dankbar." Thomas wirft einen Blick zu seinem Bruder, der dabei ist, seine Hand aus dem beharrlichen Griff des alten Mannes zu winden. „Das ist mein Bruder", sagt er, „Christian. Ich weiß, dass er dich auch gerne begrüßen möchte." Etwas gedämpfter fügt er hinzu: „Und das ist Keld, der Bruder unserer Mutter. Er ist aus Vodskov gekommen, von wo die Familie meiner Mutter stammt. Mein Vetter hat ihn gefahren. Er ist etwas ..." Er sieht hinüber zu dem beharrlich die Hände klammernden Mann, lässt die Stimme zu einem Flüstern absinken. „Er ist plötzlich so alt geworden."

Anne-Maj nickt. Sie ist unentschlossen. Soll sie Thomas und Christian von ihrem Verdacht erzählen? Auf der einen Seite hätten sie gegenüber der Polizei im Hinblick darauf, die Einäscherung zu stoppen, sicherlich mehr Gewicht. Auf der anderen Seite ... Ja, wenn es wirklich Mord *war,* dann müssen die beiden Söhne von Vips sich ganz sicher ganz oben auf Anne-Majs Liste der Verdächtigen befinden. Und wenn das der Fall ist, dann wäre es ja dumm, ihnen jetzt von den Indizien zu erzählen, denkt Anne-Maj, ganz stolz darauf, dass sie dieses Wort kennt.

„Christian, das ist Annemarie Mortensen", stellt Thomas Bergstrøm sie vor, als der Bruder seine Hand endlich befreit hat und Onkel Keld zu den Rauchern hinübergetrottet ist. Die Korrektur des Namens, das Kondolieren und der Dank wiederholen sich, und sie stellt fest, dass Christians etwas weiche Züge von einem Paar hübschen grauen Augen hinter der dünnen Brille erhellt werden. „Und ich möchte dir auch meine Frau vorstellen“, fährt Thomas fort und winkt eine elegante Dame heran, die bisher Abstand gehalten hatte. Sie ist mittelgroß und blond, ungeheuer schlank, fast schon abgemagert. Die Frau trägt die obligatorische Hellerup-Uniform: diverse Nuancen von Sand oder Khaki mit weißen und goldenen Details – aus dem heutigen traurigen Anlass ergänzt um eine auf Taille gearbeitete schwarze Jacke. Anne-Maj, die groß gemusterte Roben in kräftigen Nuancen liebt, denkt bei sich, dass sie sich zu Tode langweilen würde, wenn sie jeden Tag in einer so farblosen Tracht verbringen müsste.

„Feline Bergstrøm“, flüstert Thomas' Frau beinahe nur und reicht ihr eine schlaffe Hand. Anne-Maj wird plötzlich klar, dass die Zurückhaltung der zarten, beigefarbenen Frau nicht auf Arroganz zurückzuführen ist; Feline ist einfach nur schüchtern. Eine andere Möglichkeit wäre natürlich, dass sie kurz davor ist, an Unterernährung zu sterben. Anne-Maj bekommt Lust, ihr die Wange zu tätscheln und ihr etwas Kalorienreiches zuzustecken – ein Softeis, ein Bier, eine Tüte Gummibärchen –, um sie ein bisschen aufzumöbeln.

„Wir haben uns gedacht, Anne-Maj“, sagt Christian, „ob du nicht Lust hättest, mit uns in den Kildehusene gemeinsam zu Mittag zu essen, wenn wir in nächster Zukunft mal da sind. Wir müssen ja mit dem Aufräumen beginnen.“

„Jaa ... danke.“ Anne-Maj ist überrumpelt. „Das wäre sehr schön.“

„Dann kannst du dir eine Sache als Erinnerung auswählen“, sagt Thomas. „Es gibt viele schöne Kunstgegenstände, und unsere Eltern hatten nicht mehr zu vielen Menschen Kontakt. Inzwischen war es wirklich selten, dass unsere Mutter eingeladen wurde, und sie war außer sich vor Freue, dass du sie zu einem Familienessen eingeladen hast."

„Ja, aber ..." Anne-Maj will gerade einwenden, dass sie ihre Eltern bestimmt nicht so gut kannte, wie sie offensichtlich glauben, hält aber ihren Mund. Die Chance, wieder in das schöne Haus zu kommen und die Möglichkeit zu haben, etwas herumzuschnüffeln, mit den Söhnen und der Schwiegertochter zu sprechen, mehr über das verstorbene Ehepaar zu erfahren – die kann sie sich nicht entgehen lassen.

Und just in diesem Moment wird ihr die ganze Wahrheit bewusst. Ohne es geplant zu haben, ohne es sich gewünscht zu haben, ohne jemals eine bewusste Entscheidung getroffen zu haben, ist es passiert: Anne-Maj ist dabei, in einem Mord zu ermitteln.

9.
Mittwoch, 24. April

„Ich dachte, dass wir ausgemacht haben, dass die Sektion ganz rechts für Krimis ist“, sagt Anne-Maj. „Aber vielleicht täuscht mich nur meine Erinnerung.“

„Nein, nein“, erwidert Else im selben eisigen Tonfall. „Das tut sie nicht, meine Liebe. Ich habe mir nur erlaubt, eine selbstständige Entscheidung zu treffen.“

„Ja?“

„Die Liebesromane bekomme ich einfach nicht unter, wenn sie nicht etwas mehr Platz im Regal bekommen.“

„Wenn der Platz nicht reicht, müssen wir halt aussortieren“, sagt Anne-Maj und meint nicht „wir“, sondern „du“. Sie haben klar vereinbart, dass Else für Liebesromane jeder Art verantwortlich ist und dass sie sich gemeinsam um Kinderbücher und Biografien kümmern, während Anne-Maj alles andere betreut. Belletristik und Sachbücher sowie Krimis dürfen zusammen zwei der Sektionen des Regals einnehmen, Kinderbücher und Liebe nur eine. Ein schmales Tischchen vor den Regalen wollen die beiden Damen für wechselnde Ausstellungen von Büchern aus den verschiedenen Genres nutzen. Im Augenblick ist das die Lyrik, der besondere Aufmerksamkeit geschenkt werden soll – darauf hat Anne-Maj bestanden. „Sieh dir nur die hier an“, sagt Anne-Maj in einem enorm hilfsbereiten Ton und deutet auf einen Stapel zerfledderter Groschenromane. „Die lassen sich doch nicht verkaufen. Seit ich hier arbeite, liegen sie da und dienen als Staubfänger.“

„Ach.“ Mit verzagtem Blick sieht Else die bunten Cover durch. „Ich dachte bloß ... Aber du hast wohl recht.“ Sie nimmt ohne weitere Diskussion den gesamten Stapel und wirft ihn in einen durchsichtigen Plastiksack für den Wertstoffhof.

„Und außerdem“, sagt Anne-Maj, übermütig nach dem kleinen Sieg, „wollen wir doch nichts zum Verkauf anbieten, was so verschlissen ist.“

Anne-Maj ist es gewohnt, andere Menschen im Wartezimmer oder am Telefon in der Praxis herumzukommandieren. Sie *weiß,* dass sie sich am besten dazu eignet, für die antiquarischen Bücher verantwortlich zu sein; wenn Else es nicht mag, in die Schranken gewiesen zu werden, hätte sie sich ganz einfach nicht auf eine Sache bewerben sollen, für die sie offensichtlich kein Talent hat. Außerdem kann das Weib es ja auch unterlassen, jeden Tag angerannt zu kommen und den Dienstplan durcheinanderzubringen. Darum hat sie ja streng genommen auch niemand gebeten.

Anne-Maj geht in den Pausenraum, macht sich eine Tasse Instantkaffee und ruft an, ehe sie es bereuen kann. Diesmal dauert es etwas länger, ehe sie Anders Hall an den Apparat bekommt. Ein Poltern verrät, dass er sich im Freien befindet, und sie stellt sich sofort vor, dass der junge und sicherlich ziemlich gut aussehende Polizist an einem Tatort bei einer misshandelten Leiche steht, das Mobiltelefon zwischen seine stoppelige Wange und eine maskuline Schulter geklemmt, während er sich ein Paar blaue Einmalhandschuhe überzieht. Halte deine Fantasie im Zaum, Frau Mortensen, denkt sie kurz darauf. Er holt sicher bloß gerade etwas Süßes zum Nachmittagskaffee.

„Hallo, Anne-Maj." Er kann sich an sie erinnern. „Ich habe mir schon gedacht, dass du anrufen würdest."

„Man merkt gleich, dass du Polizist bist", sagt sie. „So clever, wie du bist."

Er lacht. „Und was möchtest du diesmal?"

„Ich wollte nur mal nachfragen, ob ihr es gestern geschafft habt."

„Geschafft habt?" Dieses Echo ist wirklich eine irritierende Angewohnheit.

„Geschafft habt, die Einäscherung zu stoppen."

„Ach so, das." Anders hat eine geschützte Ecke aufgesucht, und die Verbindung wird weniger von Lärm gestört. „Nein, haben wir nicht. Mein Chef hat sich die Sache angesehen, und er hat keinen Grund gefunden, dass ..."

„Aber dann ist es ja zu spät!" Anne-Maj kann selbst gut hören, wie verzweifelt sie klingt. „Wenn eine Leiche verbrannt ist, kann man doch das toxikologische Screening nicht durchführen, um zu beweisen ..."

„Du hast dich aber in die Fachausdrücke eingearbeitet!"

„Ich bin Arzthelferin", sagt sie. Kein Grund, die eigene Professionalität durch das Wörtchen ‚ehemalige' zu schmälern.

„Anne-Maj." Anders Hall spricht jetzt langsam und ernst. „Hör zu. Es gibt keinen Grund zu glauben, dass es kein natürlicher Todesfall war. Überhaupt keinen."

„Aber die Perücke?"

„Vibeke Bergstrøm hat sie in der Panik, als es ihr schlecht zu werden begann, sich vielleicht selbst verkehrt aufgesetzt. Vielleicht hat sie sich verschoben, als sie umfiel. Vielleicht ..."

„Sie fiel nicht um“, unterbricht Anne-Maj. „Sie bekam keine Panik. Das habe ich doch erklärt. Vips lag schön und ordentlich auf dem Sofa. Die Art, wie ihre Leiche drapiert worden war, hatte nichts Plötzliches oder Panisches an sich.“

„Drapiert worden war?“ Er lacht trocken. „Hast du schon mal daran gedacht, dass du vielleicht diejenige bist, die sich irrt oder sich falsch erinnert?“, fragt er und klingt jetzt weniger geduldig.

„Ich weiß, was ich gesehen habe.“

„Wie gesagt, Anne-Maj: Ich bedaure. Mehr können wir nicht tun. Hier ist wirklich viel los.“

„Ja, aber könntest du nicht ...“

„Anne-Maj, ich muss jetzt leider auflegen. Vielen Dank für den Anruf. Alles Gute.“ Er unterbricht die Verbindung, ehe sie antworten kann.

Als Anne-Maj kurz darauf wieder in das Ladenlokal zurückkehrt, sieht sie, dass Valborg vorne bei der Kasse steht und mit Kylle Poulsen spricht. Letztere hat es mit großem Enthusiasmus übernommen, das Erbe von Vips anzutreten und sich um die Kasse und die Vitrine mit Schmuck und Silberbesteck zu kümmern. Die beiden Frauen sind in eine Diskussion vertieft, und Valborg beugt sich über die Vitrine, während sie an einem Griff rüttelt.

„Was ist los?“, fragt Anne-Maj.

„Dieses Schloss hier ist nicht aufzubekommen, und Vips hatte den einzigen Schlüssel. Wir werden wohl einen Schlosser holen müssen, aber das ist sicher eine teure Lösung.“

„Am einfachsten wäre es, eine der Türen einzuschlagen“, schlägt Kylle vor. Sie ist wie üblich von einer Wolke eines süßlichen Parfüms umgeben, das einem das Atmen in ihrer Nähe schwer macht. Sie verwendet denselben Duft sicherlich seit so vielen Jahren, dass sie ihn nicht mehr riecht.

Valborg von Schilling richtet sich zu ihrer vollen aristokratischen Größe auf. „Man bricht doch nicht einfach so ein schönes altes Möbel auf", sagt sie. „Dann müssten wir entweder eine neue Vitrine finden oder einen Tischler bezahlen, um die hier reparieren zu lassen. Glaub mir, das würde noch teurer werden als ein Schlosser."

Anne-Maj betrachtet die hübsch getischlerte Mahagonivitrine, deren Oberteil aus einer dicken Glasplatte besteht, und auch die gesamte schräge Front ist aus Glas, sodass man die ersten zehn Zentimeter von jeder der flachen, mit Samt ausgeschlagenen Schubladen sehen kann. Die Vitrine lässt den Inhalt wertvoller erscheinen, als er es ist. Natürlich sind die verschiedenen Garnituren von altem Silbergeschirr, die hübsch sortiert in den Schubladen auf der linken Seite liegen, den einen oder anderen Heller wert, auch wenn das meiste nur versilbert ist. Doch der Rest – die hochgepriesenen Schmuckstücke und Uhren, über die Vips so eifrig wachte – ist der reinste Schrott, soweit Anne-Maj das beurteilen kann. Billige Bijouterie, defekte Uhren, eine Lade mit einem Mischmasch aus Ringen. Leere Schmuckschatullen liegen reihenweise in der untersten Schublade. Vips hat es sicherlich nicht über sich gebracht, sie wegzuwerfen. Fehlte bloß noch, dass sie das Interessanteste von allem sind, denkt Anne-Maj. Besonders eine der Schatullen, eine schwarze Lederschachtel, ist richtig fein und bedeutend größer als die anderen, als ob sie für eine komplette Garnitur mit Ohrringen, Halsschmuck und Armreif gemacht worden wäre.

Sie sieht Valborg an: „Wäre es nicht am allereinfachsten, Vips' Schlüssel zu besorgen?"

Die Bürgermeisterin sieht sie an. „Jaaa", sagt sie zögernd, „das wäre es natürlich. Und wie bekommen wir ihn?"

„Ich kann einen der Söhne anrufen.“ Anne-Maj hat immer noch das Mobiltelefon in der Hand. „Vips' Handtasche liegt wohl irgendwo draußen im Haus.“

„Hast du deren Nummern?“

„Sicher.“ Sie ist stolz darauf, einen familiäreren Kontakt zu den Bergstrøm-Nachkommen zu haben als die anderen, die doch alle seit längerer Zeit im Trödelladen als sie sind und daher Helmer und Vips erheblich besser gekannt haben. „Sie kommen bestimmt am Wochenende in die Stadt.“

„Je früher, desto besser“, sagt Kylle. „Ich musste schon einen Kunden wegschicken, der sich gerne einen Armreif ansehen wollte.“

Kurz darauf kann Anne-Maj den beiden anderen mitteilen, dass Thomas Bergstrøm den Schlüssel am Samstag abliefert; sie hat ihm erklärt, wo er suchen soll. Kylle murmelt irgendetwas davon, dass das noch ganz schön lang hin ist, aber Valborg wirkt zufrieden. Sie zieht sich zurück in den Pausenraum und zu ihrem Kalender, während sie etwas von ihrem kommenden fünfundsiebzigsten Geburtstag und einer Gästeliste murmelt.

Im selben Moment kommt Didi. Es kommt hin und wieder vor, dass die Zehnjährige im Trödelladen auftaucht, wo sie nach Lesestoff, Kleidung oder Nippes für ihr Zimmer sucht, während sie nebenbei auch noch die Möglichkeit bekommt, Zeit mit ihrer Großmutter zu verbringen. All die anderen Ehrenamtlichen kennen Didi natürlich und begrüßen sie freundlich.

Es muss ein etwas einsames Kinderleben sein, denkt Anne-Maj, als sie ihre Enkelin drückt, wenn man eine Mutter hat, die in der Regel erst frei hat, wenn andere Menschen bereits gegessen haben. All die Stunden, die Didi nur mit sich verbringen muss ... Wenn sie doch wenigstens in den Jugendklub gehen würde! Aber das lehnt sie stur ab. Insgesamt macht es nicht den Eindruck, als hätte sie in letzter Zeit viel Zeit zusammen mit Gleichaltrigen verbracht. „Kommt deine Mutter heute spät nach Hause?“, fragt Anne-Maj.

Didi schüttelt den Kopf. „Das kann man nicht sagen.“

„Nicht?“

„Nee, sie liegt im Bett, total erkältet. Sie war weder gestern noch heute bei der Arbeit. Ich glaube, dass sie morgen auch noch zu Hause bleiben muss.“

„Du liebe Zeit!“ Warum muss Anne-Maj mehr oder weniger zufällig herausfinden, dass ihre einzige Tochter krank ist? „Hat sie Fieber?“

„Achtunddreißig Komma vier“, teilt Didi mit kundigem Ausdruck mit. „Heute Morgen.“

„Dann hast du dir selbst das Pausenbrot machen müssen, Liebes?“

Didi lacht. „Das mache ich doch jeden Tag, Frau Mortensen.“

„Aber wer kauft ein, und ... was bekommt ihr zu *essen?*“ Anne-Maj sieht es sofort vor sich, dass Iben und Didi vor Hunger schmachten, dass niemand sich um die kleine Familie kümmert. „Ich kann sofort gehen“, sagt sie entschieden, ehe Didi antworten kann. „Wir können unterwegs einkaufen, und dann mache ich euch etwas zu essen.“

„Mama sagt, dass sie keinen Hunger hat.“

„Und was ist mir dir, Schätzchen? Brauchst du nichts zu essen?“

Didi zuckt mit den Schultern. „Ich gehe einfach runter zum Grillstand in der Havnegade und kaufe mir ein paar Pommes. Das ist schon in Ordnung.“

Nein, das ist verdammt nochmal nicht „in Ordnung“. Warum in aller Welt hat Iben nicht angerufen und ihrer Mutter die Situation erklärt? „Komm", sagt Anne-Maj. „Dann gehe ich zu Irma."

„*Du* machst das? Und was mache ich?"

„Du holst Mortensen", sagt Anne-Maj und fischt ihren Schlüsselbund aus der Tasche. „Nimm etwas von seinem Futter mit. Das steht im ..."

„... Schrank ganz rechts." Didi schnappt sich die Schlüssel. „Gassibeutel sind in der dritten Schublade, und seine Leine hängt am Haken neben der Tür. Ich weiß schon."

Anne-Maj kauft Zwiebeln, Lauch, Karotten, Sellerie und gefrorene Erbsen. Eine gute Hühnerbrühe. Alles, was man für eine gesunde und nahrhafte Gemüsesuppe benötigt. Sie kauft auch ein frisches Brot und eine Tüte Spiralnudeln für Didi sowie etliches für Frühstück und Pausenbrot, und zuletzt holt sie aus der Apotheke Halstabletten, Hustensaft und fiebersenkende Pillen. Als Anne-Maj eine halbe Stunde später in der Wohnung einer verrotzten und ehrlich gesagt recht erbärmlichen Iben steht, ist sie in viel besserer Laune. Nach außen hin ist sie natürlich teilnahmsvoll und hat Mitleid mit ihrer Tochter, doch im Inneren ist sie nichts weniger als verzückt darüber, die Gelegenheit zu haben, ihre Familie in heißer Suppe und mütterlicher Fürsorge zu ertränken.

„Und?", fragt Iben, als sie eine Stunde später gegessen haben. Ihr geht es offensichtlich besser, nachdem sie kochend heiße Suppe und ein paar Tabletten eingenommen hat, und jetzt liegt sie auf dem Sofa mit Mortensen auf dem Bauch, während ihre Mutter und ihre Tochter jeweils in einem Sessel lümmeln – letztere wie üblich mit dem Blick fest auf das Mobiltelefon gerichtet. „Wie ist es eigentlich ausgegangen? Ist diese Vips jetzt an einem Herzschlag gestorben, oder wie?"

„Ach." Anne-Majs Laune sinkt wieder. „Das ist nicht so einfach ..." Sie erzählt von den drei niederschmetternden Gesprächen mit Anders Hall. „Niemand nimmt mich ernst", meint sie abschließend. „Gestern hatte ich die verrückte Idee, die Sache wie so ein Privatdetektiv selbst aufzuklären."

„Das kannst du sehr wohl, wenn du dich erst einmal dafür entschieden hast."

„Vielen Dank für das Vertrauen, mein Schatz, aber ..." Anne-Maj sieht sie an. „Was kann eine so alte Frau wie ich schon anstellen? Die Polizei hat doch all diese Dinge und Computer und Labors und alles Mögliche. Ich bin gezwungen, mit ihnen zusammenzuarbeiten, und das wollen sie offensichtlich nicht. Sie finden, dass ich mich lächerlich mache. Ich konnte sie nicht einmal dazu bringen, die Einäscherung um ein paar Stunden zu verschieben."

„Du darfst nicht aufgeben", sagt Iben und krault Mortensen die Brust. Der kleine Hund schließt genießerisch die Augen.

„Du findest also auch, dass das Ganze irgendwie mysteriös ist?"

„Keine Ahnung." Iben runzelt die Brauen. „Aber du hast für gewöhnlich recht."

„Jaa ..." Anne-Majs Selbstvertrauen steigt ein wenig. „Vielleicht."

„Natürlich hast du recht, Frau Mortensen." Didi legt das Mobiltelefon weg. „Du bist die Klügste, die ich kenne."

10.
Montag, 29. April

Didi hat recht: Ihre Großmutter ist bestimmt nicht dumm. Anne-Maj weiß zum Beispiel sehr wohl, dass sie zu dick ist. Beinahe neunzig massive Kilo verteilt auf nur einen Meter und dreiundsechzig; das ist viel zu viel, das weiß sie. Sie ist sich vollkommen im Klaren darüber, dass es ihren schlechten Knien viel besser gehen würde, wenn sie abnähme, und sie weiß, dass ihr Arzt – und alter Arbeitgeber – sich um ihre generelle Gesundheit Sorgen macht. Sollte sie selbst ihren BMI einmal für einen kurzen Moment vergessen, dann sorgen wildfremde Passanten dafür, sie daran zu erinnern. *Fette Kuh. Musst du dir dieses Eis auch noch reinstopfen? Mund zu und Arsch hoch.* Jedes Mal wird sie tief verletzt. Sie weiß, dass sie abnehmen sollte, aber direkt mit der Nase hineingetaucht zu werden ...

Anne-Maj hat den Großteil ihres Erwachsenenlebens damit verbracht, auf neue, fantasievolle Arten zu hungern, während die Empfehlungen des Gesundheitsamts von einem Jahr zum anderen wechseln: Hysterische Angst vor Fett wurde irgendwann abgelöst von massenhaft Fett; Vollkornbrot wurde zu überhaupt keinem Brot; ein totales Cholesterinverbot verwandelte sich zu einer schwierigen Berechnung von gutem und schlechtem Cholesterin – und die einhellige Meinung auf dem Gebiet ist derzeit wohl, dass es fast keine Rolle spielt, wie viel Cholesterin die Kost enthält, es sei denn, man ist erblich vorbelastet.

Anne-Maj hat es längst aufgegeben, das zu verfolgen, auch wenn sie wie richtig viele andere Übergewichtige wirklich gut über Ernährung Bescheid weiß. Wenige normalgewichtige Menschen kennen so viele Details zu Kost wie die bloß einigermaßen intelligenten Fettsäcke. Nenne ein Nahrungsmittel, und Anne-Maj kennt den Kaloriengehalt und die Verteilung von Kohlenhydraten, Protein und Fett. Sie weiß ebenso viel über den Nährwert des Essens wie über dessen Geschmack und Ästhetik – und sie weiß, dass sie sich eigentlich einigermaßen vernünftig ernährt. Das Problem ist, dass sie sich nicht ausreichend bewegt. Mach jeden Tag einen Spaziergang, sagt der Arzt, einen langen in flottem Tempo. Geh ins Schwimmbad. Fahr mit dem Fahrrad statt mit dem Auto. Das klingt so gut, so machbar, fast schon verlockend. Doch die Wahrheit ist, dass Anne-Maj es *hasst,* sich zu bewegen, es verabscheut, außer Atem zu kommen. Außerdem schmerzt das verfluchte Knie teilweise so sehr, dass selbst ein ganz normaler Spaziergang die reine Qual ist.

Am Tag zuvor waren Iben und Didi zum üblichen Sonntagsessen bei Anne-Maj – Iben immer noch verrotzt, aber doch gesund genug, um sich durch die Welt zu bewegen. Was Didi angeht, so hält das eher wohlwollende Verhältnis zu Essen weiterhin an. Sie hat gestern Abend nicht nur eine gekochte Kartoffel verzehrt, sondern sich auch durch einen minimalen Bissen gebratenen Schweinebauch gekämpft; die Petersiliensoße rührte sie nicht an. Hinterher belohnte Anne-Maj den Einsatz ihrer Enkelin mit einer Portion Spiralnudeln, damit Didi zumindest ihren Bauch voll bekam. Das Menü war Ibens Wunsch gewesen, erfüllt als eine Art „Gute-Besserungs-Geschenk" – gebratener Schweinebauch mit Petersiliensoße gehört nicht gerade zu Anne-Majs Lieblingsgerichten. Sie mag die harten, knackenden Schweinebauchscheiben nicht, mit denen die ganze Gesellschaft so lärmt, dass ihr übel wird, und sie weiß gleichzeitig, dass keine Diät gerade dieses Gericht auf der Plusseite hat. Gemäß der einen Kur hat es zu viel Stärke, eine andere verbannt sie wegen des tierischen Fetts, in einer dritten macht der Mangel an Ballaststoffen es zu einem No-Go. Das dänische Nationalgericht ist Sünde, Sünde, Sünde, dachte Anne-Maj gestern, während sie versuchte, ihre Ohren zu verschließen, als Iben fröhlich vor sich hin knabberte und glaubte, dass ihre Mutter die kleinen Bissen Schweinebauch nicht bemerkte, die auf magische Weise unter den Tisch zu Mortensen gelangten.

Doch heute wird alles anders, denkt Anne-Maj. Heute beginnt mein neues, aktives Leben. Es herrscht das schönste, mildeste Frühlingswetter. Sie fährt hinaus in den Wald Grønnehave, in dem Hunde ohne Leine laufen dürfen, und lässt Mortensen zwischen den Buchen davonflitzen. Das hier ist in Wirklichkeit die allerschönste Jahreszeit, denkt Anne-Maj und tritt routiniert über die enorme Baumwurzel, die den Pfad oben am Hang kreuzt und eine unbeabsichtigte, aber effektive Barriere gegen Kinderwagen und Rollstühle bildet.

Anne-Maj ist seit ihrer Kindheit in diesem Wald spazieren gegangen. Mit ihren Eltern, mit ihrem Kind, mit ihrem Enkelkind – und immer, immer in Gesellschaft von einem oder mehreren Dackeln. Die Vorliebe für diese Rasse hat sie von ihrer Mutter geerbt, die die rauhaarigen Dummköpfe selbst züchtete. Anne-Maj geht das ganze Jahr über mit Mortensen ein paar Mal die Woche hier draußen spazieren, und das ist auch die einzige Bewegung, die sie bekommt. Heute, am ersten Tag in ihrem neuen Leben als körperlich Aktive, beschließt sie, dass der Spaziergang mit dem Hund zukünftig eine tägliche Erscheinung sein soll. Anne-Maj erhöht das Tempo und macht eine längere Tour durch den Wald als üblich, während sie die Schmerzen ignoriert, die jeder Schritt im Knie hervorruft. Sie ist ziemlich außer Atem, als sie wieder zu ihrem Auto kommt. Sie füllt den Hundenapf und trinkt danach selbst den Rest des kalten Wassers direkt aus der Thermosflasche.

„So", sagt sie und wischt sich mit der Rückseite ihrer Hand den Mund ab. „Jetzt musst du nach Hause, Hauptmann, und das Haus bewachen, während Mutti arbeiten geht." Anne-Maj fällt ein, dass sie sich im öffentlichen Raum befindet, und vergewissert sich schnell, dass sie auf dem Parkplatz allein ist. Gewisse Menschen würden es als schwachsinnig ansehen, dass sie sich selbst als Mutti des Hundes bezeichnet.

Sie hat gerade noch eine Stunde mit dem wöchentlichen Kreuzworträtsel, ehe sie sich zum Laden begeben muss. Diese drei Halbtagsdienste pro Woche sind eigentlich schon recht mühselig, ist Anne-Maj klar geworden. Sie muss sich eingestehen, dass dies eine ihrer schlechteren Ideen war. Man muss ja konstant dorthin, und jetzt, wo die Buchabteilung auf die neue Art geordnet worden ist, sodass ihre und Elses Verantwortung so gesehen ausschließlich darin besteht, Bücher entgegenzunehmen und zu datieren, besteht doch überhaupt kein Bedarf mehr an so vielen Stunden wöchentlichen Einsatzes auf diesem Gebiet. Stattdessen helfen sowohl Else als auch Anne-Maj bei der Kleidung, die ansonsten der Bereich von Lis und Ruth ist. Sie nehmen neue Spenden entgegen, sortieren, waschen, bügeln und bessern aus – und fahren die schäbigsten Lumpen zum Wertstoffhof, gemeinsam mit Stanley, der vielleicht nützliche Muskelkraft zu bieten hat, aber offen gesagt die langweiligste Gesellschaft der Welt ist. Aus Stanley ist kein Wort herauszubekommen; die anderen Ehrenamtlichen haben längst jeden Versuch eingestellt. Doch er ist ein tüchtiger Fahrer, ruhig und geduldig. Er fährt nach Anne-Majs Geschmack vielleicht eine Spur zu langsam, aber lieber das als umgekehrt.

Sie ist fast fertig mit dem schweren Kreuzworträtsel dieser Woche – in der letzten Ecke fehlen ärgerlicherweise immer noch sechs Buchstaben senkrecht für „Aussicht" –, als sie losmuss. Sie gibt Mortensen eine getrocknete Rindergurgel und begibt sich hinaus in die Welt, die Lindealle hinauf, weiter die Algade entlang, in das Gässchen direkt vor Matas und zum Trödelladen, der sich hinter Irma befindet.

Sobald sie sich dem Laden nähert, sieht sie, dass etwas grundfalsch ist. Die Scheibe in der Ladentür ist zerschlagen, und im Inneren sind Kleidungsständer und Körbe mit Spielsachen umgeworfen, sodass Kleider, Blusen und Kuscheltiere über den ganzen Boden verstreut sind. Bücher sind aus den Regalen gerissen, ein Tisch liegt auf der Seite zwischen Tausenden von Porzellanscherben. Kylle, Lis und Valborg stehen in einer Traube an der Theke, währen Stanley herumschleicht und weinerlich aussieht.

„Was ist passiert?", fragt Anne-Maj.

„Einbruch", antwortet Valborg. „In der Nacht auf heute, schätzen wir." Sie betrachtet flüchtig Lis und Kylle. „Ich bin froh, dass ihr mich umgehend angerufen habt."

„Ist etwas verschwunden?"

„Nicht direkt."

„Doch, ein bisschen was schon", korrigiert Kylle. „In der Kasse lag etwas Wechselgeld, und das ist natürlich weg."

„Habt ihr die Polizei angerufen?“

„Ja“, antwortet Valborg und legt ihr Mobiltelefon in den gestreiften Leinenbeutel. „Das habe ich eben getan. Sie werden versuchen, irgendwann eine Streife herzuschicken, aber der Wachhabende klang keineswegs optimistisch. Ich habe auch einen Glaser kontaktiert, und diese Kosten geben wir weiter an die Versicherungsgesellschaft. Jetzt haben wir den Einbruch jedenfalls ordnungsgemäß gemeldet.“

Anne-Maj nickt. Sie ist bis zur Theke gelangt und wirft einen Blick auf die Glasvitrine. Sie sieht unberührt aus. „Ist es nicht eigenartig, dass die Einbrecher nicht versucht haben, an das Silberbesteck zu kommen?“

„Vielleicht“, sagt Valborg, „aber wenn es reine Amateure sind, wie es den Eindruck macht, dann wissen sie wohl kaum, was sie mit Löffeln und Gabeln anfangen sollen, oder? Ich glaube, dass sie nur auf Bargeld aus waren.“

Kylle nimmt die leere Holzschachtel, die normalerweise als Geldkassette des Ladens dient. „Sie hätten Schmuck und Silberbesteck sogar nehmen können, ohne die Vitrine zu zerschlagen“, sagt sie. „Sieh nur! Der Schlüssel ist da. Vips' Ältester brachte ihn am Samstag vorbei.“

„Ausgezeichnet.“

„Wir haben uns darauf geeinigt, ihn zukünftig in der Kasse aufzubewahren, damit wir nicht noch einmal in eine so dumme Situation kommen.“

Sie stehen eine Weile da und sehen sich in dem chaotischen Ladenlokal um.

Stanley sitzt in der Hocke und kehrt Porzellanscherben mit Handbesen und Schaufel aus türkisem Plastik zusammen. Er schüttet die Scherben vorsichtig in einen Wischeimer und kehrt weiter, langsam und methodisch. Auch Lis hat angefangen aufzuräumen. Sie hat ein paar der Kleiderständer wieder aufgestellt und hängt die Kleidungsstücke zurück auf ihre Bügel.

„Die haben die Verwüstung wohl nur zum Spaß angerichtet“, sagt Anne-Maj. „Sicherlich nur ein paar Teenager, die sich gelangweilt haben. Für Jugendliche gibt es hier in der Stadt nicht viele Freizeitaktivitäten.“

„Wenn das hier lustig sein soll, dann verstehe ich gar nichts mehr.“ Das war Valborg.

„Vielleicht waren sie sauer darüber, dass es so wenig Geld zu stehlen gab“, sagt Kylle. „Am Samstagnachmittag habe ich Bargeld zum Nachttresor der Bank gebracht, wie ich es immer tue, also war nur noch etwas Wechselgeld da.“

Die Bürgermeisterin holt die Flasche mit Fernet Branca. Sie findet, dass alle einen kleinen Muntermacher vertragen können, und damit hat sie vollkommen recht, sind sich die anderen einig. Es ist, als ob sich die ganze Stimmung nach dem bitteren Schnäpschen verändert und die ganze Gruppe etwas von ihrem Mut zurückgewinnt. Eine Erinnerung flattert in Anne-Majs Kopf hinein, verschwindet jedoch wieder.

Anne-Maj dreht sich wieder um und betrachtet die Vitrine. Mit einem Mal zieht ein Detail ihre Aufmerksamkeit auf sich. „Warst du am Samstag hier, Kylle?“

„Das habe ich doch eben gesagt.“ Sie klingt nicht so sehr gereizt, sondern eher resigniert, schafft es anscheinend nicht, mit dem Aufräumen zu beginnen. „Ich war hier, Valborg war hier. Und Ruth und Stanley und Else.“

„Wann genau kam Thomas Bergstrøm mit dem Schlüssel?“

Kylle runzelt die Brauen. „Das weiß ich nicht ... vor mir auf jeden Fall. Er lag in einem Umschlag im Laden an der Tür“, sagt sie. „Ich habe ihn aufgehoben, als ich kam. Doch wie lange er da schon gelegen hat, weiß ich natürlich nicht.“

„Du hattest also Zugang zur Vitrine von elf Uhr bis sechzehn Uhr, als ihr geschlossen habt?"

„Ja, aber ..." Sie sieht immer konfuser aus.

„Hast du in dieser Zeit etwas aus der Vitrine verkauft? Schmuck, Uhren?"

„Warum?" Es ist Valborg, die dazwischenfragt.

„Hast du?" Anne-Maj wendet sich nach wie vor direkt an Kylle. „Kannst du dich daran erinnern? Oder stand die Vitrine aus irgendeinem Grund offen? Weil du darin Ordnung gemacht hast oder so?"

„Nee, ich ..." Sie denkt nach. „Nein", sagt sie mit festerer Stimme. „Ich habe den Schlüssel in der Schranktür ausprobiert, um sicher zu sein, dass er passt, und dann habe ich ihn in die Kasse gelegt, nachdem ich mich mit Valborg besprochen hatte. Danach habe ich ihn nicht mehr herausgeholt, da bin ich mir sicher."

„Warum", fragt Valborg erneut. „Warum möchtest du das wissen, Anne-Maj? Stimmt etwas nicht?"

Anne-Maj deutet zur untersten Lade, auf der die feinen Juwelierschatullen aufgereiht sind. „Da fehlt eine", sagt sie. „Eine große, schwarze Lederschatulle mit Goldmuster. Hat jemand von euch sie genommen?"

„Was sollten wir denn mit einer leeren Schmuckschatulle?", fragt Valborg. „Zieh doch mal die Schublade heraus, Kylle."

Kylle macht den Eindruck, als ob sie protestieren wollte, hält aber die Klappe. Sie hat es im Rücken, weiß Anne-Maj. Im Gegensatz zu Ruth, die konstant ihre beeindruckende Palette an Leiden herunterbetet, mag Kylle keine Diskussionen über ihre Gebrechen, doch jedes Mal, wenn sie sich hinunterbeugen muss, kann jeder sehen, dass etwas nicht stimmt. Höchstwahrscheinlich deshalb hat sie sich dafür entschieden, Vips' Posten an der Kasse zu übernehmen, wo sie ihre Dienste in einem gemütlichen Bürostuhl verbringen kann.

„Hier", sagt Anne-Maj. „Ich mache es." Sie drängt sich an Valborg vorbei, schließt die Mahagonitür auf und zieht die Schublade mit den Schatullen heraus. Sie liegen dicht an dicht, in ordentlichen Reihen: kleine und große; rote, naturfarbene, schwarze. Doch die flache Schatulle ist weg. Übrig ist nur ein leeres, quadratisches Feld von circa zwanzig mal zwanzig Zentimetern. „Seht nur", sagt sie. „Hier hat sie gelegen."

„Und?" Die Bürgermeisterin hat eine Augenbraue angehoben. „Willst du behaupten, dass die Einbrecher, die hier drin gewesen sind und alles zerstört haben, sich den Schlüssel aus der Kasse geangelt haben, den Schrank aufgesperrt und die unterste Schublade herausgezogen haben, eine einzelne leere Schatulle ausgewählt und Silberbesteck und Schmuck liegen gelassen haben? Wirklich?"

„Nein, das klingt etwas eigenartig", muss Anne-Maj zugeben.

„Glaubst du nicht, dass es einfach eine Erinnerungsverschiebung ist?"

Anne-Maj spürt, wie ihre Wangen vor Zorn rot werden. Sie erinnert sich nicht falsch, da ist sie sich sicher. Ihr Gedächtnis mag vielleicht ein wenig löchrig sein, wenn es um Dinge geht, die zu den Ohren hereingekommen sind, aber das, was sie *sieht,* ist ihr wie eingebrannt ins Gehirn. Ihr visuelles Gedächtnis und ihr Sinn für Details sind phänomenal. Anne-Maj findet immer die kleinen Unregelmäßigkeiten, die niemand anderem auffallen. Sie kann die Augen über ein volles Regal schweifen lassen, und ihr Blick wird unverzüglich von dem einen Buch angezogen, das auf dem Kopf steht. Sie betrachtet ein gesticktes Kissen und entdeckt genau den einen

Stich, der falsch herum ist; sieht die Tüte Vollkornmehl im Supermarkt, die ein unaufmerksamer Kunde ins Regal mit weißem Weizenmehl gestellt hat. Und Anne-Maj kommt nicht zur Ruhe, bis sie das Buch oder das Mehl wieder richtig platziert hat. Das Kreuzstichkissen näht sie um oder schenkt es dem Trödelladen. Sie *kann* es nicht auf dem Sofa liegen haben, wenn es so aussieht.

Valborgs Andeutung, dass Anne-Maj sich irrt, ist eine Beleidigung. Unter normalen Umständen würde sie sich wehren, aber dieses Mal muss sie die Dinge durchdenken, ehe sie irgendetwas unternimmt, und sie möchte ihre Zeit nicht auf eine Kontroverse mit dem selbst ernannten Leitwolf des Ladens verschwenden. Sie zuckt daher mit den Schultern und schiebt die Schublade zurück auf ihren Platz.

„Das kann schon sein", sagt sie. Sie kann Valborg nicht in die Augen sehen.

11.
Montag, 29. April, bis Dienstag, 30. April

Erinnerungsverschiebung. Das ist ein etwas netteres Wort dafür, sich falsch zu erinnern – oder vielleicht sogar direkt zu lügen. Anne-Maj hat Valborg nicht vergeben. Doch alles, was recht ist: Es *klingt* wirklich idiotisch, dass jemand eine kleine, dumme Schatulle stehlen sollte. Am wahrscheinlichsten ist es wohl in Wirklichkeit, denkt sie und dreht sich auf die Seite, dass einer der anderen Ehrenamtlichen sie genommen hat. Sie muss ja nicht in Verbindung mit dem Einbruch verschwunden sein. Vielleicht will Ruth die Schatulle ja für ihre Pillen verwenden. Oder aber es *kann* Stanley sein, der sie mit nach Hause genommen hat, weil er sie schön findet. Beide waren am Samstag da, beide wussten, wo sich der Schlüssel befand; Stanley war nach Ladenschluss sogar allein, weil er wie üblich an jedem Samstag den Boden wischte. Wenn einer von ihnen die Schatulle genommen hat, vielleicht sogar, ohne zu bezahlen, dann wäre es von dem oder der Betreffenden nur klug, es für sich zu behalten, auch wenn deren Wert beinahe verschwindend gering ist. Es geht ums Prinzip, denkt Anne-Maj, die ein großer Fan von Prinzipien ist.

Sie liegt in ihrem Bett, weitaus länger als normal. Sie ist müde, aber überhaupt nicht schläfrig. Die Ereignisse der letzten Zeit verwirren und ermatten sie gleichzeitig. *Hat* es in ihrem kleinen Kreis wirklich einen Mord gegeben? Oder zwei? Und hängt der mit dem Einbruch zusammen? Hat die Schmuckschatulle überhaupt eine Bedeutung, und wenn ja, welche? Ist das Ganze etwas, was sie sich einbildet, so wie dieser Polizist da glaubt?

In ihren Kniekehlen, oben auf der Bettdecke, hat sich Mortensen zu einem kleinen, behaarten Kringel zusammengerollt, sodass Anne-Maj ihre Stellung praktisch nicht wechseln kann. Der Hund pfeift ab und zu im Schlaf, während seine Pfoten zucken. Wenn ich das nur wäre, denkt Anne-Maj und schaltet die Nachttischlampe ein. Ich könnte wirklich ein paar Stunden im Traumland gebrauchen. Nachdem sie jetzt sowieso schon wach ist, kann sie ebenso gut ein wenig lesen. Gerade ist sie mitten in einem dicken Krimi; einem, der Preise gewonnen und herausragende Besprechungen erhalten hat. Sie hatte das Glück, ihn im Shop zu finden, ehe ein Kunde sich ihn schnappte. Doch Anne-Maj fällt es schwer, sich vom Buch packen zu lassen – vor allem jetzt, wo ihre Gedanken um die potenziellen Verbrechen der Wirklichkeit kreisen. Nach einer Viertelstunde, in der sie denselben Absatz wieder und wieder gelesen hat, gibt sie auf und legt den Wälzer auf den Nachttisch.

Anne-Maj liebt ihr Schlafzimmer, einen länglichen Raum mit schräger Wand, in der sich ein halbkreisförmiges Dachfenster befindet. Von außen macht das schöne Fenster in Kombination mit der babyblauen Fassadenfarbe das Haus recht bemerkenswert. Und so mancher Tourist hat Fotos von dem hübschen kleinen Haus gemacht, das sich jedes Jahr im Juli hinter eine idyllische Spitzenkante aus dunkelroten, zartgelben und weißen Stockrosen schmiegt. Insgesamt gesehen ist die Lindealle einen Besuch wert: eine breite Straße im Anschluss an die Fußgängerzone und dennoch ruhig und würdevoll. Auf jeder Seite steht eine Reihe schöner, alter Linden, und die Häuser sind in verschiedenen Farben gestrichen und haben schöne Sprossenfenster. Kleinstadtidylle vom Feinsten. Als Anne-Maj vor fast vierzig Jahren die Möglichkeit bekam, das Haus zu mieten, um sich mit ihrer kleinen Tochter niederzulassen, konnte sie ihr Glück beinahe nicht fassen, und als sie ein paar Jahre später in der Lage war, es zu kaufen, war sie wirklich glücklich.

Auch hier drinnen, im Schlafzimmer, sind die Wände blau; ein tiefes, samtweiches Indigo, das die Höhlenstimmung betont und einen elegant kontrastierenden Hintergrund zu all den Familienfotos bildet, die sie hängen hat. Alte, vergilbte Porträts aus dem vorigen Jahrhundert von ihren Vorvätern und -müttern, Kinderbilder aus den dreißiger Jahren von ihrer Mutter und aus den Sechzigern von Anne-Maj selbst und ihrem kleinen Bruder, zu dem sie mehr oder weniger keine Verbindung mehr hat. Ein Gruppenfoto von ihrer Konfirmation, wo sie und ihr Bruder zwischen ihren Cousinen stehen, mindestens zehn Farbfotos von Iben als kleines Mädchen in den Siebzigern und Achtzigern, ein Meer von Schnappschüssen von Didi aus der Zeit, als sie noch rundliche Wangen besaß und nichts dagegen hatte, Ditte-Marie zu heißen. All diese Gesichter, verwandt in direkter oder etwas seitlicher Linie. Gesichtszüge, die sich von einem Individuum zum nächsten wiederholen, vielleicht ein Glied überspringen und dann plötzlich wieder auftauchen. Eigentlich ist es nicht so verwunderlich, dass Demenzpatienten sich so häufig in der Identität und Reihenfolge ihrer Angehörigen irren.

Anne-Maj steht auf und erhält von Mortensen einen Blick, der entschieden der Ansicht ist, dass seine Besitzerin in den

Stunden nach Mitternacht, die normalerweise in einem tiefen Schlaf verbracht werden, zu unruhig ist. Sie geht ins Gästezimmer im ersten Stock, wo sie in einer Ecke ein bescheidenes Homeoffice eingerichtet hat, und holt ihr iPad. Wohlbehalten zurück unter der Bettdecke beginnt sie zu googeln: Todesursachen, die mit Herzanfällen verwechselt werden können; Symptome für eine Überdosis Insulin; Giftstoffe, die sich nicht unmittelbar aufspüren lassen, es sei denn, die Rechtsmedizin weiß, nach welchem spezifischen Stoff zu suchen ist. Anne-Maj ist sich sicher, dass der Mörder clever genug war, eine Tötungsmethode zu wählen, die selbst bei einer eingehenderen Untersuchung von Vips' Leiche schwer zu entdecken wäre. Und was Helmer angeht ... Ja, das ist schwer zu sagen. In seinen letzten Lebensmonaten war er stark geschwächt, und er starb nach ein paar Tagen im Krankenhaus, also ist er wohl kaum obduziert worden? Anne-Maj muss ihre Quelle bei der Polizei fragen. Vielleicht weiß Anders Hall auch etwas über den Einbruch? Sie schreibt eine E-Mail an sich selbst, um es nicht zu vergessen.

Die Suchmaschine gibt keine ganz so umfassende Antwort, wie Anne-Maj es sich gewünscht hat, aber etwas klüger ist sie doch geworden. Vielleicht sollte sie einen ihrer alten Arztkontakte fragen, ob die mehr wissen. Eine Viertelstunde lang legt sie Patiencen auf dem iPad, bis ihre Augenlider so schwer geworden sind, dass sie sie fast nicht mehr offenhalten kann. Als Anne-Maj kurz darauf das Licht ausschaltet, schläft sie sofort ein.

*

„Anne-Maj? Was willst du?" Anders Hall beantwortet den Anruf, ohne seinen Namen zu nennen – und ohne zu warten, mit wem er spricht. Mit anderen Worten hat er ihre Nummer gespeichert, sodass er sofort sehen kann, wer anruft. Anne-Maj fühlt sich sehr bedeutend.

„Dir auch einen guten Morgen", antwortet sie sarkastisch.

„Guten Morgen", sagt er widerstrebend. „Was willst du?", wiederholt er. „Heute ist wirklich viel los bei uns."

„Ich habe mir gedacht ... Können wir uns nicht treffen?"

„Treffen? Das ... ich weiß nicht ..." Ausnahmsweise hat er keinen flotten Spruch. „Warum?", fragt er.

„Weil ich das Ganze mit dir durchsprechen muss, und das soll nicht am Telefon geschehen oder wenn du mit anderen Dingen beschäftigt bist."

Er seufzt. „Geht es immer noch um diese Perücke? Denn wenn das so ist, dann kann ich wirklich nicht ..."

„Es ist nicht nur das", unterbricht Anne-Maj. „Da ist noch mehr."

„Etwas Konkretes?"

„Mmmmmmm." Sie zögert. „Ich stolpere nur laufend über weitere mystische Details, und daher dachte ich, dass du vielleicht ..."

„Okay." Er seufzt erneut. „Ich habe keine Zeit, zu dir zu fahren. Kannst du hierher nach Roskilde kommen?"

Roskilde? Fast eine Stunde Fahrt von Nykøbing? Anne-Maj seufzt. „Wann?"

„Sagen wir ..." Eine kurze Pause. „Um dreizehn Uhr? Wir können uns in einem Café treffen. Auf diese Weise kann ich zu Mittag essen, während wir reden." Er spürt ihr Zögern und fährt fort: „Ich habe *wirklich* enorm viel um die Ohren, Anne-Maj. Das sage ich nicht einfach nur so."

*

Um dreizehn Uhr sitzt Anne-Maj bereit im Café. Sie hat ein einfarbiges grasgrünes Kleid angezogen; eines, das etwas konventioneller und vertrauenerweckender wirkt als ihre farbigen und stark gemusterten Baumwollroben einer unter reifen Damen ziemlich beliebten schwedischen Marke. Sie war an der Theke und hat sich eine Tasse Kaffee gekauft – ohne Milchschaum oder Sirup oder Sojamilch oder andere absonderliche Launen. Dem Barista stand der Mund offen, weil er eine ganz normale Tasse Filterkaffee über die Theke reichen sollte. Nachdem sich Anne-Maj in letzter Sekunde dafür entschieden hat, ihre Diät zu brechen und wie ein normaler Mensch in einen Cookie zu investieren, fühlt sie sich sicherer.

Anders Hall kommt um Viertel nach eins. Anne-Majs Vorstellungen eines großen, gut trainierten Fünfunddreißigjährigen mit der maskulinen Kinnpartie, bedeckt von tagealten Bartstoppeln, werden zu Schanden gemacht. Der Mann, der durch die Glastür des Cafés eintritt, sieht nicht so aus, als wäre er einen Tag älter als zwanzig. Obwohl ... er *muss* eigentlich älter sein, oder? Zwanzigjährige können wohl keine Polizeibeamten sein. Oder etwa doch? Anne-Majs Wissen um etwaige Altersgrenzen bei der dänischen Polizei ist ziemlich begrenzt. Sie hätte niemals erraten, dass Anders Hall Polizist ist, wenn er nicht in der Türöffnung stehen geblieben wäre, während er seinen Blick im mittagsvollen Lokal suchend herumschweifen lässt. Er sieht chinesisch oder vielleicht vietnamesisch aus, mit schwarzem Haar, schwarzen Augen, goldbrauner Haut, ist von mittlerer Größe und nicht gerade muskulös. Am erwachsensten an ihm sind sein schickes hellblaues Hemd und die frisch gebügelte Leinenjacke. Anne-Maj erhebt sich etwas, während sie ihm zuwinkt. Sein hübsches Jungengesicht erstrahlt in einem Lächeln. Er muss ein Adoptivkind sein, denkt Anne-Maj, als sie einander die Hand geben; die einzige Erklärung für die überrumpelnde Kombination aus Name und Ethnizität.

„Ich geh mir schnell was bestellen", sagt er. „Ich bin am Verhungern."

Er ist wohl noch im Wachsen, schätzt Anne-Maj und beißt von ihrem Cookie ab. Die Konsistenz ist gut, aber es fehlt ein bisschen Salz, stellt sie nachsichtig fest. Jeder weiß doch, dass in süßes Gebäck ein paar Salzkörnchen gehören, damit sich der Geschmack verstärkt und abrundet. Dilettanten.

Anders Hall bringt einen Becher kochendes Wasser und einen Teebeutel mit, als er sich kurz darauf an den Tisch setzt. „Ich habe im buchstäblichen Sinn zwanzig Minuten", sagt er und sieht auf seine Armbanduhr. „Ich muss also essen, während du sprichst."

„Du bist sehr jung", rutscht es ihr heraus. „Also für einen Ermittler in Mordsachen."

Er lacht. „Ich bin kein Ermittler in Mordsachen. Zumindest noch nicht. Ich sitze in der Abteilung für Bereicherungskriminalität. Zurzeit sehe ich einige Überwachungsvideos im Zusammenhang mit einer Reihe von Einbrüchen in Ferienhäuser in der Gegend von Kalundborg durch. Mehrere der Häuser sind mit Kameras mit Bewegungsmeldern ausgestattet", erklärt er. „Es gibt dort oben richtig viele Rehe, habe ich festgestellt." Er verdreht die Augen nach oben und lacht. „Zu deiner Information bin ich achtundzwanzig."

„Warum bist du ans Telefon gegangen, als ich das erste Mal anrief, Anders? Wenn du nicht in der Mordkommission arbeitest?"

„Das war Zufall. Der Diensthabende hat den Anruf einfach an einen weitergestellt, der zu dem Zeitpunkt frei war."

Anne-Maj versucht, sich ihre Enttäuschung nicht anmerken zu lassen. Sie hatte die ganze Zeit geglaubt, dass sie zumindest mit jemandem sprach, der mit Gewalt und Mord und diesen Dingen zu tun hat. „Aber wenn du dich mit Einbrüchen beschäftigst", sagt sie, „dann sitzt du vielleicht auch an der Verwüstung in dem Laden, in dem ich arbeite? Der Trödelladen in Nykøbing?"

„Davon habe ich noch nicht einmal etwas *gehört.*" Anders nimmt ein gegrilltes Panino entgegen, das ihm von dem jungen Barista gebracht wird. Das Essen duftet, dass Anne-Maj der Mund wässrig wird. Er macht einen großen Bissen. Eine Tomatenscheibe arbeitet sich aus dem Sandwich und landet auf seinem Teller. „Erzähl", sagt er.

Und das tut sie dann. Anne-Maj frischt die Geschichte von den alten Eheleuten auf, die innerhalb weniger Wochen starben, vom Auffinden von Vips' Leiche und ihrer verkehrt aufgesetzten Perücke. Anders zieht eine ungeduldige Grimasse, als sie zu der Stelle kommt, dass sie an jenem Abend vielleicht jemand anderen in Bergstrøms Haus gehört hat, und Anne-Maj eilt daher weiter zu den neuesten Teilchen im Puzzle: dem Einbruch, der Verwüstung, der abgesperrten Schmuckvitrine, der fehlenden Schatulle. Sie stoppt ihren Redeschwall.

Anders Hall legt das halb gegessene Sandwich weg und spült mit einem Schluck Tee nach. „Und?", sagt er. „War das alles?"

„Siehst du nicht, dass das eigenartig ist?", fragt Anne-Maj, die mit einem Mal eine gewisse Unsicherheit verspürt. Er hat ja recht: Das hier ist etwas dünn. Doch soll man nicht seiner Intuition folgen?, denkt sie. Wenn es um das Aufklären von Verbrechen geht, sind Gefühl und Gespür wichtig. Das weiß sie aus den Krimis. Intuition ist das, was die Arbeit in Gang bringt – Beweise kann man immer beschaffen. „Alle diese Zusammentreffen?"

„*Alle?*" Er lacht und nimmt wieder sein Panino. „Ich kann darin nur eins erkennen: Dass du innerhalb kurzer Zeit zwei Todesfälle und einen dilettantischen Einbruch erlebt hast. Ja, das ist traurig und ungewöhnlich, mehr aber auch nicht." Er macht einen weiteren Bissen und kaut energisch, während er auf seine Armbanduhr schielt.

„Aber die Perücke? Und die verschwundene Schatulle?"

Anders Hall schluckt. „Ich möchte niemanden beleidigen, aber ..." Er sieht sie an. „Also, beide Sachen basieren ausschließlich auf deiner Erinnerung. Du bist die Einzige, die sich zu erinnern glaubt, dass Vibeke Bergstrøms Perücke falsch saß, und du bist die Einzige, der die Schatulle aufgefallen ist, von der du glaubst, dass sie verschwunden ist."

„Aber die Rettungssanitäter können doch bestätigen, dass die Perücke ..."

Er schüttelt den Kopf. „Das können sie nicht. Ich habe sie gefragt."

„Wann?"

„Als du zum zweiten Mal anriefst, habe ich sie zur Sicherheit gefragt. Keinem von ihnen ist irgendetwas Ungewöhnliches an der Toten aufgefallen. Es wurde eine Leichenschau durchgeführt, der Hausarzt der alten Dame war da, niemand hat einen Grund gefunden, irgendetwas anderes zu glauben, als dass es ein natürlicher Tod war."

Anne-Maj sitzt eine Weile da und blickt in ihren Kaffee. „Bist du dir darüber im Klaren", sagt sie dann, „dass man so den perfekten Mord begeht?"

„Wie?", sagt er und steckt sich den letzten Bissen in den Mund.

„Man muss sich nur ein Opfer aussuchen, das alt ist, und eine Mordmethode, die keine Spuren außen am Körper hinterlässt: also Gift verwenden oder einen Plastikbeutel oder etwas in der Art. Dann wird niemand auf den Gedanken kommen, die Sache zu untersuchen oder eine Obduktion durchführen zu lassen. Wenn man alt ist, wird von einem beinahe schon *erwartet,* dass man stirbt. Daher wundert sich niemand, wenn die Leiche gefunden wird."

Anders Hall nickt und schüttet den Rest des jetzt kalten Tees in sich. „Ich muss jetzt gehen."

Sie erwidert sein Lächeln nicht. „Warum hast du dir überhaupt die Zeit genommen, mich zu treffen, wenn du mich nicht ernst nimmst?"

„Ganz ehrlich?“ Als sie nickt, fährt er fort: „Ich bin inzwischen etwas neugierig geworden.“ Er lacht. „Es ist selten, dass man jemandem begegnet, der so beharrlich ist.“

„Aha.“ Sie lächelt im Versuch, ihre Irritation darüber zu verbergen, den weiten Weg gefahren zu sein, nur weil ein subalterner Polizist aus der Diebstahlsabteilung gern seine Neugier befriedigen möchte.

Anders kann ihre Frustration spüren und schielt wieder auf seine Uhr. „Wenn du es unbedingt wissen willst: Du erinnerst mich an eine Dänischlehrerin, die ich in der Volksschule hatte.“

„Okay?“

„Sie wirkte auf den ersten Blick sehr sanft und mütterlich, vielleicht sogar ein wenig naiv.“ Vielen Dank auch, denkt Anne-Maj, doch dann fährt der junge Polizist fort: „Die Sache ist nur die, dass sie alles andere als naiv war. Sie konnte etwas in Schülern sehen, die für keinen der anderen Lehrer auch nur einen Pfifferling wert waren, und sie konnte jeden Ansatz von Mobbing stoppen, indem sie die jungen Menschen manipulierte und alle Beleidigungen vollständig abprallen ließ. Meine Mutter erzählt auch häufig davon, wie Birgitte zu den Elternsprechtagen immer vorausgesehen hat, was sich die nörgeligsten Eltern ausdenken würden, worüber sie sich dieses Mal beschweren könnten, und sich daher so gründlich vorbereitete, dass sie die Probleme schon im Keim ersticken konnte.“

„Das klingt so, als könnte ich mich von dem Vergleich geschmeichelt fühlen“, sagt Anne-Maj.

„Das kannst du ruhig. Birgitte war ganz einfach die klügste und gerissenste Lehrerin, die ich jemals hatte. Sie konnte schon ein wenig emsig wirken, aber sie hatte immer recht, immer. Und sie ging darauf los, bis die Probleme gelöst waren." Er lächelt. „Es war zum Beispiel Birgitte, die bemerkte, dass eine Lehrerin in einer Reihe von Situationen atypisch reagierte, und ganz diskret überredete sie die Betreffende, zum Arzt zu gehen. Es zeigte sich, dass die Kollegin einen Gehirntumor hatte, doch weil Birgitte so aufmerksam war, kam die Frau rechtzeitig unters Messer."

„Okay." Anne-Majs Selbstvertrauen bessert sich. „Doch was hat das mit mir und meinem Einmischen zu tun?"

„Nichts. Ich war, wie gesagt, neugierig, dich zu treffen." Er sieht sie an. „Und dann habe ich gehofft, dass du verstehen würdest, dass ich es ernst meine, wenn ich dir von Angesicht zu Angesicht sage, dass du aufhören sollst, Vibeke Bergstrøms Tod als einen Mord aufzufassen."

„Aber du hast doch eben gesagt, dass diese Birgitte immer recht hatte."

„Das bedeutet aber nicht, dass *du* recht hast, oder? Jedenfalls nicht dieses Mal." Anders erhebt sich. „Ich sage bloß, dass du mich an sie erinnerst, das ist alles." Er streckt seine Hand aus. „Du kannst jetzt auf jeden Fall nichts anderes behaupten, als dass ich dir zugehört und dich ernst genommen habe, Anne-Maj. Jetzt musst du akzeptieren, dass das hier niemals zu einem Fall wird."

12.
Mittwoch, 8. Mai

Gut eine Woche von Anne-Majs neuem Leben ist vergangen. Sie hat es durchgezogen, mit Mortensen *fast* jeden Tag eine Stunde in den Wald zu gehen, und sie hat *fast* keinen Wein getrunken, und sie hat ebenso *fast* damit aufhört, Lakritz zu essen. Ein wenig enttäuscht muss sie beim wöchentlichen Wiegen dennoch feststellen, dass sie nur zweihundert Gramm abgenommen hat. Nach all den Entbehrungen war das wirklich nicht viel. Die Lust zum Fortsetzen der gesunden Lebensweise ist auf ein Minimum geschrumpft.

Zum Glück ruft Iben an, ehe eine vom Gewicht hervorgerufene Depression Anne-Maj übermannt.

„Gehst du heute Vormittag in den Wald, um dich zu bewegen, Mama?"

Anne-Maj seufzt. Das muss sie wohl.

„Ich möchte gerne mit."

„Hast du heute frei?"

„Ja. Und das Wetter ist so schön."

Zehn Minuten später treffen sie sich draußen beim Auto und fahren hinaus in den Grønnehave. Wie selten es doch vorkommt, dass sie beide allein zusammen sind, denkt Anne-Maj und schielt zu ihrer Tochter, die sich mit einem verbissenen Ausdruck den Pfad vom Parkplatz her nach oben arbeitet.

„Wolltest du etwas Besonderes?", fragt sie.

Iben sieht sie an. „Ich dachte bloß, dass ich etwas Bewegung nötig habe, und du hast ja erzählt, dass du jeden Vormittag deine Runde drehst, also ... Das ist doch okay, oder?"

„Ja, klar." Anne-Maj lässt Mortensen von der Leine, damit er frei herumlaufen kann. „Natürlich ist es das."

„Wie geht es mit der Detektivarbeit? Du hast dich doch neulich mit diesem Polizisten getroffen, nicht wahr?"

„Ja." Anne-Maj windet sich ein wenig. „Anders Hall. Das hat mir nicht sehr viel gebracht."

„Wieso?"

„Er ist ein ganz junger Kerl, so ein bisschen nachsichtig gegenüber diesem älteren Weib, das seiner Ansicht nach Gespenster sieht." Anne-Maj schüttelt den Kopf. „Er nimmt mich überhaupt nicht ernst."

„Kannst du denn nicht mit jemand anderem sprechen?"

„Ach ... Ich glaube Anders eigentlich, wenn er sagt, dass er alles getan hat, um meinen Verdacht zu überprüfen. Er hat die Rettungssanitäter ausfindig gemacht und sie gefragt, ob sie sich an mehr erinnern könnten; er hat mit seinem Chef mehrere Male über mich gesprochen ... Ich glaube nicht, dass es etwas ändern würde, wenn ich zu jemand anderem ginge; sicherlich würde er oder sie denselben Chef haben ... Die Polizei ist davon überzeugt, dass Helmer und Vips eines natürlichen Todes starben."

„Aber du glaubst das immer noch nicht?"

Anne-Maj knöpft sich die Jacke auf. Sie gehen mit schnellem Schritt, und sie ist am Überkochen. „Ich weiß es nicht", sagt sie nach einigem Nachdenken. „Mein Bauchgefühl sagt das eine, meine Vernunft das andere."

„Was willst du tun?"

„Anders Hall hat mich gebeten, die Sache fallen zu lassen."

„Vielleicht ist das auch das Klügste, Mama."

„Wahrscheinlich ist es das." Sie geht eine Weile, sieht nach Mortensen, der eine Pfütze gefunden hat, in der er sich wälzt. „Ich werde am Samstag die Erben treffen. Sie haben mich zum Mittagessen in die Villa eingeladen. Ich dachte, es würde interessant sein, ihnen ein bisschen auf den Zahn zu fühlen."

Iben lächelt schief. „Und das nennst du, die Sache fallen lassen?"

„Offiziell bin ich dort, weil sie möchten, dass ich mir eine Sache zur Erinnerung an Vips aussuche." Anne-Maj räuspert sich. „Weil sie und ich so gute Freundinnen waren."

Iben lacht lauthals. „Das ist doch gelogen, Frau Mortensen!"

„Das wissen sie ja nicht."

Als sie kurz darauf wieder im Auto sitzen und auf dem Weg zurück in die Stadt sind, sagt Iben etwas zu leichthin: „Ich glaube, nach den Sommerferien werde ich gefeuert."

Also *war* da doch etwas. „Warum glaubst du das?"

„Der Chef hat es gestern gesagt. Wenn wir den Verkauf nicht ankurbeln, kann er sich zwei Verkäuferinnen nicht leisten. Und ich bin diejenige, die zuletzt eingestellt wurde." Iben zuckt mit den Schultern. „Ich glaube, er muss froh sein, wenn er den Laden überhaupt am Leben halten kann."

„Warum denn? Ihr habt eine gute Auswahl, man wird gut bedient ... und es ist der einzige Schuhladen weit und breit. Ich verstehe nicht, dass er nicht läuft. Schuhe brauchen doch alle."

„Wenn du wüsstest", sagt Iben. „Die Leute kommen rein, probieren eine Menge Modelle an, wir laufen hin und her, ins Lager und finden die richtige Größe und Farbe und alles. Und dann gehen sie nach Hause und bestellen die Schuhe billiger im Internet. Manch einer macht daraus auch gar keinen Hehl."

„Nein, das darf doch nicht wahr sein." Anne-Maj hält vor ihrem Haus und schaltet den Motor ab. „Das ist ziemlich frech."

„Das ist ganz normal. Frag nur mal im Buchladen nach. Die Leute sind schamlos." Iben steigt aus dem Auto. „Du brauchst dir keine Sorgen zu machen", sagt sie. „Ich finde schon etwas anderes. Es ist nur nervig."

*

Kurz darauf trottet Anne-Maj zum Trödelladen. Sie nickt Kylle zu, die auf ihrem Platz hinter der Theke sitzt, und bemerkt mit einer gewissen Irritation, dass Else erneut aufgetaucht ist, auch wenn es nicht ihr Tag ist. Sie ist dabei, eine Menge Bücher aus einem Nachlass zu sortieren. „Wie fleißig du bist", sagt Anne-Maj mit einer honigsüßen Stimme und wirft einen Blick auf die Stapel. „Das da darfst du doch nicht wegwerfen", fährt sie fort und fischt ein ziemlich gebrauchtes Exemplar von Tove Ditlevsens „Abhängigkeit" aus dem Abfallsack. „Sie ist doch wieder äußerst beliebt." Anne-Maj hat noch nicht einmal ihren Mantel ausgezogen.

Else betrachtet das Buch mit einem Schulterzucken. „Na, dann behalte es bloß. Du verstehst ja viel mehr von Büchern als ich."

„Ach, das würde ich nicht sagen", antwortet Anne-Maj mit ausgesuchter Höflichkeit. „Wir haben bloß unterschiedliche Interessen."

Else sieht sie an. „Vielleicht willst du selbst alles durchsehen?"

„Die da? Gern."

„Im Blauen Blitz sind noch zwei Säcke mit Büchern, die ich bereits aussortiert habe“, sagt Else, ohne eine Miene zu verziehen. „Hinten im Gepäckraum. Du kannst einfach loslegen. Ich habe ein paar Stunden geschuftet und bin immer noch nicht fertig.“

„Du liebe Zeit.“ Anne-Maj sieht die Bücher auf dem Tisch durch – die Else für gut befunden hat. „Das hier ...“ Sie hält einen dänischen Bestseller zwischen Daumen und Zeigefinger in die Höhe „Diese Ausgabe hier gab es gratis mit einem Wochenblatt. Dafür bekommen wir keinen Heller.“

„Sag ich doch: Du bist offensichtlich *viel* klüger als ich. Ich lasse Stanley alle Bücher wieder hereinschleppen. Dann können wir sie gemeinsam durchsehen.“

„Du musst dir doch die ganze Arbeit nicht wieder ganz von vorne machen, meine Liebe.“ Anne-Maj ist bereits mit dem Oberkörper im Sack verschwunden. „Du musst doch erschöpft sein, und du bist keineswegs verpflichtet, hier zu sein, wenn du keinen Dienst hast.“

Sie ignoriert ein erbostes Grunzen. Als sich die Ladentür hinter Else geschlossen hat, richtet Anne-Maj sich auf. „Stanley?“

Er hört umgehend auf, das Regal mit Vasen abzustauben, und kommt zu ihr.

„Würdest du bitte die beiden Müllbeutel aus dem Auto holen? Die mit Büchern darin?“

Er starrt sie an.

„Ich weiß schon, dass du sie gerade eben erst hinausgetragen hast.“

Stanley nickt.

„Das tut mir leid.“ Anne-Maj legt ihm eine Hand auf den Arm. „Aber ich muss sie noch einmal durchsehen.“

Der wortkarge Mann holt die Säcke ohne weiteres Palaver. In der Zwischenzeit geht Anne-Maj in den Pausenraum.

Ausnahmsweise ist die Bürgermeisterin nicht da. Anne-Maj hängt ihre Jacke an einen Haken und stellt ihre Handtasche auf ein Regal hinter der Tür, sodass sie vom Fenster aus nicht zu sehen ist. Seit dem Einbruch sind die Damen im Trödelladen viel vorsichtiger geworden und haben die Routinen verstärkt: Sowohl Hintertür als auch Ladentür haben neue Schlösser bekommen; während der Öffnungszeiten benutzt man nur die Vordertür, und die Hintertür wird konstant abgesperrt gehalten, wenn sie nicht gebraucht wird. Eine weitere Maßnahme sind zwei Schilder, eines für jeden Eingang: „Kein Bargeld", steht da kurz und knapp. Anne-Maj glaubt keinen Augenblick daran, dass diese Information Kriminelle daran hindern wird, einzubrechen, wenn sie es wollen, aber es ist doch einen Versuch wert – wie es Valborg ausgedrückt hat, die die Schilder auf dem Laminiergerät der Bibliothek kreiert hat.

Kurz darauf ist Anne-Maj mit dem Inhalt der Abfallsäcke durch. In Wirklichkeit gab es nicht so viele Ausrutscher, wie sie befürchtet hat, aber ein bisschen hat sie die Prioritäten verschoben. Als sie fertig ist, lässt sie Stanley die Säcke zurück in den Blauen Blitz tragen. Dann datiert sie sorgfältig die Bücher, die durch das Nadelöhr geschlüpft sind, und stellt sie an ihren Platz. Einige davon muss sie oben auf die bereits vorhandenen Reihen legen; übermorgen, wenn sie wieder Dienst hat, wird sie generell mal etwas aussortieren. In den überfüllten Regalen wird es schon ein paar Bücher geben, die nach draußen in eine Grabbelkiste zu einer Krone pro Band gestellt werden können.

Anne-Maj setzt sich an den langen Tisch im Pausenraum mit einem Kaffee und ein paar Keksen – nur sechzig Kalorien pro Stück, also was soll's. Die Hintertür geht auf, und Valborg kommt herein.

„Was ist?“, fragt Anne-Maj.

„Was meinst du?“ Valborg legt den gestreiften Leinenbeutel auf die Fensterbank.

„Du siehst so fröhlich aus.“

„Das bin ich auch. Komm mal mit raus zu den anderen.“

Anne-Maj schnappt sich weitere sechzig buttergebackene Kalorien und folgt gehorsam. Neben den beiden versammeln sich auch Kylle, Lis und Ruth an der Theke, und auch Stanley kommt angelatscht, da er ahnt, dass etwas Ungewöhnliches im Gange ist. Ganz hinten im Laden geht ein Freundinnenpaar mittleren Alters herum und besichtigt ein paar Regale mit Nippes. Valborg dämpft daher ihre Stimme, sodass sich die ganze Truppe nach vorne lehnen muss, um sie hören zu können.

„Wir haben geerbt“, sagt Valborg. „Oder besser gesagt ... der *Trödelladen* hat geerbt.“

„Wie schön. Von Vips?“

„Vips und Helmer, ja. Sie hatten ein gemeinsames Testament errichtet, das nach Vips’ Tod in Kraft trat.“

„Wie nett von ihnen“, sagt Kylle.

„Sie waren so reizende Menschen“, ergänzt Ruth, die sich die Hand oben auf den Brustkorb gelegt hat. Ob das aus Rührung geschieht oder aufgrund einer plötzlich entstandenen Situation in den Bronchien, ist ungewiss.

Eine Weile ist es still. Anne-Maj beschließt, dass irgendjemand danach fragen muss, woran alle denken: „Wie viel?“

Valborg sieht sie an. „Ich weiß es nicht genau. Der Rechtsanwalt ist dabei, dies herauszufinden. Uns wurden testamentarisch ein paar Wertpapiere vermacht, und deren geschätzter Wert liegt gewiss bei etwa einhundertfünfzigtausend Kronen.“

„Ach du meine Güte.“

Ruth sinkt in Kylles Stuhl. „Wie großzügig“, sagt sie.

Lis stimmt zu: „Ein Geschenk aus dem Totenreich", sagt sie mit zitternder Stimme.

„Ah, beinahe", wendet Valborg ein. „Beinahe."

„Wozu wollen wir es verwenden?", fragt Anne-Maj.

„Das werden wir uns überlegen." Die Bürgermeisterin meint natürlich, dass *sie* es sich überlegen wird. „Zunächst einmal, finde ich, sollten wir es stehen lassen, wo es ist. Es ist gut, etwas für unvorhergesehene Ausgaben zu haben. Wenn das Auto kaputt geht oder so etwas."

„Gute Idee." Das sagt Kylle, die jetzt halb über der Theke hängt, anscheinend mit müdem Rücken, aber zu stolz, ihren Stuhl zurückzuverlangen. Wie alt ist sie, denkt Anne-Maj. Achtzig? Etwas darüber? Auf jeden Fall erheblich älter als Ruth, die überhaupt nichts bemerkt hat und jetzt behaglich im Stuhl sitzt und die Aussicht über das Ladenlokal genießt. Etwas muss getan werden.

„Ruth und Lis, könnt ihr mir bei einer kleinen Sache helfen?", sagt Anne-Maj. „Draußen im Pausenraum?"

Ruth gibt ihren komfortablen Platz mit einem tiefen Seufzer auf, während sie ihre Hand am Dekolleté ruhen lässt, wie um zu zeigen, welche Prüfungen sie und ihre zarte Physis bei diesem Manöver durchmachen müssen. Vielleicht sind es nicht die Bronchien, sondern das Herz, das derzeit angeblich schwächlich sein soll?

Aus dem Augenwinkel sieht Anne-Maj, dass Kylle mit einem zufriedenen Ausdruck ihren Stuhl zurückerobert, während Valborg nach hinten in den Laden geht, um zu hören, ob die beiden an Nippes interessierten Damen Hilfe benötigen. Anne-Maj denkt den ganzen Weg wie eine Verrückte nach: Wobei zum Teufel soll sie sich von den beiden anderen helfen lassen? Hätte sie sich doch bloß im Voraus eine Entschuldigung ausgedacht ...

Sie ergreift verzweifelt die erste Idee, die ihr in den Kopf schießt: „Ich habe mir überlegt", sagt sie und zieht die Tür hinter sich zu, „dass es nett wäre, wenn wir für ein Geschenk für Valborg zusammenlegen würden."

„Ähh." Lis ist nicht im Bilde.

„Warum?", fragt Ruth.

„Weil sie nächste Woche fünfundsiebzig wird. Das wisst ihr doch." Anne-Maj sieht von einer zur anderen. „Am Donnerstag gibt es hier einen Empfang."

„Fünfundsiebzig?", sagt Lis. „Sie hält sich gut."

Das findet Anne-Maj eigentlich nicht, aber laut sagt sie nichts.

„Am schönsten wäre es, ihr das Geschenk genau an ihrem Geburtstag zu überreichen, statt bis zum Empfang zu warten wie alle anderen", sagt Ruth. „Aber vielleicht findet der Empfang ja genau am Geburtstag statt?" Sie hat sich an den Computer gesetzt, von dem aus sie unter anderem die Facebook-Gruppe des Ladens verwaltet.

„Das weiß ich nicht", räumt Anne-Maj ein.

„Wir googeln sie mal schnell ... Valborg von Schilling ... Da ist sie ... Und hier ist ihre Adresse ..." Ruth klingt stolz und lässt den Blick über die Reihe von Suchergebnissen laufen, bis sie zu einem Wikipedia-Eintrag kommt. „Ha! Das wusste ich gar nicht ..." Sie deutet auf den Bildschirm. „Die Familie von Schilling ist adelig. Valborgs Mann muss ein Baron gewesen sein."

„Das hat sie aber gut verborgen."

„Aber sie ist im Text nicht genannt. Und ein Geburtsdatum steht hier natürlich auch nicht ..."

„Versuch es mal mit ihrem Mann", sagt Anne-Maj. Ein ehemaliger Bürgermeister, der noch dazu adelig war, hat wohl seine eigene Seite. Vielleicht ist sie dort genannt."

„Okay ... Bürgermeister ... und von Schilling ...“ Ruths Finger fliegen flink über die Tastatur. Ihre Symptome haben sich vorübergehend zurückgezogen. „Kein Ergebnis“, sagt sie enttäuscht nach ein paar weiteren Versuchen.

„Glaubt ihr überhaupt ...“ Lis dämpft ihre Stimme, sodass man sie nicht hören kann, falls jemand an der Tür lauschen sollte. „Denkt nur, wenn das gelogen ist?“

„Gelogen?“ Ruth sieht sie an.

„Ich bin ganz bei Lis“, flüstert Anne-Maj. „Wenn man Valborgs Mann nicht im Internet finden kann ... Vielleicht ist sie gar nicht mit einem Bürgermeister verheiratet gewesen.“

Die drei Damen sehen einander an und kichern. Wenn die Bürgermeisterin gar keine Bürgermeisterin *ist* ... Der Gedanke ist weit hergeholt.

„Wisst ihr was?“, sagt Anne-Maj. „Wie dumm wir doch sind. Wir brauchen doch gar keinen Computer. Ihr Geburtsdatum steht doch wohl in der Personalliste.“ Sie öffnet die Tür zum Ladenlokal einen Spalt, wo Valborg gerade einer dicken Dame hilft, einen Mantel zu finden, der groß genug ist. Es sollte kein Tabu sein, in die Papiere zu sehen – streng genommen sind sie ja nicht Valborgs Privatbesitz –, doch Anne-Maj will dennoch möglichst nicht auf frischer Tat ertappt werden. Sie zieht die Tür lautlos zu und findet die Liste, die mit dem Dienstplan zusammengeheftet ist.

„Es *ist* der Geburtstag“, sagt sie. „Donnerstag, der sechzehnte.“

„Was wollen wir ihr schenken?“ Lis ist voller Tatendrang.

„Ich habe mir gedacht ...” Anne-Majs Gehirn kommt wieder in Bewegung. „Vielleicht ein Buch?“

„Aus dem Laden?“, fragt Ruth voller Hoffnung. Jeder kann sich ja ausrechnen, dass dies eine herrlich billige Lösung wäre.

„Nein“, sagt Anne-Maj bestimmt. „Ein neues. Oder besser gesagt drei. Ich habe eine wirklich gute Trilogie über den dänischen Sklavenhandel in Westindien gelesen, und die ist gerade als Taschenbuch erschienen.“ Sie blickt zu Ruth. „Ich glaube, die würde ihr gefallen.“

„Und wie viel kostet die?“ Lis sieht besorgt aus. Ihr Mann ist notorisch knauserig.

„Das weiß ich nicht“, räumt Anne-Maj ein, „aber ich kann morgen im Buchladen vorbeischauen und es herausfinden. Es werden für jeden wohl so achtzig, neunzig Kronen werden. Vielleicht hundert.“

Ruth und Lis sehen einander an. Hundert Kronen sind doch trotz allem auch so was wie Geld. Dann nickt Ruth. „Jaa ...“

„Jedenfalls, wenn wir alle sechs mitmachen“, fährt Anne-Maj fort.

„Sechs?“ Ruth sieht verständnislos aus. „Ohne Valborg sind wir doch nur fünf?“

„Hast du Stanley mitgezählt?“

„Stimmt, nein.“ Sie sieht jedenfalls kleinlaut aus. „Ihn hatte ich vergessen.“

13.
Samstag, 11. Mai

Den Rest der Woche befolgt Anne-Maj ihre selbst gesetzten Regeln konsequenter. Sie macht jeden Tag mit dem Hund einen Spaziergang, sie gönnt sich keine Snacks und auf den Rotwein verzichtet sie vollständig. Lustig ist das keineswegs, doch sie bildet sich ein, dass sie es spüren kann: Der Hosenbund fühlt sich eine Spur lockerer an. Als sie sich wiegt, ist etwas mehr verschwunden, und der gesamte Gewichtsverlust nach zwölf Tagen beträgt ein Kilo und vierhundert Gramm. *Beinahe anderthalb Kilo! Das muss gefeiert werden! Gin & Tonic! Kuchen! Lakritz!* Nein. Sie reißt sich zusammen, schreibt einen über die Maßen vernünftigen Einkaufszettel und nimmt sich vor, ihn auf Punkt und Komma zu befolgen. Hüttenkäse und Stangensellerie, magerer Fisch und derartige Langweiligkeiten.

Anne-Maj fühlt sich enorm tugendhaft, als sie mit ihren Einkäufen nach Hause kommt. Als sie sie ausgepackt hat, geht sie hinauf ins Badezimmer, prüft ein letztes Mal ihr Makeup, richtet sich das Haar und ist bereit für das Essen bei den Bergstrøm-Nachkommen.

„Du musst auf das Haus aufpassen, Mortensen“, sagt sie und gibt dem Hund eine zahnreinigende Kaustange einer

Marke, die man nur beim Tierarzt kaufen kann und die ein Vermögen kostet.

Als Anne-Maj kurz darauf an der Tür klingelt, ist es Thomas Bergstrøm, der öffnet. Sie hat hinter ganzen drei Autos geparkt: Zuerst Vips' rotes Mikroauto, dahinter ein weißer Geländewagen und schließlich ein in Schweden zugelassenes Cabrio in Bronzemetallic. Alle drei Autos sind nagelneu und verblüffend sauber, bemerkt Anne-Maj, deren alter gelber Astra allerhöchstens ein paar Mal im Jahr eine Waschanlage von innen zu sehen bekommt und derzeit beinahe pelzig vor Dreck ist.

„Willkommen, Annemarie", sagt Thomas in vollem Rechtsanwaltsgewand: gut sitzender dunkelgrauer Anzug, weißes Hemd, die bordeauxfarbene Krawatte in einem Windsor-Knoten gebunden. „Du bist ziemlich pünktlich."

Anne-Maj weiß, dass das ein wohlerzogener Kode ist für: *Hättest du nicht ein Viertelstündchen später kommen können, zum Kuckuck?* „Vielen Dank für die Einladung", sagt sie und gibt ihm die Hand. Sie möchte nicht kommentieren, dass er sie ständig mit dem falschen Namen anspricht. „Das ist für euch, für heute Abend zum Entspannen." Sie überreicht zwei Flaschen italienischen Rotwein: eine, die für Christian gedacht ist, und eine für Thomas und seine Frau. Er sieht die Flaschen kaum an, stellt sie einfach ab. So billig waren sie auch wieder nicht. Anne-Maj streift die Jacke ab.

„Willkommen", tönt es aus der Tür zum Wohnzimmer. Feline Bergstrøm trägt eine weiße Bluse mit hochgekrempelten Ärmeln. Ihre Beinkleider sind sandfarben, und um den Hals trägt sie das einzige etwas ausgelassene Accessoire des beigefarbenen Klubs: ein Chiffonhalstuch mit Tierdruck – in diesem Fall ein Leopardenmuster. Ach du meine Güte, denkt sich Anne-Maj, die selbst eine gestreifte Jerseytunika in lila und pink, eine orangefarbene Caprihose und neue giftgrüne Ballerinas trägt.

Christian, der sich als Profikoch entpuppt und etwas legerer gekleidet ist als sein Bruder und seine Schwägerin, hat ein Risotto mit frischem Spargel und Miesmuscheln zubereitet, und Anne-Maj genießt die Mahlzeit, wie sie selten die kulinarischen Schöpfungen anderer Menschen genießt. Während sie essen, sprechen sie über die verstorbenen Eigentümer des Hauses. Der streitbare und selbstgerechte Helmer, der durch eine posthume rosarote Brille betrachtet ein ungewöhnlich beliebter Rechtsanwalt und ein liebevoller und fürsorglicher Ehemann war, und Vips, die natürlich die beste Mutter der Welt war. Die Söhne haben absolut nichts Kritisches zu sagen, doch Anne-Maj bemerkt mit einem gewissen Interesse, dass Feline mit keinem Wort zur Heiligsprechung ihrer Schwiegereltern beiträgt.

„Du hast sie recht gut gekannt, nicht wahr?", fragt Christian.

„Ja", sagt Anne-Maj, ohne zu zögern. „Ich habe vor allem mit eurer Mutter häufig gesprochen." Was teilweise ja auch wahr ist. „Sie war ein guter Mensch."

„Das war sie."

„Ein herzensguter Mensch", stimmt Thomas ein.

„Möchtest du noch eine Portion?", fragt Feline.

„Gerne", sagt Anne-Maj. „Es schmeckt wunderbar." Morgen muss sie von Wasser und Reiskeksen leben, denkt sie und hält ihren Teller hin.

„Wir haben uns gedacht", sagt Thomas, als seine und Christians zweistimmige Lobpreisung schließlich überstanden ist, „dass wir es wie folgt machen: Zuerst wählen wir drei natürlich aus, was wir brauchen können, dann erhältst du eine Sache als Erinnerung, und unsere Tante darf morgen nehmen, was sie möchte. Wir sollten wohl einen Fachmann die Gemälde ansehen lassen." Er blickt zu seinem Bruder, der nickend zustimmt. „Doch wenn der fertig ist, kann der Trödelladen alles holen, was ihr meint verkaufen zu können, und zum Schluss lassen wir eine Firma kommen, die auf das Auflösen von Nachlässen spezialisiert ist."

„Das klingt vernünftig", sagt Anne-Maj, die eigentlich neugieriger darauf ist, zu hören, wie groß das Erbe ist, als die Verteilungsstrategie in Bezug auf Bücher, Nippes und Gemälde. Mit einem solchen Haus ... Helmer und Vips müssen ein ansehnliches Vermögen hinterlassen haben.

Während des Desserts – ein portionsweise angerichtetes Schokoladen-Gelato, das Anne-Maj im Verdacht hat, fertig gekauft zu sein – fragt sie nach dem Beruf ihrer drei Gastgeber. Christian ist wie gesagt Koch, erklärt er, mit einem Restaurant in Malmö, wo er auch lebt. Thomas hat vor mehreren Jahren die Rechtsanwaltskanzlei seines Vaters übernommen.

„Bist du dann auch Strafverteidiger?", fragt Anne-Maj.

„Nein", sagt Thomas. „Mein Spezialgebiet ist das Steuerrecht, genauer gesagt für ausländische Unternehmen, die hier in Dänemark aktiv sind."

Du hilfst mit anderen Worten multinationalen Firmen bei der Steuervermeidung, denkt Anne-Maj. „Das klingt interessant. Aber das muss doch eine große Umstellung gewesen sein."

„Und ob", sagt er trocken. „Einige Mitarbeiter mussten natürlich ausgetauscht werden ..."

„Und die Firma ist jetzt ebenso erfolgreich?"

„Ich kann nicht klagen."

Sie ahnt mehr als sie es sieht, dass die beiden Brüder Blicke wechseln, und Feline räuspert sich mit einem kleinen, nervösen Klicklaut. Dann ist das kurz aufblitzende Unbehagen überstanden.

„Es ist ein großer Unterschied zwischen hohen Budgets internationaler Unternehmen und dem Geld, das man als Verteidiger in Strafsachen erhält, Annemarie", sagt Thomas.

„Anne-Maj", berichtigt seine Frau.

Er zuckt irritiert mit den Schultern, offensichtlich kümmert es ihn nicht, welche irrelevanten Vornamen irgendwelche irrelevanten Menschen haben. „Der finanziellen Lage bei uns zu Hause hat nie etwas gefehlt, aber Vaters Kanzlei hätte schon ein bisschen mehr up to date sein können." Thomas schüttelt den Kopf. „Jetzt ist sie modernisiert worden, kann ich mit Zufriedenheit sagen. Wir haben in der Tat mehr Mitarbeiter als zuvor ..."

„Das ist schon eine Leistung." Christian hat während dieses Teils des Gesprächs stumm dagesessen. „Ich bin stolz auf dich, Bruderherz." Er gibt Thomas einen neckenden Schlag zwischen die Schulterblätter. „Was *hätte* die Familie ohne dich nur gemacht?"

Anne-Maj ist neugierig darauf, die Ursache für den ironischen Ton und alles, was er andeuten mag, herauszufinden, ist sich aber klar darüber, dass wohl kaum eine Erklärung folgen wird. Nach ein paar quälenden Sekunden wendet sie sich stattdessen an Feline. „Und du? Bist du auch Anwältin?"

„Ich? Wohl kaum." Sie richtet sich das Leoparden-Halstuch. „Ich habe ein schönes Geschäft mit Wohnaccessoires", erklärt sie, „in guter Lage, in einer Nebenstraße der Østerbrogade. Aber damit ist bald Schluss." Sie zuckt mit den Schultern. „Diese Familie hier ist ziemlich gut in Konkursen, fürchte ich."

„Hör schon auf", sagt Christian. „Es gibt wohl nicht viele Gastwirte, die nicht schon einmal oder zweimal auf die Nase gefallen sind."

„Feline hat einfach nur Pech gehabt“, sagt Thomas. „Eine Mieterhöhung, nachlassende Umsätze, eine Mitarbeiterin, die in Elternzeit geht, sodass Feline eine Vertretung anstellen muss, die sie sich in Wirklichkeit nicht leisten kann. Es ist nicht leicht, Annemarie.“ Er legt seiner Frau den Arm um die Schulter und zieht sie an sich.

„Anne-Maj“, sagt Anne-Maj.

„Natürlich. Entschuldige.“ Er ist offensichtlich nicht im Geringsten verlegen. „Ich kann leider kein Geld in das Unternehmen meiner Frau schießen, weil mein eigener Laden sich noch immer in einer Entwicklungsphase befindet. Für ein Engagement in andere Projekte fehlt das Geld.“

Seine Frau sieht aus, als sei ihr unwohl, enthält sich aber jeglichen Kommentars.

Ohne nachzudenken, fragt Anne-Maj: „Habt ihr Kinder?“

Ein Zucken durchfährt Felines Gesicht. Ah, Teufel auch. Also ist Anne-Maj erneut ins Fettnäpfchen getreten. Sie vergisst immer, dass das, was als eine freundliche unterhaltende Frage gemeint ist, von vielen Menschen als zutiefst unpassendes Herumschnüffeln in ihrem Privatleben betrachtet wird. Für unfreiwillig Kinderlose können genau diese drei Worte wie Salz in einer offenen Wunde sein, während sie von denjenigen, die freiwillig darauf verzichtet haben, sich zu vermehren, häufig als direkte Beleidigung, als Angriff auf ihren Lebensstil aufgefasst wird. Es ist ganz einfach tabu, sich für dieses an und für sich unschuldige Detail im Leben anderer zu interessieren. „Entschuldigung“, beeilt sie sich zu sagen. „Ich wollte nicht herumschnüffeln ...“

„Ist schon in Ordnung“, sagt Thomas, der immer noch den Arm um Feline gelegt hat. „Nein, wir haben keine Kinder. Leider“, fügt er hinzu und drückt seine Frau erneut. Sie macht den Eindruck, als müsse sie all ihre mentale Energie darauf verwenden, sich nicht loszureißen.

„*Ich* schon", sagt Christian. „Zwei Mädchen. Sie wohnen meist bei ihrer Mutter, sind an den Wochenenden aber häufig bei mir drüben in Malmö, wenn ich keinen Dienst habe. Eine Regelung mit einer Woche hier, einer Woche da ist etwas schwierig, wenn jeder in einem anderen Land lebt."

„Ich habe sie bei beiden Beerdigungen gesehen, glaube ich ... Wie alt sind sie?"

„Ea ist zwölf und Gry vierzehn." Er macht die Bewegung, in der Eltern und Haustierbesitzer in der ganzen Welt Meister sind: Man fischt blitzschnell das Telefon heraus, scrollt in der Bildergalerie und reicht seinem Gesprächspartner dann das Telefon, egal, ob der Betreffende den Wunsch ausgedrückt hat, Fotos zu sehen, oder nicht. Anne-Maj betrachtet ein Foto von zwei blonden Mädchen, das ältere bleich mit dem etwas weichen Kinn des Vaters, das andere etwas hübscher.

„Wie süß sie aussehen", sagt Anne-Maj, als sie sie lange genug studiert hat, dass alle Höflichkeitsregeln als eingehalten angesehen werden müssen. „Du kannst stolz auf sie sein."

„Wenn ihr mit dem Essen fertig seid ..." Feline hat sich halb erhoben. Als niemand protestiert, blickt sie zu Anne-Maj. „Ich habe mir gedacht, dass wir herumgehen und uns die Sachen gemeinsam ansehen könnten. Du kennst das Haus sicherlich besser als ich."

„Jaaa, ich ..." Anne-Maj wischt sich mit der Stoffserviette den Mund ab. „Das kann schon sein", lügt sie.

„Wir machen einfach hier unten weiter", sagt Thomas.

„Wenn wir abgeräumt und abgespült haben." Christian ist dabei, Teller und Besteck einzusammeln. „So leicht kommst du nicht davon, Bruderherz."

Thomas verdreht übertrieben die Augen und lacht. „Ab mit euch, Mädels“, sagt er zu Feline und Anne-Maj gewandt. „Lasst die Erwachsenen mal in Ruhe arbeiten.“

Mädels? Über zwei ausgewachsene Frauen? Anne-Maj schielt zur Frau von Thomas, die jedoch kein Anzeichen von Irritation zeigt. Vielleicht bin nur ich so, denkt Anne-Maj.

Sie beginnen im ersten Stock und gehen von Raum zu Raum, Feline nervös vor sich hin schwatzend. Sie fühlt sich im Haus ihrer Schwiegereltern nicht wohl, stellt Anne-Maj fest. Die blonde Frau hegt offensichtlich weder für Helmer noch Vips die großen Gefühle. Das ist an ihrer Körpersprache erkennbar, so wie es sich aus all dem schließen lässt, was sie *nicht* sagt. Zu keinem Zeitpunkt drückt sie beim Durchgehen der Hinterlassenschaften der Verstorbenen irgendeine Form von Zärtlichkeit oder bloß eine sanfte Trauer aus.

Vielleicht ist das gar nicht so eigenartig. Wenn Felines Unternehmen in letzter Zeit so große wirtschaftliche Probleme hatte, dass sie kurz davor ist, Konkurs anzumelden, während ihre Schwiegereltern ihr offensichtlich mit Leichtigkeit aus der Bredouille hätten helfen können, es aber nicht getan haben ... Wäre das nicht Grund für eine gewisse Antipathie? Vielleicht sogar ein Motiv für einen Mord? Oder einen Doppelmord? Vermutlich kann das Erbe Felines Unternehmen wieder auf die Beine bringen, wenn ihr Mann bereit ist, zu investieren ... Doch, Anne-Maj kann sich Feline Bergstrøm eigentlich sehr gut als Mörderin vorstellen. Wie diese Theorie mit dem Einbruch und der verschwundenen Schmuckschatulle zusammenhängen soll, weiß sie allerdings nicht. Noch nicht. Vielleicht hat Anders Hall recht, dass die beiden Dinge überhaupt nichts miteinander zu tun haben. Oder aber sie muss das Ganze bloß gründlicher durchdenken.

„Und das hier war Helmers Büro", sagt Feline, als sie die Tür zu einem Zimmer mit Aussicht über den Fjord geöffnet hat. „Nicht, dass ich jemals hier hereingebeten worden wäre."

Die Einrichtung überrascht Anne-Maj, die sich das Arbeitszimmer eines querulantischen Anwalts im Ruhestand irgendwie mit dunklen Regalen und in Leder gebundenen Gesetzesbüchern vorgestellt hatte, vielleicht mit ein paar verstaubten Hirschtrophäen oben an den Wänden. Stattdessen stehen die beiden Frauen in einem hellen, freundlichen Raum mit Möbelklassikern aus vergilbtem Buchenholz und ein paar farbenfrohen, geometrischen Gemälden an der Wand. Der Schreibtisch mitten im Raum ist geölt und hat fein verzapfte Schubladen in einer leichten, schwebenden Konstruktion, offensichtlich handgetischlert und wohl um die sechzig, siebzig Jahre alt. Vielleicht ein Gesellenstück.

„Das ist aber ein schöner Tisch", sagt sie.

„Ach?" Feline scheint sich zu langweilen.

Anne-Maj wendet sich dem Regal zu. Statt Gesetzestexten stehen da meterweise Lyrikanthologien und Erzählbände aus den fünfziger und sechziger Jahren; neben dänischen Büchern gibt es auch deutsche, englische, französische, norwegische und schwedische. Alle natürlich in Originalsprache. Sie nimmt eines heraus und schlägt die erste Seite auf. Eine signierte Erstausgabe. Das nächste ebenfalls. Und auch das nächste. Meine Güte, denkt Anne-Maj. Zumindest weiß sie jetzt, dass Helmers Besitzansprüche auf die antiquarische Sektion des Ladens aus einem aufrichtigen Interesse und einem gut entwickelten Sammlergen herrührten, nicht bloß einfach normaler Herrschsucht.

„Ist es das, was du am liebsten haben möchtest?", fragt Feline. „Eines von Helmers Büchern?"

„Vielleicht“, sagt Anne-Maj und stellt das dünne Bändchen zurück ins Regal. Sie würde viel für eine Möglichkeit geben, die Schubladen des Mannes zu durchsuchen, aber das kann sie sich gewiss aus dem Kopf schlagen. „Wollen wir uns nicht erst den Rest ansehen? Ich kann mich nicht erinnern, ob sich auch in den anderen Räumen Bücher befinden.“ Sie tut so, als bemerke sie die Ungeduld der anderen nicht, und öffnet mit gewohnter Selbstsicherheit die nächste Tür. Ein Gästezimmer. Ein neues farbenfrohes Gemälde, diesmal expressiver.

„Lise Malinovsky“, sagt Feline, als sie Anne-Majs Blick sieht. „Wir haben von ihr auch ein paar Stücke zu Hause.“

Der Name sagt Anne-Maj nicht im Geringsten etwas. Bildende Kunst ist nicht gerade ihre Kernkompetenz, aber: „Ja, schöne Farben, ich habe schon immer gesagt, dass sie fantastisch ist“, blufft sie. „Dieses Gemälde mochte Vips sehr gern.“

„Ach?“

Hinter der nächsten Tür befindet sich das Schlafzimmer. Es hat Fenster in zwei Richtungen: hinaus aufs Wasser in der einen, auf den Wald zu in der anderen. In der mittleren Wand führt eine doppelte Glastür hinaus auf einen breiten Balkon nach Süden, wo sich das Nachbarhaus hinter eine dichte Gruppe hoher Bäume schmiegt, und von dem aus man eine unglaubliche Aussicht über den Fjord auf Hornsherred hat. Anne-Maj muss wirklich an sich halten, um nicht in Begeisterung auszubrechen, was umgehend enthüllen würde, dass sie sich zuvor noch nie in diesem absolut hinreißenden Raum befunden hat.

Abgesehen von ein paar weiteren Gemälden ist hier nichts von Interesse. Die Schiebetüren des Kleiderschranks gleiten lautlos zur Seite, als Feline sie sanft anstößt. Anne-Maj haut es beim Anblick der vielen Kleider und Kostüme in gedämpften Farben und tollen Materialien wie Cashmere, Seide und englischem Tweet fast um. Man hatte es der kleinen, schüchternen Vips nicht ansehen können, dass sie zu Hause über eine so vornehme Auswahl an Kleidungsstücken verfügte. Im Laden trug sie immer nur kittelartige Oberteile über einem Paar gefälliger Slacks.

„Das alles hier." Sie lässt die Finger an der Reihe maßgeschneiderter Ärmel entlanggleiten, fühlt die unterschiedlichen Textilien; glatt und rau, schwer und strukturgewebt oder leicht wie Spinnweben. Hätte man doch bloß die kleine Größe achtunddreißig. „Das geht an den Laden, oder?" Sie sieht Feline an und fügt rasch hinzu: „Also, wenn du dir genommen hast, was du gebrauchen kannst."

„Ich?" Feline lächelt zum ersten Mal, als ob sie sich wirklich amüsiert. „In dem hier? Never." Sie lässt die Schiebetüren wieder zugleiten „Ja, natürlich ist das für den Trödelladen. Ich kann mir nicht vorstellen, dass Vips' Schwester an einem Haufen alter Kleidung interessiert ist."

Anne-Maj beschließt, über diese Diffamierung des allgemeinen Sortiments des Trödelladens nicht verärgert zu sein. „Wir können gutes Geld für Kleidung dieser Qualität bekommen", sagt sie bloß.

Sie besehen sich den Rest des ersten Stocks: noch ein Gästezimmer sowie ein hübsches, wenn auch etwas abgenutztes Badezimmer. Anschließend gehen sie nach unten. Die beiden Brüder sind mit dem Abwasch fertig und stehen jetzt auf der Terrasse, jeder mit einem Bier in der Hand. Thomas hat Jacke und Krawatte abgelegt und die Hemdsärmel hochgekrempelt. Er sieht ganz menschlich aus.

„Ich dachte, wir hätten viel zu tun", sagt Feline.

„Das haben wir auch", antwortet Christian.

„Ich habe jede Menge Geschirr zur Seite gelegt, Liebes", sagt Thomas zu seiner Frau. „Vielleicht kannst du dir mal ansehen, ob etwas dabei ist, was wir haben möchten ..."

„Okay.“ Feline sieht zu Anne-Maj. „Vielleicht kannst du auf eigene Faust weitermachen?“

„Natürlich“, sagt Anne-Maj und bemüht sich, nicht allzu fröhlich zu klingen. „Auf mich braucht ihr nicht mehr Zeit zu verwenden. Ich glaube, ich gehe noch einmal nach oben und schaue mir die Bücher näher an, wenn das in Ordnung ist.“

Niemand hat irgendwelche Einwände, also geht sie wieder nach oben in Helmers Büro. Sie lässt die Tür einen Spalt weit offenstehen, damit sie hören kann, wenn jemand die Treppe hochkommt. Dann öffnet sie die Schreibtischschubladen, eine nach der anderen, doch da ist nichts zu holen. Ein paar Kugelschreiber und ein Brieföffner, ein Stapel weiße Briefumschläge. In der untersten Schublade befinden sich ausschließlich durchsichtige Plastikhüllen und ein linierter Block. Das hier ist doch hoffnungslos. Wo verstecken sich die persönlichen Papiere? Hat Vips sie entfernt, als sie Hilfe mit der Netbank benötigt hat? Der PC ist von der Jahrtausendwende, ohne Flachbildschirm und diese Art von modernem Zeug. Ihn traut sie sich nicht einzuschalten.

Anne-Maj lauscht an der Tür, kann ihre Stimmen unten hören. Haben sie gemeinsam an den Morden gearbeitet? fährt es ihr mit einem Mal durch den Kopf: Thomas und Feline. Einer, der tötete, und eine, die die Spuren entfernte und aufräumte? Oder sind Verbrecher nur in den Krimiserien so clever?

Sie erblickt eine Reihe schwarzer Archivordner in der untersten Reihe des Buchregals, zieht einen davon heraus und blättert den Inhalt durch. Enttäuscht stellt sie ihn zurück und überprüft einen weiteren mit demselben Ergebnis: Alte Rechnungen und Quittungen, bis zurück in die Achtziger. Nicht ein einziger Kontoauszug, keine Kopie des Testaments, keine Vermögensaufstellungen oder Verzeichnis se über Aktienportfolios; nichts, was irgendetwas über die Finanzen der Bergstrøms hätte erzählen können.

Im selben Moment hört sie Schritte auf der Treppe, stellt eilig den letzten Ordner zurück und schnappt sich schnell ein zufälliges Bändchen der signierten Erstausgaben. Ein nicht besonders gut erhaltenes Exemplar eines Peter-Poulsen-Gedichtbändchens, wie sich zeigt.

„Das hier“, sagt sie und hält das Buch hoch, sodass Feline es sehen kann. „Das hätte ich gern als Erinnerung. Das bedeutete Vips und auch Helmer sehr viel.“

„Ja?“, antwortet Feline, ohne sich das Buch anzusehen.

14.
Donnerstag, 16. Mai

Anne-Maj freut sich darüber, die Fritteuse für etwas anderes und Interessanteres als den ewigen Strom von Pommes frites für Didi verwenden zu können. Sie ist dabei, Häppchen für Valborgs Geburtstagsempfang am selben Nachmittag zu produzieren, und eines der Gerichte ist Mini-Frühlingsrollen mit Hühnchen und Gemüse. Sie faltet und packt die daumengroßen Frühlingsrollen sorgfältig und brät sie anschließend in Öl, jeweils vier, fünf Stück auf einmal, bis sie goldgelb und knusprig sind.

Hinterher macht sie eine würzige Erdnusssoße zu den Rollen sowie einen süßsauren Limettendip für das andere Gericht, das sie auf dem Programm hat: kleine, mit Chili gewürzte Krabbenbällchen. Anne-Maj ist hochzufrieden mit ihren zwei Beiträgen zum Festbüfett. Sie weiß, dass Else mit Cocktailwürstchen im Speckmantel kommt und dass Kylle Mini-Muffins gebacken hat, während Lis und Ruth gemeinsam eine Platte winzig kleine Lachsbrötchen herrichten. Das bedeutet, dass Anne-Majs Beitrag am exotischsten sein wird, und das passt ihr ausgezeichnet.

Zum Empfang sind einige von außerhalb eingeladen: Beirat und Vorstand vom Hauptsitz des Landesverbandes der Trödelläden aus Kopenhagen, die Eigentümer der benachbarten Geschäfte, der Bürgermeister, der Pfarrer, der Vorstand des Handelsverbandes und so weiter. Insgesamt stehen sechsundachtzig auf der Gästeliste, und Anne-Maj vermutet, dass sie bei etwa sechzig landen werden.

Valborg von Schilling selbst ist die Einzige, die die Ruhe bewahrt, während alle übrigen Damen des Ladens mit roten Wangen herumflitzen und alles vorbereiten. Der Trödelladen ist für Kunden geschlossen, und zwar schon seit drei Uhr, damit die Ehrenamtlichen zusammen mit Stanley Kleiderständer und Angebotskästen an die Wände des Ladenlokals stellen können und reichlich Platz für einen langen Tisch in der Mitte des Raumes ist. Auf der Einladung steht „Tag der offenen Tür" von sechzehn bis achtzehn Uhr, wobei gemeint ist, dass man irgendwann in diesem Zeitraum kommen kann. Doch da das Durchschnittsalter der Gäste hoch ist, sind sich die Damen sicher, dass viele genau zum Anfangszeitpunkt kommen und bis zum Schluss hängen bleiben werden. Sie lassen Stanley daher ein paar Stühle aus dem Gemeindehaus in der Skolestræde holen, damit die ältesten und am stärksten gehbehinderten Gäste sich hinsetzen können.

„Bloß so viele, wie du ins Auto bekommst", sagt sie, ehe Stanley durch den Regen zum Blauen Blitz trippelt. „Das *ist* mit dem Küster vereinbart." Sie erhält keine Antwort, hat dies eigentlich aber auch nicht erwartet.

Alles in allem wird der Empfang ein Erfolg. Die Rede des Vorsitzenden ist eine Spur zu lang, der Boden wird schnell pitschnass von all den Schuhen, die das Regenwasser hereinschleppen, und zu einem frühen Zeitpunkt geht ihnen der Weißwein aus, sodass Lis und Stanley drüben bei Netto weitere Flaschen holen müssen – aber abgesehen davon läuft alles wie geschmiert. Die Hauptperson lächelt mit ihren langen Zähnen, der Geschenktisch biegt sich vor Flaschen, Blumen und festlichem Geschenkpapier. Valborg hat das Geschenk von den anderen Ehrenamtlichen bereits geöffnet, ehe die Gäste kamen, und sie freut sich sehr über die Westindien-Trilogie, sagt sie. Der Bürgermeister, der immer treu zu kleinen und großen Ereignissen in der Gemeinde erscheint, bleibt nur für zehn Minuten, doch er hat einen sehr schönen Blumenstrauß dabei. Dieser hat jetzt den Ehrenplatz auf dem Geschenktisch, und Valborg ist vergnügt. Anne-Maj, die ein wachsames Auge auf das Büfett hat, notiert mit einer gewissen Frustration, dass die speckumwickelten Würstchen am schnellsten verschwinden und dass auch bei den Lachsbrötchen ordentlich zugelangt wird. Mit den Krabbenbällchen geht es etwas langsamer, und sie sieht sogar einen der älteren Herren aus dem Beirat diskret in eine Serviette spucken, als er den Chili auf der Zunge brennen spürt. Sie lächelt freundlich einer hennafarbenen Dame zu, die sich die dritte Portion Frühlingsrollen nimmt. Sie ist äußerst sympathisch, findet Anne-Maj. Sie selbst hat keinen Bissen gegessen. Sie fühlt sich ganz brav, auch wenn ihr allmählich ganz schwindelig vor Hunger ist. Die Platten sind mehr oder weniger leer, als der Empfang vorbei ist. Tatsächlich sind die Krabbenbällchen und die Frühlingsrollen das Einzige, was übrig ist. Bauerntrampel und Greise, denkt Anne-Maj und füllt die Reste zurück in die Kunststoffboxen, die sie für den Transport hierher verwendet hat. Die Leute verstehen es nicht, Essen zu schätzen, das auch nur im Geringsten fremdartig ist.

Hinterher helfen sich die Damen beim Aufräumen; Else fährt Valborg und ihre Geschenklese nach Hause, während Stanley die Klappstühle des Gemeindehauses abliefert. Als der Abwasch gemacht und die Einrichtung des Ladens wiederhergestellt ist, schnappt sich Anne-Maj ihre Kunststoffboxen und spaziert durch den Nieselregen die Algade hinunter zu dem Gebäude, in dem Iben wohnt. Didi hat den ganzen Nachmittag auf Mortensen aufgepasst, und jetzt muss er nach Hause. Anne-Maj wird sowohl vom Hund als auch von der Enkelin stürmisch begrüßt und geht anschließend in die Küche, in der Iben gerade eine Pfanne aus dem untersten Fach in einem der Unterschränke hervorholt.

„Ich habe mir gedacht, ob du die vielleicht haben möchtest", sagt Anne-Maj und stellt die Boxen mit den Resten hin. „Sie halten sich schon noch einen Tag oder zwei. Oder du kannst sie einfrieren", sagt sie schnell, als sie Ibens „Jetzt-bin-ich-gerade-beim-Essen-machen-und-da-kommst-du-unangemeldet-mit-Änderungsvorschlägen"-Ausdruck sieht. Das kennt sie von sich selbst. Just in dem Moment, in dem man im Kopf genau weiß, welche Töpfe und Pfannen und Platten man für welche Phasen beim Zubereiten des Essens benötigt, kommt irgend so eine emsige Type hereingeschneit und schlägt vor, dass man auch noch schnell ein paar Bohnen kocht oder einen Rest Nudeln vom Tag zuvor verwendet. Das tut man in Anne-Majs Küche nur ein einziges Mal, und Iben hat offensichtlich diese besondere Form der Irritation geerbt, auch wenn sie die Freude ihrer Mutter am Kochen nicht gerade teilt.

„Was gibt's bei euch?", fragt sie, um ihre Tochter abzulenken.

„Hähnchenschnitten", antwortet Iben und erhebt sich mit der Pfanne in der Hand.

Anne-Maj versucht, eine sichtbare Reaktion zu unterlassen. „Was gibt's dazu? Irgendein Gemüse?"

„Pommes." Sie sieht trotzig aus. „Und Erbsen. Und Bearnaise." Iben knallt ein Glas Fertigsoße auf den Tisch und sieht

Anne-Maj herausfordernd in die Augen. „Du kannst gerne mitessen." Sie weiß nur zu gut, was ihre Mutter von zweitklassigem Fleisch von Käfighühnern hält, das mit Mehl und Wasser vermischt und zu etwas geformt ist, das vermutlich Hähnchenbrüste darstellen soll, ehe sie paniert, tiefgefroren und an vielbeschäftigte Eltern mit kleinen Kindern verkauft werden. Gruselig. Die Pommes frites sind nicht handgeschnitten aus richtigen Kartoffeln wie zu Hause bei Anne-Maj, sondern liegen halb aufgetaut in einer ofenfesten Schale und riechen nach schlechter Qualität, während sie darauf warten, in den Ofen zu kommen. Und dann auch noch Bearnaise aus dem Glas! Anne-Maj fehlen die Worte dafür, wie erbärmlich sie das findet. Das einzig Vernünftige auf der Arbeitsplatte sind die gefrorenen Erbsen. Sie ist davon überzeugt, dass Didis Verwöhntheit auf die begrenzten Fähigkeiten ihrer Mutter als Köchin zurückzuführen ist. Anne-Maj fasst es nicht, dass eine Frau, die bei ihr selbst aufgewachsen ist, so indifferent gegenüber der Zubereitung ihres Essens sein kann.

„Vielen Dank", sagt Anne-Maj und ignoriert ihr schreiendes Gedärm, „aber ich bin immer noch satt vom Empfang und lasse das aus. Ich will euch aber gern Gesellschaft leisten, während ihr esst – wenn ihr wollt."

Iben blickt sie scharf an. Sie kann man nicht zum Narren halten.

Während Iben und Didi essen – die eine mehr als die andere –, sitzt Anne-Maj mit einem Glas Wasser da und versucht, nicht an all die leckeren Häppchen vom Empfang zu denken, die sie in ihrer Dummheit Iben verehrt hat. Was würde sie darum geben, die Box mit den Krabbenbällchen leeren zu können. Doch wenn sie darum bittet, ihr eigenes Essen zu bekommen, nachdem sie Ibens abgelehnt hat ... das geht ganz einfach nicht; Iben ist so wahnsinnig empfindlich gegenüber jeder Handlung, die als Kritik aufgefasst werden kann. Besonders wenn sie von ihrer Mutter kommt. Anne-Maj muss sich stattdessen an dem Gedanken wärmen, wie dünn sie von all den Kalorien wird, die sie gerade jetzt *nicht* zu sich nimmt.

„Und?", sagt Iben. „Wie lief dein Besuch bei den Bergstrøm-Erben? Hast du irgendwelche Beweise gefunden?"

Einen Augenblick ist Anne-Maj verwirrt. Es ist doch mehrere Tage her, seit sie in den Kildehusene zu Mittag gegessen hat. Haben sie und Iben seither wirklich nicht miteinander gesprochen? Dann fällt ihr ein, dass sie letzten Sonntag das übliche Abendessen aufgrund irgendeiner anderen Veranstaltung abgesagt haben, an der Iben und Didi teilnehmen mussten. „Ach, der", sagt sie dann. „Nein, eigentlich nicht. Aber es war äußerst ... gemütlich." Natürlich war es das nicht. Aber man ist doch ein freundlicher Mensch. Sie sieht hinunter zu Mortensen, der in der Hoffnung auf einen kleinen Leckerbissen die Augen auf Iben gerichtet hat. „Äußerst gemütlich", wiederholt sie. „Aber ich habe keine brauchbaren Spuren gefunden."

Didi sieht sie an. „Ich dachte, du hättest das aufgegeben, Oma."

„Ach", Anne-Maj lächelt, „da sind immer noch ein paar Details, die ich nicht richtig zusammenbringe ... Vielleicht bin ich auch nur ein bisschen närrisch."

Sowohl Iben als auch Didi blicken sie an, letztere hat eine Pommes frites in der Hand, die auf halbem Weg zum Mund in der Luft schwebt. „Was ist passiert? Erzähl schon!"

Anne-Maj ist gezwungen, fortzufahren. Je mehr Fakten Didi bekommt, desto weniger muss ihre etwas zu lebhafte Fantasie um das makabre Thema kreisen, denkt sie. Sie kann sehen, dass Iben ihrer Meinung ist. Sie greift zumindest nicht ein. Anne-Maj macht einen tiefen Atemzug und erzählt die

Sache von Anfang an. Über den Abend, als sie Vips' Leiche fand, über das Gefühl eines Menschen irgendwo im Haus, über ihre Beobachtung mit der Perücke, über den Einbruch und die verschwundene Schatulle und das Erbe für den Laden und die Schwiegertochter mit dem drohenden Konkurs und den Sohn, der sich danach sehnt, in Dänemark zu leben.

Anfangs hastet sie über Stock und Stein, um es hinter sich zu bringen. Doch Iben bremst sie aus und stellt Fragen zu Details, auch wenn sie das meiste ja sowieso schon gehört hat. Sie ist die erste, die das hier ernst nimmt, wird es Anne-Maj klar. Sie und Didi sind in Wirklichkeit die einzigen, denen sie die ganze Geschichte erzählt hat, abgesehen von dem gleichgültigen Polizisten aus Roskilde. Sie sind ganz klar nicht der Meinung, dass sie sich das hier nur ausdenkt. Und je mehr Tochter und Enkelin an sie glauben, desto mehr vertraut Anne-Maj wieder sich selbst und ihren Gefühlen. Vielleicht *ist* das keine Einbildung? Vielleicht *ist* da wirklich ein Verbrechen begangen worden? Anne-Maj ist so erleichtert, dass sie in Zerstreutheit die Reste der Hähnchenschnitten und Erbsen in sich hineinstopft, während sie spricht.

„Weißt du was, Mama?", sagt Iben, als Anne-Maj mit ihrem Bericht fertig ist. „Ich kann schon verstehen, dass die Polizei nicht interessiert ist. Es ist eine sehr dünne Grundlage, um Verdacht auf einen Mord zu schöpfen." Anne-Maj ist kurz davor, verärgert zu sein, als die Tochter fortfährt: „Aber ich verstehe *auch* gut, dass du den Fall nicht einfach fallen lassen kannst." Den Fall? Sie nennt es einen *Fall?* Anne-Maj richtet sich fast unmerklich im Stuhl auf. Iben spricht weiter: „Ich finde, du solltest deine eigenen Nachforschungen fortsetzen."

„Ja, mach das, Oma!"

„Ich habe keine Ahnung, wie ich das anpacken soll", sagt Anne-Maj. „Und meint ihr nicht, dass es gefährlich sein kann?"

„Jaa ..." Iben zögert. „Du darfst mir das jetzt nicht böse nehmen, Mama, aber ... niemand wird gegenüber jemandem wie dir auf der Hut sein."

„Ist das die nette Art zu sagen, dass ich alt und dick bin?" Anne-Maj lacht. „Du bist ganz schön frech."

„Nein, aber ..." Iben windet sich. „Ich finde bloß ... du wirkst nicht gerade einschüchternd. Wenn du mit Leuten plauderst, wie du es immer tust, über Gott und die Welt und Hunde und Essen und Topfpflanzen, dann kannst du eine Menge erfahren, gerade weil sie nicht das Gefühl haben, verhört zu werden. Und wenn der Mörder – für den Fall, dass es einen solchen wirklich *gibt* – nicht glaubt, dass du irgendeinen Verdacht hast, dann kommst du auch nicht in Gefahr. Ist das nicht einleuchtend?"

„Das stimmt, Oma", fällt Didi ein. „Die Leute werden doch viel lieber dir etwas erzählen als einem Polizisten. Du musst nur auf clevere Art fragen."

„Was ist eine clevere Art?"

Didi denkt nach. „Das weiß ich nicht", räumt sie nach einer Weile ein. „Aber ich bin mir sicher, dass du das herausfindest."

Anne-Maj lacht erneut. „Danke für das Vertrauen, meine Rose. Ich werde mein Bestes geben." Sie wendet sich Iben zu. „Wie würdest *du* das anpacken?"

„Du musst es nur genauso machen, wie wenn du Essen zubereitest, Mama. Mit deinem offen gesagt erschreckenden Sinn für Systematik. Bereite dich gründlich vor, mache alles in der richtigen Reihenfolge und zu den richtigen Zeitpunkten."

„Und wann soll das sein?"

Jetzt ist Iben mit dem Lachen an der Reihe. „Ich bin ausnahmsweise zu hundert Prozent mit meiner Tochter einig."

Sie erhebt sich und beginnt, die Teller einzusammeln. „Du findest unter Garantie selbst eine Art, die Dinge zu tun, Mama. Zuallererst könntest du ja die Alibis von der ganzen Bande sammeln. Sowohl für den Zeitpunkt, als Vips starb, als auch für den Einbruch."

„Den letzten Zeitpunkt kennt niemand. Zumindest nicht genau."

„Das wird sich lösen", sagt Iben. „Du könntest dich auch etwas mehr an diese Erben heranmachen. Es klingt so, als ob es dort ein paar gute Motive geben könnte."

„Jaa ..."

„Und *deren* Alibis musst du wohl auch überprüfen?"

„Das wird ziemlich schwierig."

„Ich bin mir sicher, du findest einen Ausweg." Iben sieht sie an. „Aber vertraue deinen Verdacht, dass ein Verbrechen begangen wurde, niemandem an. Abgesehen von der Polizei, versteht sich, wenn du etwas Brauchbares herausfindest."

„Ja, denn ansonsten bist du in Lebensgefahr", sagt Didi etwas zu aufgeräumt. „Wenn du zu viel weißt und der Mörder das herausfindet. Vielleicht solltest du dir eine Pistole kaufen. Und eine schusssichere Weste."

Anne-Maj zieht ihre Enkelin ganz leicht am Zopf. „Du freches Gör."

Iben dreht sich in der Tür zur Küche um, mit den Händen voll von schmutzigem Geschirr. „Möchte Frau Mortensen eine Tasse Tee?"

Anne-Maj sieht zum Fenster hinaus. Es hat wieder zu regnen begonnen. „Ja, gerne", sagt sie. „Eine Tasse heißer Tee wäre schön."

15.
Freitag, 17. Mai

Freitagvormittag ist absolut strahlendes Wetter, nachdem es ein paar Tage durchgeregnet hat. Der Himmel ist in diesem ganz unwahrscheinlichen Knallblau, das Anne-Maj eigentlich meist mit dem September verbindet. Doch jetzt ist es Mitte Mai, und das ist gut so. Sie liebt diese Zeit des Jahres mehr als alle anderen Jahreszeiten. Jetzt ist die Zeit, in der man sät und pikiert und Stauden teilt und den Duft frischer Humuserde genießt. Die Zeit, in der man sich mit den anderen gründaumigen Nerds in der Gärtnerei trifft; die Zeit, in der die großen Gartenträume geträumt werden, ehe man dahin gelangt, wo vom Sommer erwartet wird, dass er jeden Tag reiche Ernte bringt, und es immer jemanden gibt, der enttäuscht ist. Je nachdem wo man sich in der Kontroverse Land gegen Stadt befindet, ist man der Ansicht, dass der Sommer zu trocken oder zu nass oder zu heiß oder zu kühl ist. Keine Sonnenstrahlen werden intensiver genossen als diejenigen, die die nördliche Halbkugel im Frühjahr erwärmen, wo es sich immer noch wie ein Wunder anfühlt, dass die dunkle Zeit endlich, endlich vorbei ist.

Anne-Maj liegt an diesem schönen Morgen auf den Knien und jätet Unkraut in einem schmalen Staudenbeet entlang einer gefliesten Terrasse. Hinterher will sie einen Kirschlorbeer ausästen, der dabei ist, eine Ecke in dem kleinen Garten für sich allein zu beanspruchen –, und wenn sie es schafft, ehe sie zum Dienst im Trödelladen antreten muss, will sie auch die Ränder entlang der Hecken zu den Nachbargärten hin abstechen. Alles miteinander gute und dankbare Aufgaben. Es gibt nur ein klitzekleines, irritierendes Aber: Es ist nicht ihr eigener Garten, in dem sie dies alles erledigt, sondern der ihres Nachbarn.

Dieser Nachbar ist ein Junggeselle namens Jonas. Er ist Zimmerergeselle in einer örtlichen Firma, und er und Anne-Maj haben eine Regelung, die zu ihrer beider Zufriedenheit funktioniert: *Sie* sorgt dafür, dass sein Garten vorzeigbar ist – abgesehen vom Rasenmähen und Heckenschneiden, das er auch selbst schafft – und im Gegenzug kümmert *er* sich um alle kleineren handwerklichen Aufgaben bei ihr. Es ist ein paar Jahre her, dass sie sich bei einem Straßenfest auf dieses Arrangement in der Erkenntnis geeinigt haben, dass Jonas alle Arbeiten hasst, die mit Blumen und Büschen zu tun haben, und daher einen gähnend leeren, langweiligen Garten hatte, der aus einem Rasen und einem gefliesten Viereck bestand, während Anne-Maj nicht in der Lage ist, eine Dichtung im Wasserhahn auszutauschen, das Geländer zu reparieren, Mauerrisse auszufüllen oder eine lose Fliese auf der Stufe zur Eingangstür zu befestigen. Bereits an jenem Abend besiegelten sie diese ausgezeichnete Vereinbarung per Handschlag, und sie ist immer noch gültig. Sie tauschen Dienstleistungen, ohne kleinlich auf den Zeitaufwand zu schielen, und sie trinken ab und zu eine Tasse Kaffee zusammen, doch häufiger sehen sie sich nicht, und das ist perfekt, finden sowohl Jonas als auch Anne-Maj.

Sie weiß sehr wohl, dass es durch die feministische Brille betrachtet schwach ist, dass sie die an und für sich recht einfachen Instandhaltungsarbeiten, die einfach dazu gehören, wenn man ein Haus besitzt, nicht selber angeht, doch sie hat es im Laufe der Jahre unzählige Male mit jämmerlichen Ergebnissen versucht. Jahrelang lebte sie beispielsweise mit vier großen, hässlichen Löchern in der Wohnzimmerwand, die daher stammten, dass sie selbst versucht hatte, eine kleine Vitrine aufzuhängen. Jonas brauchte rund gerechnet fünf Minuten, um die Löcher zuzuspachteln, und am folgenden Tag brachte er den Schrank an, ohne auch nur die geringsten Probleme mit der Bohrmaschine zu haben Diese Dinge sind viele Stunden Unkrautjäten wert, findet Anne-Maj.

Sie war so gut wie immer für sich, hat immer allein klarkommen müssen. Für kurze Zeit vor über vierzig Jahren war sie mit einem Mann verheiratet gewesen, doch er fand eine andere und verduftete, ehe ihre Tochter überhaupt erst auf die Welt gekommen war, und seit damals bestand ihre einzige Verbindung im Kindesunterhalt, den der Scheißkerl trotz allem jeden Monat bezahlte, bis Iben achtzehn Jahre alt wurde. Und nein, ihr Mann hatte sich nicht in ein jüngeres Modell verliebt, wie das Klischee es will. Aus irgendeinem Grund verletzte es die hochschwangere Anne-Maj damals ganz besonders, dass er sie gegen jemanden ausgemustert hatte, die zehn Jahre älter war, doch heute ist es bloß noch eine Anekdote, etwas, das sie in einem sarkastischen Ton erzählt, wenn sie neue Menschen trifft: *Ja, mein Mann tauschte mich gegen ein älteres Modell ein*. In der Regel lacht da niemand. Sie selbst findet, dass das recht witzig gesagt ist.

Ein paar Jahre nach der Geburt zogen Mutter und Tochter in das kleine hellblaue Stadthaus, in dem Iben ihre Kindheit verlebte. Die zwei stellten die kleinste Familie der Welt dar, immer zusammen, immer füreinander da. Das bedeutete natürlich auch, dass Iben und Anne-Maj ein beinahe unnatürlich enges Verhältnis hatten, unvermittelt abgebrochen, als Iben im Alter von neunzehn Jahren von zu Hause auszog und sich eine Zeit lang nur in großen Abständen meldete. Sie musste sich wohl losreißen, ihr eigenes Leben gestalten, vermutet Anne-Maj, die jedoch niemals zu fragen gewagt hat, was da eigentlich geschah.

Ihr Verhältnis ist niemals wieder richtig eng geworden; nicht einmal nach Ibens Rückkehr nach Nykøbing. Es ist vielleicht ärgerlich, aber sie sehen sich, sie sprechen miteinander, sie mögen einander auf ihre eigene, kantige Art. In wirklich vielerlei Hinsicht ist das Verhältnis von Iben und Didi ein beinahe genaues Abbild des Verhältnisses von Anne-Maj und Iben. Möchte wissen, denkt Anne-Maj und verwendet das Schäufelchen, um einen widerspenstigen Löwenzahn zu entfernen, ob ihre Tochter und ihre Enkelin dieselben Phasen durchlaufen müssen, wenn Didi älter wird. Vielleicht ist es in Wirklichkeit eine ganz natürliche Entwicklung in der Beziehung einer alleinerziehenden Mutter und ihrer Tochter?

Bei der Gartenarbeit kann man so gut nachdenken. Sie ist weniger anspruchsvoll als Kochen, und man muss sich nicht ganz so sehr konzentrieren. Die Gedanken fliegen umher, streifen ein Thema, gehen über zum nächsten, kommen zurück und stolpern vielleicht plötzlich über eine Lösung eines Problems, während das Unkraut Büschel für Büschel verschwindet und die fette, dunkle Humuserde zwischen den eifrig treibenden Stauden sichtbar wird.

Heute ist es die Nachforschung, die in Anne-Majs Gehirnwindungen umherflitzt. Die Nachforschung, die sie vor kurzem beinahe aufgegeben hätte, weil sie ganz einfach keine Ahnung hatte, wie sie sie anpacken sollte. Doch jetzt, wo Iben sie angestupst hat, lauert die Idee konstant in ihrem Hinterkopf, und während sie so in der Erde wühlt, beschließt sie, dem Rat ihrer Tochter zu folgen. Da ist natürlich das Problem, dass es schwierig ist, Alibis einzusammeln, wenn es keinen präzisen Tatzeitpunkt weder für das eine noch das andere der beiden Verbrechen gibt. Sie weiß, dass Vips etwa zwischen vier Uhr, als Anne-Maj anrief, um ihre Verabredung zu bestätigen, und zehn Uhr, als ihre Leiche gefunden wurde, verstarb. Sechs Stunden. Das ist eine verdammt lange Zeit, über die man da Rechenschaft ablegen muss.

Zwar wurde nicht abgenommen, als Anne-Maj Vips um Viertel vor sieben anrief, sodass die Wahrscheinlichkeit dafürspricht, dass die alte Dame da bereits tot war. Aber es *könnte* ja sein, dass Vips mit etwas anderem beschäftigt war. Ein unerwarteter Gast, beispielsweise, hatte vielleicht an der Tür geklingelt, als sich Vips gerade fertigmachte, um in die Stadt zu fahren. Vielleicht war die alte Dame durch diese Unterbrechung der Routinen konfus geworden und hatte ihre Verabredung mit Anne-Maj vergessen? Das Nichtbeantworten des Anrufs um sieben Uhr kann nicht als hieb- und stichfestes Argument verwendet werden, daher beschließt Anne-Maj, zehn Uhr als obere Grenze des Zeitraums zu nehmen, in dem der etwaige Mord begangen worden sein konnte.

Was ist mit ihr selbst?, denkt sie. Wäre sie überhaupt in der Lage, genau zu sagen, was sie in all den Stunden gemacht hat? Die Antwort lautet in der Tat: ja. Anne-Maj muss sich ihr Gehirn nicht recht lange zermartern, ehe sie weiß, was sie an jenem Tag gemacht hat. Nach dem Telefongespräch mit Vips hatte sie das gesamte Gemüse für das Abendessen geputzt, überprüft, ob die Zitronenspeise wie gewünscht steif wurde, Mortensen allein in den Garten zum Gassi-Gehen geschickt und den Großteil des schweren Kreuzworträtsels der Sonntagszeitung gelöst. Iben und Didi waren um sechs Uhr gekommen, um kurz nach sieben hatten sie es aufgegeben, auf Vips zu warten, und etwa um halb zehn waren sie und Mortensen die Algade auf und ab gegangen, ehe sie hinaus zu den Kildehusene fuhren.

Zeugen? Nein, nicht wirklich, abgesehen von den dreieinhalb Stunden, in denen ihre Familie da gewesen war. Sie hatte gewiss Jonas über die Hecke hin zugenickt, als sie gegen fünf Uhr Mortensen hinausließ, und es war nicht unwahrscheinlich, dass andere Hundebesitzer sie beim Abendspaziergang gesehen hatten. Aber es würde schwierig sein, diese Zeugen zu finden und sie dazu zu bringen, sich zu erinnern, an welchem Tag sie sie gesehen hatten – noch dazu, weil Anne-Maj und ihr Dackel fast jeden Abend einen Spaziergang machen und häufig dieselben Menschen treffen. Hätte sie wegen eines Verbrechens unter Verdacht gestanden, wäre ihr Alibi keinen Pfifferling wert.

*

Um zwölf Uhr betritt sie den Laden. Es sind ausnahmsweise – wenn man den frühen Zeitpunkt berücksichtigt – ordentlich viele Kunden da. Zwei junge Frauen probieren Sommerkleider an, ein gebeugter Mann sieht sich die Buchrücken in der antiquarischen Ecke an, ein Knirps wühlt begeistert in dem Korb mit Stofftieren, während seine Mutter lächelnd zusieht. An der Kasse sitzt Kylle. Sie ist dabei, eine blonde Frau zu bedienen, die die Lade mit Bijouterie studiert.

Anne-Maj geht hinaus in den Pausenraum, um Jacke und Tasche an einen der Haken zu hängen.

Lis steht da, die Hand an der Klinke der Hintertür. „Tag", sagt sie. „Alles in Ordnung?" Sie hält ein Zigarettenetui aus Leder und ein weißes Werbefeuerzeug in der Hand.

„Alles in Ordnung", antwortet Anne-Maj. „Gehst du raus zum Rauchen?"

„Ja." Lis macht eine kleine Grimasse. „Ich sollte aufhören, das weiß ich sehr wohl."

„Ich gehe mit", sagt Anne-Maj. Sie ignoriert den verblüfften Ausdruck der anderen und geht hinter ihr hinaus auf den Hof des Gebäudes. Es kommt nicht gerade häufig vor, dass sie die Gesellschaft von Lis sucht – falls es überhaupt schon einmal vorgekommen ist. Die etwas vorsichtige und nicht besonders begabte Frau ist offen gesagt langweilig. Ihr Lieblingsausdruck ist der konfliktscheue *„Geschmäcker sind verschieden, und das ist gut so"*, den sie in allen grundverkehrten Zusammenhängen verwendet, zum Beispiel, wenn Leute unterschiedliche politische Einstellungen haben, uneins über die Vorschriften für das Fahren auf Autobahnen sind oder eine medizinische Tatsache nutzen, um gegen irgendeine selbstgestrickte New-Age-Theorie zu argumentieren. Anne-Maj ist jedes Mal am Überkochen, wenn dieses abgenutzte Klischee vollkommen irrelevant auf den Tisch geknallt wird, doch sie hält ihre Klappe. Man muss sich in einem so kleinen Kreis wie diesem seine Kämpfe sorgfältig auswählen.

Wenn sie sich jetzt entscheidet, mit Lis zur Raucherbank hinauszugehen, wie sie unter den Ehrenamtlichen des Trödelladens heißt, dann nur, weil sie sich an dieser naiven Frau gern in ihrer diskreten Verhörtechnik üben möchte – ehe sie die etwas aufgeweckteren Damen des Ladens in Angriff nimmt. Doch sie stellt fest, dass sie nicht allein sind: Ruth sitzt bereits auf der Bank. Nicht weil sie raucht – das würde sie ihrer zerbrechlichen Physis niemals zumuten –, sondern weil sie etwas an der frischen Luft sitzen will. Sie begrüßt sie fröhlich und rückt zur Seite, damit sich alle drei hinsetzen können.

Als Lis eine Mentholzigarette angezündet hat, sagt Anne-Maj im Plauderton: „Wusstet ihr, dass man das Gehirn am besten damit auf Trab hält, Gedächtnisspiele mit sich selbst zu spielen?"

„Nein", sagt Lis, immer noch verlegen wegen der ungewohnten Aufmerksamkeit. „Das ist ja unglaublich."

„Ja." Anne-Maj sitzt eine Weile abwartend da, dass die anderen weitere Fragen stellen, aber es kommen keine. Sie werden nicht gerade von Wissbegierde angetrieben, stellt sie fest. Nach einer Weile fährt sie fort: „Ich spiele oft mit mir selbst ein Spiel, bei dem ich zum Beispiel aufzuzählen versuche, was ich an einem beliebigen Tag vor ein paar Wochen gemacht habe, Minute für Minute. Das ist erstaunlich schwer. Jedenfalls für jemanden in unserem Alter."

„Ich kann mich immer erinnern, was ich gemacht habe", sagt Lis. „*Meinem* Erinnerungsvermögen fehlt nichts."

„Meinem auch nicht", sagt Ruth eilig. „Vor einem Monat fürchtete mein Arzt, dass ich vielleicht einen Gehirntumor hätte, und dann wurde ein Scan gemacht, doch im Oberstübchen ist soweit alles in Ordnung. Der Neurologe sagte, dass ich ein Gehirn wie eine Zwanzigjährige habe."

„Das ist doch schön", sagt Anne-Maj. „Herzlichen Glückwunsch." Sie lässt ein paar Sekunden vergehen, um ihre tief gefühlte Freude über den jugendlichen Zustand von Ruths Gehirn zu zeigen und kehrt dann zurück zum Thema: „Was dieses Gedächtnisspiel so interessant macht, ist, dass man sich antrainieren kann, Hilfsmittel zu verwenden. In die Zeitung des betreffenden Tags sehen; überprüfen, was im Radio oder Fernsehen lief, oder mit anderen darüber sprechen, inwieweit es große Ereignisse im Rest der Welt gab. All dies kann Assoziationen auslösen, sodass man sich besser erinnert."

„Doch man kann sich natürlich niemals sicher sein", führt Ruth ihre eigene Gedankenreihe fort, ohne Anne-Maj zu beachten. „Alzheimer kann sich unheimlich schnell entwickeln, habe ich gehört."

„Genau", sagt Anne-Maj schnell, ehe diverse Symptome wieder das Gespräch an sich reißen. „Doch Demenz kann man also vorbeugen oder mit diesen Gedächtnisspielen zumindest hinauszögern. Man kann natürlich auch Kreuzworträtsel lösen oder Puzzles legen – aber sich einen bestimmten Tag ins Gedächtnis zu rufen, ist eine besondere Herausforderung. Ich habe heute Vormittag zum Beispiel versucht, ob ich mich an alles erinnern könnte, was ich an dem Tag gemacht habe, an dem ich Vips tot auffand. Und denkt nur, da waren mehrere Stunden, die ganz einfach in einem Nebel lagen. Zu anfangs befürchtete ich, dass ich wirklich dabei *war,* dement zu werden, doch dann ging ich systematisch zu Werke, versuchte mit aller Kraft, mich zu erinnern, überprüfte das Radioprogramm für diesen Tag, suchte das Buch heraus, das ich damals gerade las, und solche Dinge ... Schließlich hatte ich in der Tat den ganzen Tag in meinem Kopf rekonstruiert. Hinterher war ich ganz erschöpft, aber ich bin mir sicher, dass das ein gutes Training für das Gehirn war."

„Du bist doch nicht dement." Ruth mag es nicht, wenn andere irgendwelche interessanten Symptome haben. „Mein Arzt sagt, dass ..."

„Wie sieht es mit euch aus?", unterbricht Anne-Maj. „Könnt ihr euch an den Tag erinnern, Minute für Minute?"

„Den Tag, an dem Vips starb?", fragt Lis. „Welches Datum war das?"

„Vierzehnter April."

„Das ist ja über einen *Monat* her!" Lis klingt ganz erschrocken „Müssen wir uns an den *ganzen* Tag erinnern?"

„Ah, okay. Machen wir es ein wenig einfacher. Sagen wir mal ab vier oder fünf Uhr."

„Das war ein Sonntag, oder?", fragt Ruth.

„Genau."

Ruth und Lis sitzen beide da und sehen zu Boden. Lis hat sich noch eine Zigarette angezündet und klickt geistesabwesend mit dem Feuerzeug.

„Das ist ja gemogelt", sagt Ruth nach einer Weile. „Du hast sie doch gefunden. Natürlich erinnerst du dich an den Tag besser als wir. Ich kann mich sehr wohl an die Minuten erinnern, als ich das mit Vips erfuhr. Doch das war ja erst am Tag danach."

„Ja, aber ..." Anne-Maj ist bereits vollkommen müde. Ruth ist wirklich ein Korinthenkacker. Sie hätte ihre Technik mit Lis allein üben sollen. „Wenn du dich aber genau an jenen Sonntag erinnern *müsstest,* Ruth, was dann? Nur als Gedankenexperiment?"

„Ich kann mich gut erinnern, was wir gemacht haben, Åge und ich." Es ist Lis, die dazwischenredet. „Wenn ich jetzt so darüber nachdenke."

„Und was?", fragt Anne-Maj.

„Wir hatten die Schwester meines Mannes nachmittags zum Kaffee, sie hatte am nächsten Tag Geburtstag ... Deshalb kann ich mich auch erinnern. Als sie gegangen war, haben wir uns eine Serie im Fernsehen angesehen ..."

„Welche Serie?"

„Irgendetwas mit Polizei. Vielleicht diese englische mit der, du weißt schon, die mit der Frau."

Anne-Maj nickt. Diese Beschreibung passt zu richtig vielen Krimiserien, aber das ist im Augenblick nicht so wichtig. „Und hinterher?"

„Da aßen wir. Es gab Suppe, soviel ich weiß. Åge und ich essen sonntags immer Suppe, und für diese hier hatte ich ein paar herrliche ..." Lis erklärt minutiös ihre Suppengewohnheiten und beendet ihren Bericht damit, dass sie an jenem Abend ganz sicher auch ferngesehen haben.

Anne-Maj lächelt aufmunternd. „Wart ihr mit anderen zusammen, nachdem deine Schwester gegangen war? Oder kann dein Mann dir vielleicht helfen, dich an weitere Details zu erinnern?"

„Nein. Wir waren ganz allein." Lis sieht besorgt aus. „Da habe ich mich wohl nicht so gut erinnert, nicht wahr? Mir fällt eigentlich nicht einmal mehr ein, was an jenem Abend im Fernsehen lief."

„Ich bin mir sicher, dass dir noch mehr einfällt, wenn du darüber nachdenkst. Vielleicht könntest du dir ein altes Fernsehprogramm ansehen, das dir helfen kann, dich ..."

„Barnaby, das lief nachmittags im Fernsehen", fährt Ruth plötzlich dazwischen. „Die Folge, in der eine Dame unter einem riesigen Käse zerquetscht wird."

„Stimmt!", ruft Lis freudestrahlend aus. „Wir haben Cracker mit einem kleinen Stückchen Brie gegessen, als wir es ansahen. Mir ist vollkommen der Appetit vergangen, und so bekam unser Hund den Rest."

„Siehst du", sagt Anne-Maj. „Du erinnerst dich an immer mehr, und ich traue mich zu wetten, dass immer mehr Dinge auftauchen. Wie sieht's mit dir aus, Ruth? Kannst du dich an weitere Details erinnern?"

„Ja." Ruth richtet sich auf wie eine Schülerin, die stolz darauf ist, ihre Hausaufgaben gemacht zu haben. „Das kann ich in der Tat. Du hast recht, dass das ein gutes Training ist. Ich glaube, ich werde meinem Arzt von diesem Gedächtnisspiel erzählen. Er hat ja auch viele ältere Patienten, denen es bisweilen schwerfällt, sich ..."

„Dürfen wir erfahren, was du gemacht hast?" Anne-Maj versucht, geduldig zu klingen.

„An jenem Nachmittag bin ich draußen am Odden spazieren gegangen. Es war ziemlich windig, und davon bekam ich schreckliche Ohrenschmerzen. Ich hatte eigentlich eine gute, winddichte Mütze mitgenommen, doch ich hatte sie im Auto vergessen, und daher musste ich umkehren, ehe ich meine fünftausend Schritte gemacht hatte."

„Fünftausend Schritte?" Anne-Maj ist verwirrt.

„Fünftausend hinaus und fünftausend zurück nach Hause. Ich habe so eine Schrittzähler-App auf meinem Telefon ... Mein Arzt sagt, dass man täglich zehntausend Schritte gehen soll, wenn man sein Herz-Kreislauf-System gesund halten will, und da mein Herz schwach ist, möchte ich doch gern ..."

„Also bist du zurück zum Auto gegangen."

„Ja, aber da war es schon passiert. Meine Ohren schmerzten so fürchterlich, dass ich direkt nach Hause fuhr und ein paar Panodil-Schmerztabletten nahm, ehe ich mich hinsetzte und Barnaby sah. Ich wollte eigentlich lieber Ipren haben, aber mein Arzt sagt, dass Ipren richtig schlecht ist, weil ..." Hier folgte eine längere Beschreibung der Magenschleimhaut und der Wirkung der verschiedenen frei verkäuflichen, schmerzstillenden Präparate auf selbige, gefolgt von einer Beschreibung der Ohrenschmerzen, die an jenem Sonntag ungewöhnlich lange angehalten und indirekt ein steifes Genick verursacht hatten, weil sie in ihrem geschwächten Zustand vor dem Fernseher eingeschlafen war und so unglücklich mit dem Kopf auf der Armlehne des Sofas gelegen hatte und ... Laber Rhabarber.

Anne-Maj wird ganz schwindelig, und als sich dann auch noch herausstellt, dass Ruth an jenem Sonntag ihre Leiden von Anfang bis Ende in erhabener Einsamkeit durchleben musste und daher kein Alibi vorzuweisen hat, verliert sie das Interesse.

16.
Samstag, 18. Mai

Das strahlende Sonnenwetter hält natürlich nicht an. Am Tag darauf hat es wieder zu regnen begonnen, und Anne-Maj muss den Regenschirm aufspannen, als sie zur Mittagszeit die Fußgängerzone entlang zum Trödelladen spaziert. Sie hat zwar keinen Dienst, aber wenn sie aus den anderen Ehrenamtlichen ein Alibi herauskitzeln möchte, ist sie gezwungen, an einem Tag zu kommen, an dem auch Else da ist. Als eine Art Erklärung, warum sie plötzlich auftaucht, hat sie einen frisch gebackenen Hefekranz mitgebracht, von dem sie sorgfältig ein Drittel abgeschnitten hat, das jetzt in der Gefriertruhe liegt.

Im Ladenlokal ist es vollkommen menschenleer; nicht einmal Kylle ist da, also ist ihr fester Platz an der Kasse leer. Durch die Tür zum Personalraum kann Anne-Maj Stimmen hören, und sie geht in Richtung der Geräusche. Sie sitzen im Pausenraum: Valborg, Kylle, Else und Stanley. Im selben Augenblick kommt auch Lis. Sie tritt zur Hintertür herein, bekleidet mit einer nassen Sommerjacke.

„Meine Güte", sagt Kylle. „Es strömt von allen Seiten herein!"

„Ich war eigentlich nur auf dem Weg zu Damborg, um einen Bezug für mein Bügelbrett zu kaufen, aber dann bin ich vom Regen überrascht worden", erklärt Lis und fährt sich durch das kurze feuchte Haar. „Und da dachte ich, dass ich hier Schutz bekommen könnte. Und vielleicht eine Tasse Kaffee?" Sie blickt zur Thermoskanne. „Ist noch genug da, oder soll ich noch eine Kanne machen?" Während sie spricht, zieht sie sich die durchweichte Jacke aus und hängt sie zum Trocknen über eine Stuhllehne.

„Die Kanne ist fast voll, also setz dich einfach", antwortet Valborg und blickt zu Anne-Maj. „Bist du auch eine Art Klimaflüchtling?" Die Damen lachen herzlicher, als es die Bemerkung eigentlich verdient hat.

„Nein, eigentlich nicht", antwortet Anne-Maj, was der Wahrheit entspricht, und fährt mit ihrer sorgfältig vorbereiteten Geschichte fort. „Ich war bei einer Freundin zum runden Geburtstag zum Frühstück eingeladen und hatte einen Kranz gebacken. Es kamen aber weniger, als ich gedacht hatte. Das Geburtstagskind wollte den Rest selbst nicht haben, und da ich ja gerade auf Diät bin ..." Sie zieht die schützende Plastiktüte von der Kuchenplatte. „Ich dachte mir, dass ihr bei diesem Wetter sicherlich eine kleine Aufmunterung gebrauchen könnt."

Große Begeisterung, nicht zuletzt von Kylle, die bei süßen Sachen immer dabei ist. Aus der Toilette heraus erscheint Stanley mit einem naschsüchtigen Blick. Else rückt ein wenig zur Seite, damit er einen zusätzlichen Stuhl heranrücken kann. Ein paar Minuten lang kreist das Gespräch ausschließlich um den Kranz, Anne-Majs Schlankheitskur, die sie daran hindert, ein Stückchen zu essen, und Elses eine Katze, die in letzter Zeit leicht kränkelt.

„Gestern hat Anne-Maj mir gezeigt, das Gehirn zu trainieren", bricht es aus Lis heraus, gerade als Anne-Maj sich den Kopf zerbricht, wie sie mit dem Abfragen der restlichen Alibis beginnen soll. „Um Demenz vorzubeugen.“ Wenn es nicht ein wenig Verwunderung hervorgerufen hätte, hätte Anne-Maj Lis einen dankbaren nach oben gerichteten Daumen gezeigt.

„Ach?“ Kylle sieht ziemlich interessiert aus

„Du meinst wohl, Kreuzworträtsel zu machen?“, fragt Else.

„Oder Sudoku“, sagt Valborg. „Zahlen wirken noch besser als Buchstaben.“

Anne-Maj nickt. „Sowohl das eine als auch das andere ist ein gutes Training für das Gehirn.“

„Doch dieses Spiel hier ist viel lustiger“, macht Lis weiter. „Und schwerer.“ Anne-Maj hätte sie küssen können.

„Worauf läuft es hinaus?“, fragt Valborg.

Lis versucht zu erklären, wie man sich durch Erinnern einiger loser Details eines bestimmten Tages die restliche Zeit wieder ins Gedächtnis rufen kann.

„Das möchte ich gern versuchen“, sagt Else. „An welchen Tag soll ich mich erinnern?“

„Der Einfachheit halber könntest du denselben Tag nehmen wie wir anderen“, sagt Anne-Maj schnell, ehe jemand von den anderen einen Vorschlag machen kann. „Du kannst zum Beispiel das Fernsehprogramm zu Hilfe nehmen und das Wetter und solche Dinge, die wir anderen bereits miteinander abgestimmt haben.“

„Wir haben den Tag ausgewählt, an dem Vips starb“, erklärt Lis. „Bei dem haben wir alle die Chance, uns zu erinnern.“

Valborg fischt ihren Kalender aus ihrem Leinenbeutel. „Ich darf mich doch auf diesen hier stützen, oder?“, fragt sie und blättert zum richtigen Tag, ohne auf Antwort zu warten. „Vormittags bin ich in der Kirche gewesen, habe mit den Pfarrersleuten zusammen mit ein paar anderen aus dem

Pfarrgemeinderat zu Mittag gegessen, und dann habe ich zu Hause sicherlich ein Mittagsschläfchen gemacht ..." Sie runzelt die Stirn. „Ich glaube, dass ich etwas später im Fernsehen einen Krimi gesehen habe. Ja, das habe ich. Barnaby, glaube ich." Lis und Anne-Maj sehen einander an, und Lis hüpft vor Eifer beinahe. „Dann ...", fährt Valborg fort, „dann habe ich zu Abend gegessen, und ... Ich hab' wohl wieder ferngesehen? Es wurde irgendein schwedisches Fernsehdrama gezeigt, glaube ich. Und die Nachrichten, natürlich."

Rätselraten und Vermutungen. Unglaublich, wie schlecht die Alibis von allen sind, denkt Anne-Maj. Das ist natürlich einer der Nachteile beim Einsammeln der Alibis von einer Gruppe von Menschen, von denen die meisten alleinstehend und in Rente sind. Keine Zeugen können ihre Behauptungen bestätigen, niemand kann ihnen helfen, die Tage voneinander zu unterscheiden.

Else übernimmt, und sie schafft es ohne Hilfe eines Kalenders. Auch sie hat den Großteil des Sonntags allein verbracht, abgesehen vom Abend, wo sie auf ihre beiden jüngsten Enkelkinder in Holbæk aufpasste, während deren Eltern im Kino waren. Den Nachmittag hatte sie im Garten verbracht. Gegen fünf Uhr hatte sie Kaffee getrunken, während sie – Überraschung! – Barnaby sah.

Kylle hat als eine der wenigen nicht die Folge mit der Dame und dem Käse und dem englischen Polizisten gesehen. Sie beugt sich vor Anne-Maj nach vorn, um sich noch ein Stück Kuchen zu nehmen, und der Duft ihres Parfüms bewegt sich direkt in Anne-Majs Nase. Kylle erklärt, dass sie den ganzen Tag bei ihrem Sohn und dessen neuer Frau verbracht hat – eine Grimasse lässt die Zuhörer wissen, was Kylle von *dieser* Dame hält –, wo sie auch noch zum Essen geblieben war, und der Sohn hatte sie dann gegen acht Uhr nach Hause gefahren. Anschließend hatte sie bis zur Schlafenszeit ein Puzzle gemacht und dabei ein Hörbuch gehört.

Nicht ein einziges brauchbares Alibi. Nicht eines.

Stanley hat ganz still dagesessen und ein Stück Kranz nach dem anderen gegessen. Keiner kann ihm ansehen, ob er den Berichten der Damen zugehört hat, keiner rechnet damit, etwas von ihm zu hören. Anne-Maj bekommt daher beinahe einen Schock, als er plötzlich seine Stimme erhebt: „Ich-kann-mich-an-den-Tag-nicht-erinnern", leiert er monoton herunter, ohne von seinem Teller aufzublicken.

„Nicht? Ich glaube schon, dass du das kannst." Die Bürgermeisterin ist anscheinend der Ansicht, dass Stanleys Gehirn etwas Bewegung guttun würde. „Wenn du genau nachdenkst."

Er schüttelt den Kopf. „Einen-anderen-Tag."

„Okay?" Das ist Anne-Maj. Höflichkeit kostet ja nichts. Auch nicht, wenn das, was andere Menschen gern erzählen möchten, vollkommen irrelevant für die eigenen Mordermittlungen ist, denkt sie.

„Der-Tag-mit-dem-Einbruch." Er blickt auf, fängt blitzschnell Anne-Majs Blick und sieht wieder nach unten. „Den-kann-ich-erinnern." Anne-Maj hat das Gefühl, dass ihr Herz einen kurzen Aussetzer hat. Wie viel Glück kann man haben?

„Du meinst nicht den Tag, an dem wir den Einbruch *entdeckten?*" Das ist Valborg. Sie spricht langsam und deutlich, als ob mit seinem Gehör etwas nicht stimmte. „Du meinst den Tag, von dem wir *glauben,* dass der Einbruch begangen wurde?"

„Ja." Stanley schweigt so lange, dass Anne-Maj ihn am liebsten schütteln würde.

Um ihm auf die Sprünge zu helfen, sagt sie: „Das war *auch* ein Sonntag, Stanley."

Er wechselt ein wenig die Stellung. „Den-kann-ich-gut-erinnern."

„Was hast du an dem Tag gemacht?" Valborg wieder. „Erzähl, erzähl."

Jetzt hebt er den Kopf, sieht Valborg direkt an. Und dann kommt es wie Durchfall aus ihm heraus: „Ich-war-auf-einem-Ausflug-mit-den-anderen-in-Odden-Havneby-auf-einem-Fischkutter-ich-habe-einen-Hornhecht-gefangen." Er schnappt nach Luft und fährt fort. „Wir-bekamen-Hornhecht-zum-Abendessen-sie-haben-blaue-Gräten-Lars-spendierte-Eis-weil-er-einen-neuen-Job-hat-ihn-sehen-wir-also-nicht-mehr."

„Und nach dem Abendessen?" Es ist weiterhin Valborg. Ihr ist es immer gut gelungen, mit Stanley zu kommunizieren. „Hast du im Gemeinschaftsraum ferngesehen?"

„Ich-war-spazieren."

„Wohin?", fragt Anne-Maj.

„Algade." Er denkt nach. „Sie-haben-mich-geärgert."

„Wer?"

„Jungs-mit-Mopeds." Er sieht nach unten, verliert vielleicht gerade die Konzentration. Oder aber er versucht, einen unangenehmen Zwischenfall mit ein paar Jugendlichen der Stadt zu verdrängen, die häufig nichts Besseres zu tun haben, als in der Fußgängerzone der Stadt mit dem Moped herumzufahren und Lärm zu machen. Sie kann sich sehr wohl vorstellen, dass Stanley ein ideales Ziel für Hänseleien ist. „Riesen-Idiot-und-Spasti."

„Das können die doch nicht machen", sagt Anne-Maj.

Stanley schüttelt den Kopf. Er will nicht mehr sagen, auch wenn sie versuchen, mehr Details aus ihm herauszuholen – um des Spiels willen, wie Valborg es ausdrückt. Schließlich ist er dem Weinen nahe. Valborg und Anne-Maj wechseln einen Blick.

„Wisst ihr, was *ich* an jenem Sonntag gemacht habe?", ruft Anne-Maj clever aus – einerseits um Stanley aus dem Rampenlicht zu rücken, der jetzt offensichtlich genug der Aufmerksamkeit hat, andererseits um die Gelegenheit zu nutzen, auch die Alibis der anderen für *diesen* Tag zu bekommen. Sie erzählt vom Schweinebraten und dem Abendessen mit der Familie, dichtet ein paar Nachmittagsaktivitäten im Garten hinzu, erzählt vom schweren Kreuzworträtsel jener Woche. Danach kommen die Tage der anderen, und sie sind fast eins zu eins Wiederholungen des Sonntags, von dem die Damen zuerst erzählt haben: Spaziergänge, mehr oder weniger einsame Mahlzeiten, Familienbesuche, Barnaby, Gartenarbeit. Alles ist noch einmal unbrauchbar. Das hier ist hoffnungslos, denkt Anne-Maj, als sie kurz darauf feststellen, dass es aufgehört hat zu regnen. Lis eilt mit ihrer Damborg-Tüte hinaus, solange es noch trocken ist. Åge werde sich wundern, sagt sie, wenn sie nicht bald käme und ihm sein Mittagessen richte. Die anderen verteilen sich in die Räume. Es ist nicht ein einziger Kunde gekommen, während sie im Hinterzimmer gesessen und geratscht haben. Na, denkt Anne-Maj, kein Grund zur Panik. Die meisten Kunden kommen erst gegen Nachmittag. Sie packt den Rest des Kranzes zusammen und verehrt ihn Stanley. „Dann hast du noch was zum Kaffee am Abend", wie sie sagt. Stanley grinst übers ganze Gesicht. Die Traurigkeit von zuvor ist wie weggeblasen.

Anne-Maj geht hinaus ins Ladenlokal. Else hat die kleine Ausstellung aus Stofftieren und Kinderbüchern entfernt und ist jetzt dabei, eine neue Ausstellung zu arrangieren. Sie hat den schmalen Tisch mit einem Stück schwarzen Velours bedeckt und platziert jetzt eine Reihe beliebter Krimis, einen Spielzeugrevolver und einen Messingbrieföffner auf dem düsteren Hintergrund.

„Ist das nicht schön?“

„Ja, Else, das ist ziemlich hübsch“, antwortet Anne-Maj. „Aber hätten wir das nicht besprechen müssen? Wir sind ja zu zweit für die Abteilung hier verantwortlich, nicht wahr?“

„Soll ich es wieder abbauen?“

„Nein, nein“, antwortet Anne-Maj. „Wie gesagt, ich finde es hübsch, Else ... Ich meine bloß ... beim nächsten Mal könntest du vielleicht einfach mal ...“

Sie werden von einer Kundin unterbrochen, die gezielt auf den veloursbedeckten Tisch zusteuert. „Oh“, sagt sie und schnappt sich zwei Bände von einer beliebten, dänischen Krimireihe. „Genau die beiden fehlen mir. Was kosten die?“

„Fünfzehn pro Stück“, antwortet Anne-Maj. „Insgesamt also dreißig.“

„Wenn ich sie beide kaufe, bekomme ich sie dann für fünfundzwanzig?“

Anne-Maj wird sich wohl nie an Leute gewöhnen, die versuchen, die eh schon rührend niedrigen Preise noch weiter zu drücken, wohlwissend, dass das Geld für einen guten Zweck verwendet wird. Sie will die geizige Kundin gerade mit einer spitzen Bemerkung abweisen, als Else dazwischenfährt. „Abgemacht“, sagt sie zu der Frau, die strahlend vor Feilscherfreude die beiden Bände mit zur Kasse nimmt. „Siehst du, dass die Krimiausstellung eine gute Idee ist?“, sagt Else und wendet sich dem Regal zu, um einen Ersatz für die beiden verkauften Bände zu finden. „Sie ist gut für den Umsatz.“

Anne-Maj zuckt mit den Schultern und geht. Kurz darauf steht sie mit finsterer Laune vor dem Geschäft und blickt zu den Wolken hoch, die sich leider wieder zusammenzuziehen scheinen. Sie hat daran gedacht, den Schirm mit hinauszunehmen, stellt sie fest, und sie hat Schlüssel, Geldbeutel, den Einkaufszettel für Irma, wo es in dieser Woche gewiss Prozente auf Körperpflegeprodukte der Gänseblümchen-Serie gibt, und ...

„Anne-Maj." Die klanglose Stimme lässt sie zusammenzucken.

„Stanley! Ich habe dich überhaupt nicht herauskommen hören", sagt sie. „Du darfst mich nicht so erschrecken."

„Ich-erinnere-etwas-anderes."

„Ja?", sie sieht ihn an. „Etwas von jenem Tag? Dem Tag mit dem Einbruch?"

Er nickt, den Blick auf den Boden gerichtet.

„Die-Jungs-mit-dem-Moped-riefen-ich-bin-rein-gelaufen."

„Wo rein? Hier in das Gässchen?"

Eine hastige Bewegung mit dem Kopf in Richtung Ladentür, auf der die Öffnungszeiten angeschrieben stehen.

„In den Laden rein?"

„Ich-hab-Schlüssel." Er zeigt mit Stolz einen Schlüsselbund mit einem besonders speckigen gehäkelten Anhänger vor. Ein Autoschlüssel für den Blauen Blitz und zwei für Zylinderschlösser wie die, die man in Außentüren verwendet.

„Das war gut, Stanley." Anne-Majs Interesse ist geweckt. Stanley war an dem Tag im Trödelladen, als eingebrochen worden ist. Vielleicht hatte er etwas damit zu tun. Nicht unbedingt absichtlich, aber ... Mit einem Mal wird ihr klar, was passiert sein kann: „Sind dir die Jungs hierher gefolgt?"

Er nickt erneut.

„Haben sie das Fenster in der Tür zerschlagen?"

Erneutes Nicken.

„Und mit den Sachen herumgeworfen, um dich zu ärgern?"

Nicken. Stanley hat immer noch den Blick zu Boden gerichtet.

„Was hast du dann getan?"

„Ich-hab-sie-gehört-nicht-gesehen." Er wechselt unruhig die Stellung. „Hab-mich-im-Lager-versteckt."

„Und als die Jungs gegangen waren?"

„Bin-heim-gelaufen." Jetzt zittert seine Stimme, und eine Träne bahnt sich ihren Weg seine Wange hinunter.

Anne-Maj steht eine Weile da und betrachtet Stanley. Es nützt wohl nichts, ihn nach der verschwundenen Schmuckschatulle zu fragen. Er hat offensichtlich nichts gesehen, und es führt ja zu nichts, den Mann noch weiter zu quälen.

In diesem Moment kommt Valborg zu ihnen hinaus. „Stanley, was ist los?", fragt sie und legt dem leise weinenden Mann eine Hand auf die Schulter. Sie sieht zu Anne-Maj. „Was ist passiert?"

Anne-Maj gibt das Gespräch in groben Zügen wieder, während Stanley sich schnäuzt und eine selbstgedrehte Zigarette anzündet. Ein paar Tabakfäden, die aus einem Ende der Zigarette heraushängen, reißen sich los und fallen glimmend zu Boden.

„Das war ein richtig schlimmes Erlebnis, Stanley", sagt Valborg.

„Ich-hatte-so-Angst."

17.
Sonntag, 19. Mai

„Komm herein, Annemarie“, Thomas Bergstrøm hält die Tür offen, und seine Frau erscheint hinter ihm.

„*Anne-Maj*“, faucht Feline. Zu Anne-Maj gewandt sagt sie etwas freundlicher: „Tut mir leid. Thomas ist so ... zerstreut. Hallo erst mal.“

„Danke, dass ich kommen durfte.“ Anne-Maj reicht der anderen Frau ein großes Einmachglas: „Das sind Ingwer-Cookies. Ganz frisch gebacken.“

„Tausend Dank.“ Auch wenn Felines Kleidung von der Farbe her ebenso verwischt ist wie üblich, wird sie heute von einem breiten, geflochtenen Ledergürtel aufgepeppt, der das beigefarbene Hemdkleid in Form bringt und zu ihren braunen Pumps passt. *Pumps?* Anne-Maj schaut ein zweites Mal hin. Aber ja, die Frau rennt doch tatsächlich auf hohen Absätzen herum und packt Erbstücke in Luftpolsterfolie und Pappkartons. Die Leute sind doch nicht ganz richtig im Kopf.

„Ich bin also sehr froh, dass ihr mich ...“

„Hör schon auf“, unterbricht Thomas sie und wedelt die wiederholten Dankesworte weg. „Damit tust *du* doch *uns* einen Gefallen.“ Er hat das Rechtsanwaltskostüm gegen Jeans,

T-Shirt und ein Paar kreideweiße Sneakers getauscht.

„Möchtest du etwas mit nach oben nehmen?" Das ist Feline. „Ein Glas Weißwein? Ein kaltes Bier?"

„Ein Bier wäre schön, vielen Dank. Die Arbeit ist ja ziemlich staubig."

„Geh einfach hoch und leg los. Ich bringe die Getränke mit." Feline lächelt freundlich. Ihr Mann verschwindet ins Wohnzimmer, aus dem man sogleich Rumpeln und Schleiflaute hören kann, wie von Kartons, die auf einem Parkettboden herumgeschoben werden. „Ich bin gerade beim Schmuck und den Accessoires meiner Schwiegermutter. Darunter sind ein paar schöne Sachen, habe ich festgestellt. Wenn du eine schicke Tasche brauchst, dann sag es einfach."

„Das klingt gut", sagt Anne-Maj, die nie von dieser Taschenbesessenheit gepackt worden ist, die unter anderen Frauen so verbreitet ist. Sie beginnt mit dem Aufstieg. Ihre Knie schmerzen heute – so sehr, dass sie mit einem Anflug von Bedauern die Morgentour in Grønnehave überspringen musste. Sie ist trübster Laune, aber fest entschlossen, während des Besuchs in Kildehusene fröhlich und zwitschernd zu wirken. Das Wiegen am heutigen Morgen hat – trotz eines eigentlich ziemlichen hohen Maßes an Tugendhaftigkeit – gezeigt, dass sie hundert Gramm zugenommen hat, was ihren gesamten Gewichtsverlust – nach ganzen neunzehn Tagen! – auf dreizehnhundert Gramm verringert. Eine Tatsache, die ihre Laune auf den Nullpunkt gebracht und sie hasserfüllt auf den Rest der Bevölkerung gemacht hat. Vor allem, natürlich, auf deren schlanken Teil. Es ist ganz einfach so ungerecht, findet sie, dass manche Menschen ihr ganzes Leben hindurch einfach essen können, was sie wollen, ohne dass man es ihnen ansieht, während andere wie verrückt kämpfen müssen, um sich nur auf der richtigen Seite der BMI-Grenze zwischen „übergewichtig“ und „schwer übergewichtig“ zu halten. *Schreiend* ungerecht. Und nun tun ihre Knie so weh, als ob sie sie für die extra hundert Gramm strafen wollen.

Anne-Majs Entschuldigung, sich selbst in Vips' und Helmers Haus einzuladen, ist eigentlich recht gut ausgedacht, wenn sie das so sagen darf, und die Erben haben auch keine Augenbraue angehoben, als sie am Tag zuvor Feline anrief und erklärte, dass sie es als reinen Freundschaftsdienst gerne übernehmen würde, Helmers sämtliche Erstausgaben zu sortieren, um zu sehen, ob einige von ihnen wohl besser auf einer Auktion verkauft werden sollten, ehe der Trödelladen den Rest übernimmt. Feline sagte sofort ja – und hier sind sie also. Anne-Maj hat sich offiziell selbst zu einem Teil des Aufräumteams gemacht. *Nicht schlecht ausgedacht, Frau Mortensen. Gar nicht schlecht.*

Bereits nach der ersten Sektion beginnt sie, die untersten Fächer zu verwünschen. Es ist wirklich nicht rückenfreundlich, Bücher in Kniehöhe stehen zu haben, denkt sie und lässt sich mühsam auf den Boden sinken, während Knie und Rücken im Chor protestieren. So muss es dann halt sein, denkt sie und nimmt noch einen Stapel Erstausgaben heraus. Alle signiert, die zerfleddertsten in Kunststoffhüllen. Tom Kristensen, T.S. Elliot, Baudelaire. Weniger bekannte Namen aus dem In- und Ausland. Manche in schönem Ganzleinen, andere in abgenutzten Pappumschlägen, ein paar wenige moderne Ausgaben von diversen Mikroverlagen. Allmählich wird es Anne-Maj klar, dass sie sich eine unmögliche Aufgabe aufgehalst hat. Sie hat in Wirklichkeit keine Ahnung von Preisen für antiquarische Bücher, sobald sie sich außerhalb des Bereichs Zwei-für-dreißig-Kronen im Trödelladen befinden.

Mit Mühe kommt sie wieder auf die Beine und bürstet sich den Staub vom Hintern. Sie nimmt ihre Bierdose und geht zu Feline, die im Schlafzimmer herumwerkelt, und lässt sich in einen schön patinierten Ledersessel in der Fensternische fallen.

„Findest du etwas Gutes?", fragt sie.

Feline blickt von einer Schublade mit Lederhandschuhen auf: „Ein bisschen zu viel, finde ich. Vielleicht sollte ich nicht knauserig sein und das Ganze einfach an den Trödelladen schicken, abgesehen vom Schmuck natürlich ... Was meinst du? Würdet ihr einen ordentlichen Preis für die da zum Beispiel erzielen können?" Sie macht eine Kopfbewegung zum Bett, wo zwei originale Louis-Vuitton-Koffer übereinander liegen. „Es gibt auch eine Kulturtasche aus derselben Serie. Sie ist ein kleines Vermögen wert, wenn ich sie auf eBay zum Verkauf anbiete, aber eigentlich würde das Geld bei euch ja mehr bringen, nicht wahr? Könntet ihr einen ordentlichen Gewinn machen, oder sind die Leute nicht gewillt, Tausende von Kronen für etwas zu bezahlen, das sie in einem Secondhandladen finden?

„Die richtig kostbaren Sachen wechseln selten im Laden selbst ihren Besitzer. Die verkaufen wir in der Tat selbst über eBay, oder wir senden sie an ein Auktionshaus."

Feline greift nach ihrem Weinglas und nimmt mit geradem Rücken Platz an Vips' Frisiertoilette. „Und die Bücher? Machen wir mit ihnen dasselbe? Verkaufen die seltensten per Auktion? Wenn sie richtig wertvoll sind, bekomme ich Thomas niemals dazu, dass der Trödelladen den Gewinn einstreicht. Tut mir leid."

„Jetzt habe ich ja etliche davon durchgesehen ... Es gibt richtig schöne Exemplare, für die ihr meiner Meinung nach einen hübschen Betrag bekommen könnt, aber ich würde euch empfehlen, zur Sicherheit einen Fachmann hinzuzuziehen, der sie sich ansieht." Sie sieht, dass Feline etwas einwenden möchte, und fährt schnell fort: „Vielleicht könnte er gleichzeitig die Gemälde und Möbel schätzen. Dann braucht ihr euch darum auch nicht zu kümmern."

„Aber wir sind ab Montag für fast drei Wochen auf Reisen, also dauert es eine Weile, bis wir ..."

„Wenn ihr einen Zusatzschlüssel habt, kann ich mich darum kümmern", schießt es aus Anne-Maj heraus. „Das tue ich gern."

Feline sieht sie nachdenklich an. „Jaa ... Du warst ja die Freundin meiner Schwiegermutter, also kann ja wohl nichts passieren, wenn du ... Ich kann Thomas fragen, ob es in Ordnung ist, dir einen Schlüssel zu geben."

Pokerface, Pokerface. Anne-Maj gibt sich wirklich Mühe, als sie mit neutralem Ausdruck der anderen Frau darin Recht gibt, dass dies wohl das Einfachste wäre. Im Inneren jubelt sie vor Freude. Drei Wochen, in denen sie in aller Ruhe alles durchwühlen, vielleicht die Spuren finden kann, die ihr fehlen.

Gemeinsam gehen sie nach unten und besprechen Anne-Majs Vorschlag mit Thomas. Er erklärt sich sehr schnell einverstanden. Je weniger Ärger sie selbst mit dem Nachlass haben, desto besser. Und ja, sagt er, natürlich kann Anne-Maj als eine enge Freundin seiner verstorbenen Mutter einen Schlüssel bekommen. Im Übrigen, fügt er hinzu, kann sie sich als Dankeschön für die Mühe auch eine etwas größere Sache auswählen. Ein Schmuckstück vielleicht?

„Wie lieb von dir", sagt Anne-Maj.

Kurz darauf hat sie mithilfe von Felines Notebook die E-Mail-Adresse vom Schätzungsbüro des Auktionshauses Bruun Rasmussen gefunden. Sie formuliert einen kurzen Text, der erklärt, welche Art von Gegenständen man gerne geschätzt haben möchte, gibt ihre Kontaktinfos an, setzt Thomas und Christian auf CC, deren E-Mailadressen Feline bereitwillig nennt, und drückt auf Senden.

„Das wär's", sagt Anne-Maj und lehnt sich zurück. Sie schielt unbewusst hinüber zum Sofa am anderen Ende des Zimmers, was Feline bemerkt.

„War es sehr unheimlich?", fragt sie. „Vips zu finden, meine ich."

„Es war nicht gerade schön", räumt Anne-Maj ein. „Sie lag genau dort drüben."

Feline nickt. „Das wissen wir."

„Ihr habt es in dieser Nacht nicht mehr geschafft, oder? Ich weiß, dass die Polizei euch gleich angerufen hat, aber ..."

„Das hat sie, ja." Thomas setzt sich neben seine Frau. „Wir haben geschlafen. Ich sagte ihnen, dass wir erst am nächsten Morgen kommen könnten." Er sieht zu Anne-Maj. „Das war vielleicht ein wenig gefühllos, aber wir waren ehrlich gesagt völlig zerschlagen."

„Hattet ihr einen harten Tag?"

„So kann man es gut ausdrücken." Er lächelt schief. „Kater-Frühstück, eine Runde Golf und dann eine lange Fahrt nach Hause. Das ist so eine Tradition", erklärt er. „Wir sind eine Gruppe von Freunden, die jedes Jahr ein ganzes Wochenende wegfahren, um die neue Saison zu feiern. Jedes Mal ein neuer Platz. Dieses Jahr waren wir in Nordjütland."

„Natürlich sind wir erst am nächsten Morgen hierhergefahren. Ich wüsste nicht, was wir sonst hätten machen sollen", sagt Feline. „Wir konnten ja sowieso nichts tun. Deine Mutter war zu diesem Zeitpunkt ja bereits tot."

„Das verstehe ich gut", sagt Anne-Maj. „Es ist nicht einmal sicher, dass ihr ihre ... *sie* hättet sehen dürfen", berichtigt sie sich eiligst selbst. Es gibt Wörter, die man zu trauernden Hinterbliebenen nicht sagt. „Leiche" ist eines davon. „Außerdem ist es gefährlich zu fahren, wenn man so müde ist. Ihr habt genau das Richtige getan."

„Wenn wir doch nur die Möglichkeit gehabt hätten, uns zu verabschieden", sagt Thomas. „Ich weiß sehr wohl, dass es für Mutter der absolut beste Tod war, den sie sich wünschen konnte; friedlich einschlafen, ohne zuvor in einem Krankenhaus liegen zu müssen und immer gebrechlicher zu werden. Doch für die Hinterbliebenen ist ein plötzlicher Todesfall immer schockierend, egal, wie alt und krank der Verstorbene war. Und dass man nicht da sein kann, wenn ..." Er blickt zum Fenster hinaus, räuspert sich. „Ich wäre einfach gern da gewesen."

„Wir sind gekommen, sobald wir konnten", sagt Feline schroff. „Und Christian auch."

„Ach, er kam auch erst am nächsten Tag?" Anne-Maj kann ihr Glück kaum fassen. Sitzen sie nicht hier und legen ihre Alibis vor, vollkommen unaufgefordert? Und bekommt sie jetzt auch noch das von Christian Bergstrøm? Hurra. „Er war am Tag zuvor wohl bei der Arbeit?", fragt sie. „Ich habe den Eindruck, dass er häufig am Wochenende Dienst hat?"

„Das hat er", antwortet Thomas. „So ist es nun mal, wenn man Inhaber ist. Ja, er hat den ganzen Tag und Abend gearbeitet. Er erhielt die Nachricht irgendwann in der Nacht. Keiner von uns war da ..." Er schluckt. „Stell dir vor, ganz allein zu sterben. Wir sind schreckliche Kinder."

„Aber euer Vater starb doch nicht allein, oder? Ich glaube, mich erinnern zu können, dass ..."

„Nein, er lag noch ein paar Tage im Krankenhaus, sodass sowohl Mutter als auch wir da waren." Er erhebt sich, fühlt sich offenbar unwohl dabei, in Gesellschaft einer Fremden berührt zu sein. „Ich muss zusehen, dass ich weiterkomme", sagt er mit belegter Stimme. „Wie weit bist du oben?", fragt er seine Frau.

„Fast fertig." Sie kommt auch auf die Beine.

Feline erwartet offensichtlich, dass Anne-Maj wieder mit in den ersten Stock will, um die Arbeit mit den Büchern fortzusetzen, aber nein. Der Rücken, erklärt Anne-Maj. Und das dumme Knie. Ganz zu schweigen von Mortensen dem Dritten, der zu Hause sitzt und darauf wartet, Gassi zu gehen.

Letzteres ist eine ausgemachte Lüge, stellt sie kurz darauf fest. Als sie nach Hause kommt, findet sie ihren Dackel fest zusammengerollt wie ein Mittelding zwischen einer Würgeschlange und einer Zimtschnecke, lauthals schnarchend, ohne irgendeinen Drang zu verspüren.

18.

Montag, 20. Mai, bis Dienstag, 11. Juni

Die nächsten drei Wochen hat Anne-Maj viel zu tun. Wenn sie nicht gerade Dienst im Trödelladen hat oder mit Didi und Iben zusammen ist, verbringt sie den Großteil der Zeit in der Bergstrøm-Residenz in den Kildehusene; im Gästezimmer findet sie einen Karton mit völlig identischen Büchern. Sie schnappt sich das oberste Exemplar. Das Buch trägt ein Foto von Helmer auf dem Cover und den Titel „Vom Kinderheim zum Obersten Gericht" – anscheinend Helmers Erinnerungen. Es überrascht Anne-Maj nicht, dass der Mann so eitel war, sie auf eigene Rechnung drucken zu lassen. Eigentlich hat sie keine große Lust, das Buch zu lesen, aber es könnte ja sein, dass es Informationen enthält, die von Interesse sind, denkt sie.

Danach überprüft sie die Schublade in Vips' Nachtkästchen, die der kleinen, übermäßig bescheidenen Frau, die es ihr ganzes Leben lang ihrem Mann überließ, sich um alles in Bezug auf die Finanzen der Familie zu kümmern, anscheinend als eine Art Arbeitszimmer gedient hat. Ihre hinterlassenen Papiere sind denn auch ausschließlich privaten Charakters. Nein, kein Tagebuch, auch wenn das fantastisch gewesen wäre, aber eine beeindruckende Sammlung von Geburtstags- und Weihnachtskarten, primär von Kindern und Enkelkindern. Anne-Maj findet ein Notizbuch mit marmoriertem Umschlag; eine Art von Essenstagebuch, das jede Hausfrau führen sollte. Vips hat gewissenhaft die Teilnehmer und das Menü für jede Einladung während der letzten Jahre notiert, ziemlich sicher, um zu vermeiden, denselben Menschen zweimal hintereinander dasselbe zu servieren. Das ist eigentlich keine schlechte Idee. Anne-Maj steckt das Notizbuch zusammen mit Helmers Erinnerungen in ihre Tasche.

Anne-Maj arbeitet sich durch das Haus, zieht im Wohnzimmer Bücher aus dem Regal, blättert sie auf gut Glück durch und schüttelt einige von ihnen mit dem Rücken nach oben, dass die Seiten hin und her schwingen, in der Hoffnung, dass etwas herausfällt. Ein vergessenes Dokument, ein Testament, ein unwiderlegbarer Beweis für ... irgendetwas, was Anne-Maj noch nicht einmal weiß. Sie schaut sogar hinter die Gemälde in der eitlen Hoffnung, dass sich ein eingemauerter Tresor zeigt, und überprüft die Regale in der Küche auf der Suche nach ... Ja, was eigentlich? Einem Briefchen mit Kokain hinter den Dosentomaten? Einem dicken Bündel Geldscheine in dem Einmachglas mit Zucker? Einem Beutel ungeschliffener Diamanten versteckt zwischen dem Zwieback? Letzteres ist ihre bevorzugte Fantasie: Es *muss* doch etwas bedeuten, dass gerade eine Schmuckschatulle im Zusammenhang mit dem Einbruch im Trödelladen verschwunden ist.

Der Computer ist mit einem Passwort gesperrt, und als Anne-Maj ein paar Schüsse ins Blaue versucht hat, gibt sie auf. Im Bergstrøm'schen Haushalt *ist* nichts zu finden, kann sie jetzt seelenruhig feststellen. Sie weiß eigentlich auch nicht, warum sie fand, dass es so wichtig ist, den Nachlass des verstorbenen Ehepaars durchzugehen. Wenn jeder einzelne ihrer Erben ein Alibi für Vips' Todestag hat ... Es ist ganz einfach unvorstellbar, dass andere ... Anne-Maj schüttelt den Kopf, als ob dies Ordnung in die Gedanken bringen könne.

Sie hat heute, wie versprochen, die Schätzer von Bruun Rasmussen hereingelassen und ihnen geholfen, sich zurechtzufinden. Während sie arbeiten, serviert sie Kaffee und frisch gebackene Kekse und sorgt insgesamt gesehen dafür, zur Verfügung zu stehen, ohne im Weg zu sein.

„Hier gibt es wirklich ein paar schöne Möbel", sagt der Schätzer nach einiger Zeit. „Fast lauter originale Sachen aus den fünfziger Jahren. Dafür können die Erben einiges bekommen, wenn sie sich dafür entscheiden, sie über uns zum Verkauf anzubieten." Er reicht Anne-Maj ein Blatt Papier, eine handgeschriebene Liste. „Das ist natürlich nur eine Schätzung, aber sie bekommen einen Eindruck vom Niveau."

„Danke."

„Die Kunstsammlung ist weniger beeindruckend, fürchte ich. Der Kurt Trampedach an der Treppe ist einiges wert, und es gibt einen kleinen Richard Mortensen und ein paar dänische Achtziger-Gemälde, die anständige Preise erreichen können sollten; ansonsten ist es eher Bodenständiges. Die interessantesten Werke habe ich auf die Liste geschrieben."

Anne-Maj wendet sich an die Spezialistin für alte Bücher. „Und wie sieht's bei dir aus?"

„Jaa ..." Die Frau steht eine Weile wippend auf den Fußballen da. „Es gibt ein paar Bände, die wirklich interessant sind, und wenn die richtigen Menschen kommen und bieten, können sie einen hübschen Betrag einbringen. Baudelaire, zum Beispiel. Den würden wir gern für die Erben verkaufen."

„Schön."

„Die modernen Bücher sind nicht viel wert, weil die Sammlung etwas zu wenig fokussiert ist. Hätte Helmer Bergstrøm thematischer gesammelt – spezielle Autoren, einen besonderen Buchbinder, ein bestimmtes Thema – dann wäre die gesamte Sammlung wertvoller."

„Es zahlt sich immer aus, systematisch zu sein", sagt Anne-Maj.

„Genau." Die Buchexpertin lächelt.

„Werden die Bücher nicht mehr wert, wenn es signierte Erstausgaben sind?"

„Doooch." Sie zögert. „Aber vielleicht nicht so viel, wie man glauben möchte. Ich habe hier aufgeschrieben, wie meine unmittelbare Schätzung aussieht, sowohl für die Sammlung als Ganzes als auch für die wertvollsten Einzelbände."

„Schön. Vielen Dank", sagt Anne-Maj und nimmt noch ein Blatt Papier entgegen.

„Aber es gibt da eine Sache, die ins Auge springt, und ich weiß nicht ganz, was ich von ihr halten soll." Die Frau hält ihr ein zerschlissenes, in Leder gebundenes Buch hin. Es steckt in einer Kunststoffhülle und erregt nicht viel Aufsehen. „Es lag hier hinten hinter den anderen Büchern auf dem obersten Regalbrett, sicherlich, um es für den Fall eines Einbruchs zu verstecken. Es ist nämlich kein ganz gängiger Titel."

„Wieso?"

„Hans Christian Andersen gab seine Märchen in sechs kleinen, billigen Heften heraus; eine Handvoll Geschichten in jedem Heft. Jedes dieser Hefte ist heutzutage ziemlich selten, also ist ein einigermaßen gut erhaltenes Exemplar viel Geld wert."

„Ja?"

„Das hier", die Expertin hebt den kleinen, dicken Band hoch, „ist eine komplette Sammlung der sechs Hefte, gebunden und sicherlich als ein ganz besonderes Geschenk verwendet." Sie zeigt den Rücken des Buches. „Märchen, für

Kinder erzählt" steht in Gold geprägt unter dem Namen des Verfassers. „Und sieh mal hier ..." Sie blättert eine leere Seite vorne im Buch auf, wo eine schön verschnörkelte und ziemlich unleserliche Handschrift den Großteil des Papiers bedeckt, während eine kleine Zeichnung von einem Vogel den Rest ausfüllt. „Das hier ist ein Widmungsgedicht an Jenny Lind, datiert vom September 1843, genau in der Zeit, in der er die schwedische Opernsängerin belagerte – und vermutlich um sie freite."

„Und das ist viel Geld wert?"

„Auf jeden Fall. Also, falls es echt ist. Soweit bekannt, gibt es nur zwei andere seiner Werke mit einer Widmung an die schwedische Nachtigall, wie sie genannt wurde." Die Buchexpertin steckt das Buch wieder in den schützenden Kunststoffumschlag. „Ich habe mir gedacht ..." Sie sieht zu Anne-Maj. „Glaubst du, es wäre für die Eigentümer in Ordnung, wenn ich es mitnähme? Ich würde das Buch gern näher untersuchen und einen Experten für Hans Christian Andersen einen Blick darauf werfen lassen. Wenn es wirklich echt *ist,* dann ist das eine kleine Sensation. Wenn nicht, dann ist es die beste Fälschung, die ich je gesehen habe."

Anne-Maj willigt ein und erhält eine Quittung für das potenziell kostbare Buch. Die beiden Fachleute verschwinden hinaus zu ihrem Auto, und Anne-Maj wäscht die Tassen ab, ehe sie die Listen und die Quittung zusammen mit dem Schlüssel und einer Notiz für die Bergstrøm-Erben auf den Küchentisch legt. Sie zieht ein letztes Mal die Tür hinter sich zu.

*

Es ist der Dienstag nach Pfingsten. Thomas und Feline Bergstrøm müssen von ihrem langen Urlaub in Thailand zurück nach Charlottenlund gekommen sein. Anne-Maj ist in der Kildehusene-Villa alles durchgegangen, doch ihre Anstrengungen haben nichts gebracht, gar nichts. Sie ist zutiefst frustriert, als sie am Nachmittag auf ihr Gartensofa im Schatten des großen Birnbaums fällt. Die Luft ist warm und mild, die hellen Nächte erreichen in wenigen Wochen ihren Höhepunkt, und die Vögel singen, als würden sie dafür bezahlt. Anne-Maj kann den Geruch von Grillanzündern und Grillkohle riechen, Jonas ist dabei, seinen enormen Kugelgrill zum ersten Mal in diesem Jahr anzufeuern. Das erste, leider aber nicht letzte Mal, denkt sie müde. Der Gestank nach Grill hat noch nie zu ihren Lieblingsdüften gezählt; einer der vielen guten Gründe, warum sie selbst nie diese Art der Essenszubereitung betrieben hat. Wenn ihr der Sinn nach Gegrilltem steht, hat sie einen ausgezeichneten Ofen mit Grillelement in ihrer Küche, und sie zieht es insgesamt gesehen vor, die Mahlzeiten in einem zu diesem Zweck gebauten Raum zuzubereiten, anstatt draußen im Garten mit Würstchen und Ketchup und blutenden Steaks und Grillgabeln und Kohlentüten herumzujonglieren. Mühsam und unhygienisch, das ist es, und das Risiko, ein ausgezeichnetes Stück Fleisch zu verhunzen, ist groß.

Auf der anderen Seite, denkt sie ... Grillduft ist ein sicheres Anzeichen für Sommer. Sie schließt die Augen, lässt schläfrig die Gedanken schweben. Vielleicht sollte man einfach versuchen, den durchdringenden Gestank zu genießen, wie man all die anderen Zeichen dessen genießt, dass der Sommer nahe ist. Die Touristensaison beginnt anzulaufen, die Ferienhausbesitzer füllen an den Wochenenden die Fußgängerzone mit Leben und Eis essenden Kindern, das Handelsleben erhält die jährliche Vitaminspritze, und es besteht die Möglichkeit, etwas Sonne auf die bleichen Hachsen zu bekommen. Vielleicht lässt sich die Schlankheitskur etwas leichter einhalten, denkt Anne-Maj dösig, wenn ihr kleines Treibhaus sich vor Tomaten und ... Gurken ... und den schönsten ... knackigsten ... mmm ... Paprikaschoten zu biegen beginnt ... Sie ist jetzt kurz vor dem Einschlafen.

Im selben Moment taucht der Gedanke wieder auf; der Gedanke, der ein ums andere Mal gerade so außerhalb ihrer Reichweite herumgeflattert ist. Ein Duft ruft die Erinnerung an einen anderen wach. Plötzlich weiß sie, was es ist. Sie öffnet die Augen, mit einem Mal hellwach. Fernet Branca. Das ist der Duft, der immer ganz schwach im Pausenraum des Ladens hängt und sich etwas zu häufig durch Kylles schweres Parfüm erahnen lässt. Und *der* hing auch in Vips' Wohnzimmer an jenem Abend, an dem Anne-Maj ihre Leiche fand. Der, der so eigenartig war, so ganz außerhalb jedes Kontextes. Vips trank ja nie, wenn sie allein war, das hatte sie mehrere Male gesagt, aber bei diesem Odeur konnte man sich nicht irren. Es gibt nichts, das wie ein Fernet Branca duftet. Und warum hing der an jenem Abend in Vips' Wohnzimmer? Das ist doch sonderbar. Auf der anderen Seite, denkt Anne-Maj, ist es vielleicht auch gar nicht so mysteriös ... Es kann doch sein, dass Vips in Bezug auf ihre Trinkgewohnheiten ganz einfach log. Wenn sie das getan hat, dann wäre sie weder die Erste noch die Letzte in der Weltgeschichte, die dies täte.

Doch mit der Erinnerung an den würzigen, distinkten Duft folgt eine Reihe anderer Details: Der warme Schein der Stehlampe, der gerade so die entfernteste Ecke des Zimmers erreichte. Vips, die so hübsch dalag, die dünnen, faltigen Hände auf der Brust gefaltet. Die Hausschuhe, die am Boden neben dem Sofa standen, das halbfertige Kreuzworträtsel auf dem Tisch. Und die Perücke, die so eigenartig saß ... Was, wenn mich meine Erinnerung trügt, denkt Anne-Maj jetzt.

Sie setzt sich auf, fasst für sich selbst zusammen: Die Ehrenamtlichen, die weder ein Alibi noch ein Motiv haben, es sei denn, Valborg wäre bereit, einen Mord zu begehen, um liquide Mittel für den Laden zu beschaffen, versus die Erben, die mit ihrer offensichtlichen Geldnot sowohl anscheinend wasserdichte Alibis als auch ein ausgezeichnetes Motiv haben – jedenfalls was Thomas und Feline angeht. Der Mangel einer Obduktion und die daraus folgende unmögliche Beweisführung. Ein ganzer Fall, der überhaupt kein Fall sein würde, wenn da nicht Anne-Majs eigene Gefühle und Empfindungen wären. Was, wenn der Polizeibeamte Hall recht hat? Was, wenn die Perücke einfach etwas schief saß, wie die Rettungssanitäter gesagt haben? Was, wenn die Schmuckschatulle von einem der anderen Ehrenamtlichen gemopst worden war, dem sein Verbrechen hinterher zu peinlich war, als dass er es hätte einräumen können? Was, wenn ich mich ganz einfach irre?, denkt sie. Wenn diese ganze sogenannte Ermittlung einfach ein Ausschlag meiner etwas zu lebhaften Fantasie ist?

Sie wird die Situation mit ihrer Tochter besprechen, beschließt Anne-Maj. Es war die häufig irritierende, doch immer klar denkende Iben, die ihre Mutter dazu gebracht hatte, mit den Ermittlungen zu beginnen. Vielleicht kann sie ihr auch helfen, diese wieder zu beenden.

Anne-Maj streckt sich, geht hinaus und macht sich eine Tasse Kaffee, schreibt eine SMS: „Kann ich heute Abend kommen? Muss einen Gedanken mit dir besprechen. Ich mache Essen.“ Sie steht eine Weile da und betrachtet den kurzen Text. Dann ändert sie den letzten Satz in etwas Sichereres: „Ich kann gerne etwas zu essen machen, wenn du willst.“ Smiley, Herz, Spaghetti-Icon. Senden.

19.

Dienstag, 11. Juni

Um halb sieben geht Anne-Maj zu Netto und kauft für Spaghetti mit Fleischsoße und einen grünen Salat ein. Sie überlegt, eine Tüte mit Spiralnudeln mitzunehmen, damit auch Didi satt wird, doch entscheidet sich dagegen. Das Kind hat ja erklärt, dass sie „variiert" isst – und Nudeln in einer anderen Form als Spiralen müssen doch inzwischen durchgehen, vielleicht sogar mit etwas so Ausgefallenem wie einem Klecks Ketchup dazu. Um ihren guten Willen zu zeigen, kauft Anne-Maj jedoch eine Gurke, die sich in Stifte der Größe schneiden lässt, die Didi goutiert. Sie selbst sollte eigentlich überhaupt keine Spaghetti bolognese essen. Sie hat nach fast sechswöchigem Abnehmregime nur zwei Komma drei Kilo abgenommen, doch heute schreit ihr Körper ganz einfach nach Kohlenhydraten. Also muss der neue Lebensstil morgen fortsetzen, denkt sie.

Ihr Dackel hat es bestimmt nicht gemocht, angebunden draußen vor dem Supermarkt zu sitzen. Sie kann Mortensen bellen hören, sobald sie sich dem Ausgang nähert. Eine jüngere Dame in Flipflops sendet Anne-Maj einen verärgerten Blick, als ihr klar wird, wer der Eigentümer des armen, verlassenen Tiers ist. Anne-Maj versucht, sowohl die Frau als auch die Schmerzen im Knie zu ignorieren, als sie in die Knie geht und die Ohren ihres Hundes liebkost. Sein kleines, bärtiges Greisenantlitz erhellt sich, und die tief traumatisierende Vernachlässigung der letzten Minuten ist bereits vergessen. Anne-Maj erhebt sich mit Mühe, indem sie sich mit der Hand an der Mauer abstützt, schnappt sich ihre Einkaufstasche und nimmt die Hundeleine in die andere Hand, ehe sie sich leicht humpelnd zum Trödelladen bewegt.

Im Laden ist es leer; das hatte sie auch erwartet, jetzt mehr als eine Stunde nach Ladenschluss. Sie holt den Schlüssel heraus und sperrt auf, ehe sie Mortensen loslässt und ihn allein herumschnüffeln lässt. Das Geräusch der Krallen am Boden, die Leine, die er hinter sich nachzieht, erfüllt die Räume. Nach der grellen Sonne draußen wirkt der Laden dunkel, doch Anne-Maj schaltet die Deckenlampe nicht ein. Das ist unnötig, wenn ihr einziger Gang sie in den Pausenraum führt. Sie betritt den Raum und findet sofort Didis Schultasche. Der Grund, warum sie hier gelandet ist, ist typisch für eine Zehnjährige: Didi hat am selben Nachmittag vorbeigeschaut, um draußen im Pausenraum Hausaufgaben zu machen, ohne darüber nachzudenken, dass Dienstag war – einer von Anne-Majs festen freien Tagen. Didi hatte dann ihre Schultasche dort abgestellt und war in der unbemannten Buchecke auf die Jagd gegangen. Als sie etwas später mit einem Stapel Comichefte, die Kylle sie hatte auf Pump kaufen lassen, in Richtung Heimat abmarschierte, vergaß das dusselige Mädchen, ihren Rucksack mitzunehmen. Didi braucht ihre Schulsachen natürlich morgen früh, bemerkte es aber erst nach Ladenschluss – und rief daher schnell ihre Großmutter an. Wofür hat man eine solche denn sonst?

Im selben Moment entdeckt Anne-Maj zwei Dinge gleichzeitig: Die Tür in den Hinterhof steht weit offen, und das

Geräusch klickender Krallen auf dem Vinylboden ist verstummt. Sie hat blitzschnell zwei und zwei zusammengezählt, lässt Tasche, Rucksack und Einkäufe fallen und läuft ihrem Hund nach. Der Hof grenzt an den belebtesten Parkplatz der Stadt, und Mortensen ist alles andere als verkehrssicher. Sie hört ihn bellen. Laut und erregt – auf eine Weise, wie sie es zuvor nie erlebt hat. Sie kann den Hund nicht sehen, aber er muss hier ganz in der Nähe sein. Anne-Maj geht in Richtung des Gebells. Es kommt von drüben vom Blauen Blitz, der an seinem festen Platz ganz hinten im Hof steht. Als sie näherkommt, kann sie sehen, dass die Heckklappe offensteht, und als sie am Kühler des Autos ankommt, entdeckt sie, dass Mortensen ganz recht hat: Hier *stimmt* wirklich etwas nicht.

Auf dem Boden neben dem Auto liegt Stanley halb auf dem Bauch; der eine Arm ist vor das Gesicht gezogen, und die rechte Wange liegt in einem kleinen See von Erbrochenem. Das sichtbare Auge ist halb offen, aber ohne Leben. Neben ihm liegt ein durchsichtiger Müllbeutel voller Kleidung. Anne-Maj ist keinen Augenblick im Zweifel, dass Stanley tot ist, doch sie beugt sich dennoch über ihn und versucht, seinen Puls seitlich am Hals zu fühlen. Nichts. Das Herz schlägt nicht mehr in Stanleys wuchtig gebautem Körper, doch er ist immer noch warm. Anne-Maj ist kein Spezialist für Leichen, aber hier hat sie keinen Zweifel: Stanley ist noch nicht lange tot. Eine halbe Stunde, vielleicht eine ganze, wenn man das warme Wetter berücksichtigt. Das bedeutet, dass er hier draußen kurz nach Ladenschluss umgefallen ist, sicherlich als er die Beutel mit der täglichen Ernte an gebrauchter Kleidung aus der Spendenkiste ins Lager tragen wollte. Als sie sich aufrichtet, vernimmt sie ihn: den Duft nach Fernet Branca. Er mischt sich mit dem Geruch von frisch Erbrochenem und ist ebenso deutlich zu spüren, als hätte sie ein Glas des bitteren Schnapses vor sich stehen.

Das kann kein Zufall sein, denkt Anne-Maj. Drei plötzliche Todesfälle innerhalb weniger Monate; die Verstorbenen haben darüber hinaus im selben Trödelladen gearbeitet. Und dann der Duft sowohl bei Vips' als auch Stanleys Leiche. Der Geschmack des starken Bitters wäre perfekt, um den Geschmack eines Giftstoffes zu kaschieren, denkt sie. Das muss etwas bedeuten. Das *kann* kein Zufall sein. Sämtliche Spekulationen des Nachmittags, dass das alles wohl nur Einbildung war, sind wie weggeblasen. Sie ruft die Notrufzentrale an. *Bleibe bei ihm,* sagt die Dame, als sie Anne-Majs Kontaktinfo bekommt, *der Rettungswagen kommt, so schnell er kann.* Was nicht unbedingt besonders schnell ist, weiß Anne-Maj vom letzten Mal.

Letztes Mal? Ja, da war ja auch sie diejenige, die Vips' Leiche gefunden hat, denkt sie und schickt Iben eine schnelle SMS, dass sie sich auf unbestimmte Zeit verspäten wird. Wenn das hier ein Krimi wäre, würde allein die Tatsache, dass sie beide Male die erste Person am Fundort war, ausreichen, sie zur Hauptverdächtigen zu machen. Außerdem hat sie weder ein Alibi für den ersten, den zweiten noch den dritten der Tage, über die man Rechenschaft ablegen können muss, falls sämtliche Todesfälle zusammenhängen. Das Einzige, was ihr fehlt, ist so gesehen ein Motiv, aber sie hat vor kurzem einen pensionierten Mordermittler in einem Radiointerview sagen hören, dass das Motiv für die Polizei erst an zweiter Stelle kommt. Die Ermittler interessieren sich mehr dafür herauszufinden, wer die Möglichkeit gehabt hat, den Mord zu begehen, und den Betreffenden mithilfe technischer Beweise mit dem Tat- und Fundort in Verbindung zu bringen. Über das Motiv kann man sich später immer noch Gedanken machen.

Vielleicht, denkt Anne-Maj und setzt sich auf die Raucherbank, Mortensens Leine fest im Griff, vielleicht ist es überhaupt nicht in ihrem eigenen Interesse, darauf zu insistieren, dass die Ordnungsmacht all diese Ereignisse als eines behandelt; als ein einziges Verbrechen. Denk nur, wenn sie das Scheinwerferlicht plötzlich auf sie selbst richten, denkt sie. Sie kennt nur eine Person, die sich gut genug mit den Arbeitsmethoden der Polizei auskennt, um ihr einen qualifizierten Ratschlag geben zu können; vielleicht sogar sagen zu können, ob sie sich bereits jetzt an einen Anwalt wenden sollte. Anne-Maj sieht auf die Uhr. Es ist viel zu spät, als dass ein wohlerzogener Mensch jemanden anruft, der höchstwahrscheinlich schon seit vielen Stunden frei hat. Doch so wohlerzogen ist sie auch wieder nicht, denkt sie.

Anders Hall geht sofort ans Telefon. Er ist außer Atem, und wie sich zeigt, ist das nicht so eigenartig: Der junge Polizist ist bei dem guten Wetter beim Laufen. Dennoch kann er in zusammenhängenden Sätzen sprechen, was an sich schon ziemlich beeindruckend ist, findet Anne-Maj, die außerstande ist, auch nur ein Wort zu sagen, wenn sie sich im Wald Grønnehave bloß in gemächlichem Tempo einen Hügel hinaufbewegt hat. Sie erklärt Anders die Situation; warum Stanleys Tod für sie eine Bestätigung dessen ist, dass die drei Todesfälle und der Einbruch kein Zufall sind. Erzählt ihm von ihren Versuchen, Alibis zu verschaffen, und über die Durchsuchung des Hauses von Helmer und Vips. Sie ignoriert das resignierte Stöhnen, mit dem der Polizist diese Informationen quittiert. Fragt ihn schließlich, was sie tun soll. Glaubt er, dass die Mordabteilung die Sache jetzt ernst nehmen wird? Oder soll sie auf eigene Faust auch für den heutigen Tag Alibis einsammeln? Ist es möglich, für dieses Mal eine Obduktion sicherzustellen? Wird die Polizei sie, Anne-Maj, wohl als Hauptverdächtige betrachten?

„Du sollst überhaupt nichts tun, Anne-Maj", sagt Anders, als sie endlich innehält. Es kommt eine Streife, da bin ich mir sicher, aber ich kann auch schnell mal anrufen und das checken." Er atmet jetzt ganz ruhig. „Wenn du den Beamten vom Zusammenhang mit den anderen Todesfällen erzählst, werden sie den Fall sicherlich an die Abteilung für Straftaten gegen die körperliche Unversehrtheit weitergeben, sodass man dort entscheiden kann, ob an Stanley Hjorts Tod etwas merkwürdig ist. In diesem Fall wirst du ganz sicher als Zeugin vernommen, aber ich kann mir nur schwer vorstellen, dass jemand dich wegen irgendetwas verdächtigen würde."

„Okay."

„Aber wenn ich du wäre ..." Er schweigt einen Augenblick. „Wenn ich du wäre, würde ich das mit den Alibis den Ermittlern nicht sagen. Es ist nicht gern gesehen, dass zivile Bürger herumrennen und sich als Polizisten ausgeben."

„Das mache ich doch auch nicht."

„Ich weiß nicht, wie du es sonst nennen willst. Vernehmung von Zeugen und Hausdurchsuchung sind ein Teil *unserer* Arbeit, nicht die von allen möglichen anderen, und wenn die Mordermittler beschließen, dass es notwendig ist, Alibis von Leuten zu überprüfen, tun sie es selbst."

„Okay, okay."

„Bleib einfach da, wo du bist."

Als das Gespräch beendet ist, erwischt Anne-Maj Iben. Erklärt, was passiert ist, und warum sie nicht wie vereinbart bei ihnen essen kann.

„Dieses Mal herrscht wohl kein Zweifel, dass es Mord war, oder?", fragt Iben. „Klingt das nicht wie irgendeine Art von Vergiftung? Arsen oder so?"

„Doch", sagt Anne-Maj. „Und dann ist da noch das mit dem Duft ..." Sie erzählt Iben von ihrem Verdacht, dass der starke

Bitter sehr wohl verwendet worden sein kann, um einen übel schmeckenden Giftstoff zu kaschieren. „Oder ist das zu weit hergeholt?"

„Das finde ich überhaupt nicht, Mama."

„Also findest du nicht, dass es zu bescheuert wäre, dies der Polizei zu sagen?"

„Natürlich nicht."

„Auf jeden Fall muss ich hierbleiben und auf sie warten."

„Ich bin jetzt auf dem Weg nach Hause ... Soll ich nicht kurz vorbeischauen und Mortensen holen?", fragt Iben. „Er muss doch nicht stundenlang da liegen und sich langweilen."

„Danke." Anne-Maj sieht zum Hund hinunter, der sich ganz richtig mit einem resignierten Ausdruck unter der Bank zusammengerollt hat. „Geh einfach hinter den Laden ... Ich habe auch Didis Rucksack. Und alles, was ich für das Abendessen eingekauft habe. Das kannst du einfach mitnehmen, und dann kannst du selbst das Essen machen."

Ihre Tochter seufzt. „Ist das irgendetwas Aufwendiges, für das man den halben Tag braucht?"

„Überhaupt nicht. Spaghetti mit Fleischsoße."

Anne-Maj geht zurück zum Blauen Blitz, steht eine Weile da und starrt den toten Mann an. Alles ist so unwirklich. Der Alltag mit Iben und Didi und Schultaschen und Spaghetti und Gassi gehen – und dann dieser arme, einfältige Mann, der offensichtlich plötzlich starb; mitten in seiner unbezahlten Arbeit für einige der allerärmsten Menschen auf der Welt. Diese beiden Universen haben in keiner Weise etwas miteinander zu tun. Anne-Maj ist nicht dazu gemacht, sich außerhalb von Büchern mit Blut und Mordwaffen und finsteren Motiven zu beschäftigen; dass sie sich plötzlich mitten in einem potenziellen Mordfall befindet, ist völlig unverständlich. All das, was ihr Tag für Tag wirklich etwas bedeutet, ist jetzt in den Hintergrund geschoben. Sie kann ihren Blick nicht von Stanleys Leiche losreißen.

Was weiß sie eigentlich von ihm? Abgesehen davon, natürlich, dass er hirngeschädigt war, aber doch so weit funktionierte, dass er seinen Führerschein behalten hatte und einem Job nachgehen konnte, wenn bloß die Aufgaben klar definiert waren. Er wohnte gewiss irgendwo am östlichen Rand der Stadt. Anne-Maj weiß, dass eine rundliche Frau mit maschinengeschnittener Kurzhaarfrisur sich ab und zu mit Valborg getroffen hat, um über Stanleys Arbeit im Laden zu sprechen, und sie kann sich schwach daran erinnern, dass er ein paar Mal einen Pädagogen namens Lars erwähnte. Das ist alles. Valborg weiß sicherlich mehr über ihn, aber da sie die Diskretion selbst ist, hat sie den anderen Ehrenamtlichen nie erzählt, was die Treffen mit der Bürstenfrisur enthüllt haben.

Iben kommt ein paar Minuten vor dem Rettungswagen und erhält Mortensen, den Rucksack und die Einkaufstasche überreicht. Sie wirft einen neugierigen Blick auf Stanleys Leiche, macht eine Grimasse des Ekels und blickt zu ihrer Mutter. „Du bist vorsichtig, ja?"

Anne-Maj zuckt mit den Schultern. „Ja, klar."

„Ich meine es ernst, Mama. Wenn jemand das da absichtlich gemacht hat ...", sie nickt in Richtung des toten Körpers, „dann ist die betreffende Person gefährlich."

„Ich *bin* vorsichtig."

Iben scheint noch etwas sagen zu wollen, doch im selben Moment kommt der Rettungswagen, und sie geht mit ihrem Gepäck nach Hause. Danach folgen ein paar chaotische Minuten. Anne-Maj soll eine Menge Fragen des Einsatzleiters beantworten, der auch nach dem Fund von Vips' Leiche assistierte. Kurz darauf kommt ein Streifenwagen angerollt und parkt ein paar Meter entfernt, und von da an ist Anne-Maj an den Rand gedrängt. Sie erhält den Befehl, sich ganz vom Hof und vom Laden zu entfernen, der jetzt mit Kunststoffbändern abgesperrt ist. Die Rettungssanitäter stehen außerhalb der Absperrung und warten auf einen Befehl, während ein Polizist in sein Telefon spricht.

All die Profis halten sich in weitem Abstand sowohl von der Leiche als auch dem alten Lieferwagen, und kurz darauf kommt ein silberfarbener Personenwagen mit einem großen Mann mittleren Alters und einer etwa dreißigjährigen, rothaarigen Frau, beide in Zivilkleidung. Als sie die Leiche eine Weile betrachtet haben, kommt die Frau zu Anne-Maj. Sie grüßt höflich, fragt sie aus, notiert sich Namen und Adresse und sagt, dass sie von ihnen hören wird, falls sie ihre Hilfe benötigten.

Als sie Anstalten macht, sich ihrem Kollegen und dem Arzt anzuschließen, der zwischenzeitlich aufgetaucht ist, platzt Anne-Maj direkt damit heraus: „Wisst ihr, dass das der dritte Todesfall in Folge ist?", fragt sie.

Die rothaarige Ermittlerin dreht sich um und sieht sie an. „Was sagst du?" Und Anne-Maj erzählt zum tausendsten Mal ihre Geschichte.

20.
Mittwoch, 12. Juni

Die Abmagerungskur ist offiziell abgesagt. Auf jeden Fall aber verschoben. Als Anne-Maj am Abend zuvor nach Hause gekommen ist, hat sie sich ein großes Glas Weißwein eingeschenkt, während sie noch ihren Mantel anhatte, und ohne Bedenken auch noch eine Tüte Chips hinuntergeschlungen, während sie das zweite Glas genoss. Nach dem Treffen mit den Ermittlern aus der Abteilung für Straftaten gegen die körperliche Unversehrtheit brauchte sie wirklich Alkohol, Fett und Kohlenhydrate. Hoffnungsloser Name, findet sie. Anne-Maj hat sie unter Verdacht, dass sie im Alltag ihren Arbeitsplatz mit der alten Bezeichnung benennen, die sie im Volksmund immer noch hat: Mordabteilung. Ganz einfach.

Ok, aber die Kur ist jedenfalls gründlich auf Pause geschaltet, und als sich Anne-Maj jetzt, Mittwochmorgen, an den Frühstückstisch setzt, stehen sowohl verbotenes Weißbrot – selbstgebacken, am Abend zuvor aus dem Gefrierschrank genommen – als auch Käse und Orangenmarmelade auf dem Tisch. Seit Beginn der Kur hat sie so wenig abgenommen, dass die Motivation im Keller ist. Außerdem kann sie ja jederzeit wieder aufgenommen werden, denkt sie und nimmt einen vertretbaren Bissen von dem sündigen Brot, das perfekt ausgewogen ist mit Salz und ein wenig Zucker und genau die wunderbar zähe Krume hat, die durch guten Sauerteig und langes Gehen entsteht. So ein Brot kann man nicht kaufen, lobt sie sich selbst, wenn nun niemand anderes da ist, um dies zu tun.

Ausnahmsweise hat sie den Mittwoch frei. Der Trödelladen bleibt geschlossen, bis die Polizei mit ihren Untersuchungen fertig ist, hat Ruth in die Facebook-Gruppe geschrieben. Als Anne-Maj den letzten Mundvoll geschluckt und mit pechschwarzem Kaffee nachgespült hat, klingelt das Telefon wie auf Bestellung. Anders Hall.

„Na", sagt er ohne weitere Einleitung, „warst du mit dem gestrigen Einsatz der Polizei zufrieden?"

„Es kamen zwei Mann. Und ein Gerichtsmediziner."

„Ich weiß."

„Ich habe ihnen alles erklärt."

„Das weiß ich auch."

„Jetzt bin ich bloß froh, dass sie es diesmal ernst nehmen", sagt Anne-Maj und öffnet die Tür zum Garten, damit Mortensen nach draußen kann. „Das wurde auch Zeit."

„Ja, ja, ganz ruhig", sagt Anders. „Dass Kommissar Krause die Sache untersucht, bedeutet aber nicht, dass er der Meinung ist, dass es ein Mord war."

„Das war es aber." Anne-Maj schenkt sich noch eine Tasse Kaffee ein und geht hinaus auf die Terrasse. „Ich bin mir ganz sicher."

„Meine Kollegen klingen allerdings nicht so überzeugt", sagt Anders. „Doch ein verdächtiger Todesfall ist es wohl ... Ich habe mit Signe gesprochen ..."

„Der Rothaarigen?", unterbricht Anne-Maj.

„Ja. Ich habe gestern Abend die Situation mit ihr besprochen, als sie von dort wegfuhren. Sie rief mich aus dem Auto an.“ Er räuspert sich. „Ich sprach mit ihr nämlich auch, direkt nachdem du mich gestern angerufen hast. Nur um mich zu vergewissern, dass jemand dorthin fährt ...“

„Ja?“

„Sie nehmen es also nicht besonders ernst, Anne-Maj.“

Warum sollten sie das auch?, denkt sie niedergeschlagen. Wenn eine ältere, stark aufgeregte Dame angehumpelt kommt und etwas von Dreifachmord und Einbruch und einer verschwundenen Schmuckschatulle fabuliert, während sie neben einem Mann steht, der wie auch die beiden ersten Opfer sehr wohl aus natürlichen Gründen verstorben sein kann ... Würde sie selbst es ernst nehmen? Sie hatte gesehen, wie sich gewissermaßen ein Schleier über die Gesichter der beiden Polizisten gelegt hatte, als sie ihre Vermutung äußerte, dass dieser Todesfall mit zwei anderen zusammenhing; dass es sich ihrer Meinung nach um einen Serienmörder handelte.

„Sie befahlen mir beinahe, mich rauszuhalten.“

„Das habe ich doch gesagt.“

„Aber sie werden dieses Mal doch eine Obduktion vornehmen, oder?“

„Das weiß ich ehrlich gesagt nicht.“

„Kannst du das herausfinden? Nur um meines lieben Seelenfriedens willen?“

Anders seufzt tief. „Ich werde es versuchen. Aber ich kann nichts versprechen. Ich sitze in einer ganz anderen ...“

„ ... Abteilung“, beendet Anne-Maj seinen Satz. „Und du hast nicht so ohne Weiteres Zugang zu deren System. Ich weiß. Aber ihr teilt euch wohl Kantine und Druckerraum und so? Ihr sitzt doch alle zusammen in Roskilde, oder?“ Als er nicht antwortet, fährt sie fort: „Du kennst doch Signe ... Kannst du sie nicht fragen? Einfach so ganz inoffiziell?“

Anne-Maj bleibt noch eine Weile auf der Terrasse sitzen,

trinkt ihren Kaffee aus, versucht ihr Interesse für etwas Gartenarbeit in dem schönen Juni-Wetter zu mobilisieren, jetzt, da sie unerwartet einen freien Tag bekommen hat. Um die austreibenden Dahlien herum und in den Hochbeeten muss Unkraut gejätet werden. Das Gras müsste auch mal wieder gemäht werden, und sie sollte auf jeden Fall die Clematis hochbinden, ehe sie vom Zaun herunterfällt. Doch ihr Gehirn ist nicht auf Gartenarbeit getaktet. Oder Putzen, was das betrifft, auch wenn das Innere des Hauses sich inzwischen in kritischem Zustand befindet. Ihr Drang, sich etwas Praktisches vorzunehmen, ist leider nur auf den Mordfall gerichtet. Das Problem ist bloß, dass sie nicht handeln *kann*. Ein direktes Verbot der Ordnungsmacht kann man nicht einfach überhören, sagt sie ohne große Überzeugung zu sich selbst. Jedenfalls muss sie es besser sein lassen, das zu tun, was sie gerade jetzt als am dringendsten ansieht: die Alibis überprüfen. Okay, denkt sie und erhebt sich mit der leeren Tasse in der Hand, dann warte ich. Aber wenn die Polizei vor Ende des Tages nicht erklärt hat, dass dies hier als Mordfall behandelt wird, ist sie gezwungen, etwas zu unternehmen.

Im selben Moment fallen ihr die Dinge ein, die sie aus dem Haus von Helmer und Vips hat mitgehen lassen, ohne dies mit den Erben abgestimmt zu haben, und die sie aus eben diesem Grund nicht einfach der Polizei aushändigen kann. Das kleine Menübuch aus Vips' Nachtkästchen sowie die Erinnerungen ihres Mannes. Vielleicht sind sie einen Blick wert. Anne-Maj zieht aus einem Stapel Zeitungen Helmers Buch heraus und legt sich bequem auf das Sofa. Erst jetzt nimmt sie sich ernsthaft Zeit, es sich anzusehen. Der Umschlag ist nach einer Vorlage gemacht und typisch für alle, die ihr Buch nur zur Freude der Familie im Eigenverlag herausgeben. Es ist einfarbig dunkelblau mit einem einzelnen, schräg gestellten Porträt von Helmer als erheblich jüngerer Mann; um die Vierzig, wenn Anne-Maj eine Schätzung abgeben soll. Er ist sehr formell gekleidet, als ob das Foto in einem arbeitsmäßigen Zusammenhang aufgenommen wurde und dazu gedacht ist, den potenziellen Kunden des gepflegten Rechtsanwalts Vertrauen einzuflößen. Hier wurde kein Geld für einen professionellen Umschlagdesigner ausgegeben – und sicherlich auch nicht für einen Lektor oder einen Korrekturleser, denkt sie, nachdem sie einen Blick auf die krakelige Typografie im Inneren des Buchs geworfen hat. Sie fasst es nicht, dass der pedantische, eitle Helmer keine professionelle Hilfe hinzugezogen hat. Aber vielleicht dachte er, dass er alles selbst könne.

Anne-Maj nimmt die Erinnerungen in Angriff. Es gibt zum Glück nur verhältnismäßig wenig Tippfehler, und die Geschichte ist in gewissen Passagen auch ausreichend interessant. Der Bericht, wie Helmer als Elfjähriger nach dem plötzlichen Tod seiner Mutter in ein nicht weiter pädagogisches Kinderheim gesteckt wurde, ist rührend, und die Erleichterung, als er bereits nach zwei Monaten die Erlaubnis erhält, bei der Schwester seiner Mutter und ihrem Mann zu wohnen, ist wirklich spürbar. Sich nach einem so kurzen Aufenthalt Kinderheimkind zu nennen, ist vielleicht ein bisschen überdehnt, denkt Anne-Maj, aber es klingt gut, das muss sie zugeben. Helmer hatte vielleicht keinen Sinn für Buchhandwerk, aber er war gut beim Titel.

Auf den vielen Folgeseiten geht es meist darum, wie gut Helmer in der Schule war, und an wie vielen nicht besonders originellen Streichen er trotz all diesem tugendhaften Fleiß dennoch teilgenommen hatte. Dann kam die Gymnasialzeit, die er natürlich auch triumphierend durchlaufen hatte – jede einzelne Prüfungsnote ist sorgfältig aufgelistet –, und die Jahre als Jurastudent in Kopenhagen. Da Helmer aus ärmlichen Verhältnissen kam, war er gezwungen, verschiedene Studentenjobs zu übernehmen. Am meisten Freude bereitet hatte ihm der in einer Buchhandlung in der Fiolstræde, doch es war bei einem Sommerjob als Kellner in einem Tanzrestaurant, dass er Vips getroffen hatte. In ein paar Kapiteln spielt die hübsche, junge Dame die Hauptrolle, doch es endet abrupt ein Jahr nach der Hochzeit. Danach wird seine Frau fast ausschließlich im Zusammenhang mit zuerst dem einen, dann beiden Jungs genannt. Nach deren Ankunft wird Vips meist als „Mutter der Jungs“ bezeichnet.

Anne-Maj wird vom Telefon unterbrochen. Schon wieder. Es ist Anders Hall - schon wieder. „Ich habe Neuigkeiten für dich“, sagt er. „Aber ich möchte verdammt nochmal nicht, dass du jemals jemandem erzählst, dass du das von mir hast. Wenn es sich zeigt, dass es sich um einen Mord handelt, stehst du automatisch auf der Liste der Personen, die im Suchscheinwerfer der Polizei stehen. Ich kann es nicht auf mir sitzen haben, dass eine Verdächtige von mir auf dem Laufenden gehalten wurde. Verstehst du das?“

„Aber du tust es ja trotzdem“, antwortet sie trocken.

„Wenn du mit deinem Verdacht nicht gewesen wärst, hätte ich - ich meine *hätten die* - sicherlich nie ein Ermittlungsverfahren eingeleitet“, antwortet er. „Ich persönlich kann mir nur schwer vorstellen, dass eine schuldige Person so beharrlich darauf bestehen sollte, die Polizei auf ein Verbrechen aufmerksam zu machen.“

„Also *gibt* es jetzt ein Ermittlungsverfahren?“

„Das mit Sicherheit zu sagen, ist zu früh“, antwortet Anders. „Stanley Hjort wird heute Nachmittag obduziert, und erst danach kann entschieden werden, ob er aus natürlichen Ursachen gestorben ist. Es *kann* eine Vergiftung sein, sagt die Gerichtsmedizinerin, aber ob es sich in diesem Fall um einen

Unfall, einen Selbstmord oder einen Mord handelt, kann man ja unmöglich wissen. Bereits jetzt sind Signe und Krause dabei, Zeugen zu vernehmen, nur zur Sicherheit, und sie werden sicherlich auch noch einmal mit dir sprechen."

„Das können sie sehr gern." Anne-Maj denkt nach. „Soll das heißen, dass sie jetzt Alibis einsammeln?"

„Damit werden sie wohl anfangen, ja. Und dann sprechen sie wohl mit den Nachbarn, ob jemand etwas gesehen hat."

„Den Nachbarn? Es gibt keine Wohnungen mit Blick auf diesen Teil des Parkplatzes. Er ist umgeben von der Rückseite diverser Geschäfte. Sprechen sollten sie viel lieber mit ..."

„Lass sie jetzt mal ihre Arbeit machen, Anne-Maj", unterbricht Anders. „Du sollst mich nicht mehr anrufen. Ich habe jetzt schon viel zu viel gesagt."

21.

Freitag, 14. Juni

Anne-Maj ist im Trödelladen, um eine Kiste neu gespendeter Bücher zu sortieren. Einige wenige sind so zerfetzt, dass sie sie wegwirft, aber der Rest ist eigentlich in gutem Zustand. Das einzige Problem sind die auf Englisch. Sie weiß, dass es Abnehmer für englischsprachige Bücher gibt, doch der Großteil der Kunden des Ladens ist in keiner Weise ausreichend sprachkundig, um sich durch einen Anne-Tyler-Roman oder eine Novellensammlung von Alice Munro hindurchbuchstabieren zu können. Sie weiß, dass Else keine Sekunde zögern würde, den fremdsprachigen Unsinn rauszuwerfen, aber Anne-Maj ist sich unsicher. Es ist ganz einfach zu ärgerlich, findet sie, die Belletristik zwar selbst nur auf Dänisch liest, aber weiß, dass beispielsweise Iben es fast schon bevorzugt, angelsächsische Literatur in Originalsprache zu lesen. Anne-Maj legt schließlich alle englischen Titel oben aufs Regal. Sie wird Iben einen Tipp geben: Vielleicht hat sie Lust, ein paar von ihnen zu kaufen. Dann werden wir sehen, was wir mit dem Rest machen, denkt Anne-Maj und nimmt die nächste Handvoll Bücher aus der Plastiktüte. Ab und zu kommt ja auch mal ein ausländischer Tourist vorbei.

Vorne an der Kasse sitzt Kylle und scheint ein Nickerchen zu machen; Ruth steht im Lager am Bügelbrett und bügelt ein paar Hemden für die Herrenabteilung. Man kann sie dort draußen summen hören. Unglaublich, dass sie dazu in der Lage ist, denkt Anne-Maj, wenn man bedenkt, dass Ruths neueste Theorie ist, dass sie dabei ist, COPD zu entwickeln, auch wenn sie niemals geraucht, mit Asbest gearbeitet oder irgendein sonstiges riskantes Verhalten an den Tag gelegt hat. Der Arzt kann den Verdacht zwar nicht bestätigen, doch das liegt sicherlich an einem Fehler in seiner Apparatur, meint Ruth. Auf jeden Fall ist sie gesund genug, um zu summen, und darüber freut sich Anne-Maj riesig. Weitere Todesfälle kann sich der Laden bald auch nicht mehr leisten – und sei es nur aus Rücksicht auf die Dienstpläne.

Anne-Maj geht in den Pausenraum, um ihr schlimmes Knie einen Moment auszuruhen. Hier sitzt Valborg an ihrem Tischende und ordnet Bürosachen mit verbissener Miene. Sie ist diejenige, die die Konsequenzen von Stanleys Tod am stärksten spürt; nicht nur, dass sie den sanften, unbeholfenen Mann aufrichtig mochte – sie ist es auch, die für ihn jetzt einen Nachfolger finden muss. Es ist, als ginge es erst jetzt allen auf, welch großen Einsatz Stanley eigentlich auf seine eigene stilvolle Art geleistet hat. Jahrelang hat der Mann Staub gesaugt, den Boden gewischt, den Geschirrspüler befüllt und ausgeräumt, all das geschleppt, was die anderen Ehrenamtlichen nicht schafften, ist zum Wertstoffhof gefahren, hat den Container mit den Spenden geleert und so weiter und so fort. Jeden Tag mehrere Stunden Arbeit – und ohne auch nur eine Krone dafür zu bekommen.

Wie findet man noch einmal so einen Mitarbeiter?, denkt Anne-Maj, die Valborg ansehen kann, dass ihr genau diese Frage auch gerade im Kopf herumgeht. Es ist sowieso schon schwierig, neue, einigermaßen rüstige Ehrenamtliche zu finden, die sich ein paar Nachmittage verpflichten, aber das hier ... Das ist eine beinahe unmögliche Aufgabe. Es wäre nicht einmal eine Lösung, wenn sie beschlössen, das Erbe von Vips dazu zu verwenden, irgendjemanden dafür zu bezahlen, bloß ein paar wenige Stunden pro Woche zu kommen, um die schwereren Arbeiten zu erledigen, während die Damen selbst sich um das Saubermachen und diese Dinge kümmerten. Sehr schnell würde ihnen das Geld ausgehen, und es besteht kaum Hoffnung, dass der Landesverband der Trödelläden einspringen und einen Mitarbeiter einstellen würde, wenn all die anderen Läden der Organisation überall in Dänemark ohne bezahlte Arbeitskraft auskommen können.

„Möchte wissen", sagt Valborg jetzt, „ob wir eine gute, kostenlose Methode finden könnten, um neue Ehrenamtliche zu finden? Nicht speziell einen neuen Stanley – so einen finden wir kaum – sondern mehr allgemein."

„Einen Versuch ist es aber doch wert." Anne-Maj setzt sich mit einem Glas Wasser an den Tisch. „Wir könnten einen Aushang in den Nykøbing- und Egebjerggruppen auf Facebook machen. Die haben wohl auch eine Gruppe in Rørvig ... Hast du mit Ruth darüber gesprochen?"

„Nein ... Das reicht auch nicht. Facebook ist vielleicht effektiv bei denen, die schon auf Facebook *sind*, aber das sind ja nicht alle – schon gar nicht in unserer Altersgruppe. Vielleicht könnten wir auch das schwarze Brett in Supermärkten wie Netto und Brugsen nutzen."

„Gute Idee. Und dann könnten wir herausstellen, dass wir Leute jeden Alters suchen. Vielleicht könnten wir mit viel Glück einen arbeitslosen Mann mit etwas mehr Kräften als wir finden."

„Ha!" Valborg kläfft das beinahe schon. „Arbeitslose bekommen Abzüge, wenn sie einen Job übernehmen, egal, ob er bezahlt oder unbezahlt ist. Dann stehen sie ja dem Arbeitsmarkt nicht zur Verfügung ... Nein, nein", sie sammelt ihre Papiere zu einem ordentlichen Stapel zusammen, „unsere einzige Hoffnung sind Rentner, und richtig viel Glück haben wir, wenn ein etwas jüngerer Frührentner wie Stanley reagiert." Valborg sieht verzagt aus. „Es ist schwer zu verstehen, dass er nicht mehr da ist."

„Du warst mit ihm letzten Dienstag zusammen, nicht wahr?"

„Ja." Valborg seufzt. „Lis und ich haben ein kleines Schnäpschen mit ihm getrunken, ehe wir nach Hause gingen, nur so auf einen schönen Feierabend. Wir müssen die letzten gewesen sein, die ihn gesehen haben."

Aha, denkt Anne-Maj. Das erklärt den durchdringenden Duft, der von der Leiche kam. Laut sagt sie, als ob es ihr gerade eingefallen ist: „Möchte wissen, woran er starb. Hatte er Probleme mit dem Herzen?"

„Nicht, dass ich wüsste", antwortet Valborg. „Aber ich wollte Jeanette fragen. Seine Betreuerin; du hast sie bestimmt schon einmal getroffen, oder?"

„Die mit der Bürstenfrisur?"

Valborg nickt. „Sie kommt morgen Vormittag, dann können wir über die Beisetzung sprechen. Jeanette weiß viel mehr als ich über Stanleys Gesundheitszustand." Sie sitzt eine Weile da und starrt vor sich hin. „Ist dir klar, dass wir – also wir hier im Laden – für Stanley am ehesten so etwas wie eine Familie waren, abgesehen von denen an seinem Wohnort? Daran zu denken ist traurig, nicht wahr? So wenig, wie wir in Wirklichkeit mit ihm zu tun hatten, und er betrachtete uns als seine Angehörigen."

„Du glaubst nicht ..." Anne-Maj schielt hinüber zur Tür. Sie dämpft ihre Stimme. „Du glaubst nicht, dass es eine Vergiftung gewesen sein kann?"

Valborg runzelt die Brauen. „Fängst du jetzt auch noch an?"

„Wie meinst du das?"

„War die Polizei nicht bei dir zu Hause, um mit dir zu sprechen? Sie haben auf jeden Fall alle anderen von uns vernommen."

„Doch, doch", sagt Anne-Maj. „Ich habe ihn doch gefunden ..." Und keinen Ton hat man seither gehört, denkt sie sauer.

„Ja, es muss ja einen Grund geben, dass sie sich so wahnsinnig für Stanleys Tod interessieren", macht Valborg weiter. „Ich finde bloß, dass es zu nichts führt, Klatsch zu verbreiten, ehe wir etwas Konkretes wissen. Das macht so eine schlechte Stimmung."

Ja, und schlechte Stimmung ist ja das Schlimmste, was uns passieren kann, denkt Anne-Maj. Viel schlimmer als ein Mord. Sie erhebt sich und geht zurück zu ihren Bücherregalen. Die letzte Plastiktüte ist schnell geleert, und sie legt die Bücher, die entsorgt werden müssen, hinaus in den Blauen Blitz. Sie kann es ja ebenso gut ausnutzen, dass heute so wenige Kunden im Laden sind, und mit verschiedenem Abfall zum Wertstoffhof fahren. Sie macht eine Runde, findet vier Säcke mit Kleidung, die für den Verkauf viel zu abgetragen ist und daher weiter ins System muss, um zu gräulichen Umzugsdecken verarbeitet zu werden, und ein paar Tüten mit Schuhen, die so verschlissen und schief sind, dass niemand, der noch ganz bei Trost ist, sie kaufen wird; schnappt sich die Autoschlüssel von ihrem festen Nagel an der Hintertür und fährt in Richtung Wertstoffhof. Der Lieferwagen hat ein paar Jahrzehnte auf dem Buckel, doch Stanley hat ihn gewissenhaft in einem guten Zustand gehalten, und er fährt tadellos. Sie erreicht den Wertstoffhof, der am nördlichen Rand der Stadt liegt.

Und genau zu dem Zeitpunkt ruft Anders Hall an, gerade als Anne-Maj mit einem Sack altem Zeug am Rand eines etwas zu hohen Containers steht und versucht, das Gleichgewicht zu halten. Dankbar für die Unterbrechung gibt sie dem Plastiksack einen extra harten Stoß, sodass er zum Rest des Abfalls hinunterfällt, und nimmt den Anruf entgegen: „Gibt es etwas Neues? Ist die Obduktion überstanden? Was hat sie ergeben?" Die Fragen schießen aus ihr hervor wie eine Maschinengewehrsalve. Sie kann gut selbst hören, dass das vielleicht etwas übereifrig klingt.

Anders sieht das anscheinend ebenso. „Stopp, stopp, stopp", sagt er. „Atme mal tief durch."

„Wie lieb von dir, dass du anrufst." Anne-Maj schiebt ihr ausladendes Hinterteil auf den Fahrersitz und bleibt sitzen, die Beine auf den Boden gestützt.

„Es gibt etwas Neues", sagt Anders. „Und wenn ich beschlossen habe, dich zu informieren, dann deshalb, weil du recht hattest. Außerdem möchte ich dir etwas erzählen, das nicht in der Pressemitteilung steht, die heute Nachmittag rausgeht. Oder zumindest fast nicht."

„Ich hatte recht? Es war ein Mord?"

„Vielleicht. Die Gerichtsmedizinerin ist sich auf jeden Fall ziemlich sicher, dass Stanley Hjort vergiftet wurde."

„Womit? Arsen? Strychnin?" Anne-Maj fallen stehenden Fußes keine anderen Giftstoffe ein.

„Sie sagt, dass es einem Al-ka-lo-id ähnelt." Anders klingt, als läse er das schwere Wort von einem Blatt Papier ab. „Doch um welches genau, will sie erst sagen, wenn sie das toxikologische Gutachten bekommen hat."

„Und wann soll das sein?"

„Das weiß ich nicht", antwortet er. „Ob es ein Unfall, ein Selbstmord oder ein Mord war, können wir natürlich auch nicht wissen, aber jetzt wurde jedenfalls ein eigentliches Ermittlungsverfahren eröffnet."

Anne-Maj kann eine gewisse Zufriedenheit in seiner Stimme vernehmen. Ist er wirklich ihretwillen so fröhlich? Plötzlich ahnt sie, was ihn da in so strahlende Laune versetzt: „Du bist dabei, nicht wahr? Du arbeitest jetzt offiziell an dem Fall?“

„Yes.“ Man kann sein Lächeln hören. „Da ich derjenige war, der die ganze Zeit gedrängt hatte, war der Chef der Meinung, ich sollte eine Chance bekommen. Das ist mein erster Mordfall. *Wenn* es Mord ist“, fügt er hastig hinzu.

„Glückwunsch“, sagt Anne-Maj und meint es auch. „Dann ist das ja ein kleines bisschen auch mein Verdienst, oder?“

„Ganz klar. Es ist absolut deine Schuld. Deshalb habe ich mich auch entschieden, dich jetzt zu informieren, auch wenn das nicht ganz vorschriftsmäßig ist. Du darfst auf keinen Fall meinen Kollegen sagen, dass ich das getan habe.“

„Natürlich nicht.“

Nach einer kurzen Pause, in der sie seinen Eifer wie ein Knistern durch das Telefon spüren kann, gibt sie ihm ein Stichwort: „War da noch etwas anderes als der Verdacht einer Vergiftung, Anders? Habt ihr die Alibis der Leute?“

„Wir arbeiten daran.“

„Ihr vernehmt auch Bergstrøms Erben, oder? Thomas und Feline waren wieder im Lande, als Stanley starb. Von Christian weiß ich es nicht, aber es sollte doch ...“

„Bei ihnen sind wir noch gar nicht, Anne-Maj. Und es ist auch nicht sicher, dass wir das tun. Du musst verstehen“, Anders holt tief Luft, „nur bei Stanley Hjorts Tod wird wegen eines möglichen Mordes ermittelt, und die Bergstrøm-Söhne hatten ja keinen Grund, ihn zu ...“

„Wenn Stanley etwas über die Morde an Vips und Helmer wusste, gab es jede Menge Gründe, ihn zu beseitigen.“

„Ja, aber das setzt ja voraus, dass *sie* ermordet wurden, nicht wahr? Niemand im Team glaubt, dass die beiden älteren Menschen an etwas anderem als natürlichen Ursachen starben."

„Dann musst du deinen Kollegen erklären, dass sie das wurden."

„Wir werden sehen."

Wieder eine Stille, als ob er auf eine Frage wartet. Das mit den Alibis ist offensichtlich kein Detail, das er brennend mit Anne-Maj teilen möchte. Ihr geht ein Lichtlein auf: „Gab es Zeugen, Anders? Habt ihr von jemandem gehört, der etwas gesehen hat?"

„Zwei Zeugen. Sie haben sich selbst gemeldet. Ein Teenager, der bei Irma arbeitet und gerade dabei war, ein paar leere Milchkisten raus auf den Lkw-Parkplatz zu stellen, und eine Dame, die mit ihrem Hund Gassi war."

„Und?"

„Der Junge hat Stanley aus dem Hintereingang des Trödelladens mit ein paar Plastiksäcken herauskommen sehen, die er zum Auto getragen hat. Er rauchte eine Zigarette und wirkte, als wäre er bester Laune. Nickte dem Zeugen sogar zu. Das pflegte er offensichtlich nicht zu tun."

„Nein. Er war sehr in sich gekehrt."

„Der Teenager ist bereit zu schwören, dass Stanley allein war."

„Und die andere Zeugin? Die mit dem Hund?"

„Sie ging eine Viertelstunde vorher an der Front des Hauses vorbei und bemerkte, dass Lis Klausen und Valborg von Schilling zusammen den Laden verließen. Die Dame ist sich sicher, was den Zeitpunkt angeht, und ebenso sicher ist sie sich in Bezug auf die Identität der beiden Frauen, da sie eine eurer festen Kunden ist und mehrere Male mit ihnen geplaudert hat. Sie sprachen ein paar Augenblicke miteinander, dann verschwand Lis in Richtung Fußgängerzone, während Valborg nordwärts ging."

„Ihre Alibis sind mit anderen Worten bestätigt", sagt Anne-Maj nachdenklich. Ein mit einem Sweater bekleideter Mann mit Anhänger wirft ihr einen sauren Blick zu, weil der Blaue Blitz den Platz vor dem Container versperrt, sodass er gezwungen ist, seinen Müll ein paar Meter zusätzlich zu schleppen. „Auf der anderen Seite", fährt Anne-Maj unbeirrt fort, „so hat das ja nichts zu bedeuten. Stanley kann das Gift ja mehrere Stunden zuvor bekommen haben – je nachdem, was für ein Stoff es war."

22.
Freitag, 14. Juni

Am selben Nachmittag ruft die Buchexpertin von Bruun Rasmussen an. Anne-Maj kann an ihrer Stimme sofort heraushören, dass es keine guten Neuigkeiten sind.

„Nein“, bestätigt die Frau. „Leider nicht.“

„Also ist das Buch eine Fälschung?“, vermutet Anne-Maj.

„Wie ich dir neulich schon sagte, ist es wahnsinnig gut gemacht. Das Papier ist aus Hans Christian Andersens Zeit, der Druck ist auf eine Weise erfolgt, dass es original wirkt; die Fadenheftung im Rücken, die Patinierung, der Ledereinband und die Goldprägung sind alle zusammen glaubhaft und mit den richtigen Materialien mit einer passenden Anzahl von Jahren auf dem Buckel ausgeführt. Es muss viele, viele Stunden, großes handwerkliches Können und wirklich viel nerdiges Wissen gebraucht haben, um dieses Buch herzustellen.“

„Aber im Gegenzug wäre es sehr viel Geld wert, wenn ein Sammler darauf hereinfiele?“

„Ich kann mir nur schwer vorstellen, dass ein richtiger Sammler sich täuschen lassen würde. Im Museum in Odense war auf jeden Fall alles klar, als sie es in die Hände bekamen; und hier im Hause würde das Buch es auch niemals bis in den

Auktionsraum schaffen." Sie macht eine Kunstpause. „Aber, ja", fährt sie fort. „*Wäre* es echt gewesen, dann würde allein seine Provenienz – also seine Geschichte, dass es Jenny Lind in genau dieser Zeit gewidmet ist und vielleicht speziell für sie eingebunden wurde – sowie die Tatsache, dass es kaum mehr als dieses eine Exemplar gibt, es verhältnismäßig kostbar machen. Eine Viertelmillion Kronen würde ich schätzen. Vielleicht sogar mehr, wenn einige der internationalen Sammler mitbieten. Vor allem die Chinesen lieben ja Hans Christian Andersen, und einige von denen haben wirklich viel Geld."

„Ach du meine Güte. Das ist ja so viel, dass die aufwändige Fälschungsarbeit sich tatsächlich lohnen würde."

„Genau. *Wer* das Buch hergestellt hat und *wie* es in Helmer Bergstrøms Regal gelandet ist, das weiß ich aus guten Gründen nicht, aber der Experte aus Odense hat es umgehend wiedererkannt." Erneute Kunstpause. „Das Museum hat genau dieses Exemplar schon einmal zur Begutachtung erhalten, vor vierzehn Jahren, und damals war es Helmer Bergstrøm, der es brachte. Er erwog, das Buch von einem Privatverkäufer zu kaufen, und wollte sich vergewissern, dass alles in Ordnung war, ehe er ein Vermögen dafür hinblätterte – was, wie sich zeigte, ja sehr vernünftig war."

„Wer war der Verkäufer?"

„Das ging leider nicht hervor. Als die Fälschung seinerzeit aufgedeckt wurde, wollte Bergstrøm von einer Anzeige bei der Polizei nichts wissen. Er wollte es bloß unterlassen, das Buch zu kaufen, sagte er, und in diesem Zusammenhang den Verkäufer darauf aufmerksam machen, dass es eine Fälschung wäre."

„Okay."

„Ja, das ist eine mysteriöse Geschichte." Die Dame von Bruun Rasmussen räuspert sich. „Ich schicke das Buch zusammen mit den anderen zurück, wenn ich mit ihnen fertig bin. Es sind ein paar andere Stücke dazwischen, die ...“ Die Buchexpertin kommt mit einer langen Erklärung, doch Anne-Maj hört der begeisterten Stimme nur mit halbem Ohr zu und schnappt nur Details auf wie „Baudelaire“, „einzigartige Bindung“ und noch einmal das eigenartige Fremdwort „Provenienz“. All dies geht ja so gesehen nur die Erben etwas an, aber die Frau war so hilfreich, dass sie es nicht über sich bringt, sie zu stoppen.

Als das Gespräch zu Ende ist, geht Anne-Maj im Zimmer auf und ab und denkt nach. Geht es in diesem ganzen Fall in Wirklichkeit um ein gefälschtes Buch in einer Kunststoffhülle? Was wäre, wenn irgendjemand davon überzeugt war, dass es echt ist? Könnte die betreffende Person auf die Idee kommen, einen Mord zu begehen, um ein Buch für eine Viertelmillion in die Hände zu bekommen? Wissen die Söhne von seiner Existenz? Hätten sie in diesem Fall Anne-Maj ohne Aufsicht auf Helmers Regale losgelassen?, denkt sie und beginnt geistesabwesend, Gemüse für ihr Abendessen aus dem Kühlschrank zu nehmen. Wenn man im Besitz einer so meisterhaft ausgeführten Fälschung wäre, würde man sie dann nicht so platzieren, dass sie sichtbar wäre? Damit man sich an ihren drolligen Hintergrund erinnern und die Geschichte bei Tisch zum Besten geben könnte. Es sei denn ...

Anne-Maj richtet sich auf, mit einem Stangensellerie wie ein royales Zepter in der Hand. Irgendetwas stimmt hier ganz und gar nicht, denkt sie und lässt sich weniger königlich auf den Küchenhocker plumpsen. Wenn Helmer entdeckt hatte, dass das Buch eine Fälschung war, hätte er es kaum gekauft. Es wäre zurück an den Verkäufer gegangen ... Aber warum war es dann in Helmers Besitz? Das ergibt doch keinen Sinn. Eine Erklärung könnte natürlich sein, dass er es nach dem nach unten gekehrten Daumen der Experten der Kuriosität halber für einen Apfel und ein Ei gekauft hat, weil er die Geschichte drollig fand. Das würde jedoch dem Helmer nicht ähnlichsehen, an den Anne-Maj sich aus dem Laden erinnern kann. Selbstbeweihräuchernd, zänkisch, querulantisch. Bei ihm war nicht viel Humor zu spüren gewesen. Und wenn er sich aller Wahrscheinlichkeit zum Trotz dennoch über das Buch amüsiert hatte, warum hatte er es dann ganz hinten auf einem Regal versteckt aufbewahrt?

Der Kühlschrank beginnt zu piepsen, weil sie ihn zu lange sperrangelweit offenstehen gelassen hat. Immer noch mit den grünen Krönungsinsignien bewaffnet, erhebt sie sich, schließt die Kühlschranktür und öffnet sie sofort wieder, als das Gepiepse aufgehört hat. Sie holt das letzte Gemüse heraus, während ihr Gehirn drauflos mahlt. Helmers Büchersammlung, der Reichtum im Haus, ein gefälschtes Buch verborgen hinter einer Reihe anderer Bücher ...

Anne-Maj weiß, dass die Teile auf die eine oder andere Weise zusammenpassen. Sie weiß nur nicht ganz, wie. Sie legt sich auf das Sofa und ruft Iben an. Manchmal ist es förderlich, eine Mauer zu haben, gegen die man seinen Ball spielen kann.

Der Anruf wird umgehend beantwortet. „Hallo, Mama."

„Du hast früh frei bekommen?"

„Ja. Ich hatte solche Kopfschmerzen, dass mich der Chef nach Hause geschickt hat." Iben gähnt. „Ausnahmsweise hatten wir an diesem Tag viel zu tun. Alle Kinder in den Ferienhaussiedlungen sind anscheinend gleichzeitig aus ihren Sandalen gewachsen."

„Schön, schön." Anne-Maj hat nicht richtig zugehört. „Richtig schön", fügt sie hinzu. „Und Didi? Geht es ihr gut?"

„Mama." Iben klingt müde. „Was willst du?"

„Was meinst du? Ich wollte doch nur hören, wie es euch ...“

„Hör doch auf. Ich kenne dich, Frau Mortensen.“

Anne-Maj seufzt. „Wenn ich es sage, glaubst du, dass ich nicht richtig im Kopf bin.“

„Als ob das etwas Neues wäre.“ Ibens Stimme hat einen anderen Klang bekommen; die Neugierde hat Müdigkeit und Kopfschmerzen weit weggeblasen. „Jetzt komm schon.“

„Kannst du dich erinnern, dass ich dir von dem Buch erzählt habe, das die Dame von Bruun Rasmussen gefunden hat?“

„Klar doch.“

„Es hat sich gezeigt, dass es eine Fälschung ist.“ Anne-Maj gibt das Gespräch mit der Buchexpertin wieder. „Und das, finde ich, ist eigenartig. Also, dass er es immer noch hatte. Ich meine, wenn Helmer *wusste,* dass es eine Kopie war, warum es dann verstecken? Wozu wollte er es gebrauchen?“

„Das ist eine gute Frage.“

„Es sei denn ...“ Mit einem Mal ahnt Anne-Maj, wie die Antwort auf diese Frage lauten kann. Ihre Gedanken rasen herum. Sie vergisst völlig, dass sie mitten in einem Gespräch ist. Eine ganze Zeit ist sie ganz still.

„Mama?“

„Entschuldige. Es ist bloß ...“

„Was?“

„Soweit ich sehen kann, gibt es nur eine logische Erklärung, warum Helmer vierzehn Jahre später immer noch im Besitz dieses Buches war und es so sorgfältig versteckte. Ist das nicht einleuchtend?“

„Du denkst an Erpressung?“

„Ja.“ Anne-Maj zögert. „Wenn ... wenn er von demjenigen, der seinerzeit versucht hat, ihm die Fälschung zu verkaufen, Geld erpresst hat ... Ist das zu weit hergeholt?“

„Keine Ahnung." Nun ist Iben an der Reihe, eine lange Pause zu machen, während sie die Gehirnwindungen arbeiten lässt. „Vielleicht etwas fantasievoll, aber nicht ganz undenkbar."

Anne-Maj setzt sich auf. „Lass uns spaßeshalber annehmen, dass es so gewesen ist. Warum also?", sagt sie. „*Warum* sollte sich jemand wegen eines so kleinen Vergehens erpressen lassen?" Sie kratzt sich am Knöchel. „Möchte wissen, wie hoch die Strafe für den versuchten Verkauf eines gefälschten Buches ist? Glaubst du, dass es mehr ist als ein Klaps auf die Finger und etwas gemeinnützige Arbeit?"

„Kaum."

„Sich dafür erpressen zu lassen, ist es doch nicht wert."

„Nee." Iben räuspert sich. „Aber was, wenn es ein Mensch war, der etwas zu verlieren hatte? Wenn es jemand war, der einen makellosen Ruf hatte als ... ja, zum Beispiel als Antiquar?"

„Du sagst es. Es könnte auch ein respektierter Kulturjournalist mit bibliophilen Neigungen sein ..." Anne-Maj hat der Eifer gepackt. „Oder ein öffentlicher Angestellter in einer Position, die ein sauberes Führungszeugnis erfordert?" Anne-Maj ist sich immer sicherer, dass sie recht hat. Wenn Vips von der Erpressung wusste, war auch ihr Schicksal besiegelt. Das erklärt zwar nicht, warum Stanley sterben musste, aber irgendwo muss man ja anfangen, denkt sie. Mit einem Mal kann Anne-Maj das Gespräch nicht schnell genug beenden. Sie muss alles auf eigene Faust noch einmal durchdenken. „Vielen Dank für das Geplaudere", sagt sie abrupt. Ihr Gehirn bricht vor all den Gedanken, die durcheinanderstürmen, beinahe zusammen.

„Ach, jetzt werde ich nicht mehr gebraucht." Iben lacht. „Gern geschehen, Mama."

*

Wenn Anne-Maj ihrer Denktätigkeit eine Auszeit gönnen muss, macht sie Essen. Essen machen ist Meditation – es reinigt das Gehirn, stärkt die Sinne. So auch dieses Mal: Während sie das Gemüse in genau gleich große und präzise gewinkelte Würfel schneidet, leert sich ihr Gehirn von allem anderen. Jede Spekulation über Erstausgaben und Erpressung und Vergiftungen ist wie weggeblasen. Anne-Majs Konzentration ist auf das scharfe Messer und das alte, verschrammte Schneidbrett gerichtet; sie denkt nur an die Reihenfolge von Sellerie, Karotten und die anderen sechs, sieben Arten von Gemüse. Das wird viel zu viel Minestrone, denkt sie. Aber das ist okay. Der Rest lässt sich einfrieren. Anne-Majs Laune ist eine beeindruckende Anzahl von Graden gestiegen.

Erst als sie ihre Suppe gegessen hat, kehren ihre Gedanken zurück zu der reichlich schillernden Theorie der Erpressung. Zerstreut legt sie Mortensen die Leine an, geht eine Runde die Kildestræde hoch, die Nørregade und die Svanestræde runter und schließlich über die Algade nach Hause, während ihre Gedanken herumwirbeln. Vielleicht sollte sie Anders Hall anrufen, denkt sie. Im Augenblick sind sie und Iben die einzigen außerhalb des Auktionshauses, die von der Geschichte um das falsche Buch aus der Villa in den Kildehusene wissen, und es könnte ja sein, dass die Polizei die Information interessant findet. Auf der anderen Seite, argumentiert sie mit sich selbst, ist sie überzeugt, dass diese mit ebenso großer Gleichgültigkeit behandelt werden würde wie all die anderen roten Fäden, die sie der Ordnungsmacht in den letzten Wochen freigiebig serviert hat.

Anne-Maj steht wieder vor ihrem kleinen Haus. Denk nur, dass dies ihres ist. Es ist so schön proportioniert, so hübsch in den Farben – vom weiß gestrichenen Balkenwerk bis zum hellblauen Fassadenanstrich. Besonders liebt sie das patinierte rote Ziegeldach mit dem halbkreisförmigen Fenster in der Mitte und dem hellblauen Schornstein, der am First balanciert. Entlang des Sockels sind die Stockrosen in vollem Gang, groß zu werden, sodass sie in ein paar Wochen für eine überschwängliche Blüte bereit sind, und in einem Topf an der Vordertreppe steht eine Rose de Resht und protzt mit ihren zyklamfarbenen Kronblättern und ihrem wunderschönen Duft. Hier ist es schön, denkt Anne-Maj und sperrt die Tür auf. Von diesem Haus wird sie sich nicht verabschieden, ehe ... ja, ehe was, denkt sie und schließt die Tür hinter sich. Sie pflegt den Satz mit den Worten „ ... ehe ich hinausgetragen werde“ abzuschließen, aber stimmt das? Ist es nicht total unrealistisch zu glauben, dass man in einem zweistöckigen Haus wohnen bleiben kann, bis man umfällt und stirbt? Wie lange wird sie überhaupt in der Lage sein, die Treppe zu nehmen? So schlecht wie ihr Knie jetzt schon ist ...

Plötzlich niedergeschlagen sinkt sie in einem Sessel zusammen. Sie wird alt, und das wird ihr immer klarer. Nicht jetzt, vielleicht, aber bald. Sie ist immer der Ansicht gewesen, dass das Alter weit, weit weg ist, aber so ist es ja nicht mehr. Wenn man Mitte Sechzig ist, befindet man sich eigentlich schon auf bestem Weg. Das Sehvermögen, das Gehör, Knie und Hüften und allgemeines Jammern. Davon könnte man ja deprimiert werden, denkt Anne-Maj und greift nach der Fernbedienung, um sich ein wenig Ablenkung zu suchen. Ihre Hand streift Helmer Bergstrøms Erinnerungen. Das blaue Buch ist keineswegs verlockend. Anne-Maj ist schon beim Gedanken an das eitle Geschwätz des alten Mannes müde. Wenn die Frau in seinem Leben, die loyale, demütige Vips, auch nur einmal noch als „Mutter der Jungs“ bezeichnet wird, dann schreit sie.

Dennoch entscheidet sie sich für die Erinnerungen statt

fernzusehen. Etwas ist ihr eingefallen. Es *besteht* ja die Möglichkeit, dass Helmer die Episode mit dem falschen Märchenbuch erwähnt hat. Kennt man die Identität des Fälschers, hat man eine ziemlich gute Chance, den Mörder ausfindig zu machen. Einen, der höchstwahrscheinlich ganz neu in diesem Zusammenhang ist, einen, der weder mit den Bergstrøm-Söhnen noch mit dem Trödelladen etwas zu tun hat. Wie auch immer, so wären ein paar Sätze, die diese Idee untermauern, das beste Argument gegenüber der Polizei.

Sie holt tief Luft, öffnet das Buch dort, wo sich das Lesezeichen vom letzten Mal befindet, und legt los. Die ersten Jobs als Assessor in einer großen Anwaltskanzlei, die Jahre als immer stärker etablierter Anwalt mit eigener Kanzlei, Zulassung zum Landgericht, später zum Obersten Gerichtshof. All dies gewürzt mit kleinen, langweiligen Anekdoten über bekannte und weniger bekannte Honoratioren, die er als Mandanten gehabt hat oder mit denen er in Aufsichtsräten gesessen hat, und eine einzelne Schauspielerin, deren Sohn er in einem Fall von Vandalismus verteidigt hat. Wenn Anne-Maj schon vorher eine gewisse Antipathie gegen Helmer verspürt hatte, dann wird sie beim Lesen dieser selbstverherrlichenden Memoiren nicht weniger. Die „Mutter der Jungs“ wird immer seltener erwähnt. Je bedeutender Vips' Mann als Stütze der Gesellschaft wurde, desto gleichgültiger wurde ihm anscheinend seine Frau. Seine Pflegeeltern bekommen ein paar Worte mit auf den Weg, als sie sterben, werden ansonsten aber nicht erwähnt. Die beiden Söhne treten auch nur sporadisch auf, abgesehen davon, als Thomas Jura zu studieren beginnt und sich später als Anwalt etabliert. Das hat dem stolzen Vater offensichtlich gefallen, während Christians Karriere als erfolgreicher Koch nur ganz flüchtig erwähnt wird.

In dem Maße, wie der Bericht fortschreitet, wird Anne-Maj immer ungeduldiger. Er und seine Kanzlei und seine unendliche Reihe von Triumphen vor verschiedenen Gerichten. Seine Schlauheit bei Immobiliengeschäften, bei Aktieninvestitionen und bei der Organisation seiner Kanzlei. Sie muss sich fast übergeben. Mit einem Mal kommt ein Kapitel, das ihr Interesse weckt. Es handelt fast ausschließlich von Helmers Büchersammlung. Der Grundstein wurde bereits irgendwann in den sechziger Jahren gelegt, als er angefangen hatte, gut zu verdienen, und mit den Jahren und den stetig steigenden Einkünften wurde er immer ernsthafter. Gewissenhaft werden die kostbarsten Neuanschaffungen aufgezählt, und dann kommt es in Helmers verklausulierter Anwaltssprache:

Als Kuriosum ist zu erwähnen, dass ich vor fünf Jahren eine Fälschung aufgedeckt habe, ein überzeugend ausgeführtes Exemplar eines seltenen Buches von Hans Christian Andersen, das mir von einem fernen Bekannten namens Nielsen angeboten worden war. Ich nenne bewusst nicht seinen Vornamen oder den Titel des betreffenden Werks – Diskretion war eine Bedingung für die Vereinbarung, die wir anschließend schlossen.

Und dann kein Wort mehr. Anne-Maj überprüft das Impressum. Das Buch wurde vor neun Jahren gedruckt. Addiert man fünf Jahre hinzu, passt es in der Tat gut zu den vierzehn Jahre alten Notizen des Auktionshauses. Es *muss* dasselbe Buch sein, von dem er hier spricht.

Sie überfliegt pflichtschuldig den Rest der Erinnerungen, um zu sehen, ob es irgendwelche Informationen gibt, die darauf hindeuten könnten, dass Helmer Geld erpresst hat, aber nein. Und irgendein Nielsen ... Tja, der Polizei viel Glück, wenn sie ihn aufspüren will. Denn ja, es *ist* anscheinend die Rede von einem Mann, und ja, das hier muss an die Polizei weitergegeben werden.

23.
Samstag, 15. Juni

„Vielleicht hast du recht." Der Ermittlungsleiter lässt den Blick prüfend auf Anne-Majs Gesicht ruhen, nachdem sie ihre Geschichte wiedergegeben hat: die Fälschung, der kurzgefasste Abschnitt aus den Erinnerungen, den Bericht der Buchexpertin. Und darauf hat sie auch gleich noch die Geschichte vom Einbruch und der Verwüstung im Laden gepackt. Und ihre weitschweifige Tirade wiederholt von einem Duft nach Fernet Branca, einer verkehrt sitzenden Perücke und dem vagen Gefühl, in der Villa in jener Nacht nicht allein gewesen zu sein.

Krause ist ein großer, sonnengebräunter Mann. Der Typ, der auf den Ironman oder die Tour de France oder irgendetwas anderes vollständig Absurdes trainiert, denkt Anne-Maj. Er fährt fort: „Wenn wirklich von einer Erpressung die Rede ist, wäre es ganz klar eine gute Idee, die Ermittlungen auch auf die Todesfälle von Helmer und Vips Bergstrøm auszuweiten."

Was du nicht sagst! Anne-Maj versucht, ein Lächeln zu unterdrücken. Es ist ihrer Sache kaum dienlich, wenn sie Zeichen von Triumph zeigt.

„Das bedeutet natürlich", sagt Krause, „dass wir alle Beteiligten erneut vernehmen müssen. Und dass wir den Kreis der Verdächtigen auch auf Bergstrøms Erben erweitern müssen."

Das habe ich doch die ganze Zeit gesagt!, schreit es im Inneren von Anne-Maj, aber sie hält nach wie vor ihren Mund.

„Wir müssen auch mit der Expertin von Bruun Rasmussen sprechen."

Das habe ich doch schon getan! Anne-Maj findet, dass Krauses ruhiger und selbstsicherer Ton mit das Unverschämteste ist, was sie je gehört hat, zum Reinhauen.

„Ich bin an der Sache dran", antwortet Signe Olsted, die rothaarige Ermittlerin, die sich zunächst einmal um die Vernehmung der Damen des Ladens gekümmert hat. „Wir müssen mit diesen Infos im Hinterkopf auch Bergstrøms Bankkonten noch einmal überprüfen." Sie schreibt ein paar Wörter auf ihren Block, hat kaum in Anne-Majs Richtung gesehen, seit sie den Besprechungsraum betreten haben. Entweder ist sie wahnsinnig arrogant, oder aber sie gibt sich Mühe, um nicht zu zeigen, dass ihr Anders Halls unkonventionelle Mitteilungen schon im Voraus bekannt waren.

Um jedoch zu zeigen, dass sie den Profis nach wie vor mehrere Pferdelängen voraus ist, sagt Anne-Maj etwas zu schrill: „Beide Söhne haben sichere Alibis für Vips' Tod." Als ihr zwei Paar verwunderte Augen begegnen, fährt sie leicht verzweifelt fort: „Ich *habe* das überprüft."

„Na so was." Krauses Stimme ist vollkommen neutral.

„Und Helmer lag vor seinem Tod mehrere Tage im Krankenhaus, wenn also auch er vergiftet worden ist, muss er eine andere Art von Gift bekommen haben."

„So?"

„Doch sowohl er als auch Vips wurden ja eingeäschert, also werden wir das nie herausfinden."

Einige Sekunden lang herrscht eine unangenehme Stille, während sowohl Signe als auch Krause sie nachdenklich ansehen. Dann sagt Krause langsam und behutsam: „Ich verstehe, dass dich all das, was passiert ist, sehr beschäftigt, Anne Maj, und ich kann mich auch gut darin hineinversetzen." Er legt den Kopf leicht schräg, so als spräche er zu einem Kind, das Probleme hat, die Regeln für allgemein gutes Benehmen zu verstehen. „Doch jetzt musst du einen Schritt zurücktreten und uns in aller Ruhe unsere Arbeit machen lassen."

„Ihr könnt mir doch nicht verbieten, dass ..."

„Nein, weder können noch wollen wir dir verbieten, die Ereignisse mit Freunden und Angehörigen zu diskutieren. Es ist doch immer spannend, sich am Rand einer Mordermittlung zu befinden; es ist nur menschlich, seiner Umgebung erzählen zu wollen, dass man etwas damit zu tun hat." Er legt beide Hände auf den Tisch, spreizt die Finger, als müsse er sichergehen, dass das schwere Möbelstück nicht plötzlich abhebt und zum offenen Fenster hinausfliegt. „Doch herumzulaufen und Leute zu vernehmen, wie du es nach eigenem Bekunden getan hast, das geht wirklich nicht. Abgesehen davon, dass es passieren kann, dass du die Erinnerung wichtiger Zeugen beeinflusst, ehe wir die Möglichkeit hatten, mit ihnen zu sprechen, kann es auch sehr gefährlich sein, wenn du das Falsche zum Falschen sagst, falls es sich wirklich um eine Reihe von Morden handelt. Das verstehst du doch, oder?"

„Es ist wie in den Krimis", fügt Signe hinzu, als ob sie der Ansicht ist, dies würde Anne-Majs schwacher Auffassungsgabe helfen. „Das kennst du doch, oder? Zivilisten sollen die Nase nie zu weit vorstrecken." Sie lehnt sich nach vorn und lächelt beruhigend.

Wenn du mir auch noch die Hand tätschelst, knall ich dir eine, du kleines überhebliches Weibsstück!, denkt Anne-Maj.

Als sie kurz darauf die Polizeiwache Nykøbing verlässt, wo sich die Mordermittler vorübergehend einquartiert haben, kocht sie vor Wut. Selten ist sie so demütigend behandelt worden; noch nie hat man ihr Alter so gnadenlos zur Schau gestellt. Sie sprachen mit mir, als ob die Demenz bereits jetzt die Oberhand gewonnen hätte, denkt Anne-Maj und steuert, ohne darüber nachzudenken, die Algade hinunter, statt direkt nach Hause zu gehen. Sie will gerade jetzt nicht allein sein. Sie muss etwas *tun,* mit jemandem sprechen, das Gefühl haben, dass sie immer noch etwas wert ist. Sie beschließt, nicht aufzugeben, bis sie Signe und Krause eine vollständig fertige Lösung übergeben kann. Am liebsten will sie bei der Polizeiwache mit dem Mörder im Schlepptau ankommen, unschädlich gemacht und mit auf den Rücken gebundenen Händen. Damit es ihnen eine Lehre ist.

Vor dem Schuhgeschäft bleibt Anne-Maj stehen und versucht, an der kunstfertigen Anordnung von Gummistiefeln, Glitzersandalen und Wollpantoffeln vorbei in den Verkaufsraum zu sehen, aber es sind zu viele Kunden darin, als dass sie hineingehen und Iben stören möchte. Vielleicht verdient der Schuhhändler in diesem Sommer so viel, dass Iben im Herbst der Arbeitslosigkeit entkommt, denkt Anne-Maj. Die Hoffnung stirbt zuletzt.

Am Gemüsestand gegenüber der Apotheke kauft sie eine Schale Erdbeeren, atmet ihren süß-würzigen Duft tief in die Lungen ein, zügelt aber ihre Lust zu kosten. Sie hat kürzlich einen haarsträubenden Artikel über die Menge an Kolibakterien in ungewaschenen Erdbeeren gelesen.

Anne-Maj ist nach wie vor wütend und braucht Ablenkung, also ruft sie Thomas Bergstrøm auf dem Mobiltelefon an. Krause und Signe können ihr mal den Buckel herunterrutschen. Sie spricht, mit wem sie will, wann sie will, und genau das hier würde sie gern mit Bergstrøms Erben besprechen. Leider wird der Anruf nicht entgegengenommen, also steckt sie das Handy zurück in die Tasche, biegt bei Matas um die Ecke und nimmt Kurs auf den Trödelladen. Hier wird sie zumindest nicht wie ein alter Trottel behandelt. Im Laden ist Anne-Maj eigentlich eine der Jüngsten. Eine von denen, die etwas mehr tragen können, etwas weiter hinaufreichen; ist vielleicht auch etwas schneller in der Auffassung als ein paar der anderen Ehrenamtlichen. Sie versteht sogar, wie man ein Smartphone für andere Dinge als nur zum Telefonieren verwendet, und sie kennt die Feinheiten bei der Nutzung von Online-Banking, Facebook und diversen Streamingdiensten. Alles zusammen Details, die den anderen und ihr selbst beweisen, dass sie Anspruch auf einen gewissen Respekt hat.

Else ist natürlich da; es ist ja Samstag. Sie ist dabei, die Regale mit Nippes abzustauben. Lis sitzt an der Kasse und winkt fröhlich, als sie Anne-Maj sieht, und aus dem Lager ist Ruths charakteristisches Summen zu hören. Anne-Maj hat sie stark im Verdacht, dass sie das Bügeln direkt liebt, auch wenn sie oft erklärt, dass die Arbeit sie umbringt und Schäden in Schultern und Nacken verursacht.

Es sind keine Kunden in dem großen Ladenlokal.

„Na, hier ist ja nicht besonders viel los, oder?"

„Ja und nein", antwortet Lis. „Gerade eben waren hier jede Menge Menschen, bloß jetzt gerade ist es hier ruhig."

„Leute aus den Ferienhäusern?"

„Es sah so aus." Alle Einheimischen können einen Sommerfrischler schon von weitem erkennen. Das hat etwas mit der Kleidung zu tun, mit der Attitüde, mit der etwas trägen Urlaubsstimmung, mit der sie sich umgeben. „Und du hast Erdbeeren mitgebracht?"

„Sie müssen eben noch gewaschen werden."

Anne-Maj nickt Else zu und wirft einen schnellen Blick in die Buchecke, in der die kleine Ausstellung derzeit den Fokus auf Garten- und Kochbücher richtet. In einer Vase steht ein Strauß Flieder.

„Hast du die Blumen mitgebracht, Else?"

„Ja. Sie duften so schön."

„Bis zum Feierabend sind sie ja wohl leider verwelkt", macht Anne-Maj sie aufmerksam.

Else antwortet nicht.

Anne-Maj steckt ihren Kopf kurz ins Lager, wo Ruth steht und eine Herrenjacke aufbügelt. Die Luft ist gesättigt von Dampf und duftet nach irgendeinem chemischen Blumenzeugs. Als Ruth sieht, dass sie ein Publikum hat, hält sie sofort inne mit dem Summen und greift sich an den Rücken. „Das ist harte Arbeit", sagt sie. „Und dann bei der Hitze."

Anne-Maj murmelt etwas zur Bestätigung und zieht sich zurück, ehe es Ruth möglich ist, sie gründlich über die Reaktionen ihres Körpers auf die Wärme und die unbequeme Arbeitsposition am Bügelbrett zu unterrichten. Sie geht weiter in den Pausenraum, genau in dem Augenblick, in dem Valborg die Hintertür aufsperrt und eintritt.

„Sag mal, bist du *immer* hier?", fragt Anne-Maj.

„So fühlt es sich an." Die Bürgermeisterin erwidert ihr Lächeln. „Der Steuerberater hat gerade die fertigen Jahresabschlüsse an das Hauptbüro geschickt, das sie zur Genehmigung an jeden einzelnen Laden weitergeleitet hat ... ich will es am liebsten an diesem Wochenende erledigt haben, damit sie an das Finanzamt geschickt werden können."

„Ist es nicht schöner, das zu Hause zu machen?" Anne-Maj hat sich an die winzig kleine Teeküche gestellt und ist dabei, die Erdbeeren zu putzen.

„Da habe ich ja nicht eure hinreißende Gesellschaft." Valborg sieht sie an. „Du kommst doch auch häufig außerhalb deiner Dienstzeiten, ist mir aufgefallen."

„Man will doch gerne helfen, wenn man kann."

„Und außerdem hat man Gesellschaft, nicht wahr? Es ist nicht immer leicht, rund um die Uhr allein zu sein. Oder hast du damit vielleicht keine Probleme?"

„Ich hab' ja Mortensen. Meinen Hund."

„Ich weiß schon, wer Mortensen ist. Oh, danke", ruft Valborg aus. „Wie herrlich." Sie nimmt zwei Erdbeeren aus der Schale, die Anne-Maj ihr reicht.

„Ich habe leider zu wenige gekauft", sagt Anne-Maj. „Vielleicht sollte ich gleich nochmal los und noch ein Schälchen kaufen."

„Aber nein", antwortet Valborg. „Wir müssen bloß etwas bescheiden sein."

Es ist selten, das Valborg so guter Laune ist. Beinahe sprühender Laune, denkt Anne-Maj. Sie war ansonsten etwas niedergeschlagen seit Stanleys Tod, der ihr deutlich nahegegangen ist. Sie haben endlich ein Datum für die Beisetzung erhalten, die am Freitag stattfinden soll, und vielleicht ist es die Klärung dieses praktischen Details, die ihre Gemütslage verbessert hat.

Ruth kommt hinaus zu ihnen, glänzend vor Schweiß und Bügeldampf. Sie lässt sich auf einen Stuhl fallen und tupft sich das Gesicht mit einem Stück Küchenrolle ab. Erdbeeren möchte sie keine, vielen Dank auch. Sie bekommt es so leicht mit dem Bäuchlein, wie sie es ausdrückt. Um weitere Details über Darmgase, Konsistenz des Stuhlgangs, nächtliche Toilettenbesuche und was sie im Übrigen im Internet über gereizte Dickdärme gelesen hat, zu verhindern, trifft Anne-Maj eine schnelle Entscheidung und ruft aus, ehe sie noch einmal darüber nachdenken kann: „Es ist mir gelungen, dass sich die Polizei für alle drei Todesfälle interessiert."

„Wie das denn?" Ruth hat mitten in einem Satz gestoppt, der eigentlich vielversprechend begonnen hat mit einem *Mein Arzt sagt auch, dass* ... „Was meinst du mit *drei?*"

„Helmer, Vips und Stanley. Ich glaube, sie hängen zusammen. Meine Theorie ..." Was für ein herrlicher Ausdruck. Sie wiederholt ihn mit Nachdruck: *„Meine* Theorie ist, dass alle drei vergiftet wurden."

„Ja, aber was *sagst* du denn da?" Else ist aufgetaucht. „Das ist ja schrecklich."

„Oh Gott, oh Gott, oh Gott." Ruth greift sich an den Hals. „Glaubst du, dass ein *Serienmörder* umgeht?"

„Was sagt die Polizei?", fragt Valborg. Immer die Stimme der Vernunft.

„Sie sind sehr dankbar für meinen Input", antwortet Anne-Maj und richtet sich auf. „Sehr", fügt sie hinzu. „Ich habe mehrere interessante Dinge herausgefunden, die ich für mich behalten muss. Wegen der Ermittlungen, natürlich."

„Denkt nur, wenn da ein Verrückter ist, der uns alle miteinander einen nach dem anderen ermordet", sagt Ruth mit zitternder Stimme. „Möchte wissen, wer der Nächste ist."

„Aber *glauben* sie an deine Theorie?", bleibt Valborg beim Thema. „Oder sind das nur ein paar lose Ideen, die du da von dir gibst?"

Anne-Maj windet sich. „Ich habe sie dazu gebracht, Stanley zu obduzieren."

„Und?"

„Alles deutet darauf hin, dass ich recht habe und dass er an einem Gift gestorben ist."

„Wer ist an einem Gift gestorben?" Es ist Lis, die die erhitzte Stimmung bis ins Ladenlokal spüren konnte. „Geht es um Stanley?"

„Sowohl Helmer und Vips als auch Stanley sind ermordet worden, Lis, und jetzt ist bald einer von uns an der Reihe“, sagt Ruth. Sie scheint eher aufzuleben, als Angst zu haben. Vielleicht macht sie sich schon Gedanken, wie sie diese Situation bei ihrem Arzt ausnutzen kann. Schlaftabletten, Medikamente gegen Angstzustände, eine Überweisung für eine Krisentherapie. Es gibt viele interessante Möglichkeiten.

„Nun mal sachte“, sagt Valborg ruhig. „Vorläufig wissen wir nichts mit Sicherheit. Oder, Anne-Maj?“ Ihr Blick über den obersten Rand ihrer Lesebrille ist ernst. Als ob sie zu signalisieren versucht, dass Anne-Maj jetzt gerne mit ihren Geschichten aufhören darf, ehe die drei anderen Damen gleichzeitig einen Herzanfall bekommen.

Im selben Moment klingelt Anne-Majs Mobiltelefon. Sie erhebt sich erleichtert und geht nach draußen.

„Thomas Bergstrøm. Du hast angerufen?“ Er klingt beschäftigt, vielleicht ein wenig pikiert darüber, am Wochenende kontaktiert zu werden.

„Entschuldige, störe ich?“

„Sitze im Auto. Leg los.“

„Ich habe bloß gedacht ...“ Plötzlich weiß Anne-Maj nicht, was sie sagen soll. Man kann doch nicht einfach aus heiterem Himmel anrufen und die verstorbenen Väter anderer Menschen der Erpressung beschuldigen. All das mit dem falschen Buch und was die Auktionsdame gesagt hat ... es wirkt vollkommen falsch. „Vielleicht sollte ich besser vorbeikommen und dich besuchen“, sagt sie. „Es ist wohl einfacher, darüber von Angesicht zu Angesicht zu sprechen.“

„Worüber zu sprechen?“

„Das ...“ In ihrem Kopf dreht sich alles. Sie ist so dumm, so dumm, so dumm. „Darüber, was die Schätzung von Bruun

Rasmussen gebracht hat“, sagt sie zahm. „Ich möchte euch gern ordentlich informieren.“

„Hast du nicht eine Liste ins Haus gelegt?“

„Ja, aber ...“ Anne-Maj macht einen tiefen Atemzug. „Es gibt da ein paar Dinge, die ich ... ein paar Dinge, von denen ich nicht glaube, dass sie sie in ihrem Bericht erwähnt haben, die ich aber vielleicht ...“

„Natürlich kannst du kommen, Anne-Maj.“ Das ist Felines Stimme, und Anne-Maj wird klar, dass das Gespräch über Lautsprecher geht, sodass alle in Thomas' Auto mithören können. „Nach allem, was du für uns getan hast.“

„Danke“, sagt Anne-Maj. „Wann habt ihr Zeit?“

„Komm morgen Nachmittag auf eine Tasse Kaffee. Christian und seine Mädchen sind auch da.“

Damit wird es wohl nichts mit der festen Tradition des gemeinsamen Abendessens am Sonntag, denkt Anne-Maj. Es ist weit bis Charlottenlund, und sie muss ja auch wieder nach Hause. Aber das werden Iben und Didi schon verstehen, überzeugt sie sich selbst. Natürlich werden sie das.

24.
Sonntag, 16. Juni

„Mama, also wirklich. Habe ich nicht *gesagt,* dass du nicht weit und breit von deinen Verdächtigungen herumerzählen sollst?“ Iben hat die Arme verschränkt. „Jetzt wissen alle im Laden, dass du versuchst, mehr über den mysteriösen Fall herauszufinden ...“

„Das wissen sie nicht“, protestiert Anne-Maj. „Sie wissen nicht viel. Nur, dass ich der Polizei von meinem Gefühl erzählt habe, dass die drei Todesfälle zusammenhängen. Ich habe kein Wort von der Fälschung und der Erpressung und all dem gesagt.“

„Ich halte das für eine schlechte Idee“, bleibt Iben dabei. „Und jetzt willst du die Hauptverdächtigen alarmieren?“

„Ich glaube nicht, dass man sie so nennen kann. Der Mann, von dem Helmer Geld erpresst hat, dieser Nielsen ... Vielleicht wissen die Erben mehr über diese Sache. Wenn dem so ist, möchte ich es gerne wissen, sodass ich die Ermittler in die richtige Richtung schicken kann.“

„Das ist Aufgabe der Polizei.“ Iben gehen allmählich die Argumente aus – oder aber sie ist es nur leid, sich zu wiederholen.

„Ohne mich hätte es gar keine Ermittlungen *gegeben*", sagt Anne-Maj, die nicht so ängstlich ist, sich zu wiederholen. „Es ist ihre eigene Schuld, wenn sie mich nicht um Rat fragen."

Iben schüttelt den Kopf. „Hauptsache, du passt auf dich auf, Mama", sagt sie. „Wir wollen nicht, dass dir etwas zustößt."

Es geschieht nicht so häufig, dass Anne-Majs Tochter ihrer Sorge um sie Ausdruck verleiht. „Ich passe auf", verspricht sie und reicht Iben die Hundeleine. „Was macht Didi?"

„Sie ist bei Vigga." Iben sieht sie an. „Heute Morgen ist mir plötzlich klar geworden, wie selten es passiert, dass sie mit einer Freundin zusammen ist", sagt sie. „In den letzten Monaten ist sie nach der Schule und an den Wochenenden immer allein gewesen, wenn sie nicht mit dir oder mir zusammen war. Sie spricht nicht einmal mehr über die anderen. Hast du das nicht mitbekommen?"

„Jetzt, wo du es sagst." Anne-Maj denkt nach. „Sie wirkt vielleicht auch ein wenig still. Aber ich habe mir gedacht, dass es wohl bloß die Vorpubertät wäre."

„Es kann auch gut sein, dass es das ist." Iben klickt den Karabinerhaken der Leine in Mortensens Halsband ein und richtet sich wieder auf. „Aber ich werde auf jeden Fall mit ihr darüber sprechen. Wenn etwas nicht stimmt, möchte ich es gern wissen, damit ich etwas dagegen tun kann."

Als sie gegangen sind, schaltet Anne-Maj die Spülmaschine ein, ehe sie nach draußen geht und Gartenblumen für Feline pflückt. Tiefblaue Akeleien, hellviolette Katzenminze, knalllila Lupinen und etwas Grün. Sie bindet die Blumen zu einem hübschen Strauß, packt die Stile in eine dicke Schicht tropfnasses Küchenpapier und steckt die ganze Herrlichkeit in einen Plastikbeutel.

Auf dem Weg zum Auto trifft sie Jonas, der zusammen mit seiner Mutter, einer freundlichen Dame mit Pagenkopf und einem etwas zu dominanten schwarzen Brillengestell, die Fenster putzt. Anne-Maj ist ihr mehrere Male begegnet, kann sich aber nie erinnern, wie sie heißt.

„Denkst du daran zu gießen, Jonas?", fragt Anne-Maj ihren Nachbarn. „All das Neugepflanzte benötigt bei dieser Hitze jeden Tag einen Eimer Wasser."

„Haben sie schon bekommen", antwortet Jonas, der auf einer Leiter steht und die obersten Scheiben mit einem ausgewrungenen Fensterleder nachtrocknet.

„Ja, das ist aber nicht *dein* Verdienst." Seine Mutter gibt seinem Bein einen Klaps und lacht. „Ich hab' sie heute Morgen ordentlich gewässert. Der Garten zählt also nicht zur Spitzenkompetenz des Jungen."

Anne-Maj lächelt etwas angestrengt. Denk nur, dass das Frauenzimmer einen erwachsenen Mann mit Haus, Auto und Kugelgrill als „Jungen" bezeichnet.

„Ich weiß nicht, was mein Sohn ohne dich machen würde", fährt die Mutter fort, als ob Jonas nicht hören könnte, was sie sagt. „Er ist manchmal so hilflos."

„Ach, hilflos würde ich ihn nicht gerade nennen. Ich wüsste nämlich auch nicht, was ich ohne *ihn* tun würde", sagt Anne-Maj. Sie sieht zu Jonas hoch. „Ich bin so froh, dass du das mit dem Spülkasten neulich hinbekommen hast."

Der Mann steigt die Leiter hinunter und lässt das Fensterleder in den Eimer mit sauberem Wasser fallen. „Das war doch nichts", sagt er, völlig unbeeindruckt von dem stupiden Rivalisieren zwischen den beiden Frauen.

Anne-Maj zwängt sich hinter das Lenkrad, stellt das Navi ein und nimmt Kurs auf Route 21. Es ist eigenartig, denkt sie eine gute Stunde später, wie exotisch der östliche Teil von Nordseeland wirkt, wenn man aus dem westlichen kommt. Luftlinie liegen nicht viele Kilometer zwischen Nykøbing und

Charlottenlund, vielleicht vierzig oder fünfundvierzig, doch mental besteht ein himmelweiter Unterschied. Man kann den Wohlstand rein physisch spüren. Die großen Häuser, die beinahe immer schwarzen oder weißen Autos, die professionell getrimmten Gärten. Die Menschen sehen auch anders aus in ihrer nonchalanten Markenkleidung und ihren kostbaren Frisuren, die natürlich ganz, ganz lässig sitzen. Auf dieser Seite hat man sozusagen in allen Dingen markant mehr zu bieten.

Anne-Maj parkt vor Thomas und Feline Bergstrøms Villa. Wie die Frau des Hauses ist auch das Gebäude so konventionell wie nur möglich gekleidet. Alles von dem weißen Fassadenanstrich über die schwarz glasierten Dachziegel bis hin zu den kugelförmig geschnittenen Buchsbäumen, dem kreideweißen Perlkies und dem hohen, kunstfertigen schmiedeeisernen Gitter schreit vor ideenlosem Wohlstand. Warum legen Menschen mit Geld so selten ein wenig visuellen Mut an den Tag? Wo sind die dunkelgrünen Häuser, die wilden Blumen, die Wäscheleinen mit farbigen Tüchern, die im Wind flattern? Anne-Maj weiß sehr wohl, dass es die eher fantasievollen begüterten Menschen ganz sicher gibt und dass ihre Vorurteile sicherlich nur auf fehlender Kenntnis des Reservats reicher Leute nördlich von Kopenhagen beruhen, aber sie hat sie dennoch.

Na, zumindest haben die Bergstrøms nicht etwas so Hollywood-artiges wie eine Gegensprechanlage an einem fernbedienten Tor, stellt sie fest. Man kann das Tor selbst öffnen und hineingehen, und genau das tut sie auch. Feline empfängt sie in Gesellschaft eines schokoladenbraunen Labradors, der bei der Aussicht auf die zusätzlichen Streicheleinheiten und Leckerbissen, die ein Besuch mit etwas Glück mit sich bringen kann, begeistert mit dem Schwanz wedelt. Seine Besitzerin ist entspannter als beim letzten Treffen im Zusammenhang mit der Nachlassauflösung in den Kildehusene. Es fühlt sich so an, als ob es wirklich lange her ist; in der Zwischenzeit ist so viel geschehen. Feline scheint sich über die Gartenblumen zu freuen, und beim Anblick des Hausinneren ist Anne-Maj ziemlich zufrieden mit ihrer munteren Farbwahl. So ist da wenigstens *etwas,* das die sterile, grau-beige Einrichtung aufpeppt. Im Wohnzimmer sitzen Thomas und Christian. Sie erheben sich und grüßen höflich, wenn auch ohne großen Enthusiasmus.

Der sonntägliche Dresscode besteht anscheinend aus Jeans – klassisch blau für die Herren und sandfarbene für die Dame des Hauses – sowie schwarzen Poloshirts bzw. einem weißen Top mit Spaghettiträgern. Anne-Maj fühlt sich sehr buntscheckig in ihrem pink-lila-orange-geblümten Baumwollkleid und den roten Sandalen. Dann schließen sich Christians Töchter der Gesellschaft an. Die vierzehnjährige Gry hat den Code bereits verinnerlicht und ist ganz in Weiß mit beigefarbenen Ballerinas, während Ea mit zwölf immer noch Kind genug ist, um ein türkises Sommerkleid und passende Flipflops zu tragen. Anne-Maj fühlt sich nicht mehr ganz so allein an der Farbfront und begrüßt die Jüngste besonders herzlich.

Es werden Kaffee aus der Stempelkanne und harte italienische Biscotti auf der Terrasse gereicht. Die Kinder begeben sich sofort nach unten zu einer breiten, weißen Hängematte ganz hinten im Garten, während sich der Labrador erwartungsvoll setzt, den Blick fest auf die Keksschale gerichtet. Anne-Maj übergibt ihre Kopie der Listen und Taxierungen des Schätzungsteams, und sofort vertiefen sich die beiden Brüder in Spekulationen darüber, welchen Überschuss ein Verkauf einbringen könnte. Es macht nicht den Eindruck, als ob es einem von ihnen einfiele, dass man einige der schönen Gemälde oder der feinen Möbelklassiker behalten könnte. Sie haben geerntet, was sie haben wollen, und haben abgesehen vom Geld kein Interesse daran, was mit dem Rest geschehen soll.

„Hast du dir selbst eine etwas größere Sache ausgewählt?", fragt Feline, als sie es leid ist, die beiden menschlichen Kalkulationsprogramme die Dinge besprechen zu hören. „Eines von Vips' Schmuckstücken, vielleicht?"

„Wenn ich das Malinovsky-Bild aus dem Gästezimmer bekommen könnte, würde ich mich sehr freuen", sagt Anne-Maj. „Wenn es nicht zu viel ist, natürlich", fügt sie schnell hinzu, als sie sieht, dass Thomas umgehend den Blick über die Liste mit dem geschätzten Wert der Gemälde laufen lässt. „Ich habe keine Ahnung, was es wert ist. Ich finde bloß, dass es toll aussieht."

Thomas nickt Feline zu, und damit ist die Erlaubnis erteilt, ohne dass Christian vom Blick seines großen Bruders auch nur gestreift worden ist. Das Eigenartige ist, dass er auf diesen ungleichen Entscheidungsprozess nicht reagiert. Gar nicht. Die beiden Brüder stellen die Auffassung des Vaters, wer von ihnen die meiste Bedeutung hat, anscheinend nicht in Frage.

Einen Augenblick lang herrscht abwartendes Schweigen. Anne-Maj entscheidet sich, direkt ins kalte Wasser zu springen: „Ich bin auf etwas gestoßen, das recht eigenartig ist", sagt sie, „und vielleicht könnt ihr mir helfen herauszufinden, worum es dabei geht."

Thomas lehnt sich im Gartenstuhl zurück. „Ja?"

Der Labrador seufzt resigniert und legt sich zum Schlafen hin.

„Als die Buchexpertin von Bruun Rasmussen die Sammlung eures Vaters an Erstausgaben durchging, fand sie etwas hinter den anderen Büchern ..." Anne-Maj erzählt zum dritten Mal an diesem Wochenende die ganze Geschichte. Die Qualität der Fälschung, der hohe Wert, wenn das Buch echt gewesen wäre, Helmers Nachricht an das Auktionshaus, dass er das Problem selbst lösen wolle, und seine Bemerkung in den Erinnerungen zu dieser Sache. „Ihr könnt es sehen, oder?", fragt sie die staunenden Erben. „Ihr könnt sehen, worauf das hindeutet, oder?"

„Nein." Ausnahmsweise ist es Christian, der zuerst reagiert. „Das kann ich eigentlich nicht. *Worauf* deutet das denn hin?"

Vorsichtig erklärt Anne-Maj ihre Theorie. Über das Eigenartige, dass Helmer nach wie vor im Besitz des Buches gewesen ist, auch wenn das Geschäft rückgängig gemacht worden war. Über den Tod von Helmer und Vips, die an Vergiftungen gestorben sein könnten. Über die Möglichkeit, dass es sich ... na ja, um Erpressung handeln könnte. Darüber, dass diese Erpressung vielleicht das Motiv für den Dreifachmord war.

Sie schweigt. Mehrere Sekunden lang ist es vollkommen still auf der Terrasse. Selbst die eifrigen Kohlmeiseneltern und die balzenden, pfeifenden Amselmännchen halten die Luft an. Thomas sitzt gerade da und hat seinen unergründlichsten Anwaltsausdruck aufgesetzt. Feline zupft nervös an einer Falte in der sandfarbenen Jeans. Christian betrachtet intensiv eine Baumkrone weiter hinten im Garten.

Anne-Maj bricht das Schweigen: „Ich hatte gehofft, dass ihr etwas mehr darüber wisst. Dass ihr vielleicht eine Idee habt, wer dieser Nielsen ist. Ich arbeite natürlich mit Hochdruck daran, mehr auszugraben, doch wenn ihr helfen könntet, wäre das ...?"

Immer noch keine Antwort. Christian nimmt einen Biscotto und beißt ein Stückchen ab. Das Krachen, als der knusprige Keks bricht, klingt in der stillstehenden Luft sehr laut.

„Denn ihr könnt es doch sehen, oder?", fährt Anne-Maj fort, inzwischen ganz verzweifelt, „dass, wenn es sich wirklich so verhält, wie ich glaube, wenn Helmer dieses Buch wirklich für eine Art von Erpressung eines Mannes namens Nielsen verwendet hat ... dann ist die Wahrscheinlichkeit groß, dass wir auch herausgefunden haben, wer eure Eltern ermordet hat."

Thomas erhebt sich. „Ich glaube, du solltest jetzt gehen, Annemarie", sagt er. Seine Stimme ist ganz ruhig und neutral.

Anne-Maj kommt auf die Beine. „Ich wollte doch niemanden beleidigen", sagt sie.

„Von Beleidigung ist auch nicht die Rede", sagt Thomas. „Von Ehrenkränkung ist die Rede."

„Ja, aber ..."

„Wenn du diese Ungeheuerlichkeiten in der Öffentlichkeit wiederholst, dann sind es Verleumdungen." Er zeigt ihr mit einer fegenden Handbewegung den Weg von der Terrasse, hinein ins Haus und hinaus zum Auto. „Und ich kann dir versichern, dass du da nicht glimpflich davonkommst."

Alle starren sie an: Feline mit einem Gesicht, aus dem alle Freundlichkeit weggewischt ist, Christian bleich vor Zorn, die beiden Kinder, die sich jetzt der Gesellschaft angeschlossen haben, mit offenstehendem Mund. Nur der Hund wedelt weiterhin zuvorkommend mit dem Schwanz. Anne-Maj versteht, dass die Schlacht verloren ist.

25.
Montag, 17. Juni

„Sag mal, was in aller Welt hast du dir dabei *gedacht?*“ Jeder Anflug von nachsichtiger Buchstabiertafel-Pädagogik ist aus Krauses Stimme verschwunden. „Du hast klar – sehr klar! – Bescheid bekommen, dich aus den Ermittlungen rauszuhalten, und das erste, was du tust, ist, deine luftigen Theorien gegenüber Bergstrøms Erben auszubreiten.“

„Haben sie sich beschwert?“

„Ja, das kann ich dir Himmelherrgott nochmal versichern, dass sie das haben!“ Krause platzt fast vor Wut. „Ich konnte mit Mühe und Not Thomas Bergstrøm daran hindern, dich wegen Ehrenkränkung zu verklagen.“

„Das würde er nicht gewinnen“, sagt Anne-Maj. „Ich habe nichts öffentlich gesagt, also kann seine Ehre unmöglich gekränkt sein.“

„Du hast es uns gesagt.“

„Ach ja.“ Anne-Maj schweigt einen Augenblick. „Okay, es war vielleicht nicht so clever, sie aufzusuchen“, räumt sie ein. „Aber geschehen ist geschehen.“

„Ja leider.“ Krause klingt jetzt eher resigniert als wütend. „Ab jetzt *musst* du dich aus dieser Sache heraushalten. Siehst du nicht, dass du unsere Möglichkeiten, irgendetwas aus den Bergstrøms herauszubekommen, zunichte gemacht hast?"

„Sie wussten ja nichts."

„Das kannst du streng genommen nicht wissen", sagt er. „Wir haben eine Fragetechnik, die wohl etwas raffinierter ist als deine, und die Chance, dass wir die Leute dazu bringen, mehr zu verraten, als sie eigentlich wollen, ist etwas größer, als wenn es jemand wie du versuchst."

Anne-Maj schweigt.

„Was du jetzt getan hast", fährt Krause fort, „ist, ein großes, fettes Warnschild aufzustellen, sodass die drei Erben darauf vorbereitet sind, genau hierzu befragt zu werden, wenn wir sie im Laufe des heutigen Tages einen nach dem anderen vernehmen. Sie können jetzt ihre Aussagen abstimmen, sich auf eine Strategie einigen, um den alten Bergstrøm zu decken. Verstehst du das nicht?"

„Doch."

„Du hast genau den Teil der Ermittlungen gestört, auf die du selbst uns gehetzt hast."

Krause setzt seine bevormundende Vorlesung noch einige Zeit fort; lange genug, dass Anne-Majs Irritation von letztem Samstag mit voller Kraft zurückkehrt. Versteht der Mann denn nicht, wie provozierend es ist, wenn man auf diese Weise mit jemandem spricht?, denkt sie. Ich bin zwanzig Jahre älter als er, ja, aber ich bin doch immer noch im Vollbesitz meiner Sinne. Warum glauben jüngere Menschen immer, dass die Auffassungsgabe sich im selben Tempo verschlechtert wie das Lesevermögen, das Gehör und das Bindegewebe?

Nichtsdestotrotz macht Krauses Argumentation Eindruck, und Anne-Maj beschließt zu gehorchen. Als sie das Gespräch beenden, ist sie sanft wie ein Lamm. Da ist nur eine Sache, die sie unbedingt wissen muss. Sie sucht Anders Halls Handynummer in der Anrufliste, bereits während sie auf dem Weg zur Tür hinaus ist und ehe sie es bereuen kann. Der entrüstete Redeschwall, der wenige Augenblicke später aus dem Telefon kommt, ist eine ziemlich genaue Wiederholung dessen, was sie sich eben hat anhören müssen, doch sie lässt dem Mann die Redezeit, die er benötigt. Irgendwann kann sie hören, dass er nach draußen geht. Der Wind erstickt die Verbindung mit einem Kissen aus Geknister.

„Von meinem ganz persönlichen Standpunkt aus betrachtet", beendet Anders seinen Anpfiff, „ist das Schlimmste, dass dein Benehmen mich fast aus dem Fall geworfen hat, zurück zu meinen Ferienhauseinbrüchen."

„Das tut mir leid." Und das meint sie auch so.

„Als ob ich verantwortlich dafür bin, was du so tust", fährt er fort. „Ich habe dich die ganze Zeit über gebeten, Abstand zu halten, oder etwa nicht?"

„Doch. Und das tue ich ab jetzt auch. Ich halte mich vollkommen fern ..."

Anders vernimmt das kleine Zögern. „Was ist?"

„Nur eine Frage." Anne-Maj kann hören, wie er schnell für eine bissige Abfuhr einatmet. „Reine Neugier. Ich *verspreche*, dass ich das zu nichts verwenden werde."

„Also ..."

„*Reine* Neugier! Im Ernst!" Als er nach wie vor zögert, fährt sie fort: „Sie gehört zu den Fragen, deren Antwort zu finden ich euch selbst überredet habe."

Er seufzt. „Anne-Maj, es nützt nichts, dass du ..."

„Ich verwende es zu nichts", verspricht sie erneut.

Er seufzt. „Ich glaube, das habe ich von dir schon einmal gehört."

„Kann sein. Aber dieses Mal halte ich es auch."

Erneutes Seufzen. „Um was geht es?"

Sie gibt ihrer Stimme einen geschäftlichen Klang. „Habt ihr das toxikologische Gutachten erhalten, auf das ihr gewartet habt? Wisst ihr somit, welches Gift sie tötete?“

„In Stanley Hjorts Fall, ja. Was die Bergstrøms angeht, können wir es aus gutem Grund nicht wissen. Doch noch einmal: Behalte es für dich. Also keine Erwähnung bei einem Geplauder zu Hause oder im Trödelladen.“

„Nein, nein.“

„Stanley wurde mit Taxin vergiftet.“ Ehe sie fragen kann, fährt er fort. „Das ist der Stoff, der sich in Eiben befindet.“

„Ach, du meine Güte. Ich wusste zwar, dass die Eibe giftig ist, dachte aber, dass eher Pferde daran starben ... Ist es denn wirklich *so* gefährlich für Menschen?“

„Darüber weiß ich nicht so viel, aber der Gerichtschemiker hat eine Notiz geschrieben, dass die Dosis so hoch war, dass Stanley Hjort entweder einen ganzen Haufen an Samen gegessen haben muss, oder aber er hat ein Destillat des Gifts bekommen, also eine vom Menschen geschaffene Konzentration.“

„Ach, du meine Güte“, wiederholt sie

„Der Gerichtschemiker kommt im Laufe des Tages und gibt Krause mehr Details darüber, wie viel oder wie wenig Zeug vonnöten ist, um den reinen Giftstoff zu gewinnen.“ Mit einem Mal war der knisternde Lärm verschwunden. Anders war nach drinnen gegangen. „Ich muss jetzt Schluss machen“, sagt er.

Im Hintergrund kann Anne-Maj ein durchdringendes Fauchen gefolgt von einem charakteristischen Brummen hören. Sie erkennt sofort den Klang einer bestimmten Cappuccino-Maschine wieder. „Du bist hier, nicht wahr?“, sagt sie. „Hier in Nykøbing? Oben im Café Lokalkompagniet?“

Anders lacht. „*Busted*“, sagt er. „Signe und ich wollen uns auf eine schnelle Tasse Tee treffen, ehe wir mit dem Programm des Tages weitermachen.“

„Signe? Hat sie all das, was du gesagt hast, mit angehört?"

„Natürlich nicht." Aber man kann an seiner Stimme hören, dass Signe jetzt in Hörweite ist. „Ich muss auflegen, Mutter. Bis bald."

Mutter? Ha! Anne-Maj legt das Handy in das Ladegerät. Mit ihrem Notebook und einem Glas eiskaltem Wasser geht sie hinaus in den Garten und setzt sich in den Schatten, in den sich Mortensen bereits geworfen hat. Es ist erst halb elf, aber die Temperatur hat bereits ein Niveau erreicht, bei dem Hunde und vollreife Damen es nur schwer aushalten.

„Wir lassen die Vormittagsrunde aus, Schätzchen", sagt sie zum Hund, der das mit einem müden Schwanzwippen quittiert. „Wir machen dann eine lange Tour am Abend, nicht wahr?" Noch ein Schwanzwippen. Dann fällt der kleine Hund wieder ins Koma.

Sie muss in anderthalb Stunden im Laden erscheinen und ist bereits beim Gedanken an die heiße Tour durch die Algade erschöpft. Am liebsten würde sie ein Schläfchen machen, ehe sie losmuss, aber da ist noch eine Sache, die sie überprüfen muss, um ihre Neugier zu stillen.

Ins Suchfeld gibt sie „taxin symptom" ein, und eine lange Reihe von Ergebnissen wird angezeigt. Sie liest ein wenig hier, ein wenig da. Findet heraus, dass das Gift mehr oder weniger aus allen Teilen der Eibe – Rinde, Nadeln, Holz – gewonnen werden kann und im Laufe von bis zu ein paar Stunden tödlich wirken kann, während das Gift, das sich aus den Samen gewinnen lässt, die im Inneren der ansonsten unschädlichen roten Beeren sitzen, innerhalb einer halben Stunde töten können. Aha. Das hier ist ein wirklich potenter Stoff, und seine Konzentration ist in den Wintermonaten am höchsten. Anne-Maj scrollt weiter und findet eine Liste über die Symptome. Sie ist erleichtert darüber, dass diese nicht so ekelhaft sind, wie sie befürchtet hatte. Keine Krämpfe, keine Schmerzen. Eigentlich steht da, dass man in vielen Fällen gar nicht bemerken wird, dass man vergiftet worden ist: Der Patient fühlt sich nur kalt und müde und schläft ein, ohne wieder zu erwachen. Das klingt doch recht friedlich. An anderer Stelle steht zwar auch etwas über Durchfall und Erbrechen, und zumindest Letzteres passt ja ausgezeichnet zu Stanleys Leiche, aber Anne-Maj überzeugt sich selbst davon, dass Vips nichts davon erleben musste. Sie ist einfach eingeschlafen, sagt sie zu sich selbst. Still und leise eingeschlafen.

26.

Mittwoch, 19. Juni, bis Donnerstag, 20. Juni

In dieser Nacht macht es Anne-Maj unruhig, allein zu Hause zu sein. Das ist kein Gefühl, das sie normalerweise quält – sie hat den Großteil ihres Lebens alleine gewohnt und sich nur sehr selten dabei unwohl gefühlt. Nur in den kurzen Zeiten, in denen sie von einer Grippe oder einer Halsentzündung niedergestreckt war, hat es sich vielleicht nicht direkt unbehaglich, auf jeden Fall aber unpraktisch angefühlt. In diesen Fällen war es ein Glück, dass ihre Tochter so nah wohnt. Iben geht Gassi mit Mortensen, wenn ihre Mutter in langen Abständen krank ist, kauft ein und lüftet durch.

Doch als jetzt gegen Abend die Dämmerung ihre Ankunft vermeldet, beschleicht Anne-Maj eine Angst. Sie überprüft mehrere Male, ob die Tür abgeschlossen ist, schaltet in allen Räumen das Licht ein, verzichtet auf die Gute-Nacht-Runde mit Mortensen und schickt ihn stattdessen in den Garten. Während er dort draußen herumschnüffelt und erledigt, was erledigt werden muss, hält Anne-Maj Wache und hat ein Auge darauf, dass sich niemand hereinschleicht. Danach schließt sie die Tür zum Garten sorgfältig ab. Sie geht das Erdgeschoss ein letztes Mal durch, ehe sie die Treppe hinaufsteigt und anschließend alle Räume in der oberen Etage untersucht. Hinter Türen, in Schränken, sogar unter dem Bett.

Als sie sich hundert Prozent sicher ist, dass sie allein ist, steht sie eine Weile da und betrachtet das halbkreisförmige Fenster, das einen Spaltbreit offensteht. Die Wahrscheinlichkeit, dass jemand im Laufe der Nacht auf das Dach klettert und zu ihr einsteigt, ist minimal, aber sie hat bei diesem Gedanken kein gutes Gefühl. Mit einem Seufzer schließt sie das Fenster, zieht die Gardine vor und stellt sich auf eine Nacht ein, in der sie wieder und wieder erwachen wird, schweißgebadet.

Erst als sie in ihrem Bett liegt, wird ihr klar, woher die uncharakteristische Furcht stammt. Sie ist ihr ja in den Kopf gehämmert worden: von Iben, von Krause, von Anders Hall. Jeder einzelne von ihnen hat betont, dass Anne-Majs Einmischung in den Mordfall nicht nur für die Ermittlungen verheerend ist, sondern auch für sie selbst gefährlich werden kann. Und jetzt hat sie den drei Hauptverdächtigen ihre Karten gezeigt. Was, wenn einer von ihnen kommt, um sie daran zu hindern, mit ihrer Theorie weiterzuarbeiten?

Doch wer würde das gegebenenfalls sein?, denkt Anne-Maj und legt sich besser zurecht. Sie erwartet, dass ihr das Einschlafen schwerfallen wird, und sie traut sich nicht, nach unten zu gehen, solange es dunkel ist, also hat sie sich für die Nacht mit einer Karaffe Wasser und einer Rolle Kekse gewappnet. Sie dreht und wendet die Frage im Kopf. Unmittelbar ist Thomas Bergstrøm derjenige, den sie am ehesten verdächtigt. Es fällt ihr nicht schwer, sich vorzustellen, wie dieser Mann jemanden tötet, der seinen Weg zu einem beträchtlichen Erbe versperrt ... Doch es *kann* natürlich auch die Sache mit dem gefälschten Buch sein, die herumspukt. Wenn Thomas von dessen Existenz Kenntnis hatte und alles über die Erpressung wusste, und Vips dann in einem Anfall von Gemeinschaftsgeist darauf bestand, alles den Behörden zu erzählen, könnte es ihm vielleicht schon eingefallen sein, sie zu bremsen ... Aber Stanley? Was hatte er in diesem Fall mit all dem zu tun? Anne-Maj weiß nicht einmal, ob der behinderte Mann die Bergstrøm-Erben *getroffen* hat, aber es ist sehr wohl möglich ...

Die Art der Tötung hingegen spricht gegen Thomas. Wenn Anne-Maj eine Vermutung äußern soll, ist er der Typ, der seine Opfer erwürgt. Oder sie zu Tode prügelt. Auf jeden Fall eine Methode, bei der er seine bloßen Hände einsetzt. Er ist sehr körperlich, und wenn sie es sich recht überlegt, wirkt er eigentlich so, als könne er recht brutal sein. Es *kann* natürlich auch bloß Anne-Majs persönliche Antipathie gegen ihn sein, weshalb sie ihn ganz oben auf ihre Liste setzt – aber hat der liebe Anders Hall nicht genau das gesagt, dass ihre Intuition ungewöhnlich gut ist? Sie nickt vor sich hin. Das hat er. Und ihre Intuition sagt ihr im Augenblick, dass Thomas Bergstrøm sehr wohl dazu imstande wäre, eine ganze Reihe von Morden zu begehen. Vielleicht ist die in Anne-Majs Augen ziemlich untypische Mordmethode darauf zurückzuführen, dass er das Verbrechen in Zusammenarbeit mit seiner Frau beging? Es steht außer Zweifel, dass Feline ein starkes Interesse daran hat, zu Geld zu kommen. Wenn sie ihr geliebtes Geschäft für Inneneinrichtung retten kann, sähe ihre Welt gleich heller aus. Außerdem macht es nicht den Eindruck, dass sie eine große Bindung zu ihren Schwiegereltern hatte – und heißt es nicht auch, dass Gift die bevorzugte Mordwaffe von Frauen ist?

Was Christian Bergstrøm angeht, ist Anne-Maj eher unsicher. Er wirkt nicht wie ein Mörder, findet sie. Er ist zu sanft, zu weich. Aber das kann natürlich täuschen. Sie hat von vielen Verbrechern gehört, die nach außen hin wie freundliche, hilfsbereite Menschen wirken – zumindest in Kriminalromanen. Ein Motiv hat der Mann wohl, genau wie die beiden anderen. Aus guten Gründen weiß sie nicht, ob Christian immer noch Schulden hat, nachdem sein Restaurant scheiterte, aber es ist durchaus eine Möglichkeit, die die Polizei untersuchen sollte. Vielleicht muss er die Schulden erst abbezahlen, ehe er sich in der Lage sieht, zurück ins hohe Mietniveau von Kopenhagen zu ziehen und damit seine Töchter etwas häufiger zu sehen.

Das Problem bei Thomas, Feline und auch Christian sind jedoch ihre Alibis. Anne-Maj hatte keine Gelegenheit, sie zu überprüfen, also hat sie nur deren eigenes Wort dafür, wo sie sich an jenem Abend befanden, als Vips getötet wurde. Sie bekommt wohl auch kaum mehr die Gelegenheit, sie zu befragen, wo sie sich befanden, als Stanley starb. Und wer weiß? Es kann doch sein, dass sie alle drei sich verschworen haben, denkt sie jetzt und setzt sich im Bett auf. Wenn jeder einzelne von ihnen konkrete Vorteile zumindest von den ersten beiden Morden hat ... Sie können einander sehr wohl decken, einander Alibis geben. Anne-Maj trinkt einen Schluck Wasser. Auf der anderen Seite ... Sie stellt das Glas ab. Vielleicht war der Mörder überhaupt nicht gezwungen, vor Ort zu sein. Einer der Vorteile von Gift ist ja gerade, dass es eingenommen werden kann, während der Täter sich an einem ganz anderen Ort befindet.

Vips, zum Beispiel, kann das Gift sehr wohl in eine Geleekapsel mit Fischöl oder ein anderes flüssiges Nahrungsergänzungsmittel gespritzt bekommen haben. Wenn so eine in einer Dosierschachtel mit einem Fach für jeden Wochentag liegt, ist es ein Leichtes, die Kapsel für einen Tag zu wählen, an dem man weiß, dass man ein Alibi hat, und sie in einem unbewachten Augenblick gegen eine präparierte auszutauschen. Das Opfer wird keinen schlechten Geschmack bemerken, wenn sich das Gift in einer Kapsel befindet, die im Ganzen geschluckt wird ... Anne-Maj würde gern wissen, wie hoch die erforderliche Menge an konzentriertem Taxin ist und wie viel sie rein physisch ausmacht. Ist es möglich, die richtige Dosis in einen Gelatinebehälter zu injizieren, der schon im Voraus voll Flüssigkeit ist, oder muss man erst etwas von dem Fischöl heraussaugen? Würde sich das kleine Loch von der Kanüle von selbst wieder schließen oder würde die Kapsel auslaufen? Könnte sie in diesem Fall irgendwie geflickt werden? Mit klarem Leim? Einem minimalen Fetzen eingeweichter Gelatine? Ach, wie ärgerlich, dass sie versprochen hat, der Polizei und den Technikern, über die die Verwaltung verfügt, keine weiteren Fragen zu stellen. Sie hat bereits eine ganze Liste, und in ihrem Kopf dreht sich alles.

Es ist auch ärgerlich, dass sie Iben nicht zur Hand hat. Aber man ruft andere Menschen auch nicht mitten in der Nacht an, um eine Idee mit ihnen zu wälzen. Nicht einmal die engste Familie ... Im selben Moment hört Anne-Maj, wie ein Auto vor dem Haus anhält. Abgezeichnet gegen die Gardine sieht sie einen Augenblick die Silhouette des halbkreisförmigen Fensterrahmens. Dann gehen die Lichter aus. Es vergehen mehrere Minuten, ehe die Autotür zufällt. Was hat der Fahrer in all der Zeit gemacht? Einen Revolver geladen? Ein Messer geschliffen? Handschuhe angezogen und einen zusammengedrehten Seidenstrick herausgeholt? *Seidenstrick?* Woher kommt das denn? Anne-Maj wird klar, dass all diese inneren Bilder von den Covern der Agatha-Christie-Krimis aus ihrer Jugend stammen. Sie waren immer mit einem dramatischen Motiv in Schwarz-Weiß versehen: eine Pistole, ein Messer, ein Strick, ein blutiger Kerzenleuchter, ein umgestoßenes

Giftfläschchen. Sie versucht, über sich selbst und ihre durchgehende Fantasie zu lachen, doch die Unruhe bleibt in ihr stecken. Sie steht aus dem Bett auf und schleicht zum Fenster. Öffnet die Gardine ein wenig. Unten hält ein weißes Auto, und das Szenario wirkt nicht gerade bedrohlich: Ein Mann steht neben dem Auto, beugt sich vor und küsst eine Frau durch das offene Seitenfenster. Dann richtet er sich auf, das Auto wird angelassen und rollt von der Gehsteigkante davon. Der Mann ist Jonas, bemerkt Anne-Maj jetzt. Er steht eine Weile da und sieht dem weißen Auto hinterher. Dann geht er zu seinem Haus und verschwindet außer Sichtweite.

Puh. Vollkommen erschöpft von dem plötzlichen Adrenalinschub setzt sie sich wieder auf die Bettkante. Knabbert den Rest der Kekse und spült mit Wasser nach. Hat keine Lust, sich noch einmal die Zähne zu putzen. Jetzt muss sie ganz einfach aufhören. Es gibt nichts, wovor sie sich fürchten muss. Natürlich kommt niemand, um sie zu töten.

Anne-Maj versucht, ein bisschen in dem Roman zu lesen, an dem sie gerade ist, aber er packt sie nicht richtig. Sie stützt sich auf den Ellenbogen, sieht den Stapel Bücher durch, der auf dem Nachtkästchen liegt und darauf wartet, gelesen zu werden. Nachdem sie begonnen hat, im Trödelladen zu arbeiten, fehlt es ihr nie an Lesestoff. Unter einem Wälzer von einem Familienroman liegt ein kleineres, unscheinbares Buch. Anne-Maj setzt sich auf, hebt das dicke Buch hoch und stellt fest, dass der dünne Band Vips' Notizbuch ist – das mit den Menüs. Das hatte sie vollständig vergessen. Sie blättert ein wenig darin, fasziniert von Vips' Sorgfalt: „*Keld und Anni + Holger und Bisse, 20.5.08: Spargel mit Parmesan, Seezunge gratiniert, Schokoladensymphonie*". Was auch immer das ist, denkt Anne-Maj und schlägt eine andere Seite auf: „*Pfarrersleute + Søren und Hanne, 22.8.10: Tomatensalat, Rinderfilet mit Pfifferlingen, Creme brulée*". Mmm, das klingt gut. Vips war in der Küche anscheinend nicht ganz ohne Begabung. Sie blättert weiter; für einen Essensliebhaber ist das hier gute Unterhaltung. Thomas und Feline sind regelmäßig alle paar Monate erwähnt, während Christian nur ein oder zwei Mal pro Jahr auftritt. Dafür gibt sich Vips aber offensichtlich besondere Mühe, wenn schließlich ihr Kochsohn unter den Gästen ist. Komplizierte Gerichte, oft mit kostbaren Zutaten: Hummer Thermidor, Bouillabaisse, Confit de canard. Zeitaufwendige Desserts in Massen. Kein Zweifel, von wem Christian sein Interesse für Essen hat.

Mit einem Mal stoppt Anne-Maj bei einem Namen, den sie kennt. So wie bei den anderen Seiten steht hier nur ein Vorname: „*Valborg, 5.1.19: Schalentiersymphonie* – was hat Vips nur mit diesen Symphonien? – *Käse und Cracker*". Kann das *unsere* Valborg sein?, denkt Anne-Maj. Wie konnte es mir nur entgehen, dass Valborg Vips und Helmer privat kannte? Sie betrachtet das Datum, rechnet nach. Eigentlich, denkt sie, ist es vielleicht gar nicht so eigenartig, dass sie gerade zu dem Zeitpunkt gemeinsam zu Abend aßen. Es war wohl in etwa die Zeit, als Helmer zu schwach geworden war, um die administrative Verantwortung für den Laden zu behalten und Valborg übernehmen musste. Vielleicht war es eine Art von Übergabetreffen, grübelt Anne-Maj.

Sie ärgert sich darüber, dass sie in so hohen Tönen versprochen hat, sich aus dem Fall rauszuhalten. Was würde sie nicht dafür geben, Valborg etwas über das Privatleben in der schönen Villa auszufragen. Möchte wissen, wie gut sie und die Bergstrøms einander eigentlich kannten? Vielleicht weiß Valborg mehr über ihren Bekanntenkreis und das Verhältnis zu den beiden Söhnen und der Schwiegertochter? Wie lange haben sie schon Umgang miteinander gehabt? Anne-Maj beginnt von vorne im Menüteil des Buchs, geht alle Gäste bei allen Abendessen durch, sucht nach Valborg, doch ohne Erfolg. Am fünften Januar taucht sie das erste Mal im Buch auf. Also *ist* es wohl bloß ein Übergabetreffen. Anne-Maj blättert weiter, lässt den Winter hinter sich, passiert den Tag, an dem Helmer starb – nicht, dass dort etwas darüber steht, aber sie kann sich sehr wohl an die Beisetzung Mitte März erinnern.

Bergstrøms Abendgesellschaften sind in den letzten Jahren weniger geworden, notiert sich Anne-Maj. Einige der Freunde sind wohl verstorben, andere zu alt, um sich selbst zu diversen Festivitäten zu begeben. In dem Maß, wie die Anzahl der Abendessen sinkt, fällt auch der Standard der Gerichte. Sie werden immer einfacher, und es passiert regelmäßig, dass Vips demselben Menschen zweimal dasselbe serviert. Der praktische Zweck des Menütagebuchs ist mit anderen Worten so gut wie weg, doch die alte Dame schreibt immer noch getreu alles auf, sicher aus alter Gewohnheit.

Mit einem Mal stoppt Anne-Maj. Das steht Valborg doch tatsächlich erneut: *„Valborg, 28.3.19: Hacksteaks, After Eight“*. Vor fast drei Monaten, bloß ein paar Wochen vor Vips' Tod. Eigenartig, dass Valborg davon nichts gesagt hat, denkt Anne-Maj. Auf der anderen Seite ... Sie hat ja auch nie etwas von ihren Gesprächen mit Stanleys Pädagogin erzählt. Viel kann man über die Bürgermeisterin sagen – und das tun sie auch alle, kichernd wie Schulmädchen –, aber eine Klatschtante ist sie bestimmt nicht. Falls es Valborg war, die Vips bei all den praktischen Dingen wie Online-Banking und Versicherungen und so geholfen hat, dann würde sie dies niemals gegenüber den anderen Ehrenamtlichen anklingen lassen. Sie ist der Typ, der in aller Diskretion zu helfen vermag, ohne den Beifall anderer nötig zu haben. Anne-Maj würde sich wünschen, dass sie Valborgs Wissen über das Leben in den Kildehusene nutzen könnte. Das Versprechen gegenüber Anders Hall ist direkt frustrierend, aber natürlich hält sie sich daran, ermahnt Anne-Maj sich selbst. Natürlich tut sie das ...

Mit diesem Gedanken im Hinterkopf schläft Anne-Maj schließlich ein. Es ist draußen beinahe hell geworden, die Amsel ist in vollem Gang, und in der Ferne kann man das Geräusch von einem Außenbordmotor eines Anglers erahnen. Sie bekommt nichts von alledem mit, schnarcht einfach stilvoll mit der Lesebrille auf der Nase und dem marmorierten Notizbuch auf dem Bauch.

Sie erwacht erst, als ihr Handy ertönt. Eine SMS von Valborg. Anne-Maj erschrickt ziemlich, als sie sieht, wie spät es ist – nach zehn –, und hat sofort ein schlechtes Gewissen gegenüber Mortensen, der sich jedoch auf dem Rücken aalt und nicht den Eindruck macht, Not zu leiden.

„Komm, alter Junge", sagt sie und fährt mit den Füßen in die Hausschuhe, „du musst raus zum Pinkeln."

Der Hund kommt sofort auf die Beine, und zusammen bewegen sie sich gemessenen Schritts die Treppe hinunter. Mortensen, weil seine kurzen Beine ihn daran hindern, die Stufen in dem Raketentempo zu nehmen, das er ansonsten so liebt, und Anne-Maj, weil ihr Knie am heutigen Morgen so stark schmerzt, dass sie eine Stufe nach der anderen nehmen muss. Das geht im Laufe des Tages vorüber, tröstet sie sich selbst und macht die Tür zum Garten weit auf, damit Mortensen nach Belieben hinaus- und hineingehen kann.

Erst als sie Futter in den Hundenapf gefüllt und ein paar schmerzstillende Tabletten genommen hat, fällt ihr die Textnachricht wieder ein. Zum Glück war sie geistesgegenwärtig genug, das Telefon mit nach unten zu nehmen, aber die Lesebrille hat sie oben vergessen. Anne-Maj hält das Handy mit ausgestrecktem Arm, während sie mit Mühe die verschwommenen Flecken deutet, die Buchstaben darstellen sollen. „Kannst du heute kommen? Drei Krankmeldungen! Hier sind nur Kylle und ich. VG Valborg." „Natürlich", tippt Anne-Maj fast blindlings. „Bis gleich."

Als die Tabletten wirken, dreht sie mit Mortensen eine Runde. Nach unten am Bahnhof vorbei, nach oben über den Parkplatz hinter dem Theater, durch das Gässchen zur Fußgängerzone. Als sie nach Hause kommen, muss sie gleich wieder los, wenn sie den Trödelladen vor zwölf erreichen will. „Jetzt musst du auf das Haus aufpassen, Schätzchen." Sie überreicht dem Hund einen Leckerbissen. „Tüchtiger Hund!" Mortensen sieht sie an, als ob sie bescheuert wäre. Dann trottet er mit seinem getrockneten Ochsenhautteil ins Wohnzimmer.

Es ist ganz schön viel los im Laden, stellt Anne-Maj eine Viertelstunde später fest, als sie angekommen ist. Stanleys Aufgaben zu übernehmen, macht sowieso schon einen zusätzlichen Einsatz von allen erforderlich. Vor allem die jüngeren und rüstigsten wie Lis, Ruth und Anne-Maj müssen viele Touren zu Kleidungscontainern und Wertstoffhof sowie zu Leuten machen, die gerne Sachen spenden wollen, selbst aber über kein Transportmittel verfügen. Dies führt dazu, dass weniger Hände für die Arbeit im eigentlichen Laden zur Verfügung stehen, und es muss ja auch weiterhin gebügelt und repariert, Kunden und Kasse betreut und sauber gemacht werden. Valborg verbringt inzwischen den Großteil ihrer Zeit im Laden selbst. Die anderen Ehrenamtlichen packen ganz einfach in den Verantwortungsbereichen der anderen mit an.

Auf die Suche nach neuen Ehrenamtlichen hat niemand reagiert. Die Situation ist unhaltbar, das ist allen klar. Und wenn dann ganze drei plötzlich von einem Magenvirus getroffen werden ... Anne-Maj kann gut verstehen, dass sie gebeten wurde, einen zusätzlichen Dienst zu übernehmen.

27.

Donnerstag, 20. Juni

„Ich habe ein kleines Menü-Tagebuch gefunden, das Vips hinterlassen hat“, sagt Anne-Maj, als sie und Kylle und Valborg nach Ladenschluss im Pausenraum sitzen und einen Fernet Branca genießen, nachdem sie die Aufgaben des kommenden Tages verteilt haben. Nichts deutet darauf hin, dass der Rest des Stabs innerhalb des nächsten Tages wieder auf dem Damm ist.

„Menü-Tagebuch?“, sagt Kylle verwirrt. „Eine Tagebuch vom Supermarkt Meny?“ Ihr hellblauer Lidschatten ist schräg über das linke Augenlid verschmiert, aber niemand bringt es über sich, es ihr zu sagen. Im Moment ist sie bleich vor Müdigkeit. Was das betrifft, so sind wir das wohl alle, gibt Anne-Maj zu. Es gibt ja Teufel auch einen Grund, warum wir in Rente gegangen sind. Selbst ein Job als Ehrenamtlicher ist in unserem Alter ein bisschen viel, wenn er sich zu etwas entwickelt, das einem regulären Teilzeitjob ähnelt. Wenn wir nicht bald ein paar zusätzliche Hände für den Laden bekommen, wird die Situation kritisch. Die Leute werden eine nach der anderen abspringen – nicht, weil wir nicht mehr *wollen,* sondern weil wir nicht mehr *können.*

„Nein.“ Anne-Maj lächelt. „Das ist ein kleines Buch, in das man einträgt, wen man zu Besuch hatte und was man serviert hat. Auf diese Weise vermeidet man es, den Gästen jedes Mal dasselbe vorzusetzen.“

„Ich kann mich sehr wohl erinnern, was die Leute bei mir zu essen bekommen haben“, sagt Kylle gereizt. „Wie schwer kann das denn sein?“ Sie fächelt sich mit einer Pizzawerbung Luft zu, sodass der Duft ihres schweren Parfüms sich im Rest des Raums verteilt. Es ist Kylle anscheinend nicht eingefallen, dass ein Unterschied zwischen einem wohlhabenden Anwaltspaar mit häufigen Essensgesellschaften für einen großen Bekanntenkreis und vielen Geschäftsverbindungen und einer Tagesmutter im Ruhestand besteht, die selten andere als die engste Familie und vielleicht ein paar Nachbarn zum Essen einlädt. Auch darauf macht Anne-Maj sie nicht aufmerksam. Sie sind beide am Umkommen vor Hitze. Kein Grund, hier zu sitzen und sich aneinander zu reiben.

„Das klingt doch nach einer hervorragenden Idee“, sagt Valborg. „Warum habe ich nie daran gedacht? Als mein Mann Bürgermeister war ...“, und dann folgt die übliche Litanei, wie bedeutungsvoll und beliebt er in ihrer Kleinstadt in Mittelseeland gewesen war, die häufigen Abendessen, die sie seinerzeit gegeben hat, und über wie viele Menschen sie Bescheid wissen musste. Lis und Anne-Maj trauen einander nicht anzusehen. Nachdem sie herausgefunden haben, dass das mit dem Bürgermeister allem Anschein nach gelogen ist, sind sie mit diesem Thema vorsichtig gewesen.

„Das wäre sicherlich eine gute Idee für jemanden wie dich gewesen“, sagt Anne-Maj. „Und ich könnte so etwas wirklich auch gebrauchen.“ Kylle sieht nach wie vor verstimmt aus.

„Hast du das ganze Buch durchgelesen?“, fragt Valborg.

„Ja.“

„Dann musst du ein paar Mal auf meinen Namen gestoßen sein."

„Zweimal, um genau zu sein", antwortet Anne-Maj. „Das letzte Mal war ganz kurze Zeit vor Vips' Tod."

Valborg nickt. „Das stimmt."

„Und das erste Mal war, als Helmer noch lebte."

„Ich sollte ja die Verantwortung für den Laden und den Kontakt zum Hauptbüro übernehmen, als er krank wurde, und da dachten wir, dass es am praktischsten wäre, dass wir uns träfen, damit ich in die Details eingeweiht werden konnte."

„Und das zweite Mal?"

„Nur zum Vergnügen."

Da es nicht so aussieht, als würde Valborg dies vertiefen, wirft Anne-Maj selbst ihre Theorie auf den Tisch: „Du hast Vips wohl mit all der Papierarbeit geholfen, bei der sie so unsicher war, vermute ich? Nach Helmers Tod ...", fügt sie hinzu, als Valborg nicht antwortet. „Sie hat mir erzählt, dass all das mit Online-Banking und elektronischer Unterschrift und diversen Behörden ihr noch den letzten Nerv raubte, dass aber jemand versprochen hatte, ihr zu helfen ..."

„Das ist wahr", antwortet Valborg. „Die Söhne waren keine große Hilfe, erzählte Vips. Sie erklärten bloß alles blitzschnell und fuhren dann wieder nach Hause, ohne sich zu vergewissern, dass sie es verstanden hatte."

„Das kann ich mir lebhaft vorstellen." Anne-Maj greift nach der Küchenrolle und wischt sich den Schweiß aus dem Gesicht. Wenn sie nicht bald Luft bekommt, kippt sie um.

Valborg ist von der Hitze eigenartigerweise unbeeindruckt. „Hast du die Söhne getroffen?", fragt sie.

„Bei den beiden Beisetzungen habe ich sie kurz gegrüßt, und ich habe sie dann wieder ein paar Mal draußen in den Kildehusene getroffen." Kein Grund, ihnen von dem katastrophalen Besuch in der Charlottenlund-Villa zu erzählen. „Sie baten mich, mir Helmers Buchsammlung anzusehen, ob da etwas dabei war, an dem der Laden interessiert sein könnte."

„Und war etwas dabei?"

„Einiges, ja ... Ich rechne damit, die Bücher nächste Woche zu holen."

„Der Ältere ist ein flotter Typ", wirft Kylle ein, die sich immer noch Luft zufächelt. „Dunkel und männlich auf so eine ... maskuline Art." Männlich auf eine maskuline Art? Anne-Maj und Valborg wechseln einen Blick.

„Kennst *du* sie, Valborg?" Anne-Maj geht zur Hintertür und reißt sie weit auf, sodass sich die warme Luft träge hereinschleichen kann. „Also über die beiden Beisetzungen hinaus?"

„Nee ..." Valborg zögert. „Aber wir haben lange beim Leichenschmaus für Helmer miteinander gesprochen."

„Was hast du für einen Eindruck von ihnen?" Anne-Maj hat jeden Versuch aufgegeben, nicht neugierig zu wirken.

„Ich glaube ..." Valborg wirft einen Blick zu Kylle, die die Pizzawerbung jetzt weggelegt hat und stattdessen an ihren Nägeln zupft, an denen ein knallroter Lack in großen Stücken abzublättern beginnt. „Vielleicht reden wir besser ein anderes Mal darüber", sagt sie. „Ich habe noch ein paar Dinge, die ich erledigen muss ... und Kylle?" Die andere sieht auf. „Brauchst du eine Mitfahrgelegenheit nach Hause? Ich bin mir sicher, dass Anne-Maj dich gern im Blauen Blitz fährt."

Immer beflissen für andere, kann Anne-Maj gerade noch denken, ehe ihr aufgeht, dass die Bürgermeisterin sich auf nette Weise einer notorisch klatschhaften Zuhörerin entledigen möchte, ehe sie Anne-Maj vom Bergstrøm'schen Privatleben erzählt. Diskret wie immer. Kylle schlägt das Angebot zum Glück aus. Sie habe ja ihr Fahrrad, sagt sie. Sie bleibt eine

Weile in der offenen Tür stehen, ehe sie sich umdreht und verabschiedet. „Bis morgen zum Begräbnis", sagt sie in einem resignierten Tonfall, der ihr überhaupt nicht ähnlichsieht. Wenn *sie* bloß nicht auch noch krank wird, denkt Anne-Maj.

Valborg dreht sich ihr zu. „Ich hasse Klatsch", sagt sie. „Deshalb finde ich es das Beste, wenn wir das unter vier Augen angehen."

„Was angehen?"

„Es gibt da etwas, das ich dir gern erzählen möchte. Etwas über Thomas Bergstrøm. Ich hatte daran gedacht, deswegen zur Polizei zu gehen, aber ... ich weiß nicht. Es ist vielleicht nichts ..."

„Ja?"

„Es ist bloß ..." Valborgs Blick eilt zu dem gestreiften Leinenbeutel, aus dem ein Stapel Papiere herauslugt. „Ich *habe* tatsächlich einiges, um das ich mich heute noch kümmern muss. Da sind ein paar Rechnungen, die bezahlt werden müssen, und ich muss mir noch ein Angebot von einem Installateur ansehen."

Wenn das hier ein Krimi wäre, würde Valborg sehr bald ermordet werden, ehe sie sich jemanden anvertrauen könnte, denkt Anne-Maj, aber diese Dinge passieren im echten Leben wohl kaum. „Wir gehen das ein andermal an", sagt sie etwas kleinlaut. Jetzt, wo es so kurz davor war.

„Wie wäre es, wenn du gegen acht auf einen Drink zu mir kommst?" Valborg lächelt. „Nur für ein Stündchen oder so? Wir können auf der Terrasse sitzen und eine Flasche kalten Weißwein teilen. Haben wir uns das nicht verdient?"

Anne-Maj sieht sie verblüfft an. Niemand von hier wurde jemals zu Valborg nach Hause eingeladen, und wenn sie darüber hinaus auch noch mehr über den unsympathischen Anwalt erzählen kann ... Anne-Maj versucht, beharrlich zu verbergen, dass sie sich geehrt fühlt – und vor Neugier fast platzt. „Sehr gern", sagt sie so ruhig, wie sie kann. „Es ist bloß ... darf ich meinen Hund mitnehmen? Er ist den ganzen Nachmittag allein gewesen. Ich kann nicht einfach nur nach Hause gehen und essen und dann gleich wieder gehen."

„Mortensen ist immer willkommen."

*

Um halb acht Uhr geht Anne-Maj los. Sie überlegt, das Auto zu nehmen, aber das Wetter ist so herrlich, und die Tour in den nördlichsten Teil der Stadt ist eigentlich richtig schön. Außerdem bekommen sowohl Mortensen als auch sie selbst auf diese Weise etwas Bewegung. Über den Daumen gepeilt sind es wohl anderthalb Kilometer bis dorthin. Eine gute halbe Stunde im Herr-und-Frau-Mortensen-Tempo. Sie trotten in dem Sommerabend ruhig davon.

Die Temperatur ist jetzt angenehm, doch Anne-Maj hat trotzdem einen dünnen Baumwollcardigan in ihre geräumige Schultertasche gesteckt. Man kann ja nie wissen, ob es kühl ist, wenn sie wieder nach Hause geht. Dann wird sie ihn brauchen. Sie war auch so geistesgegenwärtig, eine Schachtel Pflaumen in Madeira aus dem Süßigkeitenschrank mitzunehmen, damit sie nicht mit leeren Händen kommt.

„Komm schon, alter Junge", sagt sie zu dem Hund, der ungewöhnlich lange damit beschäftigt ist, ein besonderes Grasbüschel zu beschnüffeln. „Genug jetzt." Anne-Maj zerrt an der Leine, und schließlich hebt Mortensen ein Bein und scharrt ein paar Mal rückwärts.

Sie nehmen die Abkürzung über den Friedhof, der zu dieser Zeit des Tages mehr oder weniger menschenleer ist. Anne-Maj saugt die Luft ein und spürt den Duft von frisch gemähtem Gras. Ah, dieser Duft! Sie geht an einem Grab nach dem anderen vorbei. Einige werden anscheinend von einem

Totengräber mit einer Vorliebe für graublauen Granitschotter und Immergrün gepflegt, andere haben eine persönlichere Note mit Stauden und kleinen Büschen, während einige wenige durch Unkraut und verwelkte Blumen verschandelt sind. Anne-Maj liebt Friedhöfe, die für einen Gartenliebhaber fast immer interessant sind. Nicht nur die einzelnen Gräber, sondern auch die Anlage selbst. Die Alleen, die geheimen Gänge, die breiten und schmalen Pfade und kleinen Gebüsche. Sie wandert dahin mit allen Fühlern auf Empfang. Hier ist es schön. Es ist, als ob sich die Luft kühler als im Rest der sonnenheißen Stadt anfühlt.

Mit einem Mal steht sie vor einer hohen Hecke direkt am nördlichen Ausgang des Friedhofs. Sie ist sorgfältig in Form geschnitten, und ihr kurz geschnittenes Massiv fungiert wie eine undurchdringbare Mauer. Eine Eibe. Wie viele Male ist Anne-Maj an ihr vorbeigegangen, ohne sie zu beachten? Immergrüne Büsche haben nicht ihr großes Interesse. Sie findet durchgehend, dass sie düster und freudlos sind. Doch jetzt, mit ihrem neuen Wissen über den Giftstoff Taxin im Hinterkopf, betrachtet sie die Hecke mit einem gewissen Interesse. Sie knickt eine Nadel mit dem Nagel durch und vernimmt den scharf-würzigen Duft. Unvorstellbar, dass sie so lebensgefährlich ist; dass man sie in vielen öffentlichen Anlagen stehen hat; und dass viele Menschen sie in ihren Gärten haben und Hunde und Kinder zwischen ihnen herumtollen lassen. Im Augenblick tragen sie keine Beeren, aber aus ihrer gestrigen Google-Suche weiß sie, dass sich die Saison über mehrere Monate erstreckt, von September bis Januar. In all der Zeit sitzen die verlockenden, knallroten Beeren dran. Sie haben keinen besonderen Geschmack, und ihr Fruchtfleisch selbst ist auch nicht giftig. Ein Kind könnte sich sehr wohl ein paar einverleiben, ohne Schlimmes zu ahnen. Doch in jeder einzelnen Beere sitzt der allergiftigste Teil der Pflanze: der Samen. Wenn er erst einmal in den Magen gelangt und zersetzt wird, dann wird die Sache brenzlig. Schluckt man nur ein paar wenige Beeren, ist man in Lebensgefahr.

28.
Donnerstag, 20. Juni

Anne-Maj steht vor einem Einfamilienhaus aus den siebziger Jahren aus sogenannten braungeflammten Steinen. An der dunkel gebeizten Haustür gibt es zwei Klingeln: An einer steht „Familie Bøgh", an der anderen der Name „Von Schilling". Ein Zweifamilienhaus? So schaut es eigentlich gar nicht aus, denkt Anne-Maj und drückt auf den unteren Klingelknopf. Wenige Augenblicke später öffnet sich eine Tür am äußersten Ende des Hauses. „Komm hierher", ruft Valborg, die den Kopf herausgestreckt hat. „Diese Tür hier ist meine." Sie lächelt, als Anne-Maj dort angelangt ist. „Dann weißt du es das nächste Mal", sagt sie und bittet ihren Gast herein.

Das hier ist wirklich eigenartig, denkt Anne-Maj, als sie durch das Wohnzimmer hinaus auf eine kleine, geschlossene Terrasse gehen. Valborg, die Bürgermeisterin in Person, wohnt offensichtlich zur Miete in ein paar Zimmern mit einer winzigen Küche. Man würde vermuten, dass dieser Teil der Villa ursprünglich als Wohnung für einen Teenager oder ein Au-pair gedacht war – nicht als Residenz für eine ältere Dame, die ein langes Leben als prominenter Bürger in einer netten Kleinstadt gelebt hat. Wenn es denn so war.

Abgesehen davon ist es hier aber wirklich gemütlich. Antike Möbel aus dunklem Holz, gebundene Bücher im Regal, grüne Pflanzen und eine ausreichende Menge Nippes – genug, dass es gemütlich aussieht, aber nicht so viel, dass es unaufgeräumt wirkt. Valborg ist auf die Terrasse vorausgegangen, die sie offensichtlich für sich hat. Ein niedriger Jägerzaun umgibt die etwa zehn Quadratmeter Fliesen und ist fast ganz von Schlingpflanzen bedeckt. Valborg serviert Mortensen aufmerksam eine Schale Wasser, der die kühlen Tropfen beinahe inhaliert. Auf dem Tisch stehen eine Flasche Weißwein und zwei Gläser sowie ein Tellerchen mit Oliven auf einem Stapel rosa Cocktailservietten. Daneben stellt Anne-Maj die Schachtel mit Pralinen.

„Wie schön es hier ist!", sagt sie. „Friedlich."

Sie unterhalten sich eine Weile höflich. Über Valborgs Beschluss, nach dem Tod ihres Mannes aus der Heimatstadt wegzuziehen; wie froh sie um ihre kleine, private Oase hier in dem stilvollen Villenviertel ist. Anne-Maj fragt nicht, wie so eine feine Dame in ein paar gemieteten Zimmern geendet ist, warum Valborg sich nicht ein kleines Reihenhaus oder eine Eigentumswohnung gekauft hat. Es gibt trotz allem Grenzen, wie neugierig man sein darf, und Anne-Maj möchte nur ungern den Verdacht preisgeben, den sie und die anderen Damen haben, dass der Titel einer Bürgermeisterin reine Fiktion ist.

„Na, ich hab' ja versprochen, dir von Thomas und Feline Bergstrøm zu erzählen", sagt Valborg, als der Smalltalk lange genug gedauert hat. „Natürlich weiß ich nicht alles über sie, aber einiges habe ich doch von Vips erfahren."

Anne-Maj stellt ihr Glas ab und wechselt ihre Stellung. Sie muss pinkeln, wird ihr bewusst, aber sie möchte es nicht riskieren, Valborgs Konzentration zu unterbrechen.

„Seine Anwaltskanzlei", fährt ihre Gastgeberin fort, „schwebt in unmittelbarer Gefahr, pleitezugehen."

„Was? Bist du sicher?" Die inneren Bilder flackern durch Anne-Majs Gehirn: die protzige Villa, der weiße Geländewagen, Felines Designer-Goldschmuck. „Davon hat er kein Wort gesagt."

„Ich weiß natürlich nicht", sagt Valborg, „ob es immer noch so steht. Der Tod der Eltern kann ja alles umgekrempelt haben, doch vor ein paar Monaten saß er auf jeden Fall in der Patsche, wie man so sagt." Sie fischt eine Olive aus der Schale und blickt Anne-Maj an. „Ich *mag* es überhaupt nicht, über andere zu tratschen", sagt sie. „Aber wenn du meinst, ich sollte damit zur Polizei gehen oder du selbst es vielleicht weitergeben möchtest ..." Sie steckt sich die grüne Olive in den Mund.

„Ich kann ihnen das schon erzählen, aber nur, wenn es relevant ist", antwortet Anne-Maj mit tugendhafter Miene. „Und mir würde es nicht im Traum einfallen, es anderen als der Polizei zu sagen."

„Also gut." Valborg tupft sich mit einer der Servietten den Mund ab. „Du weißt vielleicht, dass Thomas Bergstrøms Anwaltskanzlei auf *Corporate Law* spezialisiert ist, also irgendwas mit Unternehmensfusionen und Aufkäufen von Immobilien und Aktiengeschäften und solche Dinge." Als Anne-Maj nickt, fährt sie fort: „Er war anscheinend eine Nummer zu clever und hat selbst auf der Grundlage von vertraulichen Informationen investiert ..."

„Das, was man *Insider Trading* nennt?" Anne-Maj möchte gern zeigen, dass sie auch die internationalen Finanzskandale verfolgt hat – wenn auch nur in Form von Filmen und Fernsehserien. „Das ist strafbar."

„Genau. Er hat es gerade noch geschafft, sich da herauszuwinden, ehe es entdeckt wurde, aber das hatte seinen Preis. Deshalb ist sein Unternehmen derart in Schieflage geraten, dass es von Konkurs bedroht ist."

Anne-Maj erinnert sich mit einem Mal an Felines Aussage, dass die Familie Bergstrøm „gut in Konkursen" ist. Und sie sieht diesen Funken von Zorn, der in dem Moment über Thomas' Gesicht lief. Sie zweifelt nicht daran, dass Valborg die Wahrheit sagt.

„Das macht ihn ja nicht weniger verdächtig", sagt sie. „Und die Polizei muss das ganz klar erfahren."

„Ach, das findest du also auch?"

„In Wirklichkeit ist es recht eigenartig, dass sie das nicht selbst herausgefunden haben. Auf der anderen Seite ... wenn sie überhaupt nicht in seine Richtung blicken."

„Das ist es ja."

„Denk nur, dass Vips dir all dies erzählt hat!"

„Sie wusste, dass ich die Klappe halten kann", antwortet Valborg.

Anne-Maj sitzt inzwischen etwas unruhig auf ihrem Sitz. „Entschuldige", sagt sie. „Dürfte ich mal die Toilette benutzen?"

„Selbstverständlich." Valborg deutet durch die offene Tür nach innen. „Die Tür direkt neben dem Schlafzimmer."

An der Wand direkt neben der Badezimmertür hängen zwei gerahmte Bilder, entdeckt Anne-Maj, als ihr drängendes Bedürfnis überstanden ist. Das obere zeigt einen korpulenten Herrn in Halbfigur. Er trägt einen grauen Anzug und hat eine goldene Bürgermeisterkette um den Hals, sieht liebenswürdig und Vertrauen erweckend aus. An seiner Seite steht Valborg mit einem würdigen Lächeln, wohl fünfzehn, zwanzig Jahre jünger als jetzt. Anne-Maj wird sofort verlegen. Denk nur, dass sie und die anderen im Laden leise gekichert haben, dass Valborg wohl lüge. Das Bild unter dem Porträt ist eine Form von Diplom. Mit einem kunstfertig verschlungenen Eichenlaubdekor in Schwarz und Gold verkündet es, dass der Empfänger die Goldmedaille für seine Gesellenprüfung gewonnen hat. Das Diplom ist ausgestellt im Mai neunzehnhundertvierundsechzig auf einen Erik F. Nielsen.

Im selben Moment spürt Anne-Maj, dass Valborg hinter ihr steht. „Mein Mann war so stolz auf diese Medaille", sagt sie. „Das Diplom musste immer am Ehrenplatz hängen, egal wo wir wohnten."

„Dein Mann? Hieß er denn nicht ..."

„Ach, ich bin immer schon ein Snob gewesen." Valborg lächelt schief. „Als wir geheiratet haben, verlor ich natürlich meinen Titel als Baronesse, aber ich brachte es ganz einfach nicht über mich, auch meinen Namen zu verlieren. Ist das nicht schrecklich?"

„Nein ... Das verstehe ich sehr gut." Anne-Maj fühlt sich dumm. Denk nur, dass sie, der es in ihren kühnsten Fantasien nicht einfallen würde, in den Namen eines Mannes einzuheiraten, nicht einmal auf den Gedanken gekommen ist, dass es so sein könnte. Sie und die anderen Damen hatten es als gegeben vorausgesetzt, dass der Bürgermeister einem alten Adelsgeschlecht entstammte – und dabei war es seine Frau. Anne-Maj hat jetzt ihre Lesebrille aufgesetzt und kann daher entziffern, was mit etwas kleinerer Schrift auf dem Diplom steht. „Dein Mann war Buchbinder?"

„Ja. Und sehr aktiv in der Gewerkschaft. Er war viele Jahre Vorsitzender des Landesverbands, bis er als Bürgermeister gewählt wurde. Dann ließ er jemand anderen ans Ruder."

Valborg wischt mit dem Zeigefinger ein wenig unsichtbaren Staub vom Bilderrahmen. „Erik war Bürgermeister bis zu dieser verdammten Strukturreform."

„Aha." Bürgermeister, preisgekrönter Buchbinder, der Nachname Nielsen ... In Anne-Majs Gehirn wirbeln die Teile eines Puzzles herum. Es erfordert all ihre Selbstbeherrschung, weiterhin wie jemand auszusehen, der zuhört.

„Unsere Gemeinde wurde 2007 mit zwei anderen zusammengelegt, und Erik musste in den Ruhestand gehen." Valborg schüttelt den Kopf. „Er hatte das Alter dafür, das schon, aber *die Art* ... die Art, wie sie einfach zwei Gemeinden und zwei Rathäuser auflösten, eine Reihe langjähriger Mitarbeiter feuerten ... Selbstverständlich beließ man bestimmte Abteilungen der Verwaltung in den Städten, die ihre Rathäuser verloren, aber das war reine Kosmetik. Erik hat das nie überwunden."

„Aber ..." Einige der Teilchen werden langsamer und landen in einer Art Muster. Klick, klick, klick passen sie ineinander; Anne-Maj ist sich bloß nicht sicher, wie. „Hat dein Mann sein Handwerk gepflegt?"

„Ja, das hat er. Es machte ihm viel Spaß, abends dazusitzen und an seinen Büchern zu werkeln." Es scheint, dass Valborg nichts von der Zerstreutheit ihres Gastes bemerkt hat.

Anne-Maj lässt ihren Blick über die vielen Buchrücken gleiten. Herrliche patinierte Lederbände mit ansprechender Goldprägung. „Hat er all die hier gebunden?"

„Nicht alle", sagt Valborg. „Aber viele von ihnen. Das hier zum Beispiel." Sie reicht Anne-Maj ein dickes Buch, eine Ausgabe des Saxo Grammaticus, gebunden in rotes Ziegenleder, an den Rändern mit einer geprägten Goldranke versehen.

„Sehr hübsch", sagt Anne-Maj und stellt es zurück ins Regal. Im selben Moment bemerkt sie im untersten Fach des Regals ein Buch in weniger vornehmer Ausstattung. Ein Buch, in das sie in letzter Zeit selbst oft hineingesehen hat: „Vom Kinderheim zum Obersten Gericht". Helmer Bergstrøms Erinnerungen. Sie zieht es heraus, steht eine Weile da und wiegt es in der Hand, während sich weitere Teilchen einfügen. Klick, klick. „Hast du es gelesen?", fragt sie.

„Ein bisschen was, ja." Valborg zuckt mit den Schultern. „Und du?"

„Ja."

„Es ist ein bisschen langweilig, finde ich."

„Sehe ich auch so." Wenn man nur fünf Minuten allein hätte, denkt Anne-Maj. Oder vielleicht zehn. Sie spürt, dass sie fast all die Teile hat, die sie benötigt, um das Puzzle zu vollenden. Sie braucht nur etwas Ruhe ...

„Wollen wir uns nicht wieder raussetzen?", fragt Valborg. „Den letzten Teil des Abends genießen?"

Sie füllt die Gläser erneut, und während sie weiter über den ältesten Bergstrøm-Sohn und den finanziellen Sumpf spricht, in dem er sich befindet, schweifen Anne-Majs Gedanken weit ab. Sie sagt ja und nein an den richtigen Stellen, aber in Wirklichkeit hört sie gerade noch so zu. Sie weiß, dass sie sich sehr bald erheben, für den Abend danken und sich nach Hause begeben sollte, damit sie ab jetzt die Polizei übernehmen lassen kann, aber sie *kann* sich nicht länger zurückhalten. Wenn Valborg wirklich darin verwickelt ist, dann ...

Anne-Maj platzt direkt damit heraus: „Hat dein Mann jemals ein Buch gefälscht? Also von Grund auf gemacht, sodass es wie ein richtig altes Buch aussah, ohne es zu sein?", fragt sie. „Vielleicht bloß zum Spaß?", fügt sie hinzu, um der sehr direkten Frage die Schärfe zu nehmen.

Valborg blinzelt nicht einmal. „Wo hast du davon erfahren?" Sie lächelt entspannt. „Es war schon fast ein Hobby von ihm, und er war bekannt dafür. Für jedes Buch brauchte er Wochen, manchmal Monate. Willst du ein paar von ihnen sehen?“ Als Anne-Maj nickt, sagt sie: „Bleib einfach sitzen.“ Sie huscht ins Wohnzimmer und kommt mit einem kleinen Stapel ledergebundener Bücher zurück. „Erik zeigte sie seinen alten Berufskollegen in der Gewerkschaft, und es herrschte Einigkeit darüber, dass er wahnsinnig talentiert war.“

Anne-Maj blättert in den Büchern, einem nach dem anderen. Sie ist keine Expertin, aber sie meint, sehen zu können, dass die Fälschungen ebenso gekonnt gemacht sind wie das Buch, das sie ganz hinten in Helmers Regal gefunden hatte. Valborg zeigt ihr alles fröhlich, weist auf Details in der Rückennaht hin und erklärt, dass das Papier aus der Vergangenheit stammt und seine Kanten mit der Hand verrieben wurden, damit sie verschlissen wirken. Anne-Maj ist vollkommen durcheinander. Wenn die Witwe des Fälschers alles so wohlwollend zugibt, dann sind die Gedanken, die ihr gerade durch den Kopf gegangen sind, die sie aber Gott sei Dank nicht zum Ausdruck gebracht hat, ja völlig abwegig ... Die gesammelten Hans-Christian-Andersen-Hefte haben mit anderen Worten kaum etwas mit dem Fall zu tun. Warum in aller Welt sollte man Geld von jemandem erpressen, der Buchfälschungen als völlig legales und keineswegs geheimes Hobby betreibt? Geschweige denn einen *Mord* begehen. Wie kann so eine Idee überhaupt in Anne-Majs verwirrtem Gehirn entstehen?

„Und das hier“, fährt Valborg fort, ohne die Zerstreutheit ihres Gasts zu beachten, „das soll eine Erstausgabe von ‚Des Königs Fall‘ darstellen. Sieh mal, mit einer Kopie seiner Signatur und allem.“ Sie hält Anne-Maj das Buch hin, damit sie Johannes V. Jensens schön geschwungene Handschrift mit dem eigenartig losgerissenen „V“ in der Mitte sehen kann.

„Würdest du jemals Argwohn hegen?"

„Bestimmt nicht. Aber ..."

„Ja?" Valborg sieht sie an. „Aber was?"

„Ich habe eine schöne Ausgabe von Hans Christian Andersens Märchen in Helmers Sammlung gefunden", sagt Anne-Maj. „Und die ließ ich durch eine Expertin von Bruun Rasmussen schätzen. Das Buch war eine Fälschung. Und als ich sah, dass dein Mann ursprünglich Buchbinder war ..." Sie lächelt und hofft, dass es entwaffnend wirkt. „Einen Augenblick lang habe ich geglaubt, dass die beiden Sachen zusammenhängen, und dass sie ... etwas mit den Morden zu tun hätten."

Valborgs freundlicher Ausdruck erstarrt. „Du hast geglaubt, dass *ich* ...? Also, hat man so etwas schon gehört." Sie setzt sich gerade hin. „Du hast dir doch wohl in deinen kühnsten Fantasien nicht vorgestellt, dass *ich* Stanley das Leben genommen haben könnte? Stanley, den ich so sehr mochte?" Ihre Augen sind aufgerissen. „Und Vips? Die liebe, unschuldige Vips?"

„Entschuldige", murmelt Anne-Maj. Es lässt sich nicht viel anderes sagen. „Entschuldige."

„Ich verstehe nicht, dass du das glauben konntest."

„Entschuldige", sagt Anne-Maj erneut.

„Also", sagt Valborg nach einer Pause und erhebt sich. „Dir und deiner lebhaften Fantasie sei vergeben. Ich habe jetzt aber einen Muntermacher nötig. Möchtest du auch einen?"

Anne-Maj nickt dankbar, und Valborg verschwindet ins Haus. Das ist wohl eine Form von Friedenspfeife. Anne-Maj tätschelt Mortensen, der sich erhoben hat und in Erwartung, dass sie bald nach Hause gehen, mit dem Schwanz wedelt. „Nur noch ein Viertelstündchen, Schätzchen", sagt sie und sieht in seine tiefbraunen Augen. „Dann machen wir uns vom Acker."

Valborg taucht wieder auf. Sie trägt ein Tablett, auf dem zwei Gläser mit einer schwarzen Flüssigkeit sowie eine fast volle Flasche Fernet Branca stehen. „Ich habe uns drinnen schon eingeschenkt", sagt sie mit einem Lächeln, „aber dann habe ich gedacht, dass ich die Flasche wohl besser mitnehme. Wir brauchen doch auch noch einen für das andere Bein, ehe wir ‚Gute Nacht' sagen."

Anne-Maj sieht die gefüllten Gläser an, und alle Warnlämpchen blinken plötzlich wie verrückt. Ist das nicht das sichere Zeichen, dass jemand einen vergiften will? In all den Krimis, die sie gelesen hat, und in denen Gift die Mordwaffe war, gab es im Voraus eingeschenkte Drinks, die zuallererst in Verdacht gerieten ... und dann auch noch Fernet Branca? Plötzlich weiß Anne-Maj, warum sie beim Anblick des schön verzierten Etiketts Gänsehaut bekommt. Man kann fast alles in einen Fernet Branca geben, und die Leute werden bloß denken „Oh, der ist heute ganz schön scharf!"

„Bitte sehr", sagt Valborg und stellt das eine Glas ihrem Gast hin.

„Ich glaub, dass ich doch nicht ...", piept Anne-Maj.

„Papperlapapp." Valborg lächelt. „Auf ex."

29.

Donnerstag, 20. Juni

Anne-Maj greift zum Glas, tut es aber bewusst so ungeschickt, dass sie es stattdessen umwirft. Das starke Getränk läuft über den Gartentisch und rinnt weiter auf die Fliesen hinunter. Ein paar Tropfen treffen ihre Tasche, die unter dem Stuhl steht.

„Ach!", sagt Anne-Maj. „Wie tollpatschig ich bin." Sie nimmt ein paar der rosaroten Cocktailservietten und wischt alles auf, so gut sie es kann. Eine der durchweichten Servietten steckt sie heimlich in ihre Tasche. Die Techniker der Polizei müssen sie auf Spuren von Taxin untersuchen können, denkt sie. Wenn sie etwas herausfinden, haben wir einen physischen Beweis. „Ich gieße einen neuen ein", sagt sie und wischt das Glas zuerst sorgfältig ab. Ihre Gastgeberin sagt kein Wort, wirkt nicht einmal erschreckt oder irritiert darüber, dass ihr Tisch versaut wurde.

Anne-Maj sieht auf und stellt fest, dass Valborgs Blick kühl auf ihr ruht. Sie weiß alles, das ist deutlich: Valborg hat durchschaut, dass sie durchschaut ist. Muss Anne-Maj jetzt Angst haben? Sie beschließt, dass das nicht zwangsläufig so sein muss. Sie würde eine körperliche Rauferei jederzeit gewinnen können, auch wenn die Vorstellung dessen ein klein wenig absurd ist. Die einzige Waffe der fünfundsiebzigjährigen Valborg ist Gift, und ohne das hat die zwölf Jahre jüngere Anne-Maj gute Chancen, mit dem Leben davonzukommen. Draußen auf der anderen Seite des Jägerzauns sind Stimmen zu hören, jemand sitzt dort wie sie selbst und genießt den warmen, hellen Abend – vielleicht Valborgs Hauswirte. Wenn alles andere fehlschlägt und es sich zeigt, dass Valborg eine scharf geschliffene Machete in der Tasche ihrer maßgeschneiderten Slacks stecken hat, so kann Anne-Maj einfach schreien und hundert Prozent sicher sein, dass jemand sie hört.

Sie beschließt, den Stier bei den Hörnern zu packen. „So hast du es also gemacht, nicht wahr?", fragt sie in einem plaudernden Tonfall. „Du hast das Taxin in ein Glas Fernet Branca gegeben, sodass deine Opfer es nicht schmecken konnten."

Valborg blickt sie schweigend an. Jegliche leutselige Höflichkeit ist aus ihrem Gesicht gewischt, jeglicher fingierte Schock, wegen Mordes angeklagt zu werden, ist vergessen.

„Woher hast du das Gift?", fährt Anne-Maj fort und ist selbst über ihre Ruhe verblüfft. „Ach", sagt sie und es kommt ihr vor, als würde eine Glühbirne auf beste Daniel-Düsentrieb-Art über ihrem Kopf eingeschaltet. „Natürlich. Du bist jeden Tag an der Eibenhecke am Friedhof vorbeigegangen, nicht wahr?"

Valborg antwortet immer noch nicht.

„Es war für dich eine Kleinigkeit, die Beeren zu pflücken und das Gift zu gewinnen ... Wie machst du das eigentlich?" Anne-Maj sitzt eine Weile da und betrachtet ihre schweigende Gastgeberin. „Und warum hast du Vips und Helmer getötet? Haben sie versucht, die Erpressung fortzusetzen, auch wenn dein Mann schon tot war?"

„Ich habe keine Lust, dazusitzen und mir dein törichtes Gerate anzuhören", sagt Valborg.

„Dann erzähl mir doch, wie es abgelaufen ist", sagt Anne-Maj. „Die Chance, dass *ich* deine Beweggründe verstehen kann, ist doch wohl größer, als dass die Polizei es kann. Denk dran, dass ich von Helmer auch nicht begeistert war."

„Ich musste es tun."

Jetzt ist Anne-Maj an der Reihe, bloß schweigend zu warten. Sie lehnt sich im Stuhl zurück. Nickt mit einstudierter Ruhe.

„Und wenn du es verstehst, wirst du vielleicht beschließen, es für dich zu behalten", fährt Valborg fort. „Das hoffe ich zumindest."

„Es ist auf jeden Fall eine Möglichkeit." Anne-Maj fühlt sich obenauf, ist ziemlich stolz darauf, das Ganze herausbekommen zu haben. Sie freut sich bereits darauf, morgen früh Anders Hall anzurufen. Oder sie könnte den blasierten Krause kontaktieren. Warum eigentlich nicht? Mit so wichtigen Neuigkeiten muss man doch direkt zur Ermittlungsleitung gehen. „Erzähl einfach. Dann können wir hinterher besprechen, was wir machen sollen." *Wir.* Clever, findet sie, sehr clever, sich zu Valborgs Verbündeter zu machen. Sie ist überzeugt davon, dass sich das hier der ausgeklügelten Fragetechnik nähert, mit der Krause protzt.

„Es begann eigentlich vor langer, langer Zeit", sagt Valborg. „Damals, als mein Mann immer noch Gewerkschaftler war und nur langsam eine eigentliche politische Karriere aufzubauen begann. Er ..." Sie schüttelt den Kopf. „Er war immer ein Spieler. Damals, in unseren jungen Jahren, war es nur ein bisschen Kartenspiel mit Arbeitskollegen ein paar Abende die Woche, ganz unschuldig und nur um Kleingeld. Doch immer häufiger ging es um große Beträge, und sie blieben nicht bei den Karten. Oft – viel öfter, als ich damals ahnte – waren sie auf der Pferderennbahn und setzten ziemlich hohe Beträge, so wie er auch tippte und bei verschiedenen Lotterien und so mitspielte. Ich war irritiert darüber, dass Erik seinen Lohn auf diese Weise vergeudete, aber ich hatte keine Ahnung, wie schlimm es um ihn stand, bis er eines Tages mit einem gigantischen blauen Auge nach Hause kam. Es zeigte sich, dass er sich Geld von ein paar offensichtlich recht unsympathischen Gestalten geliehen hatte, und jetzt konnte er es nicht zurückzahlen. Das war wirklich ein Problem. Ich hatte selbstverständlich meinen Job als Lehrerin, er war inzwischen bezahlter Vorsitzender des Dänischen Buchbinder- und Kartonagearbeiterverbandes, und wir hatten doch ein vernünftiges Einkommen, konnten aber keine großen Sprünge machen."

„Was habt ihr dann getan?"

„Ein Bankdarlehen aufgenommen. Und später noch eines. Und noch eines. Das war eine Spirale ohne Ende. Heutzutage würde man ja verstehen, dass Erik spielsüchtig war, und ihn in irgendeine Form von Behandlung schicken, aber damals hatte man nicht verstanden, dass Spielsucht eine Krankheit vergleichbar mit Alkoholismus oder Drogenmissbrauch ist." Valborg sitzt eine Weile da, blickt auf ihre Hände, die einander umklammern. Sie sieht nicht mehr gefährlich aus, bloß müde und unglücklich. „Irgendwann ‚lieh' er sich einen hohen Betrag von der Gewerkschaft, und der Skandal wurde nur mit knapper Not vermieden, da er kurz darauf fast wie durch ein Wunder plötzlich in der Lage war, das Geld zurückzuzahlen, ehe es bemerkt wurde."

„Wunder? Hatte er etwas gewonnen?"

Für den Bruchteil einer Sekunde lächelt Valborg schief. „Ich glaube wirklich, dass es zu den Seltenheiten gehörte, dass Erik irgendetwas gewann. Und wenn er es doch einmal tat, verspielte er das Geld sofort wieder." Sie schüttelt den Kopf. „Was geschah, war, dass ich Mitte der neunziger Jahre meine Eltern beerbte. Mein großer Bruder bekam natürlich das Gut, doch ich erhielt eine schöne Summe. Wir beglichen alle Schulden, und Erik versprach, dass er diese Gelegenheit für ein neues Leben beim Schopfe packen, Tabula rasa machen würde. Aber das hielt er natürlich nicht." Sie sieht zu Anne-Maj. „Jetzt stelle ich ihn wie einen armseligen Schuft dar, aber das war er ganz und gar nicht. Erik war beliebt und respektiert, niemand wusste etwas von seiner Spielleidenschaft, niemand kannte unsere angespannte finanzielle Lage."

Anne-Maj fühlt gegen ihren Willen ein gewisses Mitleid mit der Bürgermeisterin.

„Zu dem Zeitpunkt saß er im Stadtrat. Ich hatte den Rest meines Erbes von meinen Eltern für den Kauf eines kleinen Hauses verwendet, das auf meinen Namen eingetragen war. Es schien Licht am Ende des Tunnels zu geben, doch es zeigte sich, dass Erik nach wie vor spielte. Er belieh das Haus, indem er meine Unterschrift fälschte – darin war er irgendwie Fachmann –, und hinter meinem Rücken brachte er klammheimlich alles durch, was wir auf dem Sparkonto stehen hatten."

Anne-Maj nickt. Sie kann sich überhaupt nicht vorstellen, einem Mann Zugang zu diversen Konten zu gewähren, wenn er mehrere Male versagt hat. So einem anderen Menschen zu vertrauen ... niemals. Aber vielleicht sprach da bloß ihr eingefleischtes Single-Herz.

„In dem Maß, wie Erik uns den finanziellen Teppich unter den Füßen wegzog, wuchsen seine politischen Ambitionen, und er wurde Bürgermeister. Alle mochten ihn, alle respektierten ihn, selbst die Stadträte der Opposition ... Doch hätten die Leute etwas von seiner finanziellen Verantwortungslosigkeit im Privaten erfahren, hätte er nicht viel Chancen gehabt, auf dem Posten zu bleiben – und er hatte auch Angst, dass ich ihn vor die Tür setzen würde, wenn ich feststellte, was er getan hatte. Er war gezwungen, etwas zu unternehmen."

„Und da ist ihm die Idee gekommen, das Buch zu fälschen?"

„Ach, das hatte er schon längst getan. Die Fälschungen waren sein Hobby, wie ich dir vorhin schon erzählt habe. Er setzte seinen Stolz daran, seine Technik zu perfektionieren und sogenannte Erstausgaben herzustellen, die die meisten hinters Licht führen konnten." Valborg sieht einen Augenblick ganz stolz aus. „Doch ja, zu diesem Zeitpunkt hatte er die unglückselige Idee, eines seiner Werke als Bezahlung einer Spielschuld bei Helmer Bergstrøm zu verwenden, von dem er wusste, dass er signierte Erstausgaben sammelte."

„War *Helmer* auch spielsüchtig?" Das passte überhaupt nicht zu Anne-Majs Eindruck von dem zänkischen Anwalt.

„Nein, auf gar keinen Fall. Er spielte jedenfalls nicht mit Erik – sie wohnten ja knapp neunzig Kilometer voneinander entfernt. Seine Funktion in diesen Kreisen war, dass er Geld an die Spieler verlieh, die verschuldet waren, und er nahm wirklich hohe Zinsen dafür. Mit anderen Worten: Er war Wucherer. Ein durchtriebenes, dummes Schwein, wenn du mich fragst. Saß da in seiner feinen Anwaltskanzlei und saugte Menschen in unglücklicher Lage aus. Ich wusste von alledem nichts, ansonsten hätte ich Erik natürlich daran gehindert, etwas so Dummes zu tun, wie seine Schulden mit dem gefälschten Hans-Christian-Andersen-Buch zurückzubezahlen. Doch erst, als alles einstürzte, gestand er es."

„Was ist dann passiert?"

„Helmer nahm das Buch als Bezahlung und ließ es umgehend bei einem Fachmann schätzen."

„Das weiß ich."

Valborg nickt. „Dass Erik nicht vorhergesehen hatte, dass dies geschehen könnte, wundert mich noch heute. In einigen Punkten war er also sehr naiv." Dann fährt sie fort: „Als Helmer herausfand, dass das Buch falsch war, begann er mit der Erpressung: Wenn Erik nicht bezahlte, würde Helmer die Geschichte über die Fälschung, unsere schlechte finanzielle Lage, Eriks Spielleidenschaft öffentlich machen. Als Beweis behielt er das Buch zusammen mit einem Brief, in dem der Experte mitteilte, dass es sich um eine Fälschung handele. Helmer verlangte zu Beginn keine gewaltigen Beträge, aber genug, dass unser gesamtes Kartenhaus zusammenstürzte. Ich fand es heraus, als ich über eine ganze Schublade mit Mahnungen vom Elektrizitätswerk, der Autowerkstatt und so weiter fiel. Ich zwang Erik dazu, unsere gesamten Finanzen mit mir durchzugehen. Es war erschütternd, nicht zuletzt, als er gestand, dass er erpresst wurde. Hätte ich gewusst, wer dahintersteckte, hätte ich etwas unternommen, aber Erik weigerte sich, es mir zu sagen. Er hatte Angst vor den Konsequenzen, wenn ich den Schurken angriff und damit riskierte, dass der Mann mit seinem Wissen zur Presse ging. Was für einen Skandal hätte das gegeben, wenn die Leute erfahren hätten, dass ihr hoch respektierter Bürgermeister sowohl der Fälschung schuldig war als auch ansehnliche Spielschulden angehäuft hatte?"

„Was habt ihr dann getan?"

„Tja, was *konnten* wir tun?" Valborg bemerkt anscheinend nicht, dass eine einzelne Träne sich losreißt und im Zickzack an ihren Falten entlang die Wange hinunterrinnt. „Wir verkauften das Haus, zogen in eine Wohnung, sagten allen, dass wir es taten, weil wir unabhängiger sein wollten, die Möglichkeit zum Reisen haben wollten, wenn wir pensioniert würden."

„Haben die Leute das geglaubt?"

„Ich habe den Verdacht, dass die Gerüchte zu dem Zeitpunkt bereits im Umlauf waren."

„Das muss schwer gewesen sein." Anne-Maj tut die hart geprüfte Witwe aufrichtig leid. „Doch dann hörte er mit dem Spielen auf, oder?"

„Ja. Zumindest, soweit ich weiß. Wir hatten ganz einfach nichts mehr, was verspielt werden konnte, und ich hatte jeden Kontakt zur Bank übernommen; auf allen Konten stand allein mein Name, und ich unterließ es, Erik meinen Code mitzuteilen. Schnellkredite und Wucherer hatte er zum Glück aufgegeben, aber die Zahlungen an Helmer fraßen alles auf, was uns das Leben etwas hätte versüßen können. Zu diesem Zeitpunkt mussten wir jeden Monat fünftausend Kronen in bar abliefern, und im Laufe der Jahre hatten wir inzwischen weitaus mehr bezahlt, als das gefälschte Buch hätte einbringen können – wohlgemerkt, wenn es echt gewesen wäre."

„Und du wusstest immer noch nicht, wer deinen Mann erpresste?"

„Ich hatte keine Ahnung. In diesem Punkt war Erik starrköpfig. Er wollte nicht, dass ich mich einmischte, und die einzige Möglichkeit, wie er das verhindern konnte, war, den Namen des Erpressers geheim zu halten." Sie hält die Fernet-Branca-Flasche hoch. „Du willst immer noch nicht ...?" Als Anne-Maj den Kopf schüttelt, gießt Valborg sich selbst ein. Spült den bitteren Trank in einem Satz hinunter. „Unsere Finanzen wurden nie richtig gut, aber ich konnte in Vorruhestand gehen, und Erik hatte immer noch seine gute Arbeit als Bürgermeister. Die Zahlungen an Helmer waren eine Ausgabe, die so fest war, dass man nicht mehr darüber nachdachte, aber sie sorgte dafür, dass wir klein gehalten wurden. Nach der Gemeindereform 2007 wurde mein Mann wie gesagt in den Ruhestand geschickt und versuchte, Helmer zum Einstellen der Erpressung zu bringen, aber vergeblich. Erst als Erik starb, hörte es auf."

„Und in all den Jahren bist du bei deinem Mann geblieben. Fantastisch." Anne-Maj ist nicht im Geringsten ironisch. Sie findet wirklich, dass es unglaublich ist, dass jemand sich so eine Behandlung gefallen lässt.

„Ich habe ihn doch geliebt", sagt Valborg mit einem Schulterzucken. „Die ersten Monate nach seinem Tod wartete ich auf eine Mahnung, aber der Erpresser wusste natürlich aus der Zeitung, dass Erik tot war, und mich wollte er anscheinend nicht erpressen – was auch klug war. Hätte er es versucht, dann wäre er ja gezwungen gewesen, mir gegenüber seine Identität preiszugeben, und ich hätte nicht gezögert, ihn bei der Polizei anzuzeigen. Ich hatte nichts zu verlieren."

„Und dann?"

„Ja, dann zog ich aus der Stadt weg. Ich hatte kein Bedürfnis, mich unter Eriks alten Stadtratskollegen und Wählern zu befinden, als der Klatsch sich jetzt ernsthaft zu verbreiten begann. Es gab Gerüchte über seine Schulden, Verdächtigungen wegen Unterschlagung, Vermutungen über Gewalt in der Ehe und absonderliche sexuelle Präferenzen ... Es war ganz einfach nicht zum Aushalten. Eine jetzt leider verstorbene Freundin aus dem Lehrerseminar riet mir, hierher zu ziehen. Sie hatte jahrelang in Nykøbing gewohnt und gearbeitet und empfahl mir die Stadt aufs Wärmste. Sie half mir, das hier zu finden." Ihre Hand macht einen Bogen, der die Terrasse, das Haus und den sich nun verdunkelnden Himmel einschließt.

30.

Donnerstag, 20. Juni

„Und *dann* bist du Helmer begegnet?" Anne-Maj würde sich wirklich wünschen, dass Valborg bald zur Sache kommt. „War das ein Zufall?"

„Ganz und gar. Einer der eher spitzfindigen Streiche des Schicksals." Sie lehnt sich im Gartenstuhl zurück. „Die Freundin, die ich erwähnte habe, arbeitete als Ehrenamtliche im Trödelladen, und sie überredete mich, auch ein paar Dienste zu übernehmen. Ich beschäftige mich nicht besonders mit altem Gerümpel, aber die Arbeit gefällt mir, und es war schön, in meiner neuen Stadt Bekannte zu bekommen. Damals war immer noch Helmer derjenige, der den Laden verwaltete. Er übernahm den gesamten Kontakt zur Bank, zum Hauptbüro und zur Gemeinde, und er kümmerte sich um Dienstpläne und die Arbeitsverteilung. All das, wofür ich jetzt die Verantwortung trage. Ich habe den Mann nicht gemocht – in Wirklichkeit tat das wohl niemand sonst als seine Frau, und selbst sie hatte ich im Verdacht, ihn gründlich satt zu haben. Als es mit seiner Gesundheit bergab ging, machte er auch immer mehr Fehler. Wir anderen einigten uns darauf, kurzen Prozess zu machen. Wir wandten uns im Herbst an das Hauptbüro und brachten sie dazu, Helmer formell zu bitten, zurückzutreten und mich ans Ruder zu lassen. Ich war von den Ehrenamtlichen die Einzige, die Lust und Kraft dazu hatte."

„Das war kurz nachdem ich angefangen hatte."

„Ja."

„Und was hat Helmer dazu gesagt, rausgedrängt zu werden?"

„Er freute sich nicht, dass ist klar, aber er konnte wohl selbst erkennen, dass die Situation unhaltbar war, auch wenn er das keineswegs eingeräumt hätte. Es half natürlich, dass er nach wie vor für seine geliebte Buchabteilung verantwortlich sein sollte." Valborg macht einen tiefen Atemzug. Atmet langsam aus, als ob sie zusätzlichen Sauerstoff benötigt, um weitermachen zu können. „Im Winter war ich zum Essen bei Helmer und Vips ..."

„Am fünften Januar", sagt Anne-Maj.

„Das kommt hin. Er muss zu diesem Zeitpunkt schon längst herausgefunden haben, wer ich war. Er hat es sicherlich genossen, mich zu beobachten, meine angegriffene finanzielle Lage, das Ergebnis seiner jahrelangen Erpressung meines Mannes. Vielleicht überlegte er sogar, ob er auch von mir Geld erpressen könnte ... Ich wusste natürlich nichts, aber im Nachhinein kann ich jetzt sehr wohl sehen, dass er mich sozusagen ... *studierte*. Etwas zu intensiv."

Als Anne-Maj nicht antwortet, fährt Valborg fort: „Ja, also wir regelten recht schnell all das Praktische, die Übergabe der Dokumente und der Buchhaltung und so, und dann wollte ich eigentlich nach Hause fahren; wie gesagt, seine Gesellschaft hat mich nicht gerade entzückt. Doch Vips hatte ein leckeres Essen mit Krabbenscheren und Kaiserhummer und allem möglichen anderen vom Fischhaus in Rørvig vorbereitet, und da konnte ich ja nicht einfach so gehen. Während wir aßen, unterhielt uns Helmer mit seiner großen und offensichtlich recht kostbaren Sammlung an signierten Erstausgaben, und nach dem Essen bestand er darauf, sie mir zu zeigen. Ich bewunderte sie folgsam, und dann bestand er darauf, mir seine Erinnerungen zu verehren. Er hatte sie selbst geschrieben und herausgegeben, erzählte er sehr stolz. Es war schwer, Nein zu sagen."

Anne-Maj kann sich den nächsten Punkt in der Geschichte schon denken, aber sie sagt nichts.

„Ich habe pflichtschuldigst ein wenig hier und da im Buch gelesen. Wie ich gewiss schon zuvor erwähnt habe, fand ich, dass es eine recht unerträgliche Geschichte war. Doch ich wollte es hinter mich bringen, wollte dem Mann sagen können, dass ich es gelesen hatte. Beinahe zufällig stolperte ich plötzlich über einen Abschnitt, bei dem sich mir die Nackenhärchen aufstellten. Helmer schreibt ganz direkt, dass jemand versucht habe, ihn mit einem gefälschten Band Hans-Christian-Andersen-Märchen übers Ohr zu hauen, dass er das Buch aber als Fälschung entlarvt hatte. Nennt obendrein noch den Nachnamen meines Mannes und sagt, dass die Sache geregelt wurde. *Geregelt!* Hast du Töne?" Valborgs Blick flammt auf. „Und dann der triumphierende Ton! Der Gedanke, dass Erik und ich es waren, die aus einem nicht besonders prunkvollen Vermögen zu dem perfekten, teuren Heim dieses unsympathischen, steinreichen Scheißkerls beigetragen hatten. Ich war rasend vor Wut."

„Und dann hast du ihn getötet?"

„Nein, nicht zu diesem Zeitpunkt. Doch der *Gedanke* entstand da wohl. Und als ich ein paar Tage später auf dem Weg zur Arbeit über den Friedhof spazierte, bemerkte ich eine große Eibenhecke. Sie war zu dem Zeitpunkt nicht in Form geschnitten, daher war sie voll von halbvertrockneten roten Beeren – das war wie eine Offenbarung. Ich wusste, dass vor allem die Eibensamen giftig sind, aber nicht, wie sehr – und ich hatte keine Ahnung, wie ich den Giftstoff gewinnen sollte." Valborg zuckt mit den Schultern. „Aber ich füllte mir die Taschen und verwendete an den folgenden Tagen einiges an Zeit darauf, das Thema zu erforschen. Ging ins Internet und schlug in meinen alten Lehrbüchern nach. Ich rief auch anonym beim Giftnotruf an und holte eine Menge Wissen aus ihnen heraus, ohne dass sie Argwohn hegten – wie viele Samen eine tödliche Dosis darstellten und solche Dinge. Zuletzt fühlte ich mich gut vorbereitet und begann mit der Gewinnung."

„Einfach so? Benötigt man keine Spezialausrüstung?" Anne-Maj versucht sich vorzustellen, wie sie in ihrer eigenen Küche steht und mit lebensgefährlichen Giftstoffen hantiert. „Man kann doch nicht einfach irgendeinen Topf verwenden, oder?"

„Jetzt fragst du wohl auch gleich noch nach dem Rezept." Valborg lacht trocken. „Du weißt doch, dass ich Naturkundelehrerin war, ehe ich pensioniert wurde, oder?" Als Anne-Maj den Kopf schüttelt, fährt sie fort: „Ich verstehe genug von Botanik und Chemie, dass ich derartige Aufgaben lösen kann, aber es hat etwas gedauert, die richtige Konzentration herauszufinden – die Dosis, die ich Helmer beim ersten Mal gab, war viel zu gering. Es ist nicht mehr passiert, als dass er Durchfall bekam und sich erbrechen musste. Sein Arzt meinte, dass es nur eine Magenentzündung wäre, die ihn aufgrund seines schon im Vorfeld geschwächten Zustands flachgelegt hatte. Als er dann nach ein paar Wochen wieder fit war, gab ich ihm eine neue Portion – doppelt so stark. Und dieses Mal wirkte es."

„Aber lag Helmer ein paar Tage vor seinem Tod nicht im Krankenhaus? Ich glaube, das hat Vips gesagt."

„Ja. Es dauerte eine Weile. Aber es zeigte sich, dass es ein Vorteil war. Auf diese Weise hegte niemand Argwohn. Verstehst du das nicht?"

Anne-Maj versteht das sehr wohl, aber sie muss wirklich einen harten Kampf kämpfen, um weiterhin neutral interessiert zu wirken. Das geringste Zeichen einer Missbilligung der morbiden Geschichte, und Valborg würde verstummen. „Hast du das Gift in den Fernet Branca gegeben?"

„Genau. Helmer war ja einem Schnäpschen nicht abgeneigt. Daran kannst du dich wohl noch erinnern. Ursprünglich war er es, der unsere Tradition mit einem Schnaps vor dem Heimweg einführte."

„Und Vips? Was ist mit Vips? Warum musste sie sterben?"

„Das war gewiss auch nicht beabsichtigt." Der triumphierende Ausdruck ist aus Valborgs Gesicht verschwunden. „Aber ich musste es tun."

Anne-Maj sagt nichts.

„Anfang April lud sie mich zum Abendessen ein, weil ich angeboten hatte, ihr mit ein paar praktischen Kleinigkeiten zu helfen, mit denen sie nicht zurechtkam. All so Sachen wie elektronische Unterschrift und Online-Banking, und sie hatte überhaupt keinen Überblick über Versicherungen und Hausdarlehen und diese Dinge. Auch wenn ich keine direkte Expertin bin, so habe ich sie da durchgeführt und Vorgehensweisen und diverse Codes auf ein Blatt Papier geschrieben." Wieder atmet Valborg tief ein, das Fortfahren fällt ihr offensichtlich schwer. „Vips zeigte mir so ein Schulheft, das sie in einem Stapel auf Helmers Schreibtisch gefunden hatte und das sie unruhig gemacht hatte. Es war für jeden deutlich erkennbar – selbst für die naive Vips –, dass es sich um das Geschäftsbuch eines Wucherers handelte. Seite über Seite mit Zahlen; die Ausnutzung schwacher Seelen über mehrere Jahre hinweg. Geld verliehen, Zinsen hinzuaddiert, Geld ganz oder teilweise zurückbezahlt. Ein Name tauchte immer wieder auf: Nielsen. Der Unterschied zwischen dieser Person und den anderen Opfern war, dass es nach einem langen Zeitraum, in dem der Betreffende Geld sowohl geliehen als auch mit haushohen Zinsen zurückgezahlt hatte, plötzlich nur noch Einzahlungen gab. Jeden Monat denselben Betrag, jahraus, jahrein. Vips zählte zwei und zwei zusammen. Ihre Hilflosigkeit mit Online-Banking und Abrechnungen lag also weder an Zahlenblindheit noch schwacher Begabung."

„Sie hat sich ausgerechnet, dass hier Geld erpresst wurde", sagt Anne-Maj.

„Genau das hat sie. Und in aller Arglosigkeit hat sie mir das erzählt. Aber wozu sollte ich das verwenden? Zur Polizei gehen und einen toten Mann anzeigen? Einen Mann, den ich selbst getötet hatte? Würde das den Verdacht nicht einfach auf mich selbst lenken?" Valborg schüttelt den Kopf. „Ich habe nicht richtig verstanden, warum Vips mir die besonders entlarvenden Abrechnungen gezeigt hatte, aber dann sagte sie: ‚Ich glaube, das hier war der Grund, warum Helmer getötet wurde.' ‚Getötet wurde?', fragte ich. ‚Er starb doch aus natürlichen Ursachen.' Nein, dieser Ansicht war Vips nicht. Nicht, nachdem sie diese Abrechnungen hier gesehen hatte. Und dann plauderte sie die Geschichte mit dem gefälschten Buch aus. Helmer hatte sie ihr seinerzeit mit sich selbst in der Rolle des Helden erzählt, der ein Verbrechen aufklärte, begangen von einem gewissen Herrn Nielsen, ganz so, wie er es in seinen Erinnerungen beschrieben hatte. Er hatte dem Betreffenden eine Reihe von Strafen auferlegt, damit es dem Übeltäter eine Lehre wäre. Wenn Helmer wirklich Geld erpresst *hat,* worauf das gefundene Heft mit den Abrechnungen hindeuten könnte, dann hatte er sich wohl selbst in eine gefährliche Situation gebracht, fasste Vips zusammen, und daher war sie der Ansicht, dass eine gewisse Wahrscheinlichkeit dafürsprach, dass ihr Mann ermordet worden war."

„Aber warum hat sie dir das erzählt?"

„Weil die unschuldige Seele einen guten Rat brauchte: Sollte sie mit ihrem Mordverdacht zur Polizei gehen und im selben Atemzug ihren verstorbenen Mann als einen zynischen Wucherer und Erpresser entlarven, oder sollte sie die Sache auf sich beruhen lassen?"

„Warum sprach sie darüber nicht mit ihren Söhnen?"

„Das habe ich sie auch gefragt. Aber die wären so beschäftigt, sagte sie. Sie würden nur gereizt werden. Und wenn sie sie schließlich dazu gebracht hätte, zu verstehen, worum es ging, dann hätte zumindest Thomas alles getan, was in seiner Macht stünde, um sie daran zu hindern, die Polizei hinzuzuziehen. Der Skandal hätte sich zweifelsohne auf die Kanzlei ausgewirkt, die er ja von seinem Vater geerbt hat. Dann lieber einen Mörder ungeschoren davonkommen lassen."

„Wozu hast du ihr geraten?"

„Ich habe um mehr Informationen gebeten. Hatte sie zum Beispiel andere Beweise für die Erpressung als die primitive Abrechnung? Ja, erzählte sie. Sie wusste zwar nicht, wo sich das gefälschte Buch selbst befand; darin hatte Helmer sie nie eingeweiht. Sie hatte es gesehen, wusste, dass es nach wie vor existierte, doch sie hatte keine Ahnung, wo ihr Mann es versteckt hatte. In einem Bankschließfach, meinte sie. Das Dokument, das der Experte aus dem Museum ihm seinerzeit gegeben hatte, das hatte sie jedoch für ihn über mehrere Jahre aufbewahrt. Vips sah ganz stolz aus, als sie das sagte. Ich fragte, ob sie das Papier an einem sicheren Ort hätte, und sie antwortete, dass sie es gerade erst nach Helmers Tod an einen anderen Ort gebracht hatte, weil sie plötzlich der Ansicht war, dass es zu riskant wäre, es im Haus zu haben." Valborg sieht zu Anne-Maj. „Du kannst dir sicherlich ausrechnen, wo Vips es versteckt hatte."

„Die Schmuckschatulle", sagt Anne-Maj, ohne zu zögern. „Die beim Einbruch gestohlen wurde."

„Genau. Kein besonders cleverer Ort, wenn du mich fragst, aber weiter reichte ihre Fantasie anscheinend nicht, und sie selbst hatte ja den einzigen Schlüssel zu der Vitrine, also bestand keine Gefahr, dass eine von uns anderen sie verkaufen würde." Valborg sitzt eine Weile da, kratzt sich an der dünnen Haut ihres Unterarms. „Also, Vips hat mich um Rat gebeten. Ich empfahl ihr natürlich, die Sache auf sich beruhen zu lassen, riet ihr, die Beweise baldmöglichst loszuwerden, alles über ihren Verdacht zu vergessen. Das Risiko, sich lächerlich zu machen, wäre zu groß, sagte ich. ‚Dasselbe würde Thomas auch sagen', antwortete sie, und plötzlich konnte ich ihr ansehen, dass sie nicht die Absicht hatte, meinem Rat zu folgen. Egal, was ich sagte, würde sie mit einem Polizisten darüber sprechen, versuchen, dass Ermittlungen eingeleitet würden ... Und, na ja, dann ging es, wie es ging. An jenem Sonntag besuchte ich sie unangemeldet unter dem Vorwand, dass ich mich anders besonnen hätte und jetzt doch der Meinung wäre, dass wir zur Polizei gehen sollten ..."

„Und dann hast du sie getötet?" Anne-Maj fällt es schwer, ihre Stimme frei von Verachtung zu halten. Der Gedanke an die kleine, entseelte Gestalt auf dem Sofa, die verkehrt aufgesetzte Perücke, die Pantoffeln, die ordentlich nebeneinander standen ... Die Wut kocht in ihr.

„Ich hatte etwas über die Dosierung gelernt, als ich mir Helmer vom Hals schaffte", fährt Valborg fort. „Wenn man möchte, dass das Opfer schnell und schmerzlos stirbt, muss die Dosis erheblich höher sein, also gab ich Vips drei Mal mehr als die Menge, die ihren Mann umbrachte."

„Wie hast du sie dazu gebracht, den Bitter mit dem Gift darin zu trinken? Vips wusste, dass sie kurz darauf fahren musste, wenn sie zu mir zum Abendessen wollte."

Zum ersten Mal sieht Valborg peinlich berührt aus. „Ich habe sie überredet", sagt sie dann.

„Du hast sie *gezwungen?* Ist deshalb ihre Perücke heruntergefallen?" Anne-Majs Stimme zittert vor Zorn, und sie kann dies nicht länger verbergen.

„Woher weißt du, dass ihre Perücke heruntergefallen ist?" Valborg sieht aufrichtig verblüfft aus.

„Weil du sie ihr hinterher verkehrt aufgesetzt hast. Mit der hinteren Seite auf ihre Stirn gedreht. Das löste bei mir den Verdacht aus, dass es nicht einfach nur ein natürlicher Tod war."

„Ich muss schon sagen!"

„Ich kam gegen zehn zu ihr."

„Ja, ich habe gehört, als du kamst."

Jetzt ist Anne-Maj mit dem Staunen an der Reihe. Dann versteht sie: „Du warst das, die da im Haus herumraschelte. Es war nicht einfach nur ein Igel, der Mortensen zum Bellen brachte."

Der Hund, der ansonsten apathisch dagelegen hat und den beiden Frauen mit dem Blick gefolgt ist, sieht bei der Erwähnung seines Namens mit einem Mal wach aus, aber da nichts weiter folgt, kommt er wieder zur Ruhe.

„Ja, das war ich", antwortet Valborg. „Ich habe stundenlang nach dem gefälschten Buch gesucht, bis du mich unterbrochen hast. Ich bin zur Vordertür hinausgehuscht, als du dich hinten auf die Terrasse gesetzt hast." Wieder sitzt sie eine Weile still da. „Es ist eigenartig", sagt sie dann. „Es fühlt sich eigentlich wie eine Erleichterung an, jemandem dies alles zu erzählen. Jetzt sind wir zu zweit, die die ganze Sache kennen."

31.
Donnerstag, 20. Juni

„Nicht die ganze Sache“, sagt Anne-Maj. „Stanley.“

„Ach ja.“ Ein Tic bringt die Haut unter Valborgs linkem Auge dazu, sich zusammenzuziehen. „Stanley. Das tat weh. Der Mann hat niemals jemandem etwas zuleide getan ...“

„Genau. Warum dann also?“

Tiefes Einatmen. Valborg massiert den zitternden Muskel mit der Spitze ihres Zeigefingers. „Als er an jenem Sonntag in den Trödelladen floh, um den Mopedflegeln zu entkommen, befand ich mich bereits im Laden. Ich war gerade dabei, die Schmuckvitrine mit dem Schlüssel aufzuschließen, den Thomas Bergstrøm am Tag zuvor abgegeben hatte, als ich draußen aus dem Gässchen den Tumult hörte. Als Stanley zum Laden lief, schnappte ich mir die Schmuckschatulle und schlüpfte auf die Toilette. Etwas später hörte ich, wie die Flegel mit dem Inventar herumwarfen und Stanley mit Schimpfworten bedachten. Erst als sowohl er als auch seine Plagegeister verschwunden waren, konnte ich raus, und ich machte, dass ich wegkam. Als ich fast schon zu Hause war, fiel mir ein, dass ich doch einfach das Papier hätte nehmen und die Schmuckschatulle hätte liegen lassen sollen, aber da traute ich mich nicht umzukehren. Ich habe darauf gesetzt, dass ich die Schatulle in aller Unauffälligkeit am nächsten Tag an ihren Platz legen könnte, doch zuvor hast du ja entdeckt, dass sie in der Schublade fehlte. Was für verdammte Adleraugen du hast!"

Anne-Maj versucht, sich nicht geschmeichelt zu fühlen. „Das erklärt ja nicht, warum der arme Mann sterben musste", sagt sie.

„Du erinnerst dich, wie er seine Geschichte sozusagen häppchenweise erzählte, oder? Für Stanley war es zu viel, einen so verwickelten Handlungsverlauf in einem Rutsch wiederzugeben. Den ersten Teil seines Berichts über den Zusammenstoß mit den Mopedflegeln oben in der Algade erhielten wir alle zusammen; hinterher erzählte er dir, dass er Zuflucht im Laden gesucht hatte, und dass die Jungs zu ihm eingebrochen waren ..."

„Ja."

„So weit, so gut. Doch dann ..." Sie räuspert sich. „Dann geschah es, dass Stanley mehrere Wochen später zu mir mit den letzten, kleinen Details der Erzählung kam; sicherlich, um sich selbst dafür zu rechtfertigen, was er als ein Versagen auffasste."

„Ein Versagen?"

„Ja. Er hatte nach wie vor das Gefühl, dass der Einbruch seine Schuld war, ganz egal, wie grotesk dieser Gedanke ist ..."

„Der arme Stanley."

„Er erzählte stolz, dass er meinen gestreiften Leinenbeutel verteidigt hätte. Er hatte ihn wiedererkannt, als er ihn auf der Schmuckvitrine liegen sah, und als die Jungs einbrachen, hatte er ihn mit sich hinaus ins Lager genommen, damit seine Verfolger nicht mein Geld und meine Medizin stehlen würden." Valborg sieht zu Anne-Maj.

„Das erklärt nicht, warum er sterben musste."

„Denk nur, wenn Stanley euch anderen und vielleicht der Polizei erzählt hätte, dass mein Beutel genau an jenem Sonntagabend auf der Theke lag, an dem die Schmuckschatulle aus der Vitrine verschwand, zu der es nur einen einzigen Schlüssel gab – einen Schlüssel, von dem die Randalierer nicht ahnen konnten, wo er sich befand. Alle anderen als gerade Stanley würden sofort zwei und zwei zusammenzählen und folgern, dass wenn *der Leinenbeutel* da gewesen ist, dann bin *ich* dort wohl auch gewesen. Worauf sie sich darüber wundern würden, was in aller Welt ich dort gemacht habe, was ich mit der Schatulle wollte, und warum ich den Einbruch nicht umgehend gemeldet hatte. Und das eine konnte zum anderen führen ... Verstehst du das nicht?"

„Ganz ehrlich, für mich klingt das ein wenig paranoid."

„Findest du?" Valborg sieht aus, als sei ihr unwohl. „Gut, aber ... als die Jungs geflüchtet waren, legte Stanley den Leinenbeutel zurück auf die Theke, und da fand ich ihn, als auch er verschwunden war und ich aus dem Lager kam. Ich konnte nichts anderes glauben, als dass er da die ganze Zeit gelegen hatte, und war in der Tat ziemlich verblüfft darüber, dass die Randalierer ihn liegen gelassen hatten. Wenn mir Stanley nicht selbst davon erzählt hätte, wie er meinen Leinenbeutel gerettet hatte, hätte ich es niemals entdeckt ... und dann wäre er heute noch am Leben ..." Valborg blickt hinunter auf ihre Hände. „Er bekam eine genauso hohe Dosis wie Vips. Es kann unmöglich länger als zehn Minuten gedauert haben, von dem Punkt an, wo es ihm schlecht wurde, bis zur Bewusstlosigkeit. So war es zumindest bei Vips."

„Und das weißt du, weil du ... du ganz einfach dastandest und sie sterben sahst?" Anne-Maj hat es aufgegeben, ihre Verachtung zu verbergen.

Valborg nickt, immer noch mit nach unten gewandtem Blick.

Anne-Maj richtet sich im Stuhl auf. „Ich finde, wir sollten darüber schlafen und dann morgen entscheiden, was wir tun." Sie erhebt sich. „Wenn wir beide gegenüber der Polizei lügen wollen, müssen wir auf jeden Fall klar vereinbaren, wer was sagt."

Nur die rechte Seite von Valborgs Gesicht ist von der Terrassenlampe beleuchtet, die linke ist unmöglich zu sehen. Das Licht im Haus ist noch nicht eingeschaltet worden. Der Ausdruck der älteren Dame ist ebenso schwer zu deuten wie vor einer Stunde, als sie mit ihrem Bericht begann. Ihrem Geständnis, so kann man es wohl nennen. *Wie kann sie gegenüber sich selbst rechtfertigen, was sie getan hat? Wie kann sie nur der Ansicht sein, dass es sowohl billig als auch logisch ist, unschuldige Menschen umzubringen, um ein anderes Verbrechen zu vertuschen? Wie kann sie mich als ihre Verbündete, ihre Mitschuldige ansehen? Wie kann sie nur glauben, dass ich nicht zur Polizei gehe?* Man hätte das ganze Gespräch aufnehmen sollen, denkt Anne-Maj. Dafür gibt es im Handy sogar eine App. Sie hat bloß nicht früher daran gedacht ... *Warum starrt sie mich so an?*

Mit einem Mal wird Anne-Maj klar, dass es nur einen Grund geben kann, warum sich Valborg ihr so bereitwillig anvertraut hat: Es war zu keinem Zeitpunkt der Plan gewesen, dass Anne-Maj das Haus hier lebendig verlassen soll. Sie hat plötzlich das Gefühl, dass sie wegmuss. Sofort. Die Dunkelheit ist hereingebrochen; die Stimmen von der anderen Seite des Zauns sind verstummt.

„Du hast vollkommen recht." Auch Valborg kommt auf die Beine. „Ich bringe dich zur Tür", sagt sie ruhig.

Anne-Maj läuft es kalt über den Rücken. Es gibt nur einen Weg zur Tür, und der geht durch das dunkle Wohnzimmer.

Sie hat gewiss keine Lust, sich darin mit einer zutiefst verstörten Frau aufzuhalten, die gerade drei bewusst geplante Morde gestanden hat.

„Nur ruhig", sagt Valborg, als könne sie ihre Gedanken lesen. „Ich gehe vor." Sie stellt mit eisiger Ruhe die Sachen auf ein Tablett. Die Weißweingläser, die unberührte Pralinenschachtel, das kleine Tellerchen, auf dem immer noch ein paar Oliven liegen, die zwei Schnapsgläser, die Flaschen. Sie packt die Olivenkerne sorgfältig in die durchweichten Cocktailservietten und steckt den feuchten Klumpen in eines der Weißweingläser. Anne-Maj folgt fasziniert ihren abgemessenen, präzisen Bewegungen. Normalerweise würde sie dieser schon fast übertriebenen Demonstration von Pedanterie zustimmen, aber genau jetzt jagt ihr das Kälteschauer über den Rücken.

„Komm", sagt Valborg und geht voran mit dem Tablett in den Händen. „Ich stelle das auf dem Weg eben hier in der Küche ab." Wenn sie wirklich die Absicht hat, ihren Gast zu überfallen, macht sie es sich selbst wirklich schwer, denkt Anne-Maj erleichtert.

Sie klickt die Leine an Mortensens Halsband fest und hebt ihre große Tasche von den Fliesen auf. Die kleine Verzögerung führt dazu, dass sie etwas zurückbleibt, und Valborg ist bis zur Küchentür gekommen, als Anne-Maj gerade von der Terrasse eintritt. Sie macht Licht über der Arbeitsplatte, und einen Augenblick lang ist Anne-Maj geblendet. Sie registriert gerade noch, dass Valborg das Tablett abstellt und etwas in die Hand nimmt, ehe sie sich zu ihrem Gast dreht.

Es dauert ein paar Sekunden, ehe Anne-Maj erkennt, was Valborg da in der Hand hat: die halbvolle Schnapsflasche. Anne-Maj macht einen Schritt zurück und fällt beinahe über den Hund. Während sie ihr Gleichgewicht zurückgewinnt, hebt Valborg die Flasche zum Schlag.

Die Öffnung der Küchentür ist ein scharf leuchtendes Rechteck in dem verdunkelten Wohnzimmer. Valborgs Silhouette ist ein großes Massiv; ihre Gesichtszüge lassen sich unmöglich unterscheiden. Eine Sekunde darauf wird Anne-Maj an der Stirn getroffen. Sie schafft es instinktiv, den Kopf zu bewegen, bloß wenige Millimeter, sodass der Schlag sie nicht direkt trifft. Ansonsten wäre sie vielleicht auf der Stelle tot gewesen.

Anne-Maj sinkt in die Knie, mit Sternen vor den Augen, geblendet vom Gegenlicht, schwindelig vom Schlag. Sie lässt die Hundeleine los und stützt sich mit den Händen auf den Boden, versucht mit aller Macht wieder auf die Beine zu kommen. Durch einen Nebel nimmt sie wahr, dass Valborg erneut zum Schlag ausholt.

Und dann stoppt ihre Angreiferin mitten in der Bewegung, schreit laut auf und schlägt mit der Flasche nach unten gegen die Rückseite ihres rechten Beins. Anne-Maj sieht die Szene nach wie vor im Gegenlicht, daher vergehen ein paar Augenblicke, ehe sie bemerkt, was da passiert. Mortensen hat sich ohne einen Laut in Valborgs Wade festgebissen. Seine Zähne sind tief eingedrungen, und da die Bürgermeisterin nicht viel Fleisch am Körper hat, stellt sich Anne-Maj vor, dass der Biss bis zum Knochen eindringt. Mortensen hält gut fest, während Valborg verzweifelt schreiend versucht, ihn wegzuschlagen. Es muss wahnsinnig weh tun. Zum Glück ist die ältere, etwas steifrückige Dame außerstande, gleichzeitig den Körper zu drehen und sich nach unten zu beugen, weshalb ihre Schläge den wütenden Dackel nicht treffen. Anne-Maj nutzt die Situation, um mit einiger Mühe ihren voluminösen Körper in senkrechte Position zu bringen.

Sie windet Valborg die Flasche aus der Hand, hebt sie hoch und zielt. Anne-Maj hat nicht die Absicht, zu töten – sie will ihre Gegnerin bloß unschädlich machen. Sie lässt ihre Waffe durch die Luft sausen. Mit einem furchtbaren Schlag trifft sie Valborgs linke Schulter mit der gleichen Härte, wie sie zu Hause im Garten Brennholz spaltet. Es kann wohl nicht sein, dass sie das Geräusch des brechenden Schlüsselbeins direkt *hört,* aber sie kann es ganz sicher als eine Vibration durch die halbgefüllte Flasche *spüren.* Valborg sinkt als jammernder Klumpen auf den Boden.

Mortensen zieht sich umgehend zurück, sobald er spüren kann, dass er sowohl den mageren Unterschenkel als auch die Verantwortung fahren lassen kann. Stattdessen beginnt er wütend zu bellen. Begleitet von diesem Lärm erhebt Anne-Maj die Flasche erneut, klar zum Zuschlagen, falls Valborg irgendwelche Mätzchen machen sollte. Sie befiehlt dem Hund, die Klappe zu halten. Er gehorcht widerstrebend, doch ohne den Blick von der Frau abzuwenden, die vor kurzem etwas so Erschütterndes getan hat wie seine Besitzerin anzugreifen.

Anne-Maj ruft die 112 und bittet eiligst um eine Polizeistreife, während sie sich bereithält, erneut zuzuschlagen. Nicht, dass von Valborg sehr viel zu fürchten wäre. Die Bürgermeisterin hat anscheinend jede Form von Widerstand aufgegeben. Sie liegt mit der rechten Hand auf dem zertrümmerten Schlüsselbein, weint ohne einen Ton.

Als die Polizei auftaucht, entwaffnen sie sofort Anne-Maj, weil sie die Szenerie – vollkommen verständlich – falsch interpretieren: eine große, starke Frau, der das Blut über das Gesicht läuft und die drohend über einer offensichtlich verletzten älteren Dame steht und eine Schnapsflasche zum Schlag ausgeholt in der Hand hält, während ein kleiner Hund wütend sowohl das Opfer als auch die Polizeibeamten anknurrt. Anne-Maj versucht ohne großes Glück, die Situation zu erklären, und es ist auch nicht direkt hilfreich, dass Valborgs Vermieter, ein nettes Paar in den Vierzigern, im selben Moment in Schlafanzügen auftauchen und ihrer beliebten Mieterin entsetzt zur Hilfe eilen. Alle rufen durcheinander. Mortensen beginnt wieder zu bellen.

Mitten in diesem Chaos wird ein Rettungswagen für Valborg gerufen, während Anne-Maj auf ein Sofa gesetzt wird – mit der Weisung, dort zu bleiben. Da sie den Beamten schließlich begreiflich machen kann, dass die Sache etwas komplizierter ist, als es unmittelbar aussieht, kontaktieren sie auf ihre Aufforderung Jan Krause. Er bestätigt, dass Anne-Maj in irgendeinem Maß mit der Polizei zusammenarbeitet. Soweit er weiß. Er ist sich nicht ganz sicher, kann Anne-Maj aus dem heraushören, was die Beamten sagen.

Anschließend erhält sie die Erlaubnis, Iben anzurufen, die kommt und Mortensen holt und ihn umgehend dazu bringt, mit dem aggressiven Bellen aufzuhören. Iben stellt fest, dass Anne-Maj wegen des Schocks mit den Zähnen klappert, und wundert sich lauthals darüber, dass sich niemand um ihre Mutter gekümmert hat, die jetzt zusammengesunken dasitzt, während ihr das Blut aus einer klaffenden Wunde an der Stirn herunterläuft. Sie sorgt dafür, dass Anne-Maj eine warme Decke um die Schultern bekommt, nickt den Beamten zurückhaltend zu und geht mit dem kleinen vierbeinigen Helden des Tages nach Hause.

Einer der Rettungssanitäter ist der Einsatzleiter, der sowohl bei Vips' als auch Stanleys Tod auftauchte. Beim Anblick von Anne-Maj hebt er eine Augenbraue, sagt aber nichts. Möchte wissen, was er von mir glaubt?, denkt sie. Dass ich herumrenne und in unserer friedlichen kleinen Stadt mörderische Überfälle durchführe? Sie zieht die Decke enger um sich und weicht seinem Blick aus.

Als ein Kriminaltechniker auf Krauses Veranlassung aufgetaucht ist, begleitet der eine der uniformierten Beamten Anne-Maj in die Notaufnahme in Holbæk. Sie kommt sofort dran – was höchstwahrscheinlich auf die Anwesenheit der Ordnungsmacht zurückzuführen ist. Die Wunde am Kopf wird mit ein paar Stichen geschlossen und gibt keinen Anlass zur Besorgnis, doch der Arzt hat den Verdacht einer Gehirnerschütterung, also beschließt man, Anne-Maj über Nacht dazubehalten.

Das Letzte, an was sie denkt, ehe die Schlaftablette wirkt, ist ein Knochen, der sich spaltet.

32.
Freitag, 21. Juni

Am Nachmittag des nächsten Tages sitzt Anne-Maj auf ihrem Lieblingsplatz zu Hause in ihrem Wohnzimmer. Die Sonne flimmert lustig zwischen den Blättern der Topfpflanzen, und auf dem Couchtisch stehen vier Teetassen sowie eine Schale selbstgebackene Kekse. Ihr gegenüber sitzen Krause und Signe im Sofa, während Anders Hall den anderen Sessel eingenommen hat.

„Ich verstehe bloß nicht ...“, sagt Anne-Maj, als sie in einem Schwall von Fragen Valborgs gesamtes Geständnis wiedergegeben hat. „Es war doch dumm, mich auf diese Weise zu überfallen. Wenn ich tot wäre, wäre doch sofort entdeckt worden, was geschehen war. Und wie hätte sie das erklären wollen? Entweder hätte man mich auf ihrem Wohnzimmerboden mit eingeschlagenem Schädel gefunden, oder aber sie hätte meine Leiche ohne Auto oder Muskelkraft irgendwo anders entsorgen müssen.“

„Du hast vollkommen recht.“ Das ist Signe. Sie hat ihr rotes Haar zu einem zufälligen Vogelnest der Art hochgesteckt, wie Anne-Maj es damals selbst liebte, als ihr Haar noch lang war. „Das wirkt eigenartig.“

„Ja, nicht wahr?", antwortet Anne-Maj. „Valborgs andere Morde waren so durchdacht, so kühl geplant. Ich weiß sehr wohl, dass sie zunächst versucht hat, mir Gift zu verabreichen, und vielleicht war die Dosis so gering ausgelegt, dass ich noch nach Hause gekommen wäre, aber ..."

„Das hat sie aber nicht", unterbricht Krause sie. „Sie hat nicht versucht, dich zu vergiften."

„Das hat sie schon", sagt Anne-Maj. „Sie hatte Gift in ein Glas gegeben, aber dann stieß ich es um, und ..."

„Wir haben die durchweichten Servietten, die du uns gabst, heute Morgen zu einer Eiluntersuchung geschickt. In ihnen gab es keine Spur von Taxin." Er lässt sie die Information einen Augenblick verdauen, ehe er fortfährt: „Ich glaube, dass es überhaupt nicht Valborgs Absicht war, dich zu töten, Anne-Maj. Zumindest nicht an diesem Abend, nicht bei sich zu Hause, das wäre ganz einfach zu riskant. Ich vermute, dass sie dich ausschließlich deshalb eingeladen hat, um herauszufinden, wie viel du wusstest oder dir zusammengereimt hattest. Aber da sie deine Reaktion sah, als du glaubtest, Gift zu bekommen, hatte sie ja den Beweis, dass du dir einen Reim auf alles gemacht hattest. Sie gab ganz einfach jeden Versuch auf, dich zu täuschen, und versuchte stattdessen, dich auf ihre Seite zu ziehen."

„Also hat sie wirklich *geglaubt*, dass sie mich mitschuldig machen könne? Sagt sie das?"

„Ich weiß nicht, ob sie das buchstäblich geglaubt hat, aber sie muss es bis zuletzt gehofft haben. In ihrem Innersten wusste Valborg sehr wohl, dass der Kampf verloren war. Der Überfall zuletzt muss einem spontanen Anfall von Verzweiflung geschuldet sein. Vielleicht hätte sie hinterher Selbstmord begangen, wer weiß? Sie hatte jedenfalls eine Pipette mit Taxin auf ihrer Küchenarbeitsplatte bereitliegen, und da sie allem Anschein nach nicht für dich gedacht war ..." Krause zuckt mit den Schultern. „Der Arzt hat uns verboten, sie weiter zu vernehmen, bis sie sich ausgeruht hat, aber sobald sie klar ist, stellen wir ihr natürlich all die Fragen, auf die wir noch keine Antwort haben.“

„Ich habe mir nichts anmerken lassen. Tat so, als wäre ich auf ihrer Seite.“

Sie sieht, wie die drei Ermittler sich verstohlen ansehen, Anders Hall mit einem fröhlichen Zwinkern in den schwarzen Augen.

„Nichts für ungut, Anne-Maj“, sagt er. „Aber du bist die schlechteste Lügnerin der Welt.“

„Das bin ich nicht.“

Krause und Signe nicken. „Das bist du wohl“, sagt Signe.

„Das könnt ihr doch gar nicht wissen. Ihr habt mich ja nie lügen hören.“

„Du hast jedes Mal gelogen, wenn wir miteinander gesprochen haben.“ Anders Hall lächelt. „Als du beteuert hast, dass du dich aus dem Fall heraushalten würdest, hast du gelogen, dass sich die Balken gebogen haben. Du bist außerstande, deine Gefühle zu verbergen, Anne-Maj. Ob du froh, gereizt oder verletzt bist, ob du dich clever fühlst oder findest, dass du auf etwas stolz sein kannst. Man kann jeden deiner Gemütszustände deinem Ausdruck ansehen und aus deiner Stimme heraushören.“

Anne-Maj hat Lust, ihm ihren jetzt kalten Tee an den Kopf zu werfen.

„Das ist doch nichts Schlimmes“, sagt Krause tröstend. „Es wäre doch schön, wenn es bei allen Menschen so wäre. Zumindest für die Polizei. Wie viel Zeit wir uns dadurch sparen könnten!“

„Auf der anderen Seite ...“ Das ist Signe. „Diese Eigenschaft ist nicht besonders praktisch, wenn man herumlaufen und Privatdetektivin spielen möchte.“

Anne-Maj sträubt sofort das Fell. „Ich bin nicht herumgelaufen und habe irgendetwas gespielt."

„Lass es einfach sein." Krause beachtet ihren Protest nicht. „Ich verstehe sehr gut, dass du neugierig wurdest und den Drang verspürtest, die Sache zu untersuchen, aber ..."

„Wenn ich nicht gewesen wäre, hättet ihr *niemals* herausgefunden, was passiert war." Anne-Maj ist so hitzig, dass es in ihren Ohren pfeift. Das lässt sie nur noch lauter sprechen. „*Ich* war es schließlich, die ..."

„Ich muss dir leider mitteilen, dass wir selbst *auch* der Wahrheit auf der Spur waren", sagt Krause. „Es war nur eine Frage der Zeit, ehe wir genug beisammen hatten, um ein ernstes Gespräch mit Valborg von Schilling zu führen. Dass wir ihren Hintergrund und ihr Motiv nicht so schnell ohne dich herausgefunden hätten, das ist eine ganz andere Sache."

„Wie?" Anne-Maj staunt. „*Wie* seid ihr darauf gekommen, dass sie es war?"

„Da waren mehrere Kleinigkeiten, die nicht stimmten. Doch das entscheidende Detail war, als sie und Lis Klausen jede für sich erzählen sollten, als sie Stanley Hjort zum letzten Mal sahen."

„Sie tranken einen Bitter zusammen", sagt Anne-Maj schnell. Der überlegene Ermittlungsleiter soll nicht glauben, dass er sie in irgendeiner Weise überraschen kann. „Und hinterher gingen Valborg und Lis gemeinsam hinaus. Das weiß ich doch schon."

„Weißt du dann auch, dass es Valborg war, die die Gläser drüben am Küchentisch füllte?"

„Nein, ich ..."

„Und dass sie laut Lis Klausen den anderen dabei den Rücken zukehrte?"

Anne-Maj schüttelt den Kopf, irritiert über sich selbst, dass sie diese einfache Tatsache nicht überprüft hat.

„Nicht, dass Lis Valborg in irgendeiner Weise verdächtigte. Sie beschrieb die Szene völlig unschuldig, wie um Valborgs Sorge für Stanley herauszustreichen. Erst schenkte sie nur ein Glas ein und stellte es vor ihn hin, dann füllte sie die Gläser für sich selbst und für Lis."

„Ich habe mit Lis überhaupt nicht über diesen Tag gesprochen", räumt Anne-Maj widerstrebend ein. „Ich meine nur ... wenn ich euch das erste Mal nicht angerufen hätte, hättet ihr vielleicht niemals entdeckt, dass es sich um drei Morde handelte. Nicht wahr? Es ist gar nicht sicher, dass jemals jemandem die Idee gekommen wäre, auf Giftstoffe zu testen. Oder ... Ihr hättet es vielleicht schon in Stanleys Fall getan. Aber ohne mich hättet ihr seinen Tod nicht mit dem von Vips in Zusammenhang gebracht."

„Du hast vollkommen recht", antwortet Krause. „Und wir sind dir bestimmt dankbar für deinen Einsatz. Aber es ist mein voller Ernst, Anne-Maj: Hör auf, dich noch einmal in die Arbeit der Polizei einzumischen. Du bist dafür ganz einfach nicht geeignet. Du hast nicht die erforderliche Ausbildung, und du verursachst viel zu viele Unfälle – für dich selbst und für alle anderen."

Anne-Maj sitzt eine Weile da und versucht, ihre Wut abklingen zu lassen. Mit den Fingern betastet sie zum Gott weiß wievielten Mal die Stiche, die oben auf der beeindruckenden Beule thronen, die aus ihrer Schläfe hervorgewachsen ist.

„Tut es weh?", fragt Signe. „Soll ich ein paar Panodil-Schmerztabletten holen?"

Anne-Maj vermag es nicht, erneut einem wohlmeinenden Menschen zu erklären, dass Paracetamol ihr nicht die Bohne hilft, es sei denn, es wird zusammen mit Kodein oder Ibuprofen verabreicht. Das ist eine Diskussion, die sie in ihrem Leben schon oft genug geführt hat. Ihrer Meinung nach ist Panodil ein Schwindelmedikament für naive Typen, die in Wirklichkeit keine richtigen Schmerzen haben. „Ich habe eben ein paar Tabletten geschluckt, ehe ihr kamt", sagt sie einfach. „Aber vielen Dank."

„Gut", sagt Krause und kommt auf die Beine, indem er seinen Körper zu seiner vollen und beeindruckenden Größe entfaltet. „Wir haben jetzt gewiss alles erfahren."

„Ansonsten ruft ihr einfach an." Auch Anne-Maj steht auf. Ihr schwindelt ein wenig, doch sie ist stur. Sie ist überzeugt davon, dass alle Symptome der kleinen Gehirnerschütterung, die sie laut Krankenhaus erlitten hat, verschwinden, wenn sie sich bloß normal benimmt. Kein Grund, in einem dunklen Raum zu liegen und sich selbst zu bemitleiden, denkt sie. Ganz gleich, was der Arzt gesagt hat.

Sie begleitet die drei Ermittler zur Tür und gibt es anschließend trotz all ihrer guten Vorsätze auf, den Teetisch abzuräumen. Stattdessen legt sie sich mit dem Kreuzworträtsel der Woche auf das Sofa. Die leeren Felder flimmern vor ihren Augen; die Buchstaben haben für sie weder Hand noch Fuß. Und ehe es ihr bewusst wird, schläft sie fest.

Anne-Maj erwacht abrupt, als es eine Stunde später an der Tür klingelt. Sie erhebt sich leise fluchend, als es noch einmal insistierend klingelt. Es können nicht Iben oder Didi sein, die jetzt schon mit Mortensen kommen, denn sie haben ihre eigenen Schlüssel und benutzen die Klingel nur für ein kurzes Klingeln, um ihre Ankunft anzukündigen. Sie vermag es ganz einfach nicht, andere zu sehen, doch derjenige, der da draußen steht, ist anscheinend beharrlich. Der Betreffende setzt seinen Finger zum dritten Mal entschlossen auf die Türklingel, gerade als Anne-Maj in den Flur tritt. Schlaftrunken öffnet sie die Tür.

„Helle Wiig", sagt eine fremde Frau mit Grübchen. Sie überreicht einen riesigen Blumenstrauß und erklärt, dass sie von einer der Boulevardzeitungen kommt.

Anne-Maj lässt einen routinierten Blick über die Blumen schweifen; keine einzige davon hat Saison, stellt Anne-Maj automatisch fest. Dennoch nimmt sie den Strauß etwas perplex entgegen. „Danke."

„Entschuldige bitte die Störung", fährt die Frau fort und lächelt.

„Das macht doch nichts", antwortet Anne-Maj. Sie ist nie zuvor von einem Vertreter der vierten Staatsmacht aufgesucht worden und fühlt sich gegen ihren Willen ein wenig geehrt.

„Ich möchte mich nicht aufdrängen, aber ..." Helle Wiig tritt ein paar Zentimeter näher an die Türöffnung heran, „wenn du bloß ein Viertelstündchen erübrigen könntest, würde mich das sehr freuen. Und unsere Leser natürlich auch ..."

„Ich bin fürchterlich müde", sagt Anne-Maj, ohne sich zu bewegen. „Ich habe einen gewaltigen Schlag auf den Kopf erhalten, und im Krankenhaus wurde mir gesagt, dass ich dafür sorgen müsse, mich auszuruhen."

„Gehirnerschütterung?"

„Ja, das ist es gewiss. Ich bekam eine Flasche an den Kopf, daher ..." Sie beginnt die Tür zuzuschieben.

„Und dein kleiner Hund?" Die Journalistin versucht, an Anne-Maj vorbei in den Flur zu sehen. „Ist der nicht zu Hause? Soweit ich weiß, hat er dein Leben gerettet?"

Woher in aller Welt hat sie nur all die Details?, denkt Anne-Maj verwundert. Eine Quelle bei der Polizei? Im Krankenhaus? Wer kann das hier sonst noch wissen? Laut sagt sie mit dem letzten Rest Höflichkeit, den sie mobilisieren kann: „Der Hund ist bei meiner Tochter. Und jetzt muss ich dich bitten zu gehen."

„Kannst du nicht wenigstens ein paar wenige Worte sagen?", macht Helle Wiig weiter. Hinter ihr taucht plötzlich ein junger Kerl auf. Wo zum Teufel hat der sich denn versteckt? Er hebt eine Kamera und macht ein Foto.

„Nein, ehrlich gesagt", sagt Anne-Maj, pikiert darüber, einfach so ohne Vorwarnung fotografiert zu werden, ohne Make-up, mit unordentlichem Haar und in weichem Hausanzug. „Dazu habe ich keine Lust."

Helle Wiig scheucht den Fotografen mit einer irritierten Handbewegung weg und argumentiert noch eine Weile, doch das Einzige, was sie aus Anne-Maj herausbekommt, ist eine Aufforderung, mit dem Pressekoordinator der Polizei zu sprechen.

Anne-Maj spürt die Erschöpfung in jedem Muskel, schiebt letztendlich die Tür ganz zu und geht in die Küche, wo sie den Blumenstrauß in das Spülbecken stellt. Sie hat ganz einfach keine Kraft, eine Vase herauszusuchen. Auf dem Küchentisch steht bereits ein Strauß, und zwar von Thomas und Feline Bergstrøm. Eine Karte trägt den Text: „Danke für den Einsatz, Annemarie. Gute Besserung!" Von Thomas am selben Morgen der Sekretärin diktiert, schätzt sie. Feline würde diesen Fehler niemals machen. Wenige Sekunden später liegt Anne-Maj wieder auf dem Sofa, fest entschlossen, die Türklingel zu ignorieren, sollte sie erneut klingeln. Sie gleitet wieder hinüber in den Schlaf.

33.
Samstag, 22. Juni

Am nächsten Morgen geht es Anne-Maj viel besser. Es ist Samstag, der Himmel ist verziert mit leichten, weißen Pinselstrichen, und der Kaffee ist gut gebrüht und schlagkräftig. Die Wettervorhersage hat niedrigere Temperaturen versprochen, aber man weiß ja nie. Anne-Maj rüstet sich für einen weiteren schmelzend heißen Tag. Sie darf nicht vergessen, heute Abend den Garten zu gießen, denkt sie und stellt ihre Tasse ins Spülbecken.

„Und, Mortensen?", sagt sie. „Wollen wir einen Morgenspaziergang machen, ehe es zu heiß wird?"

Der Dackel wedelt mit dem Schwanz. Es wirkt, als ob er all die liebevolle Dankbarkeit spüren kann, mit der ihn die ganze Familie überhäuft. Omas Kleinen Retter nennt Didi ihn. Sie hat sogar eine Medaille gemalt, die jetzt an der Wand über dem Hundekorb hängt.

Anne-Maj nimmt die Hundeleine vom Haken und beugt sich nach unten, um sie in das Halsband des Hundes einzuklicken. Der Schwindel von gestern kehrt in einer Übelkeit verursachenden Welle zurück, und ein Schmerz schneidet sich durch ihren Kopf. Vielleicht sollte sie es doch in Ruhe angehen lassen, denkt sie und stützt sich an der Wand ab, bis die Welt um sie herum wieder einigermaßen stillsteht. Aber nein, beschließt sie, was für ein Unsinn. Dieses bisschen Gehirnerschütterung. Einen Spaziergang an der frischen Luft zu machen, hat noch niemandem geschadet.

Sie spaziert auf Gummibeinen die Algade hinauf, vorbei am Theater, der Buchhandlung, der Apotheke. Fast ohne nachzudenken, biegt sie am Gässchen bei Matas ab und geht am Irma vorbei. Erst als sie vor dem Trödelladen steht, wird ihr bewusst, dass er die ganze Zeit ihr Ziel war. Sie versucht, die Tür zu öffnen. Abgeschlossen, natürlich, und sie hat den Schlüssel nicht dabei. Anne-Maj steht eine Weile da und blickt durchs Fenster nach innen. Lis und Kylle haben vor kurzem die Fenster dekoriert, sodass sich die Auslage direkt an die Urlaubsgäste der Stadt wendet. Sommerkleider, Sandalen, ein rotgestreifter Balkonsonnenschirm, sorgfältig gereinigtes Spielzeug für den Sandkasten, eine Auswahl schwedischer Polizeiromane.

Im selben Moment erahnt Anne-Maj etwas, das sich in dem halbdunklen Raum bewegt. Sie klopft an die Scheibe, und wenige Augenblicke später öffnet Ruth die Tür. Sie sieht froh aus. „Wir haben gedacht, dass *Wochen* vergehen würden, ehe du imstande wärst zu arbeiten."

„Ach", sagt Anne-Maj. „Das ist doch bloß eine Beule."

„Bloß eine Beule?" Ruth schüttelt den Kopf. „Du hast eine Gehirnerschütterung. Und so etwas darf man nicht auf die leichte Schulter nehmen. Ich kann mich erinnern, als ich einmal mit dem Kopf gegen eine offene Schranktür in der Küche knallte und ..."

Anne-Maj hört schon längst nicht mehr zu. Im Augenblick kann sie eine von Ruths Gesundheitsgeschichten nicht verarbeiten. Stattdessen überlegt sie, woher in aller Welt die andere von ihrer Gehirnerschütterung weiß. Die Antwort erhält sie kurz darauf, als sie in den Pausenraum gehen. Kylle sitzt am Tisch mit einer ausgebreiteten Boulevardzeitung vor sich. Schon von der Tür aus kann Anne-Maj die Überschrift lesen: „Mein kleiner Hund hat mir das Leben gerettet." Oh, nein, denkt sie. Was jetzt?

„Die hätten schon ein schöneres Bild von dir auswählen können", sagt Kylle und deutet auf das Foto einer etwas zerzausten Version einer kaum wachen Anne-Maj. Um die Sache noch schlimmer zu machen, hat der Fotograf eines ausgewählt, auf dem ihre Augen halbgeschlossen sind. Ich sehe aus wie eine Idiotin, denkt sie und klickt Mortensens Leine ab.

„Ich habe mit dieser Journalistin so gut wie nicht gesprochen", sagt sie, als sie sich Kylle gegenüber hingesetzt hat. „Ich fasse es nicht, dass sie daraus einen ganzen Artikel gemacht haben. Darf ich mal sehen?"

„Selbstverständlich." Kylle schiebt ihr die Zeitung zu.

Meine Güte, denkt Anne-Maj, als sie das sogenannte Interview gelesen hat. An und für sich ist sie nicht falsch zitiert, doch im einleitenden Text hat die Autorin wirklich das Dichterhäubchen aufgehabt. Anne-Majs ernste und lebensbedrohende Gehirnerschütterung nach dem brutalen Überfall der Serienmörderin; die volle Schnapsflasche, die in der Hitze des Gefechts vielleicht, vielleicht nicht kaputt gegangen war; der tapfere Hund, der sie gerettet hat und der jetzt von den engsten Angehörigen der ebenso tapferen Frau verwöhnt wird.

In Ermangelung eines Besseren hat Helle Wiig ein Archivbild von einem Dackel herausgesucht – allerdings nicht rauhaarig wie Mortensen, sondern glatt – und eine Bildunterschrift geschrieben, die gleichzeitig den berühmten Wagemut und Opferwillen des Dackels – und die notorisch bissigen Exemplare derselben Rasse des Königshauses umfasst. Am dominantesten ist das schreckliche Bild von Anne-Maj selbst. Sie hasst, hasst, hasst es. Anne-Maj schließt die Zeitung, als ob die Lagen aus Papier die dumme Geschichte einkapseln und verschlingen könnten – nur um zu entdecken, dass sie auch auf der Titelseite steht. Nicht als tragende Rubrik, aber trotzdem. „Rentnerinnen im Catfight: Fängt 75-jährige Serienmörderin", steht doch da tatsächlich. Verweis auf ganze vier Seiten im Inneren der Zeitung. Was bedeutet, dass es nicht einen Artikel gibt, sondern ganze zwei. Dies näher zu untersuchen, schafft Anne-Maj ganz einfach nicht.

„Wart ihr gestern zu Stanleys Beisetzung?", fragt sie und schiebt die Zeitung so weit weg wie möglich.

„Ich war." Ruth sieht traurig aus. „Wir waren zwar nicht viele insgesamt, und irgendwie hatte auch niemand an einen Leichenschmaus gedacht."

„Wer war von hier dabei?"

„Ich nicht. Ich habe mich immer noch zu flau gefühlt." Kylle sieht verlegen drein.

„Lis ist auch krank geworden", ergänzt Ruth, „und du warst im Krankenhaus, und Valborg war ... Na ja, sie sitzt wohl in Untersuchungshaft?"

„Da bin ich mir sicher."

„Ja, also war nur ich von hier dabei. Dann waren da ein paar von Stanleys Mitbewohnern und diese Jeanette und eine alte Dame, die niemand von uns kannte; vielleicht eine Tante oder so. Es war ein armseliger Anblick."

„Aber der Kranz von uns allen?"

„Der ist angekommen wie geplant, und er war richtig hübsch."

Sie sitzen eine Weile schweigend da, jede in Gedanken versunken.

„Was tun wir?“, fragt Anne-Maj, als Kylle eine Tasse Kaffee vor sie hingestellt hat. „Mit dem Laden, meine ich.“

„Wir haben gerade darüber gesprochen“, antwortet Ruth. „Wir sind jetzt nur noch fünf, und keine von uns zählt direkt zu den jungen Semestern. Wenn es funktionieren soll, müssen wir doppelt so viele sein. Mindestens.“

„Wir müssen neue Ehrenamtliche auf eine etwas offensivere Art gewinnen“, sagt Anne-Maj. „Ich habe mir gedacht, wie wäre es, wenn wir zu Bingoabenden oder Kartenspielklubs gingen? Es muss auch noch andere Vereine geben, zu denen viele Ältere kommen. Diejenigen, die fit genug sind, um aktiv an dieser Art von Veranstaltungen teilzunehmen, die können wohl auch einmal die Woche einen Dienst im Laden übernehmen, oder?“

„Åge, der Mann von Lis, hat gesagt, dass er sich um die Fahrten zum Wertstoffhof und so kümmern könnte, während er sich einen neuen Job sucht, wir dürfen es nur niemandem erzählen, sonst wird ihm das Arbeitslosengeld gestrichen.“

„Das sind doch *wirklich* gute Neuigkeiten“, sagt Anne-Maj. Wenn ihr der Teil von Stanleys Arbeit erspart bleibt, ist sie glücklich.

Ruth und Kylle wechseln einen Blick. „Doch zuallererst“, sagt Ruth, „müssen wir beschließen, wer Valborgs Rolle übernimmt.“

„Ich nicht“, sagt Anne-Maj, ohne zu zögern. „Das kann ich ganz einfach nicht.“ Sie hätte eigentlich auch das Wort *mag* verwenden können. Das wäre mindestens ebenso zutreffend gewesen.

„Ich auch nicht.“ Kylle ist ebenso bestimmt. „All so etwas mit Computern und Abrechnungen verwirrt mich nur.“

„Dasselbe gilt ganz sicher auch für Else ...“, sagt Anne-Maj langsam. „Ich glaube nicht einmal, dass sie eine E-Mail verschicken kann. Und Lis ist ... na ja, Lis." Man kann die Wahrheit ja nicht laut aussprechen, dass die liebe, hilfsbereite, mütterliche Lis eine wenig schwer von Begriff ist.

„Dann bist nur noch du übrig." Kylle blickt Ruth an. „Du bist unser Facebook-Administrator, du bist alte Buchhalterin, und du bist sowieso schon fast jeden Tag da."

„Jaa ..." Ruth zögert, „aber mit meiner Gesundheit steht es ja nicht zum Besten. Es ist über einen Monat her, dass ich dieses Herzflimmern bekommen habe, und mein Arzt hat wirklich getan, was er konnte, und mir Überweisungen zu allen möglichen Untersuchungen ausgestellt. Aber niemand kann erklären, warum mein Herz ..." Beim Gedanken an ihre zerbrechliche Physis lebt sie richtig auf. Anne-Maj und Kylle vermeiden es sorgfältig, einander anzusehen. Sie warten geduldig, bis der Bericht beendet ist.

„Wenn wir sagen ..." Anne-Maj packt die Gelegenheit beim Schopf, als Ruth eine Pause macht, um Luft zu holen. „Ich mache gern die Vertretung für dich, wenn du mal einen Tag krank bist oder zum Arzt musst oder so."

„Das würdest du tun?" Ruth strahlt. „Wie lieb von dir."

„Das ist doch das Mindeste, was ich tun kann. Wir müssen einander doch helfen, oder etwa nicht?"

Mortensen hat sich an die Hintertür gestellt und fiept rastlos. Wenn sein Frauchen vergessen haben sollte, dass der Spaziergang erst zur Hälfte absolviert ist, dann ist er gern so nett, sie daran zu erinnern. Anne-Maj kommt auf die Beine, doch im selben Moment trifft sie der Schwindel wie ein Vorschlaghammer. Es ist, als ob nur sie stillstünde, während der Pausenraum und die Möbel und die beiden anderen Frauen auf- und ab- und herumwirbeln. Im letzten Moment packt sie die Tischkante.

„Anne-Maj!" Kylle hat sie unter den Armen gepackt, und einen Augenblick später steht auch Ruth an ihrer Seite. Gemeinsam lassen sie sie auf den Boden gleiten. Sie erlebt es, als ob das alles weit, weit weg vor sich geht und überhaupt nichts mit ihr zu tun hat.

Als sie wieder zu Bewusstsein kommt, steht Mortensen da und schleckt ihr über das Gesicht. Anne-Maj schiebt ihn ganz benommen weg. „Bin ich in Ohnmacht gefallen?", fragt sie die besorgten Gesichter, die über ihr schweben. „Wie lange war ich weg?"

„Nur ein Minütchen", antwortet Ruth. Ausnahmsweise ergötzt sie die Gesellschaft nicht mit einer Geschichte, als ihr einmal etwas noch viel Alarmierenderes zugestoßen ist, sondern konzentriert sich auf Anne-Maj. „Das ist die Gehirnerschütterung", sagt sie. „Du musst das ernst nehmen."

„Vielleicht sollten wir einen Rettungswagen rufen?" Das ist Kylle. Beim Duft ihres Parfüms zieht sich Anne-Maj der Magen zusammen.

„Nein!", sagt sie mit so viel Entschlossenheit, wie sie mobilisieren kann. Der Gedanke, dass dieser junge Einsatzleiter sie ein viertes Mal antreffen würde, ist nicht angenehm. „Ich muss nur zu mir nach Hause."

„Also gut. Ich fahre dich im Blauen Blitz", sagt Kylle. „Wir müssen dich bloß erst einmal auf die Beine bekommen."

„Nein, bleib noch kurz liegen." Das ist Ruth. „Hier ist etwas Wasser." Sie stellt ein volles Glas auf den Boden neben Anne-Majs Wange.

„Vielleicht brauchst du auch einen kleinen Muntermacher?", schlägt Kylle vor. Ich glaube, ein Fernet Branca würde Wunder wirken."

„Nein, danke!" Anne-Maj ist mit einem Mal hellwach. „Ich werde niemals mehr einen Fernet Branca trinken!"

34.
Sonntag, 7. Juli

Feingeriebene Zwiebel und klein gewürfelter Pancetta, geschlagene Eier mit jeder Menge Pecorino und Parmesan, ein kleiner Schuss Sahne, den sie nicht laut erwähnt, wenn Carbonara-Dogmatiker anwesend sind, trockene Spaghetti bester Qualität sowie eine volle Pfeffermühle. Der Salat ist geschnippelt, die Vinaigrette angerührt, alle Schalen und Teller bereitgestellt, und der Tisch ist mit der gestreiften Lieblingstischdecke gedeckt.

Es ist Sonntag, gut zwei Wochen nach der Konfrontation mit Valborg. Anne-Majs Schwindel hat sich inzwischen gelegt, der Kopfschmerz murrt nur, wenn sie sich selbst zu viel zumutet. Es ist ein ausgesuchtes Vergnügen, wieder das Zubereiten von Essen und den Alltag im Griff zu haben. Sie lässt ihren Blick durch die Küche schweifen und freut sich darüber, dass alles bereitsteht, alle Flächen geputzt sind, der gesamte Abwasch in die Maschine gesteckt ist. Die Welt ist wieder in den Angeln.

Es sind noch zwanzig Minuten, bis ihre festen Sonntagsgäste kommen. Anne-Maj beschließt, sich die Zeit mit dem Kreuzworträtsel des heutigen Tages zu vertreiben. Nach einer kurzen Denkpause mischt sie sich einen dünnen Gin und Tonic und nimmt ihn mit ins Wohnzimmer. Mortensen sieht sie vorwurfsvoll an. Er hat treu die Zubereitung des Essens verfolgt, und seine Schnauze hat ihm alle Details über Speck, Käse und Eier erzählt. Wie es nur sein kann, dass diese herrlichen Sachen noch nicht in seinem Bauch gelandet sind, übersteigt seinen Verstand.

„Du bekommst schon eine kleine Portion, wenn wir anderen essen", sagt Anne-Maj. „Aber hör bloß auf, mich jetzt so anzustarren."

Mortensen blinzelt, bleibt aber sitzen, den Blick auf sie gerichtet. Anne-Maj nimmt einen erquickenden Schluck von ihrem Drink und sinkt auf das Sofa, die Zeitung auf der Seite mit dem schweren Kreuzworträtsel aufgeschlagen. Französische Spezialität. Neun Buchstaben senkrecht. *Escargots,* schießt es Anne-Majs sofort durch den Kopf. Wie üblich trägt sie das Wort nicht in die weißen Felder ein, sondern beginnt, nach passenden quer verlaufenden Wörtern zu suchen. Medium: *Lokalzeitung.* Verhältniswort: *Ueber*. Märchenhecke: *Rose.*

Gerade als sie sich sicher zu werden beginnt, dass die Schnecken voller Knoblauch die korrekte Lösung sein müssen, erscheinen Iben und Didi, und die übliche Begrüßungszeremonie, bei der Mortensen und Iben wiedervereint werden, als ob sie monatelang getrennt gewesen wären, wiederholt sich.

„Ich fange gleich mit dem Kochen an", teilt Anne-Maj mit und legt das Kreuzworträtsel weg. „Ich habe einen Bärenhunger."

Didi folgt ihr in die Küche, betrachtet die sorgfältig arrangierten Rohwaren. „Was gibt's?", sagt sie und blickt missmutig auf das Schälchen mit den Pancetta-Würfeln. In letzter Zeit ist sie besser darin geworden, von allem mal zu probieren, auch wenn ihre Nahrungsaufnahme nach wie vor ziemlich selektiv ist; sie isst zum Beispiel Nudeln in anderen Formen als Spiralen. Doch Fleisch und Eier wird sie wohl niemals mögen.

„Spaghetti carbonara." Anne-Maj drückt ihre Enkelin leicht an der Schulter. „Ich halte Nudeln für dich zurück, ehe ich sie mit dem Rest vermische. Du kannst einen Klecks Butter haben, wenn du möchtest. Und dann habe ich einen Gemüseteller hergerichtet." Sie öffnet den Kühlschrank. „Sieh nur", sagt sie und deutet auf eine schön angerichtete Portion Karotten, Gurkenstifte und rohe Champignons.

Didi nickt zufrieden. „Ich esse jetzt auch Brot, Frau Mortensen. Ich bekomme Milchbrötchen mit Frischkäse als Pausenbrot statt Spiralnudeln. Und dann natürlich Gurke."

„Das ist aber schön!" Anne-Maj versucht, begeistert zu klingen. Als ob weiches, weißes Brot besser als Nudeln sein sollte, denkt sie und zündet den Brenner unter dem Topf mit Wasser.

„Dann werde ich auch nicht mehr gehänselt", fährt Didi fort. „Milchbrötchen sind eher so wie ein richtiges Pausenbrot."

„Gehänselt?", ihre Großmutter erstarrt mitten in einer Bewegung. „Wer hänselt dich?"

Die Zehnjährige windet sich. „Die anderen Mädchen", sagt sie. „In der Klasse."

„Sie hänseln dich wegen deines Essens?"

„Oder ... sie hänseln mich nicht. Nicht wirklich. Sie sagen ... sie *sagten*", korrigiert Didi sich selbst. „Sie wollten nicht mit mir zusammen sein, ehe ich beginnen würde, *variiert* zu essen. Um meiner selbst willen", fährt sie schnell fort. „Weil sie es gut mit mir meinten."

„Es gut mit dir meinten?" Anne-Maj sieht zu Iben, die jetzt in der Küchentür aufgetaucht ist, mit Mortensen dem Drit-

ten, der ihr um die Beine huscht. „Hast du das hier gewusst, Iben?"

Ihre Tochter schüttelt den Kopf. „Es ist das erste Mal, dass ich davon höre", sagt sie.

Sie wechseln einen Blick. Wie perfide Mädchen sein können. Diese raffinierte Form von Gruppendruck ist so typisch für das weibliche Geschlecht, denkt Anne-Maj, auch wenn es weh tut, so über das eigene Geschlecht zu denken. *Um deiner selbst willen. Wir meinen es gut mit dir.* Wie viele Male hat sie diese geheuchelten Anzüglichkeiten wegen ihres Übergewichts zu hören bekommen. Sie kann den Tonfall der Mädchen ebenso deutlich hören, als stünden sie hier in der Küche – was sie zu ihrem eigenen Glück nicht tun. Verzogene Gören.

„Sie wollten bloß gute Freundinnen sein und mir helfen." Didi, die die schweigende Reaktion ihrer Mutter und ihrer Großmutter spürt, klingt verzweifelt. „Sie wollten nicht, dass ich dünn und ungesund werde. Wie ein *A-no-rek-tiker*. Es war, um zu helfen."

„Ja, vielleicht, aber ..."

„Wir spielen jetzt wieder zusammen."

Solange es anhält, denkt Anne-Maj. Solange die kleinen Miezen keinen anderen Fehler finden, der mittels Gruppendruck korrigiert werden muss.

„Was ist mit Vigga?", fragt Iben. „Sie hat doch wohl nicht mitgemacht, dich auszuschließen, oder?"

Didi errötet. Sie blickt hinüber zum Fenster, als sie antwortet: „Nein, nicht so ..." Sie hat also mitgemacht. Das Kind lässt seinen Blick zu einem Oberschrank schweifen. „Sie hilft mir dabei, herauszufinden, was ich essen soll."

So also läuft der Hase, denkt Anne-Maj. Sie blickt zu Iben und versucht es mit Telepathie: *Du musst das hier mit der*

Schule besprechen, mit dem Lehrer reden, ein Treffen zum Thema Mobbing erreichen. Sie hofft, dass ihre Tochter die Botschaft versteht.

Im selben Moment beginnt das Wasser zu kochen. „Raus", sagt Anne-Maj. „Raus! Lasst mich in Ruhe arbeiten!" Sie gibt Salz ins Wasser und stellt eine gusseiserne Pfanne auf den anderen Brenner. „Wir essen in elf Minuten."

DANKSAGUNG

Ich habe nützliche Anregungen von mehreren Seiten erhalten. Ein großer Dank gilt dem ehemaligen Polizeikommissar *Per Kragh*, der heute Stadtratsmitglied in der Gemeinde Odsherred ist, der Gerichtsmedizinerin *Christina Jacobsen* sowie der Abteilungsleiterin *Lærke Bøgh*, die Spezialistin für Bücher, Briefe und Manuskripte bei Bruun Rasmussens Auktionen ist. Ihr alle drei verfügt über ein Wissen und eine Erfahrung, die Google niemals wird liefern können.

Danken möchte ich auch meiner unentbehrlichen Lektorin, *Anne Christine Andersen*, meinem fürsorglichen Agenten, *Lars Ringhof*, und meinem geduldigen Mann, *Jesper Christiansen*.